퇴계잡영

퇴계잡영

2009년 4월 10일 초판 1쇄 발행
2016년 4월 30일 초판 2쇄 발행

지은이 l 이황
옮긴이 l 이장우·장세후
펴낸이 l 권오상
펴낸곳 l 연암서가

등 록 l 2007년 10월 8일(제396-2007-00107호)
주 소 l 경기도 고양시 일산서구 호수로 896, 402-1101
전 화 l 031-907-3010
팩 스 l 031-912-3012
이메일 l yeonamseoga@naver.com
ISBN 978-89-960434-5-4 03810

값 15,000원

퇴계잡영

이황, 토계마을에서 시를 쓰다

이장우 · 장세후 옮김

연암서가

머리말

1

퇴계 선생이 후세에 남긴 저술을 모은 책으로는 문집인 『퇴계선생문집』(목판본 61권, 37책, 성대 영인본 2.5책)을 비롯하여, 문집 이외의 여러 저술까지 다 모아 엮은 『퇴계전서』(위의 문집 포함, 성대 목판 영인본 5책), 『도산전서』(문집 포함, 정문연 필사 영인본 4책) 같은 것들이 있다. 이러한 책들을 보면 퇴계 선생이 평생 동안 썼던 한시가 대개 2,000수 이상, 편지가 1,000통 정도 수록되어 있다. 그러나 이러한 문집에 수록되지 않은 시로 지금까지 전해 오는 것만 해도 수백 수는 족히 될 것 같으며, 그가 썼던 편지로 위에 언급하였던 책에 수록되지 않은 것이 또한 2,000통 정도는 될 것이라고 한다. 시 중에는 특히 승려들에게 지어준 시들은 문집의 편집 과정에서 의도적으로 제외시켰으며, 편지 중에는 아들이나 조카 같은 가까운 사람들에게 집안 살림살이에 대하여 논의한 가서(家書) 같은 것은 대개 제외시켰는데, 퇴계학연구원에서는 이렇게 기존의 문집에서 누락된 시문을 모두 모아서 『정본(定本) 퇴계전서』를 편집 중에 있다. 이 책이 완성된다면 우리가 이미 알고 있는 퇴계 선생에 대한 지식보다는 훨씬 더 많은 것을 얻게 될 것이고, 어떤 면에서는 퇴계 선생에 대한 일반적인 상식도 더러 바뀌게 될 것이다.

2

퇴계 선생은 예안의 온혜(溫惠, 지금의 도산면 온혜동)라는 마을에서 태어나서 자랐다. 21세에 영주의 초곡(草谷: 푸실)이라는 마을에 상당한 재산을 가지고 있던 허씨 댁에 장가를 갔는데, 이 허씨 부인은 퇴계가 27세가 되도록 그 당시의 풍속대로 7년 동안 친정집에서 그대로 살다가 죽었다. 그러나 퇴계는 남들처럼 처가살이를 하지 않고 그대로 온혜에 머물러 노모를 봉양하면서 가끔 영주로 내왕하였다고 한다. 그리고 30세 때에는 풍산이 고향인 권씨 부인을 재취로 맞이하였다. 그러나 이 부인은 정신적인 장애가 많아서 자식도 없는데다 주부로서의 역할도 제대로 하지 못한 것 같다. 31세가 되자 온혜 마을 남쪽에 잠시 별도로 집을 짓고 살기도 하였다.

벼슬을 할 때는 서울에 올라가 머물렀으며, 권씨 부인도 서울에서 죽었다. 23세 때 낳은 맏아들 준(寯) 역시 일찌감치 가까운 마을로 장가를 가서는 처가살이를 계속하였고, 둘째 아들 채(寀)는 의령에 있는 처삼촌 댁에 수양손으로 들어가서 자랐으며, 그곳에서 재산도 얻고 장가까지 갔으나 자식도 없이 곧 죽었다. 31세 때 적(寂)이라는 서자가 태어났는데 그 어머니는 창원(昌原)의 관속(官屬) 출신이었지만 상당한 능력을 갖추고 있었기 때문에 사실상 집안의 주부 노릇을 계속하고 있었음을 퇴계가 맏아들 준에게 보낸 편지를 보면 알 수 있다.

3

퇴계 선생은 온혜를 떠난 뒤로 몇 차례나 가까운 마을로 집을 옮겨가며 살다가 중년(40대 중반) 이후에 비로소 토계(兎溪, 또는 土溪, 지금의 도산면 토계동)라는 마을에 정착하여 살면서 자신의 호를 퇴계(退溪)라고 고쳤는데, 이 책은 그 토계마을에서만 지은 시를 손수 모아 필사하여 둔 것을(뒷날 목판본으로 간행됨) 필자와 장세후 선생이 함께 번역하고 주석과 해설을 붙인 것이다.

도산서당에서 지은 시를 모아 엮은 것을 『도산잡영』이라고 하는데, 이 『퇴계잡영』과 합하여 『계산잡영(溪山雜詠)』이라고 한다. 이 『계산잡영』의 퇴계 선생의-중간에 약간의 낙장이 있는-친필 원본은 지금 대구의 계명대학교 중앙도서관에 보존되어 있다. 그런데 이 『잡영』의 친필본이나 목판본을 보면 위에서 말한 목판본, 또는 필사본 『퇴계문집』에 수록된 같은 내용의 시와는 가끔 글자도 틀리고, 제목도 약간 다른 것이 보인다. 아마 만년에 들어 이전에 썼던 시를 보고서 다시 손질을 가하였기 때문일 것이다.

4

필자와 장세후 선생은 이 『퇴계잡영』을 일반 독자들이 읽기 쉽게 하기 위하여, 한문 원시의 한글 번역 뒤에 다시 산문으로 내용을 풀어 놓았다. 이러한 형식의 책은 앞서 펴낸 『도산잡영』의 체재와 같은데, 될 수 있으면 어려운 한문 고전을 독자들에게 평이하게 소개하려는 우리들의 충심에서 우러나온 것이다. 이 책의 산문 풀이 부분도 『도산잡영』을 낼 때와 마찬가지로 장 선생의 누이인 동화작가 장세련 선생에게 부탁하여 한번 다 읽어 보게 한 뒤에 어렵다고 생각하는 내용이나 쉽게 이해되지 않는다고 한 표현은, 모두 다시 쉬운 말로 바꾸어 보았다. 이러한 시도는 일본인들이 어려운 한문책을 번역할 때 자주 사용하는 방식인데, 우리들의 실정에도 매우 바람직한 것으로 생각되어 앞서 『도산잡영』을 낼 때에 한번 채용하여 보았는데, 독자들로부터 매우 좋은 반응을 얻었다. 아마 이 책도 틀림없이 많은 분들이 애독하여 줄 것으로 기대하는 바이다.

5

지금 이퇴계 선생의 유적지를 찾아가 보면, 안동시 도산면 '토계동'으로 흐르는 조그마한 실개천이 있는데, 그 물 이름이 바로 토계이며, 이퇴계 선생은 이 토계를 퇴계로 고쳐 부르면서 당신의 호로 삼으신 것이다. 이 토계는 온계(溫溪)와 청계(淸溪)라는 시내를 합하여 낙동강으로 흘러든다. 퇴계 선생은 「퇴계(退溪)」라는 시를 지어

몸이 벼슬에서 물러나니 어리석은 자신의 분수에는 맞으나,
학문이 퇴보하니 늘그막이 근심스럽네.
이 시내 곁에 비로소 거처를 정하여,
이 시내를 내려다보며 매일 반성함이 있으리.

身退安愚分 學退憂暮境
溪上始定居 臨有日有省

라고 읊으면서 스스로 호에 '퇴'자를 넣은 뜻을 설명하였다.

6

그러면 여기 실린 시들이 모두 '토계'(또는 퇴계)라는 특정한 마을에서 지은 노래라는 것 밖에 또 무슨 공통된 특징들이 있을까?

우선 퇴계 선생 자신이 이 시집의 이름을 "잡영(雜詠)"이라고 하였는데, 왜 그렇게 하였을까? 사전(『漢語大辭典』)에 보면 '잡영'이란 말은 "생겨나는 일에 따라 읊조리는 것인데, 시의 제목으로 상용된다(隨事吟詠, 常用作詩題)"라고 하였다. 비슷한 말로 '잡시(雜詩)'라는 것도 있는데, "이러저러한 흥취가 생겨날 때, 특정한 내용이나 체제에 구애를 받지 않고, 어떤 일이나 사

물을 만나면 즉흥적으로 지어내는 시를 말한다(興致不一, 不拘流例, 遇物卽言 之詩)"고 되어 있다.

실제로 이 『잡영』에 수록된 시의 제목이나 제목의 뜻을 설명한 말〔題 注〕들을 보면 '~잡흥(雜興)', '~서사(書事)', '~우흥(偶興)', '~감사(感事)', '~즉사(卽事)', '~우감(寓感)', '~흥(興)', '~영(詠)', '~음(吟)', '~우성 (偶成)', '~득(得)'이라는 말이 많이 나타나는데, 모두 위에서 말한 "이러저 러한 흥취가 생겨날 때 즉흥적으로 읊조리는 것"이라는 공식에 맞추어보면 다 들어맞는 것 같다.

그러니 이 『퇴계잡영』에 수록된 시들은 모두 퇴계 선생이 벼슬에 대한 생각을 미련 없이 버리고 퇴계마을로 물러나서, 아침저녁으로 마주하는 맑 은 시냇물과 푸른 산, 부담 없이 만날 수 있는 향리의 선배들과 제자들, 조 용히 음미해가며 읽을 수 있는 책, 새로 마련한 보금자리, 저녁에 뜨는 달 과 철따라 바뀌어 피는 꽃…… 등과 같은 것을 대할 때마다 저절로 흥이 나서 쓴 즉흥시들이라고 할 수 있을 것이다.

다만 여기서 한 가지 주의해야 할 점은 이 시집에는 하나의 제목 아래 많게는 20여 수까지 이어서 쓴 연작시들이 다수 보이는데, 이러한 시들 또 한 모두 흥이 생겨나서 쓴 시들이기는 하지만, 즉흥시라고 하기에는 좀 적 절하지 않은 것 같고, 오히려 자못 생활에 여유가 묻어나니까 느긋하게 지 어서 모아 놓은 사유시(思惟詩)의 성격을 띤 것들이 많다고도 할 수 있겠다.

또 하나, 시의 제목에 자주 등장하는 말로 '유거(幽居)', '한거(閑居)', '임 거(林居)' 같은 말이 있는데, 모두 "남모르게 한가로이" 지낸다는 공통점이 있다. '한서(寒棲)'라고 할 때에 '서(棲)'자에도 역시 "마음놓고 쉰다"는 뜻이 있으니, 비슷하다고 하겠다.

벼슬에서 물러나와 시골에서 살고 있으니 저절로 모든 생활이 '한가해'진 다고도 할 수 있고, 또 의식적으로 그러한 것을 추구하였다고 할 수도 있다.

그런데 이퇴계와 같은 철학자나 시인에게는 이 '한가함(閑)'이야말로 대자연과 내가 하나가 될 수 있는〔天人合一, 또는 物我一體〕길에 이르는, 즉 도(道)에 통하는 수단이 된다고도 할 수 있다.

봄날 그윽이 거처하니 좋을시고,
수레바퀴며 말발굽소리 문에서 멀리 떨어졌네.
동산의 꽃은 참된 성정 드러내고,
뜰의 초목은 건곤의 이치 오묘하네.
아득하고 아득하게 하명동에 깃들어,
까마득히 물 곁의 마을에 있네.
돌아오며 읊는 즐거움 모름지기 알 것이니,
기수에서의 목욕 기다리지 않으리.

― 네 철 그윽히 은거함이 좋아서 읊는다

이 시에서 읊은 것과 같이 '동산의 꽃(園花)'이나 '뜰의 초목(庭草)'도 모두 조용하게 살펴보면 천지 만물의 본성(乾坤情性)을 드러내는 것이다. 비록 시의 제목에 꼭 '한거'니 '유거'와 같은 말이 없는 시들이라고 할지라도 '퇴계', '계상', '계당'과 같이 머물고 있는 처소를 시의 제목으로 삼은 경우에는 대개 다 이렇게 한가롭고 조용하게 자연 만물을 관조(觀照)하면서 사는 것을 즐거워하는 내용을 담고 있으니, 이러한 시들을 모두 '도통시(道通詩)'라고 해도 될 것이다.

마지막으로 한 가지 더 설명하고 싶은 것은 「……의 시에 화답하다(和……)」, 「…… 시의 각운자에 맞추다(次韻……)」라는 시들이다. 소동파 시의 각운자를 사용한 것이 1제(題) 2수(首), 두보의 시에 화답한 것이 2제 8수, 한유의 시에 화답한 것이 11수, 이회재 시에 각운자에 맞춘 것이 4수, 제자인 정유일의 시에 화답한 것이 20수, 김성일의 시에 차운한 것이 1수 등이다.

이 가운데에서 특히 도연명의 시에 화답한 시가 가장 많다. 이전의 누구누구 시에 화답한다든가, 차운한다는 것은 바로 그러한 시들을 좋아하였다고 볼 수가 있는 것이다. 그렇다면 이 시집에 나타난 것으로 보면 이퇴계는 퇴계로 물러나온 후에는 도연명의 시를 가장 좋아하였고, 두보와 한유·소동파의 시도 즐겨 보았다고 할 수 있다.

필자의 친구인 대만의 담강(淡江)대학 중문학과 왕소(王甦) 교수는 『퇴계시학』이라는 퇴계 시에 대한 개설서를 지은 적이 있는데, 역시 이퇴계가 영향을 받은 중국 시인들로 역시 도연명·두보·소동파·주자 같은 사람들을 들고 있다.

7

여기서 잠깐 필자 나름으로 시인으로서 도연명과 이퇴계를 잠깐 비교해 볼까 한다.

> 묘금도 유(劉)씨가 정권을 훔쳐 기세 세상에 넘쳤는데,
> 강성에서 국화 따는 어진 이 있네.
> 수양산에서 굶어 죽은 것 어찌 편협하다 않겠는가?
> 남산의 아름다운 기운 더욱 초연하기만 하네.

> 卯金竊鼎勢滔天 撫菊江城有此賢
> 餓死首陽無乃隘 南山佳氣更超然

이 시는 「황준량이 그림에 적을 시 열 폭을 구하다(黃仲擧求題畵十幅)」란 화제시(畵題詩) 가운데 「율리로 돌아와 밭을 갈다(栗里歸耕)」라는 시인데 시

기적으로는 『퇴계잡영』의 시들에 속하는 57세 때인 1557년에 지어졌지만, 『문집』권 2에만 수록되어 있고 이 『퇴계잡영』에는 수록되어 있지 않다.

이 시를 읽어보면, 이퇴계는 자기의 왕조인 은(殷)나라가 망하고 주나라가 들어서자 주나라의 곡식을 먹지 않으려고 수양산에 들어가서 고사리만 캐어 먹다가 죽은 백이·숙제의 태도를 너무나 속 좁은 것으로 보았다.

그보다는 자기가 살던 동진(東晉)이라는 나라가 망하고 묘금도(卯金刀) 유가(劉家)가 송(宋)나라를 세웠지만 그 나라에서 주는 벼슬은 사양하였으나, 고향인 율리로 돌아가서 가을 국화를 사랑하면서 남산을 마주 대하고 소요하는 도연명을 더욱 높이 평가하였다.

이 『퇴계잡영』에 실린 「도연명집에서 음주시에 화답하다」 가운데, 다섯째 도연명의 원시와 이퇴계의 화답시를 다음에 차례로 살펴본다.

띠집 이어 사람들 사는 곳에 있으나,
수레나 말 달리는 시끄러움 없네.
그대에게 묻노니, 어떻게 그럴 수 있는가?
마음 멀리 두니 땅도 스스로 구석져서라네.
동쪽 울타리 아래서 국화 따노라니,
한가로이 남쪽 산 눈에 드네.
산의 기운 날 저무니 아름답고,
나는 새는 서로 더불어 돌아가네.
이 가운데 참뜻 있어,
설명하려 하니 이미 말 잊었네.

結廬在人境 而無車馬喧
問君何能爾 心遠地自偏
採菊東籬下 悠然見南山

山氣日夕佳 飛鳥相與還

此中有眞意 欲辨已忘言

이 시는 도연명의 시 가운데서도 대표작으로 꼽히는 명작이다. 그런데 이 시를 읽어보면, 도연명이 고향으로 돌아와서 '숨어살았다(隱居)'는 곳이 결코 인적이 미치는 않는 외진 곳이 아니라 '사람들이 살고 있는 마을(人境)'임을 알 수 있다. 그런데도 왜 속세와 같은 "수레나 말 달리는 시끄러움이 없는가?" 내 마음이 속세와 머니 나를 찾아오는 수레나 말이 없어, 내가 사는 이곳에 스스로 구석진 것같이 조용하게 되었다는 것이다.

내 본래 산과 들 좋아하는 체질이라,
조용함은 좋아해도 시끄러움은 사랑하지 않네.
시끄러움 좋아하는 것 실로 옳은 일은 아니지만,
조용함만 좋아하는 것 또한 한쪽으로 치우친 것이라네.
그대 큰 도를 지닌 사람들 보게나,
조정과 저자를 구름 낀 산과 같이 여긴다네.
뜻이 평안하면 곧 나가는데,
갈 수도 있고 돌아올 수도 있다네.
다만 걱정되는 것은 쉽게 갈리고 물들여지는 것이니,
어찌 조용히 몸 닦으라는 말을 돈독히 않으리오.

이 시를 보아도, 퇴계 선생이 고향인 퇴계로 물러나서 사는 것이 결코 온갖 세상일을 다 잊어버리자는 데 있는 것은 아니었음을 알 수 있다.

마지막에 나오는 두 구절의 뜻은, 이미 이 시의 주석에서 밝혀둔 바와 같이, 외부의 영향을 받아도 변화를 일으키지 않을 자신이 없기도 하고,

또 제갈량(諸葛亮)이 「아들에게 훈계한 말(訓子)」에 나오는 것과 같이 "담박하지 않으면 뜻을 밝힐 수 없고, 편안하고 조용하지 않으면 먼 곳에 이를 수 없기(非澹泊無以明志, 非寧靜無以致遠)"때문에, 나아갈 수도 있지만 퇴계로 돌아왔다는 것이다.

> 홀로 한 잔 술을 따라,
> 한가로이 도연명과 위응물의 시 읊조리네.
> 숲과 시내 사이를 유유자적하게 거니노라니,
> 광활하여 마음 즐겁기 그지없네.
> 옛 글에 실로 풍미 있으나,
> 병이 들어 깊이 생각하는 것 두렵다네.
> ......
> 시내 소리 밤낮으로 흘러가지만,
> 산의 경치는 예나 지금이나 같네.
> 무엇으로 이 내 마음 위로해 볼까,
> 성인의 말씀 나를 속이지 않으리.
>
>   -도연명집에서 「거처를 옮기며」라는 시의 각운자에 화답하다

> 봄 가을에는 좋은 날 많아,
> 높은 곳에 올라 새로운 시를 읊는다네.
> 문 앞을 지나면서 번갈아 서로 불러내어,
> 술 생기면 따라 마시네.
> 농사 바쁘면 각기 알아서 돌아가고,
> 한가로운 틈나기만 하면 번번이 서로 생각하네.
> 서로 생각나면 곧 옷을 펼쳐 입고 나가서,

말하고 웃고 하니 싫증나는 때 없네.
이렇게 즐거운 일 끝날 날이 없으니,
이웃 친구여, 훌쩍 이곳을 떠나지 말게나.
입고 먹는 것 모름지기 꾀할 수 있으리니,
힘써 농사짓는 일 나를 속이지 않으리라.

-도연명의 원운시

　마지막 구절에서 도연명은 "입고 먹는 것 모름지기 꾀할 수 있으리니, 힘써 농사짓는 일 나를 속이지 않으리라"고 하였으나 이퇴계는 "무엇으로 이 내 마음 위로해 볼까, 성인의 말씀 나를 속이지 않으리라"고 하였다.

　필자의 친구 가운데 어떤 사람은 "이퇴계의 시는 다 좋은데 꼭 마지막에 가면 열심히 공부나 하라는 말로 끝나기 때문에 나쁘다"고 농담을 한다. 위의 구절에서도 "성인의 말씀 나를 속이지 않으리라" 하였으니 역시 공부하겠다는 뜻을 담았다.

　필자가 읽어본 바로는 이와 같이 "공부를 열심히 하자", "길을 잘못 들었으니 빨리 (고향 전원으로) 돌아가자"와 비슷한 표현이 40대 초반·중반에 서울에 올라가서 벼슬할 때 쓴 시에 거의 상투적으로 나타나지만, 오히려 이 『퇴계잡영』과 같이 40대 후반부터 50대 전반에 걸쳐서 전원으로 돌아와서 쓴 시에는 이미 그러한 소원이 어느 정도 성취되었기 때문인지 그러한 표현이 거의 보이지 않는다. 그러나 주자를 흠모하여 배우고자 하는 내용을 담은 표현은 매우 자주 보인다.

　술을 통하여 시름을 달래고 순박한 농사꾼이 되고자 하였던 도연명과는 달리, 학문을 닦아 성현의 길을 희구하였던 이퇴계는, 비록 시대가 다르고 방법은 달랐으나 고요하고 그윽하게 자연을 가까이 하면서 천지만물의 성정(性情)과 조화를 자연을 통하여 체득하고, 자연에 몰입하여 사물과 내가 하나 되는 길을 추구한 점에서는 같았다고 할 수 있을 것이다.

8

이 책과 자매편이 되는『도산잡영』은 퇴계 선생이 이 토계마을에서 계속하여 살면서, 60대를 넘어서자 도처에서 모여드는 제자들을 가르치기 위하여, 이 마을에서 서쪽에 있는 고개를 하나 넘어 낙동강이 내려다보이는 산언덕에 별도로 도산서당을 짓고서, 그 서당에서 누리는 즐거움을 노래한 시들을 모아둔 자작시 선집이다. 다 같이 향리로 돌아와서 사는 즐거움을 노래한 시를 뽑아 두었다는 점에서는 같은 점이 있으나, 각각 지은 시를 연대에서 차이가 있기도 하며,『퇴계잡영』에서는 이미 위에서 살펴본 바와 같이 도연명과 같은 은자의 모습이 두드러지나,『도산잡영』에서는 주자와 같은 도학자의 모습이 더 두드러지는 것이, 이 두 시선집의 차이이다. 그런데 시작(詩作) 연대를 가지고 보면『퇴계잡영』에 수록된 시가『도산잡영』보다 앞서 지어지기 시작하였으며 또한 나중에 지어진 시들까지 포괄하고 있다.

이 밖에 퇴계 선생은 이 부근의 청량산(淸凉山)과 낙동강 구비의 모습을 읊은 시와 문장도 많이 지었는데, 선생의 제자들이 위의 시선집들과는 별도로『오가산지(吾家山志)』라는 이름의 관련 시문집을 엮어 내기도 하였다. '오가산'은 청량산을 말하는데, 선생의 집안 선비들이 흔히 이 산의 산사에 들어가서 공부를 하였기 때문에 "우리 집의 산"이라는 뜻으로 이렇게 부른 것이다.

그렇기 때문에 이『퇴계잡영』,『도산잡영』,『오가산지』의 3책은 퇴계 선생의 전원생활, 향토에서의 삶을 이해하는 데 매우 의미 깊은 사화집들이라고 할 수 있을 것이다.

흔히 듣는 이야기로, 유가에서는 서방의 불교나 기독교 같은 종교처럼 내세의 행복을 추구하는 생각이 없고 시가나 그림 같은 문예작품이 오히려 현실의 고단함을 위로하는 종교와 같은 역할을 담당한다고 하는데, 이퇴계의 경우에도 이러한 시 작품들이 그의 병약한 육체와, 또 개인적으로 그리 유목했다고는 볼 수 없는 삶에 큰 위안이 되고, 큰 활력소가 되었을 것이다. 유가들에게 있어 도학과 문예는 두 가지 모두 소중한 것이다.

9

20년 가까이 필자와 함께 퇴계시를 번역하는 일을 해온 장세후 선생에게, 이 책을 내면서 다시 한 번 감사를 표한다. 또 이 책을 자세하게 읽고 이해하기 쉽게 교정해준 그의 누이 장세련 선생님께도 고마움을 전한다.

무엇보다도 이 책을 이렇게 잘 만들어 이 세상에서 빛을 볼 수 있도록 해준 연암서가 편집부 직원들에게도 지면을 빌어서나마 고마움을 표하는 바이다.

2009년 봄
청도의 시골집에서
이장우(李章佑) 씀

차례

새벽에 퇴계의 가에 이르다 2수

소식(蘇軾)의 「신성으로 가는 도중에」라는 시의 각운자를 써서. 이때 병오년 여름에 병이 나서 서쪽으로 가려던 일을 그만두고 퇴계의 집으로 돌아왔다.

晨至溪上, 二首¹
用東坡新城途中詩韻. 時丙午夏, 病罷西行回溪莊

1   더위 무릅쓰고 임금님 뵈오러 나갔다가   觸熱朝天病未行²

     병들어 나아가지 못하고서,

  시내 곁의 집으로 말고삐 돌려   溪莊回轡趁雞聲³

     닭 우는 소리 좇아서 왔네.

---

1 계상은 시냇가에 있는 집을 말함. 이가원(李家源) 박사는 "지금 도산의 상계를 가리켰다"라 하였으며, 『연보』에는 46세 되던 해(丙午年) 11월에 퇴계의 아래 두서너 마장 되는 곳에 양진 암이란 작은 암자를 지었다고 함. 권오봉 박사가 퇴계의 시를 연대순으로 정리한 『퇴계시대전 (退溪詩大全)』(포항공과대학 출판부, 1992)에서는 본시에 주석을 달고 "계장은 상계(上溪)에서 2킬로미터쯤 내려와 하계마을(下溪: 霞洞) 위 동암(東岩) 곁에 지은 양진암(養眞庵)이다. 50세 때 지은 한서암(寒栖庵)은 계장(溪庄), 51세에 지은 계상서당(溪上書堂)은 계당(溪堂), 암(庵) 옆에 제자들이 지어 공부한 집은 계재(溪齋), 뒷날의 도산서당(陶山書堂)은 도사(陶舍)·산사 (山舍)·산당(山堂)·정사(精舍)라고 불렀다. 장(莊)·장(庄)·암(庵)·당(堂)·재(齋)·사(舍)는 모두 다른 집이다"라 하였다.
시내의 본래 이름은 토계(土溪), 또는 두계(兜溪)로 불렸으나 선생은 이를 아름답지 못하다 여 겨 시내의 이름을 퇴(退)자로 고치고 이를 자신의 호로 삼았음.

2 조천(朝天): 임금을 뵈러 나감. 조는 "향하다"라는 뜻이며, 천은 임금이라는 뜻으로 쓰였음. 당(唐)나라 두보(杜甫)의 「군색한 걸음을 읊음(偪仄行)」이라는 시에 "동쪽 집에서 절름발이 나귀를 나에게 빌려줌을 허락하였으나, 진흙길 미끄러워 감히 타고서 임금님 뵈오러 갈 수가 없네(車家蹇驢許借我, 泥滑不敢騎朝天)"라는 구절이 있음.

3 진(趁): 뒤좇다, 달려오다, 틈타서 등의 뜻이 있음.

구름 낀 산들은 꼭 같네,　　　　　　　　雲山政似盟藏券 [4]
　　나와 함께 살기를 맹세한 듯,

물러난 내 신세 사뭇 닮았네,　　　　　　身世渾如戰退鉦 [5]
　　전쟁에 물러난 징과도.

골짜기 어귀에 비 지나가니　　　　　　　雨過洞門林氣爽
　　수풀 기운 상쾌하고,

돌 구멍에 바람 생겨나니　　　　　　　　風生石竇潤音淸 [6]
　　산골 물 소리 맑네.

산 늙은이 웃으며 묻네,　　　　　　　　山翁笑問溪翁事
　　퇴계 늙은이 할 일을,

오직 요구하네, 몸소 밭가는 것으로써　　只要躬耕代舌耕 [7]
　　혀로 밭가는 것을 대신 하라고.

4　맹장권(盟藏券): 맹서의 부호를 적어 보관하는 것을 말함. 한나라 고조(高祖) 유방(劉邦)이 공
　신들과 함께 맹서의 부호를 붉은 글씨로 대나무 쪽에 적어 종묘에 보관하였다 함.
5　전퇴정(戰退鉦): '정(鉦)'은 징을 말함. 옛 군법에 의하면 전진할 때에는 북을 두드렸으며, 후퇴
　할 때에는 쇠붙이를 두드렸음.
6　석두(石竇): 큰 돌이나 바위 따위에 난 구멍을 말함.
7　설경(舌耕): 말로써 남을 가르쳐 생계를 유지한다는 뜻임. 후한 때의 유명한 경학자인 가규(賈
　逵)에게는 제자들이 천릿길을 멀다 않고 배우러 와서 곡식을 많이 바쳤기 때문에 항상 창고
　가 가득하였다. 그래서 사람들은 그가 힘으로 농사를 짓는 것이 아니라 혀로 농사를 짓는다
　고 하였다. 여기서는 육체노동에 대한 '정신노동' 또는 '벼슬하여 생계를 유지하는 것' 등의
　의미로 쓰인 것일 것임.

임금님의 부름을 받고 약한 몸도 생각지 않은 채 더위를 무릅쓰고 길을 나섰다. 그러나 우려했던 대로 결국 약한 몸이 견뎌 내지 못하여 도중에 병이 나고 말았다. 이에 더는 나아가지 못하게 되어 퇴계 시내 곁에 있는 집으로 말고삐를 돌려 오다보니 집 쪽에서 닭이 우는 소리가 들리는지라 그 소리를 좇아서 돌아왔다. 집으로 돌아와 사방 구름 낀 산들을 찬찬히 둘러보니 흡사 나와 함께 살기를 맹세한 듯하다. 그러나 가만히 내 신세를 둘러보니 오히려 기세 좋게 전쟁에 나섰다가 후퇴를 알리는 징소리에 맞춰 물러난 것과 똑같게 느껴진다. 이런 기분을 달래주려는 듯 마침 골짜기 어귀로 비가 한 차례 쏟아져 지나가니 수풀 기운은 더없이 상쾌하게만 느껴진다. 또한 이로 인해 산골의 바위 틈에 난 구멍으로 바람도 시원하게 일고 시냇물도 불어 그 소리가 맑게만 느껴진다. 마침 내가 서울로 가려다가 돌아온 것을 본 산의 늙은이가 퇴계 가에 사는 이 늙은이에게 웃으면서 "앞으로 무슨 일을 하려오?" 하고 물어보며, 두말 말고 밭갈이로 혀갈이[舌耕]를 바꾸라고 한다.

2 아침에 시냇가를 따라서   朝從溪上傍溪行
     시내를 끼고 가서,

   겨우 퇴계에 있는 집에 이르니   纔到溪莊聞雨聲
     비 오는 소리 들리네.

   마을 모임에서 자랑하려네   里社行誇宰分肉 [8]

고기를 고루 나눔을 주재함을,

시단에서는 지난 일 우습네,　　　　　　　詞壇曾笑將鳴鉦 [9]
　　장수되어 후퇴하는 징 울림이.

넓고 한적한 남쪽 들에는　　　　　　　　寬閑南野麥浪遍 [10]
　　보리 물결 두루 퍼졌고,

푸른 빛 **빽빽**한 서쪽 숲에는　　　　　　翠密西林禽語清
　　새소리조차 맑다네.

착한 임금님 크신 은혜　　　　　　　　　聖主洪恩知不棄 [11]
　　나를 버리지 않았음을 알겠으나,

다만 많은 병 때문에　　　　　　　　　　只緣多病合歸耕
　　돌아와서 밭 갈이 체질에 맞다네.

8　이사(里社): '社'는 토지신, 또는 토지신을 제사지내는 곳이라는 뜻이며, '里社'는 중국에서 옛
　　날 마을 가운데 토지의 신을 제사지내던 곳. 백여 호가 되면 '社'를 하나씩 세우고, 각 집에서
　　돈을 내어 제사를 지냈다고 하는데, 요즈음으로 치면 마을 사람들의 '계'나 '회' 등과 같은 성
　　격임.

9　사단(詞壇): 문단, 또는 시단이란 뜻임. 이 시구 전체의 뜻은 마을의 모임에 어울려 노는 즐거
　　움이 전날 동호(東湖) 독서당(讀書堂)에서 시를 가지고 다툴 때보다 낫다는 것이다.

10　맥랑(麥浪): 이 말로 보면『퇴계선생문집』권 1의 본 시 바로 앞에 나오는「사월 이십 오일에
　　용수사에 들어가며 말 위에서 황효공(黃孝恭)에게 띄우노라(四月卄五日, 入龍壽寺, 馬上寄黃敬
　　甫)」시의 "집집마다 즐거운 기운 보리 추수철을 맞고 있네(家家喜氣迎麥秋)"라는 구절과 관련
　　되어「사월 이십 오일……」시를 쓴 다음에 고향으로 돌아와서 이 시를 썼음을 알 수 있다.

11　성주～기(聖主～棄): 당나라 맹호연(孟浩然)의「세모에 남산으로 들어가며(歲暮歸南山)」에 "재
　　주 없으니 나를 밝으신 임금님이 버리셨고, 병이 많으니 옛 친구들도 멀리하는구나(不才明主
　　棄, 多病故人疏)"라는 구절이 있다.

아침에 시냇가로 난 길을 따라 시냇물을 곁에 끼고 걸어갔다. 시냇가에 있는 집에 막 도착을 하고 보니 다행스럽게 비가 소리를 내며 내리기 시작한다. 서울로 가서 관직을 하려던 일을 그만두고 소박하게 마을에서 토지신에게 제사지내는 일을 주관한다. 제사를 마친 후 참석자들에게 고기를 나누어주니 옛날 중국의 진평이라는 사람이 이 일로 칭찬 받은 일이 생각난다. 그러나 한편으로 시단에서의 일을 생각해본다. 지난날 동호 독서당에서 시를 지을 때 항상 싸움에 져서 후퇴나 하던 위치에 있던 내 자신이 우습게만 느껴질 정도로 지금의 생활이 낫게 여겨진다. 시절은 한창 봄이라 넓고 한적한 남쪽 들판에는 바야흐로 보리가 한창이다. 바람이 부는 대로 움직이는 것이 마치 바다의 물결같이 온데서 일렁인다. 또한 새싹이 파릇파릇 빽빽하게 돋은 서쪽 숲에서는 계절에 맞는 철새들이 날아와 지저귀는데 그 소리가 아주 맑기 그지없다. 내 지금 이곳 시냇가 궁벽한 곳에서 거룩하신 임금님의 바다 같은 은혜를 생각해본다. 못난 이 몸을 버려두고 잊지 않으셨음을 알 수는 있겠으나 천성이 약하게 태어난 이 몸인지라 걸핏하면 병에 걸리곤 하여 나라에는 도움을 줄 수가 없다. 그 때문에 결국은 고향땅으로 돌아와서 밭이나 갈며 여생을 보내는 것이 나의 처지에는 딱 알맞을 것이다.

바위 곁의 집에서 뜻을 읊다

東巖言志 [1]

새롭게 터를 잡았네, 동쪽으로　　　　　　　　　新卜東偏巨麓頭 [2]
　　치우친 큰 기슭 머리에,

가로 세로 엉킨 바윗돌　　　　　　　　　　　　　縱橫巖石總成幽
　　모두 고요함을 이루었네.

안개와 구름 아득히 피어올라　　　　　　　　　　烟雲杳靄山間老
　　산 속에서 머무르고,

1　『퇴계연보』 병오년(丙午年: 46세) 조 "양진암(養眞庵)을 고향인 퇴계 동쪽 바위 위에 지었다. 이
　　보다 먼저 작은 집을 온계리(溫溪里) 남쪽의 지산(芝山) 북쪽에 지었으나, 인가가 조밀하여 아
　　늑하고 고요한 맛이 없어 이 해에 처음으로 퇴계 아래의 두서너 마장 되는 곳에 빌어 살면서,
　　동쪽 바위 옆에 작은 암자를 짓고, 이름하기를 양진암이라 하였다."
　　'동암(東巖)'의 '巖'이란 흔히 "바위에 생긴 구멍(巖穴)"을 뜻하는 경우가 많은데, 속세를 피하
　　여 바위 구멍에 들어가서 사는 선비를 '암혈지사(巖穴之士)'라고 함.
　　'언지(言志)'는 "뜻을 표현한다"는 뜻인데, 선비들이 자기의 호젓한 마음을 글에 담는다는 의
　　미로서 시의 제목으로 자주 사용하고 있음. 퇴계의 문집 『속집』에도 이와 똑같은 제목의 시
　　가 한 수 더 있음.
2　신복(新卜): 새롭게 거처를 마련하다. 여기서 '卜'은 "선택하다"의 의미인데, 집터를 새롭게 잡
　　아서 살 터전을 마련하는 것을 '복택(卜宅)', '복거(卜居)'라고 함. 퇴계의 시에「복거(卜居)」라는
　　것이 있음.

25

산골짜기 물 빙 둘러서
　　들판으로 흘러가네.

溪澗彎環野際流

만 권 책 읽으며 살 나의 생애
　　흔쾌하게 의탁할 데가 생겼고,

萬卷生涯欣有託

한 보습의 비 바라는 마음
　　감복하면서 오히려 구하게 되었네.

一犁心事歎猶求[3]

정녕코 말하지 말게나!
　　시 잘하는 승려에게,

丁寧莫向詩僧道[4]

정말 쉬는 것이 아니라
　　병들어 쉬는 것이라고.

不是眞休是病休

3　일려(一犁): 한 보습. '보습'은 밭을 갈고 흙을 뒤엎는 연장인데, 보습 하나 깊이 정도의 비가 땅에 내렸다는 말로, 보습으로 갈아엎기에 충분할 정도로 비가 흡족하게 내렸다는 뜻임. 고시에 "한 보습의 봄비 흡족하네(一犁春雨足)"란 구절이 있음.

4　시승(詩僧): 당나라 때 동림사(東林寺)의 승려 영철(靈徹)을 가리킨다. 월주(越州) 사람 위단(韋丹)이 강서태수(江西太守)가 되어 영철과 막역한 친구가 되었는데, 일찍이 「벼슬을 버리고 고향으로 돌아가고 싶다(思歸詩)」는 시를 지어 "나랏일 분분하여 한가한 날이 없고, 부평초 같은 인생 하염없이 흘러가니 구름과 같을 뿐이네. 이미 장형(張衡)과 같이 벼슬을 버리고 돌아가서 쉴 계획을 세웠으니, 오로봉 앞에서 그대와 함께 놀 날이 있으리라(王事紛紛無暇日, 浮生冉冉只如雲. 已爲平子歸休計, 五老峯前可共君)"라 하니, 영철이 화답하기를 "나이 늙어 마음도 한가로워지니 바깥일 없고, 삼베옷 걸치고 풀 깔고 지내니 또한 몸도 편하네. 서로 만났을 적에 벼슬을 버리고 물러나고 싶은 생각 다 털어놓았으니, 수풀 아래서 무엇 때문에 당신을 또 만날 필요가 있겠소?(年老心閒無外事, 麻衣草坐亦安身. 相逢盡道休官去, 林下何曾見一人)"라 하였다 함.

퇴계 동쪽 끝의 치우친 자그마한 산기슭 끄트머리에 이곳에 내려 와서 살기로 한 집의 새 터를 잡았다. 한번 가서 살펴보았더니 바위가 가로 세로로 얼기설기 얽혀 있고 주변에는 속된 흔적이 하나도 없는 것이 그윽하고 조용하였다. 이곳을 둘러싸고 있는 경치를 한번 살펴보았더니 안개와 구름이 멀리서 아득하게 피어올라 산 속에 항상 머무르고 있으며, 또한 골짜기의 시냇물은 산굽이를 끼고 둥근 고리 모양으로 빙 둘러서 저 들판 끝까지 흘러간다. 그 동안은 서울에서 벼슬을 하느라 고향으로 내려와도 마음 둘 곳이 없었지만 이제 이곳에서 내가 소장하고 있는 만 권의 책을 읽으며 평생을 맡길 만한 집터가 비로소 생겼음을 생각하니 기쁘기 그지없다. 그리고 그간 벼슬을 추구하던 마음은 이제 접어두고 이곳에서 농사나 지으면서 밭을 갈기에 충분한 정도의 비나 기꺼이 내려주기를 바라는 소박한 마음이나 구해야지. 그렇기는 하나 친구인 위단이 "벼슬을 버리고 돌아갈 계획을 세워 놓았으니 오로봉 아래서 만나자"고 하자, "벼슬을 버리고 물러나고 싶은 생각을 다 털어놓았으니 수풀 아래서 다시 만날 필요가 없다"고 말한 당나라 때의 시를 잘 지었던 동림사의 승려 영철에게, 나는 모든 것을 다 그만두고 영원히 쉬는 것이 아니라 그저 병이 들어 잠시 이곳에서 요양하며 쉬는 것일 뿐이라고 말해주고 싶다.

자하봉에 오르다

정미년(1547년) 3월 3일

登霞峯 [1]
丁未三月三日

그윽한 오솔길에 푸름을 밟아가니   踏靑幽徑草茸茸 [2]

    풀은 **빽빽**하고도 **빽빽**하구나.

자하산에 올라와서   來上霞山坐碧峯

    짙푸른 봉우리에 앉았구나.

온갖 나무들 꽃 피우고자 하나   萬樹欲花春漠漠

    봄은 아직 아득하고도 아득하고,

온 산은 저물어 가려는데   一山將暮翠重重

    비취빛 푸름 겹겹이 더하여 가누나.

옛 놀던 서울 조정의 일   舊遊京國渾如夢

    혼연히 꼭 꿈과 같이 되었고,

---

[1] 하봉: 곧 자하봉(紫霞峯)을 말하는데, 선생의 수기(手記)에 의하면 건지산(搴芝山) 기슭이 퇴계에 와서 그쳤다가, 그 동쪽에서 다시 두 번 봉우리를 이룬 뒤에 외로운 산과 길이 끊어지는 곳에 있다고 하였다.

[2] 용용(茸茸): 풀이나 사람의 머리털, 또는 소인배의 무리 등이 연하고 가늘면서도 **빽빽**이 무리 지어 있는 모습을 나타내는 말임.

새롭게 전원에 살 터전을 택하니　　　　　　　新卜田園知自農
　　단지 스스로 농사꾼이 될 뿐이구나!

유상곡수(流觴曲水)하는 좋은 날 새벽에　　　　曲水佳辰當遏密 [3]
　　임금님의 승하를 당하였다는 소식 듣고,

시를 짓다가 고개 돌리니　　　　　　　　　　題詩回首涕霑胸
　　눈물이 온 가슴을 적셨구나!

　　답청일이 되어 자하봉을 오르고자 그윽한 오솔길을 택하여 갔더니
파릇파릇한 풀이 아주 빽빽이 났다. 마침내 자하봉에 올라 파란 풀로
짙푸른 색을 띠고 있는 산봉우리에 앉았다. 그곳에서 자세히 살펴보니
온갖 나무들은 금방이라도 꽃을 피울 것 같은데 봄날은 아직 아득하기
만 하다. 또한 온 산은 해가 곧 저물려 하는데 이내가 끼었고 비취빛이

3　곡수(曲水): 물을 빙 둘러 흐르게 하고 그 주위에 둘러 앉아 술잔을 띄워 돌리도록 하는 일을
　유상곡수(流觴曲水)라고 하는데, 음력으로 3월 3일에 물에 가서 몸을 씻으면 겨우내 몸에 쌓
　였던 요사(妖邪)한 것이 모두 떨어져 나간다고 해서, 연중 행사로 이때에 물가에 가서 목욕도
　하고 술도 마시며 시를 짓기도 하였음. 남조 진(晉)나라의 왕희지(王羲之)가 쓴 유명한 글 「난
　정집의 서문(蘭亭集序)」은 그가 33세 되던 해에 회계군(會稽郡) 산음현(山陰縣)에 있는 난정에
　서 3월 3일날 친구 41명과 더불어 '유상곡수'하면서 지은 시를 모아 엮은 시집의 서문으로 유
　명하다.
　알밀(遏密): 본 뜻은 고요하게 금지한다는 말인데, 뒤에 가서 황제나 임금이 죽었다는 뜻을 갖
　게 되었음. 『상서(尙書)』 「순전舜典」에 황제가 죽자 백성들이 꼭 자기의 친부모가 돌아가신 것
　같이 생각하여, 3년 동안 온 천하에서 음악소리를 내지 못하게 금지하였다는 기록이 있음.
　이보다 한 해 전인 병오년(丙午年) 7월에 인종대왕이 승하하였으나 이때까지 장사를 치르지
　않았기 때문에 이렇게 말한 것임.

푸르게 겹겹이 산을 두르고 또 두르는 중이다. 한가히 이곳에 앉아 옛날 서울에서 아등바등 살던 시절을 생각해 보니 온통 꿈같게만 느껴진다. 모든 것을 정리하고 고향으로 내려와 새로 전원에다 살 터전을 택하고 보니 그저 스스로 농사꾼이나 될 것임을 알겠다. 바야흐로 추위는 완전히 사라져 야외에 구불구불 흐르는 물을 만들어 놓아 술잔을 띄워 돌아가면서 마시기에 좋은 철이다. 그런데 음력 3월 3일 새벽을 맞아 뜻밖에도 인종대왕께서 승하하셨다는 소식을 들었다. 이에 임금님을 애도하는 시를 짓다가 궁궐이 있는 쪽으로 고개를 돌리고 돌아가신 임금님을 생각해보니 눈물이 줄줄 흘러 가슴팍을 온통 다 적셨다.

퇴계의초가집에서, 황준량(黃俊良)이 찾아옴을 기뻐하다

경술년(1550년)에 군수직을 그만두고 돌아온 뒤

退溪草屋, 喜黃仲擧見訪
庚戌, 罷郡歸後 [1]

퇴계가에서 그대를 만나
　　의심나는 것을 묻고,

溪上逢君叩所疑 [2]

탁주잔도 애오라지 다시
　　그대 위해 잡고 있다네.

濁醪聊復爲君持

1　『퇴계연보』에 의하면 이해 "정월에 함부로 임지를 버리고 갔다 하여 직첩(職牒) 2등급을 삭탈당하였다"라 하였는데, 원문의 '고신(告身)'이란 말은 원래 당나라 때의 임관의 사령장을 말하나 여기서는 직첩을 말함.
　　여기 나오는 '퇴계 초옥'은 곧 다음 시에 나오는 한서암(寒棲庵)임.
　　황중거(黃仲擧): 중거는 황준량(黃俊良: 1517~1563)의 자이며 본관은 평해(平海), 호는 금계(錦溪)임. 퇴계의 제자로 어려서부터 재주가 뛰어나 기동(奇童)으로 불렸고, 1537년에 생원이 되었으며, 1540년에 식년 문과에 을과로 급제하여 권지성균관학유(權知成均館學諭)로 임명되었다. 이후 내외직의 여러 관직을 역임한 후 1560년 성주목사로 부임하였다가 4년 만에 병으로 사직하고 돌아오다가 예천에서 죽었는데, 그를 위하여 퇴계가 일생 동안의 전기를 기록한 행장(行狀)을 지어 준 적이 있다. 황준량이 퇴계와 인연을 맺게 된 것은 동향인으로 퇴계와는 각별한 관계에 있었던 농암(聾巖) 이현보(李賢輔)의 손서로 예안에 와 있게 되면서부터였다.
2　고(叩): 단순히 묻는 정도를 지나 더듬어 찾아서 묻다(探問), 상의하여 자문하다(詢問)의 뜻임. 『논어』「선생님은 드물게(子罕)」편에 보면 공자가 "내 그 묻는 내용의 양쪽을 다 탐문하여 말해준다(我叩其兩端而竭焉)"는 말이 있다.

하느님도 오히려 매화 늦게   天公却恨梅花晚
　　핀 것을 한스러워 하여,

일부러 잠깐만에 온 가지에   故遣斯須雪滿枝 [3]
　　눈 가득히 보내셨다네.

　퇴계의 가에 거처를 잡아 비로소 살고 있는데 뜻하지 않게 황준량 그대가 나를 찾아주어 평소에 의심나는 것을 물어본다. 술과는 거리가 멀어 이곳으로 온 이래 잊고 있었지만 못하는 대로 그대가 나를 찾아주니 대작하느라 탁주잔을 들고 있다. 올해는 매화가 꽃 피우는 시기를 많이 늦추어 꽃망울을 터뜨렸다. 그대가 방문한 것을 축하라도 해주려는데 제때에 꽃을 피우지 못함을 안타깝게 생각하였는지, 하느님이 일부러 잠깐 만에 매화꽃 가지 한가득 눈을 내려주었다. 다소 늦은 감이 있지만 눈꽃으로나마 추위 속에서 꽃을 피우는 매화의 참모습을 보여준 것이었다.

3　사수(斯須): 수유(須臾), 편각(片刻)과 같은 뜻임. 곧 매우 짧은 시간을 말함. 잠깐 동안, 잠시.

초가를 퇴계의 서쪽으로 옮기고 한서암이라 이름짓다

移草屋於溪西, 名曰寒栖庵 [1]

초가집 골짜기 바위 사이로   茅茨移構澗巖中

   옮겨 얽으니,

---

[1] 퇴계의 『연보』 이 해 2월조에 보면 "이에 앞서 하명동 자하봉 아래에 땅을 구하여 집을 짓다가 미처 끝내지 못한 채 다시 죽동으로 옮겼으나 또 골이 좁고 또한 시냇물도 흐르지 않아서, 퇴계의 가로 정하게 된 것이니 대체로 세 번이나 옮겨서 거처를 정한 것이다"라 하였으며, 같은 제목의 시가 『별집』에도 한 수 수록되어 있음.

또 선생이 어떤 사람에게 준 편지에서는 "세상에 발을 잘못 내디며 세속을 따르느라 골몰하다보니 수십 년의 세월이 홀연히 이미 잘못 지나갔다. 고개를 돌려 회상하여 보니 망연자실할 뿐이라 내 몸을 어루만지며 크게 탄식할 뿐이다. 그래도 오히려 다행스러운 것은 몸을 거두어 들여 본래의 모습으로 돌아와서 옛 서적을 찾아내어 깊은 뜻을 찾고 뜻을 풀어보니 때때로 내 뜻에 맞는 것이 정말 옛날부터 이른바 '공부에 몰두하면 흔연히 밥 먹는 것도 잊는다'고 한 말이 나를 속이지 않음을 알겠다. 퇴계 곁에 겨우 몇 칸의 집을 엮어 이제부터는 곧바로 죽을 때까지 기약하고서, 묵묵히 앉아서 고요하게 학문을 완상하면서 여생을 지내려 한다"라 말하기도 하였다.

한서암(寒棲庵): '한서'라는 말은 원래 속세를 떠나 산중에서 가난하게 거처하다의 뜻이며, 한서암이란 말은 주자의 무이정사(武夷精舍)에 있는 한서관(寒棲館)에서 따다 쓴 말인데, 그 시의 서문에서 "도에 대하여 쓴 책인 『진고(眞誥)』 중의 말을 취하여 명명하였다(取道書眞誥中語, 命之)"라 하였다. 『진고』란 책은 남조 양(梁)나라의 도홍경(陶弘景)이 지은 책으로, "태허진인(太虛眞人)이 말했다. '평범한 사람 백을 먹이는 것은 어진 이 한 사람을 먹이는 것만 못하며, 어진 이 천 사람을 먹이는 것도 도를 배우는 자 한 사람을 먹이는 것만 못하다. 산이나 숲에서 가난하게 사는 사람〔寒棲山林者〕은 더욱 뜻이 있다고 여길 만하다"라는 말이 있다.

때마침 바위의 꽃　　　　　　　　　正値巖花發亂紅
　　흐드러져 붉게 피었네.

예로부터 지금까지　　　　　　　　古往今來時已晚 [2]
　　때 이미 늦었지만,

아침에 밭 갈고 밤에 책 읽으니　　朝耕夜讀樂無窮 [3]
　　즐거움 끝이 없네.

　띠풀을 엮어 이엉을 이은 거친 집을 시냇물이 흐르는 골짜기 사이의
바위로 옮겨 지었는데, 때마침 봄을 맞아 바위 주변의 온갖 꽃들이 붉
은색으로 흐드러지게 피었다. 옛날부터 꿈꾸어 왔던 생활이라 가만히
생각해 보니 세상일에 휘말려 이미 많이 늦어졌다. 그래도 다행히 늦게
나마 이렇게 아침에 일어나 낮에는 밭을 갈며 농사를 짓고, 해가 저물어
어두워져 더 이상 일을 할 수 없으면 집으로 돌아와 불을 켜놓고 책을
읽는 생활을 해보니 그 즐거움이야말로 정말 말로 형언할 수 없을 정도
로 끝이 없다 하겠다.

2　고왕금래(古往今來): 예로부터 지금까지. 자고이래(自古以來)와 뜻이 같음
3　조경야독(朝耕夜讀): 주경야독(晝耕夜讀)과 같은 뜻임. 당나라 한유(韓愈)의 시「슬프도다,
　동 선생님의 행적이여(嗟哉董生行)」"슬프다! 동 선생이여, 아침에 나가서 밭 갈고, 저녁에는
　돌아와서 옛사람들의 책을 읽네(此哉董生朝出耕, 夜歸讀古人書)."

3월 3일, 빗속에서 느낌이 있어 뜻을 기탁하다

정미년에 지은 답청시의 운자를 쓰다

三月三日, 雨中, 寓感
丁未踏靑韻 [1]

강 언덕으로 가서
　　파릇파릇한 새싹 밟지 않고,

작은 창으로 비를 내다보며
　　앞에 있는 봉우리 대하고 있네.

한가하고 바쁨 갑작스레 달라짐은
　　조금 다행이라 하겠지만,

어리석음과 슬기로움 서로 달라짐이
　　몇 번이나 되었던가?

옛 학문 전해받지 못하여
　　모두 하찮은 선비 되었으나,

不向江皐踏綠茸 [2]

小窓看雨對前峯

閑忙頓別差爲幸

愚智相懸定幾重

古學未傳皆末士

1　정미년(丁未年: 1547년)은 퇴계가 47세 되던 해이다.
2　강고(江皐): 강가의 언덕, 곧 강변을 말함.
　　녹용(綠茸): 어린 풀이 파릇파릇하고 조밀하게 난 모양이나 섬세하고 조밀하게 난 파란 풀을
　　말함. 원운으로 된 시의 '용용(茸茸)'과도 뜻이 통함.

35

순박한 풍속은 아직도   淳風猶在只村農 [3]
　　농촌에 있을 뿐이라네.

아이 불러 잔 속의 술   呼兒且進杯中物 [4]
　　바치게 하여,

내 평생 가슴 속에 쌓인   澆我平生纍積胸 [5]
　　갖은 시름 씻어 보려 하네.

　　오늘은 3월 3일로 답청을 하는 날이나 비가 와서 강변의 언덕으로 가서 파릇파릇한 새싹을 밟을 수가 없다. 대신에 다만 작은 창문을 통하여 비 구경이나 하면서 멀리 보이는 앞산의 파란 봉우리를 마주보고 마음을 달랠 뿐이다. 이곳에서 한가로운 생활을 즐기다 보니 서울에서의 바쁘기 그지없었던 생활이 일순간에 달라졌음이 얼마간 다행이라는 생각이 들기는 한다. 그래도 서울에 있을 때에는 곁에 항상 공부하는 사람들이 있어 나에게 좋은 자극제가 되었다. 그랬던 까닭에 이곳에서의 생활이 좋기는 하지만 어리석어진 것 같은 생각이 들어 서울과 이곳을 왕래하면서 그 동안 몇 번이나 어리석음과 슬기로움이 서로 달라졌던가를

3 　순풍(淳風): 돈후하고 예스러운 질박한 풍속을 말함. 남조 진(晉) 갈홍(葛洪)의 『포박자』 「일민(逸民)」편에 "순박한 풍속은 충분히 백 세대나 내려온 더러움을 씻을 수 있다"는 말이 있음.
4 　배중물(杯中物): 술을 가리키는 말. 도연명의 「자식들을 책망함(責子)」 "하늘의 운세 실로 이러하니, 짐짓 잔 속에 든 것 바치게 하네(天運苟如此, 且進杯中物)."
5 　벽적(纍積): '적(積)'자는 적(績), 적(襀)으로도 쓰며 원래는 옷의 주름을 가리키는 말이었으나, 여기서는 갖가지 생각과 근심이 쌓인 것을 비유하는 데 쓰였음.

곰곰이 생각해 보게 된다. 생각해 보니 함께 공부하던 선비들도 옛날부터 전해 내려오던 훌륭한 학문이 제대로 전하여지지 않아 모두들 근본은 버려두고 말엽의 공부나 하는 하찮은 선비들로 전락하고 말았다. 그러나 이곳 시골에서는 농촌에서 옛날부터 대대로 전하여 오던 순박한 풍속이 그대로 남아 있어서 좋다. 이에 만감이 교차하는지라 마음이나 달래볼 생각으로 아이를 불러 한 잔 술을 좀 가져오라고 하여, 평생 내 가슴 속에 주름지고 쌓였던 갖은 시름을 시원하게 한번 씻어내고자 한다.

농암 이 선생님이 한서암으로 왕림하시다

聾巖李先生來臨寒栖 [1]

맑은 시내 서쪽 가에
　　띠집을 이었으니,
清溪西畔結茅齋

속세의 나그네 어찌
　　지게문을 열라 두드릴 것인가?
俗客何曾款戶開 [2]

갑자기 산남쪽에 사시는
　　이 정승님께서 찾아주시는 은혜를 입어,
頓荷山南李相國 [3]

[1] 『연보보유』에 의하면 이 해 3월에 농암이 한서암에 왕림하였다 하였는데, 이 시는 이때 농암의 왕림을 기념하여 쓴 것이며, 농암 또한 이 시에 차운하였다. 농암의 차운시로 보건대, 이 시는 퇴계가 다섯 차례나 거처를 옮겨 비로소 한서암을 다 짓고 정착한 후에 지은 것임을 알 수 있다.

농암(聾巖): 이현보(李賢輔: 1467~1555)의 호이며, 또한 설빈옹(雪鬢翁)이라고도 했다. 자는 비중(棐仲)이며 본관은 영천(永川). 1498년 식년 문과에 급제하여 관로에 들어선 뒤 사간원정언으로 있을 때 서연관의 비행을 논하였다가 안동에 유배되었으나 중종반정으로 복직하였다. 이후 경상도 관찰사, 호조참판까지 올랐으며, 76세 되던 해인 1542년에는 지중추부사에 제수되었으나 병을 핑계로 고향인 부내(汾川)에서 만년을 강호에 파묻혀 지냈다. 후배뻘인 퇴계와는 특히 자주 왕래하여 한집안처럼 지내기도 하였다. 1700년에 분강서원(汾江書院)에 제향되었으며 시호는 효절(孝節). 퇴계가 손수 지은 행장과 제문이 문집에 전한다.

[2] 관(款): 문을 열어 달라고 두드리다(叩)라는 뜻이다.

[3] 이상국(李相國): 『내집』에는 신선의 우두머리라는 뜻인 '노선백(老仙伯)'으로 되어 있다.

작은 가마 타고서   肩輿穿得萬花來 [4]

　　온갖 꽃 뚫고 오셨다네.

　맑은 퇴계의 서쪽 한 구석에 따로 지붕을 이은 소박한 집을 지었으니,
아직 한번도 속세의 나그네들이 굳이 이런 곳까지 찾아와서 문 좀 열어
주십사 하고 대문도 없는 집의 지게문을 두드린 적이 없다. 그런데 산의
남쪽에 사시는 늙은 신선 같은 이 정승님께서 뜻밖에 갑작스레 찾아주
셨다. 그것도 두 사람이 어깨에 메는 작은 가마를 타시고는 좁은 길로
봄이 되어 만개한 갖은 꽃 사이를 뚫고 이렇게 왕림을 해주셨다.

〔부기〕이현보의 원운시

한서암으로 퇴계를 찾다

訪退溪于寒棲庵

　전날 약에 대해서 물으러 갔다가, 다섯 번이나 거처를 옮겨 영구히 살
고자 세운 터를 보고 그 땅을 얻은 것을 축하했다. 다시 간곡하고 편안
한 대접을 받고 조용히 실컷 마신 뒤 또 글까지 보여주니 더욱 정성스러
움을 알게 되었다. 외람되이 얻음을 감히 헛되이 할 수가 없어 같은 각

---

4 견여(肩輿) : 원래의 의미는 산길 같은 좁은 곳을 지날 때 잠시 쓰는 간단한 상여이나, 여기서는
　두 사람이 어깨에 메는 간단한 가마라는 뜻으로 쓰였음.

운자를 써서 고마움을 나타낸다.

前日因問藥而進, 始見五遷, 永建之基. 賀其得地, 更蒙款慰. 從容醉飽, 又此
示韻, 益知繾綣. 不敢虛辱, 步韻以謝

바위길 뚫고 골짜기를 넘어
　　산에 있는 집 방문하였더니,
穿巖越壑問山齋

반쯤 닫힌 사립문이
　　나를 위하여 열렸네.
半掩柴扉爲我開

건너편 시내 봄 온 후의
　　아름다운 경치 너무나 사랑스러워,
愛殺隔溪春後艶

황홀하여 돌아올 것도 잊어버리고
　　다니다가 해 기울어서야 돌아왔네.
荒乘忘返日斜來

퇴계

退溪

몸 물러나니 어리석은 내 분수에 편안한데,　　身退安愚分

학문이 퇴보하니 늘그막이 걱정스럽네.　　學退憂暮境

퇴계의 가에 비로소 거처 정하니,　　溪上始定居

흐르는 물 굽어보며 날로 반성함이 생기네.　　臨流日有省

　　이 몸이 분수에도 맞지 않는 관직 생활에서 이곳 퇴계로 물러나고 보니 어리석은 내 천성에 더 없이 편안하게 느껴진다. 그러나 한편으로는 곁에서 서로 자극하며 함께 학문을 경쟁하던 사람들이 없어져 그것 때문에 학문이 퇴보하지나 않을까 늘그막이 걱정스럽게 느껴지기도 한다. 그래도 이 퇴계의 시냇가에 막 거처를 정하여 살면서, 이따금 냇가에 서서 흐르는 물을 굽어본다. 그러노라니 공자가 흐르는 물을 보고 "흘러가는 것이 이와 같구나! 밤과 낮을 가리지 않는구나!" 하시며 탄식하던 것이 생각나서 날마다 내 몸을 돌아보며 반성을 할 수 있게 된다.

한서암

寒栖

띠 이어 숲 속에 오두막집 지으니,	結茅爲林廬
아래로는 차가운 샘물 콸콸 솟네.	下有寒泉瀉
마음 편히 쉬면서 즐길 만하니,	栖遲足可娛 [1]
알아주는 이 없다는 것 한스럽지 않네.	不恨無知者

    띠풀을 엮어서 지붕을 이은 소박한 오두막집을 숲 속에다 지어 놓았다. 마침 집 아래쪽에서는 맑고 달콤하여 차가운 샘물이 하나 있어 끊임없이 콸콸 솟아오른다. 이 형상을 가만히 생각하여 보니 마치 『시경』에서 이른바 "보잘것없는 오막살이 아래 거처하여도 마음은 편안하게 지낼 수 있다"는 것과 같다. 말 그대로 마음을 편히 쉬면서 즐길 만하다. 오히려 나의 이런 즐거움을 알아 내 오두막 곁에 집을 지어 방해하는

---

1 서지(栖遲): '서지(棲遲)'라고도 하며, 은퇴하여 마음 편히 푹 쉬는 것(游息)을 말함. 『시경』「진나라의 민요·삽짝문(陳風·衡門)」에 "오막살이 아래 거처하여도, 맘 편히 지낼 수 있네(衡門之下, 可以棲遲)"라는 구절이 있음.

사람이 없으니 이렇게 외로이 사는 것이 전혀 한스럽게 느껴지지가 않는다.

퇴계에서 지내면서 이것저것 흥이 일어 2수

溪居雜興, 二首

1 푸르른 자하봉 밖의 땅을 사서,	買地靑霞外 [1]
푸른 시냇가로 거처 옮겼네.	移居碧澗傍
깊이 즐기는 것 물과 돌뿐이요,	深耽唯水石
크게 볼 만한 것은 솔과 대뿐이라네.	大賞只松篁 [2]
조용한 가운데 철따라 흥취 구경하고,	靜裏看時興
한가한 가운데 지나간 향기 더듬네.	閑中閱往芳
사립문은 먼 곳에 있어야 할지니,	柴門宜逈處 [3]
마음 쓸 곳이라고는 책상 위의 책뿐이라네.	心事一書牀

---

[1] 청하(靑霞): 여기서 '하(霞)'는 특별히 자하봉(紫霞峯)을 가리킨다. 「자하봉에 오르다(登霞峯)」
로 보아 이를 알 수 있다.

[2] 송황(松篁): 소나무와 대나무를 말하며, 굳센 정절과 절개를 비유하는 말로 쓰임.

[3] 시문의형처(柴門宜逈處): 당나라 두보의 「지방장관인 엄무공(嚴武公)이 5월에 초당에 왕림하
여 함께 주안상을 들다(嚴公仲夏, 枉駕草堂, 兼携酒饌)」에 "백년의 궁벽한 땅에 사립문 멀고, 5
월의 강물은 깊고 초당은 차기만 하네(百年地僻柴逈門, 五月江深草閣寒)"라는 구절이 있다.

푸른 숲이 우거진 자하봉 밖에 있는 땅을 구입하였다. 맑다 못해 짙푸른 빛을 띠고 있는 계곡에서 흘러나오는 냇물 곁으로 거처를 옮긴 것이다. 사람들이 모여 사는 마을과는 동떨어져 있어 깊이 즐길 만한 것으로는 맑게 흐르는 물과 물가에 있는 갖가지 형상을 한 바위뿐이고, 또 크게 감상할 만한 것으로는 가까이에 있는 자하봉에 우거진, 예로부터 굳센 정절과 절개를 나타내어 사군자에 드는 소나무와 대나무뿐이다. 다행히 나는 이런 자연 경관을 사랑하여 왔던 터라 인적이 끊긴 이곳에서 조용한 가운데 사철 그 모습을 달리하는 흥겨운 정취를 구경하는 데 많은 시간을 보낸다. 이렇게 자연 경관을 구경하고 즐기다가 한가로이 옛날의 성인들이 남긴 책에서 향기로운 자취를 찾아서 더듬어 본다. 자연과 더불어 사는 이곳에 손님들이 오는 것은 그리 반가운 일이 아니니 삽짝문은 먼 곳에 떨어져 있는 것이 마땅하고, 정말 마음을 써야 할 것은 오로지 옛 성인들이 남긴 책상 위에 펼쳐져 있는 책뿐일 것이다.

2 황무지 일구니 푸른 언덕 굽어보고 있고,　　　開荒臨綠岸
　　집 얽으니 붉은 바위 마주하고 있네.　　　　　結屋對丹巖
　　산골 시내의 풀은 거의 이름 없고,　　　　　磵草多無號
　　물새들도 모두 보통 보는 새 아니라네.　　　沙禽並不凡 4

---

4 사금(沙禽): 모래톱이나 모래 여울에 사는 물새를 말함.

산에 살면서 『주역』의 손괘와 익괘 알고,　　　　山居知損益 [5]

시냇가에 앉아 소소와 함지의 음악 듣네.　　　　溪座聽韶咸 [6]

햇나물 푹 익히니 맛 좋은데,　　　　爛煮新蔬美 [7]

어째서 반드시 늦은 식사 기다릴 것인가?　　　　何須待晚饞 [8]

---

[5]　손익(損益):『주역』의 '손괘(損卦)'와 '익괘(益卦)'를 말함. 손괘는 아래를 덜어서 위를 보태는 것이며, 익괘는 위의 것을 덜어서 아래를 보태는 것을 말함.『후한의 역사』「은자들의 전기(逸民傳)」를 보면 상장(向長, 자는 子平)은 은거하며 벼슬길에 나아가지 않고『주역』을 읽다가 '손'·'익'괘에 이르자 탄식하며 "내 이미 부유한 것이 가난한 것만 못하고, 귀한 것이 천한 것만 못하다는 것은 알겠으나 죽음은 삶에 비해 어떠한지를 모를 따름이다"라 하고는 마침내 북해의 금경과 함께 오악의 명산을 유람하며 일생을 마쳤다는 기록이 있다. '向'자는 '尙'과도 통하여 씀.
　　주자의「상자평의 일로 느낌이 있어서(感尙子平事)」"훨훨 먼 산을 마음껏 유람하고 다니자니, 마음 속 깊이 그때의 상자평 생각나네. 나 또한 요즘 들어 손괘와 익괘의 뜻 알아, 다만 징계와 억제로써 남은 생애 헤아릴 따름이네(翩然遠嶽恣遊行, 慨想當年尙子平. 我亦近來知損益, 只將懲窒度餘生)."

[6]　소함(韶咸): '소(韶)'는 순임금의 음악인 소소(簫韶, 또는 韶箾)를 말하며, '함(咸)'은 황제의 음악인 함지(咸池)를 말함.(樂記) '소'는 "잇는다"는 말로, 순임금이 능히 요임금의 덕을 이을 수 있었음을 말한다. '함지'의 '함'은 "다"라는 뜻이며, '지'는 "베풂"을 말하는데, 덕이 베풀어지지 않음이 없음을 말한다.

[7]　난자(爛煮):삶아서 푹 익힘을 말함.

[8]　하수대만참(何須對晚饞): '饞'은 "먹는다〔食〕"는 뜻이며, 만참은 만식, 곧 때에 늦게 하는 식사를 말한다.『전국책』「제책(齊策)에 보면 안촉(顔斶)이 벼슬을 내놓고 떠나면서 "때늦은 식사는 고기를 먹는 것에 비할 만하고, 편안히 걷는 것은 수레를 타는 것에 비견할 수 있으며, 죄가 없는 것은 귀한 것에 비할 수 있고 맑고 조용하며 곧고 바르게 살며 스스로 즐기고자 한다"고 하였다. 시장해진 뒤의 식사는 고기를 먹는 것처럼 맛이 있음을 말하며, 나중에는 욕심이 없고 깨끗함〔淡泊〕을 달게 여긴다는 뜻의 비유어로 쓰였음. 주자의「오공제(吳公濟)가 산나물 네 가지를 베풀고 아울러 아름다운 글을 가져오시어 그 각운자에 맞추어 짓다·미나리(公濟惠山菜四種, 幷以佳篇來貺, 因此其韻·芹)」"때늦은 식사 어찌 고기 반찬과 논할 수 있으리오, 그대 세상의 영화 얇게 보심을 알겠네(晩食寧論肉, 知君薄世榮)."

새로 옮긴 집터 주위의 거친 땅을 일구어 개척하여 보니 푸른 냇가의 언덕을 굽어보고 있고, 이렇게 하여 일군 터에다 새 집을 지으니 정면에 붉은 빛을 띤 바위가 있어 똑바로 마주보고 있다. 산골짜기에서 흘러나온 시내 주변에 돋아난 풀은 이름은 있겠지만 거의가 아는 것이 없고, 냇가의 모래톱과 여울에 있는 새들도 그냥 단순한 새일 뿐이지만 내가 보기에는 모두가 범상치 않아 보인다. 벼슬에서 물러나 이렇게 산골에서 살면서『주역』의 '손괘'와 '익괘'의 뜻을 음미하여 보니 옛날 후한 때의 상장이란 사람이 이 괘를 읽으며 "부유함이 가난함만 못하고 귀한 것이 천한 것만 못하다"고 탄식한 이유를 비로소 알 만하다. 또한 집에 앉아 시냇물이 흐르는 소리를 가만히 듣자니 그 소리가 마치 순임금과 황제의 음악인 '소소'와 '함지'를 듣는 듯하다. 산골이라 집 주변에 산나물이 많아 햇나물을 뜯어 와서 푹 익히니 그 맛이 또 일품이라 옛날 전국시대 제나라의 안촉이 "때늦은 식사는 고기를 먹는 것에 비할 수 있다" 하여 시장한 뒤에 식사를 하려한 것을 굳이 본받을 필요가 있을 것인가 생각해 본다.

한서암에 비가 온 뒤의 일을 쓰다

寒栖雨後書事

주룩주룩 밤새 비오는 소리 들리더니,	浪浪夜雨聲 [1]
아침에 일어나 보니 푸른 산 물기에 젖어 있네.	朝起靑山濕
밤새 끼어 있던 구름 반쯤 개어 엷어졌지만,	宿雲半解駁 [2]
골짜기 물 흐름은 더욱 빨라졌네.	澗水流更急
바윗골 숲속에 햇빛 가득 차니,	巖林盈光景
모든 실가지들 마치 새로 목욕한 듯하네.	衆絲如新沐
농군들은 서로 서로 불러내고,	野人相喚出
깊숙한 곳의 새는 지저귀는 소리 간곡하네.	幽鳥語款曲 [3]
가시나무 사립문은 조용하니 일 없는 듯하고,	柴荊澹無事 [4]

---

1 낭랑(浪浪): 의태어로 물이 흐르는 모습을 나타내기도 하나, 여기서는 비나 물 등이 내리거나
   흐르는 소리를 나타내는 의성어로 쓰였음.
2 숙운(宿雲): 밤새 끼어 있는 구름을 말함.
   해박(解駁): 구름 따위가 개려고 햇볕을 받아 층이 엷어져 얼룩덜룩해진 모습을 말함.
3 관곡(款曲): 충심에서 우러나온 지극한 정성을 말함.
4 시형(柴荊): '시형'은 원래 땔나무로 쓰이는 작은 잡목의 덤불을 말하나, 여기서는 그런 것들을
   얽어 만들어 초가집의 문에 단 삽짝을 말함. 주로 시골 마을의 집을 가리키는 데 쓰임.

도서는 사방의 벽 가득 채우고 있네.　　　圖書盈四壁

옛사람 지금 여기 없지만,　　　古人不在玆

그 말씀 향기로이 남아 있네.　　　其言有餘馥

바라고 바라네, 세 이로운 벗,　　　望望三益友 [5]

세 갈래 오솔길로 와서 책 읽기를.　　　來從三徑讀 [6]

　주룩주룩 바깥에서는 밤새도록 비 오는 소리가 들리더니, 아침이 되어 일어나자마자 바깥으로 나가 살펴보았더니 푸른 산이 물기에 젖어 더욱 짙어 보인다. 밤새도록 끼어 있던 비를 내리던 먹구름은 이제 맑게 개려는 듯 얇아져 군데군데 반쯤 햇빛을 투과하고 있고, 밤새 내린 비로 산골짝의 시냇물은 몰라보게 불어나 물살이 더욱 빨라졌다. 드디어 날이 활짝 개어 바위와 숲이 잘 어우러진 산 속에 햇빛이 가득 차게 되니,

---

5　망망삼익우(望望三益友): '삼익우'는 사귀어서 자기에게 도움이 될 만한 세 가지 벗을 말함. 『논어』「계씨(季氏)」에서 공자가 "곧은 이를 벗하고, 성실한 이를 벗하며, 견문이 많은 이를 벗하면 유익하다"라 한 데서 나왔으며, 나중에는 이 말로 훌륭한 친구, 좋은 친구를 나타내게 되었다.

6　삼경(三徑): '경(徑)'자는 '逕'과도 통하여 쓰며, 돌아가 은퇴하여 사는 사람의 정원을 가리키는 말임. 서한(西漢) 말기에 왕망(王莽)이 세도를 잡고 있을 때 연주자사(兗州刺史)로 있던 장후(蔣詡)가 벼슬을 사직하고 고향으로 돌아가서 은거하면서 정원에 소나무를 심은 길[松徑], 국화를 심은 길[菊徑], 대나무를 심은 길[竹徑]을 만들어 놓고 은거하며, 오직 구중과 양중이라는 친구하고만 좇아 노닐었다는 고사에서 나왔음. 도연명의 「돌아가자꾸나(歸去來辭)」 "세 지름길은 황폐하여졌으나 소나무 국화는 오히려 그냥 남아 있네(三徑就荒, 松菊猶存)." 남송 양만리(楊萬里)의 「아홉 오솔길(三三徑)」 "세 오솔길 처음 연 이는 장후이고, 두번째 연 이는 도연명이라네(三徑初開是蔣卿, 再開三徑是淵明)."

49

실오라기 같은 모습을 하고 아래로 가지를 늘어뜨린 모든 나무줄기들은 마치 금방 머리를 감은 듯 파릇파릇 맑고 깨끗한 모습을 띠고 있다. 봄철이라 비가 개니 농부들 일이 많아져 서로 불러내어 들판으로 일하러 가자고 소리친다. 마치 여기에 화답이라도 하듯이 그윽한 숲 속에서 지저귀는 새들의 소리는 정말로 간곡하기 그지없이 들린다. 가시나무와 잡목을 엮어 소박하게 만들어 놓은 삽짝문은 아무도 찾아오는 이들이 없어 고요하기만 하여 아무 일도 없는 듯한데, 집 안을 살펴보니 내가 가장 소중하게 여기는 재산인 도서가 사방 벽에 가득 꽂혀 있다. 그 책을 지은 옛사람들은 모두 세상을 떠나 지금 세상에 함께하지 못하나 그들이 남긴 말로 가득 찬 책들은 여전히 바로 옆에서 살아 말을 하듯이 향기로 가득 차 있다. 내가 이곳 궁벽한 시골로 온 것이 속세의 사람들을 피하여 공부에 전념하고자 함이었다. 그러니만큼 오로지 바라는 것은 공자께서 말씀하신 곧고 신실하고 유식한 세 부류의 벗들이 내가 있는 이곳으로 찾아와 한나라 때의 은자인 장후를 모방하여 세 갈래 오솔길을 만들어 놓고 은거하는 이곳으로 찾아와 함께 성인들의 책을 읽고 담론도 하는 것이다.

도연명집에서『거처를 옮기며』라는 시의 각운자에 화답하다 2수

和陶集移居韻, 二首 [1]

1 내 난 지 오십 년에,   我生五十年

   이제사 반이나마 지은 집 가졌다네.   今有半成宅

   땅 치우쳐 있으니 찾아오는 이 드물고,   地僻人罕至

   산 깊어 해 빨리 지니 쉬이 저녁 되네.   山深日易夕

   또한 살아가는 일 서툴러 쓸쓸함 알겠지만,   亦知生事踈 [2]

   그래도 육체의 노예로 수고롭힘보다는 낫다네. 猶勝勞形役 [3]

   힘 덜고자 묵은 재목 걷어치우고,   省力撤舊材

   편의한 대로 해진 자리 펴리라.   隨宜展敝席

---

1 이 시는 『내집』 권 1의 원주에 5월 18일에 지었다고 하였다.
2 생사소(生事踈): '생사(生事)'는 세사(世事), 곧 세상의 일을 말함. 당나라 위응물(韋應物)의 「풍수 가의 정사에 우거하면서 중서사인(中書舍人) 벼슬을 하고 있는 장씨네 둘째에게 부침(寓居灃上精舍, 寄于張二舍人)」 "도에 트인 마음 담박하게 흐르는 물 대하고 있노라니, 세상 일 쓸쓸하니 멀어 공연히 문만 닫고 있네(道心淡泊對流水, 生事蕭疎空掩門)."
3 형역(形役): '형(形)'은 '신(神)'에는 반대되는 개념으로, 정신이 깃들어 있는 껍데기, 즉 육신을 말함. 도연명의 「돌아가자꾸나(歸去來辭)」 "이미 스스로 마음을 육체의 부림으로 삼았으니 어찌 실망하여 탄식하면서 홀로 슬퍼하지 않겠는가!(旣自以心爲形役, 奚惆悵而獨悲)."

실로 궁벽한 절개 논하지 말게나,   無論固窮節 [4]

전원을 좋아하는 성격 예로부터 잘 어울렸으니.   野性諧夙昔 [5]

실로 도가 같지 않다면,   苟爲不同道

천 마디 말로도 판단하기 어렵다네.   千言難剖析 [6]

생각해 보니 내가 이 세상에 태어난 지도 어언 50년이나 되었는데, 그동안 명예와 관직을 쫓아 정처없이 이곳저곳을 방황하고 돌아다니느라 변변한 집조차 하나 없다. 이곳 퇴계의 가로 내려와서야 그래도 겨우 반이나마 이루어진 평생을 기탁할 집을 하나 가지게 되었다. 집터를 잡은 땅이 사람들 사는 곳과 떨어진 구석진 곳이라 찾아오는 이들이 드물고, 또 산 속 깊은 곳에 자리를 잡았으니 해가 빨리 져서 쉬 저녁이 되곤 한다. 이런 곳에 집을 지어 살아가다 보니 세상의 일과는 날로 멀어져 쓸쓸해짐을 알겠지만 그래도 자유로워야 할 정신이 육체의 노예가 되어 구

---

4 고궁절(固窮節): 『논어』 「위령공(衛靈公)」편에 "자로가 노기를 품고 (공자를) 뵙고 '군자도 궁한 때가 있습니까?'라 하자, 공자께서 말씀하시기를 '군자는 원래부터 궁한 것이니 소인은 궁하게 되면 넘치게 된다'라 하셨다"라는 말이 있고, 도연명의 「음주시」에도 "不賴固窮節(其二)", "竟抱固窮節(其十六)" 등의 구절이 있음. 이 다음 시 「도연명집에서 음주시에 화답하다(和陶集飮酒)」의 원운시를 참조.

5 야성(野性): 성격이 전원을 좋아함을 말함. 송나라의 애국시인 육유(陸游)의 시에 「전원을 좋아함(野性)」이라는 것이 있음. 숙석(夙昔)은 지난날[昔時, 往日]이라는 뜻임.

6 구위~부석(苟爲~剖析): 퇴계의 『문집』 권 16의 「기대승(奇大升)에게 답함(答奇明彦)」에 보면 "도가 같으면 한 조각의 말로도 서로 부합할 수 있지만, 같지 않으면 많은 말이 도를 해칠 뿐이다(道同則片言足以相符, 不同則多言適以害道)"라는 말이 있는데, 바로 그런 뜻으로 쓰였음. '부석'은 옳고 그름을 갈라서 결정함, 곧 판단을 이르는 말임.

속당하고 부림을 당하여 괴롭게 되는 것보다는 한결 낫다. 힘을 덜고자 하여 묵은 재목은 철거하여 걷어치우고 체면 때문에 어쩔 수 없이 겉치레를 꾸미는 것도 이제는 필요 없으니 그저 내 편한 대로 해진 자리를 펴고 마음 편안히 거처하고자 한다. 공자께서 말씀하신 "군자는 본래부터 궁한 법이다"라 한 것에 대해서는 더 이상 논할 필요가 없다. 궁하게 살더라도 전원을 좋아하는 것이 성격상 옛날부터 나오는 정말로 잘 어울렸다. 그러나 사람들이 내가 이렇게 거처하는 것을 보고 모두들 이러쿵저러쿵 말들이 많지만 실로 추구하는 도가 서로 같지 않다고 한다면 천 마디 만 마디 아무리 말을 많이 하여도 결국은 판단이 서지 않고 도만 해치게 될 뿐이다.

2   홀로 한 잔 술을 따라,   獨酌一杯酒

    한가로이 도연명과 위응물의 시 읊조리네.   閑詠陶韋詩 [7]

    숲과 시내 사이를 유유자적하게 거니노라니,   逍遙林磵中

    광활하여 마음 즐겁기 그지없네.   曠然心樂之

    옛 글에 실로 풍미 있으나,   古書誠有味

---

7 도위(陶韋): 도연명과 위응물(韋應物)을 가리킨다. 위응물(737?~791?)은 당대의 저명한 시인으로 수도 장안(長安: 지금의 陝西 西安市) 사람이다. 일찍이 소주자사(蘇州刺史)와 강주자사(江州刺史)를 지낸 적이 있으므로 그를 위소주(韋蘇州), 또는 위강주(韋江州)라고 하며, 또 입조하여 좌사낭중(左司郎中)을 지낸 적이 있어서 위좌사(韋左司)라고도 부른다. 전원시인인 도연명과 사령운(謝靈運) 시의 기교를 융합시켜 담담한 필치로 그윽하고 조용한 경치를 잘 읊어내었으며, 작시의 풍격이 도연명과 비슷하다 하여 '도위(陶韋)'로 병칭되었다.

병이 들어 깊이 생각하는 것 두렵다네.　　　　多病畏沈思

악을 미워하여 오명 남기는 것 분하게 여겼고,　　疾惡憤遺臭 [8]

선을 흠모하여 때 늦은 것 한탄하였네.　　　　慕善嗟後時

시내 소리 밤낮으로 흘러가지만,　　　　　　溪聲日夜流

산의 경치는 예나 지금이나 같네.　　　　　　山色古今玆 [9]

무엇으로 이 내 마음 위로해 볼까,　　　　　何以慰我心

성인의 말씀 나를 속이지 않으리.　　　　　聖言不我欺

　권할 이 없어 홀로 술을 한 잔 따라 마시며, 전원에 대하여 읊은 시가 많아 평소에 내가 좋아하여 많이 암송하고 있는 중국 진나라 때의 시인 도연명과 당나라 때의 위응물의 시를 한가로이 읊조려 본다. 그들의 시를 읊조리는 것만으로는 성에 차지 않아 숲과 산골짜기의 시내를 자유로이 유유자적하게 거닐다 보니 가슴이 탁 트이는 것이 실로 마음이 즐겁기 한량없다. 옛날의 성인들이 남긴 책에는 실로 풍미가 있어서 늘 가까이 두고 읽고 생각하며 음미해보고 싶지만, 평소에 병이 많은 약골이

8　유취(遺臭): 유취만재(遺臭萬載), 곧 더러운 이름을 후세에 길이 남기는 것을 말함. 남조 송 유의경(劉義慶)의 『세설신어』「허물과 뉘우침(尤悔)」편에 환온(桓溫)이 "이미 명성을 후세에 전할 수 없을 뿐 아니라, 또한 오명을 길이 남길 수도 없다"라 한 말이 있다.

9　고금자(古今玆): 『시경』「주송·풀을 뽑음(周頌·載芟)」이라는 시에 "이와 같이 될 줄 알아 이런 것이 아니며, 지금만 이와 같은 것이 아니라, 예로부터 이러하였네(匪且有且, 匪今斯今, 振古如玆)"라는 말이 있는데, 이는 산의 경치가 아름답기가 예나 지금이나 이와 같이 좋다는 것을 나타내는 말이다.

라 너무 깊이 생각에 빠지면 혹여라도 몸이 상하게나 되지 않을까 두려워한다. 평소부터 악함을 싫어하여 매사에 하나의 오명이라도 남기게 되면 이를 분하게 여겨왔고, 선을 흠모하여 실천하려고 마음을 먹었으나 너무 때늦은 감이 있는지라 진작에 그렇게 하지 못했음을 한탄하는 바이다. 시냇물이 밤낮으로 소리를 내며 흘러가듯이 시간도 한번 흘러가면 다시는 돌아오지 않지만, 산의 경치만은 여전히 같아 예나 지금이나 변함없는 모습을 고스란히 간직하고 있다. 이룬 것 없이 세월만 흘러 나날이 늙어가니 이 마음을 위로할 방법을 찾는데, 그래도 성인들께서 남겨놓은 말씀만이 유일하게 나를 속이지 않을 것이므로 조용히 책을 펼쳐 읽으며 그 뜻을 음미하며 마음을 달래본다.

〔부기〕 도연명의 원운시

거처를 옮기며

移居

첫째　　　　　　　　　　　　　　　　　　　其一

옛날부터 남쪽 마을에 살고자 하였음은,　　　　昔欲居南村

그 집터를 보아서가 아니었다네.　　　　　　　非爲卜其宅

듣자하니 순결한 마음 가진 이 많다 하여서,　　聞多素心人

즐거운 마음으로 그들과 아침 저녁으로　　　　樂與數晨夕

이야기하기 위해서라네.

이 마음 품은 지 자못 여러 해 되었지만,	懷此頗有年
오늘날에야 이 일 성취하였다네.	今日從玆役
보잘것없는 집 어찌 반드시 넓어야 하리,	弊廬何必廣
침상과 자리만 가리면 충분하다네.	取足蔽牀席
이웃사람들 때때로 찾아와서,	隣曲時時來
목청 높여 옛날 일을 이야기하네.	抗言談在昔
기이한 문장 함께 감상하며 즐기고,	奇文共欣賞
의문나는 뜻 더불어 따져 보기도 하네.	疑義相與析

둘째 — 其二

봄 가을에는 좋은 날 많아,	春秋多佳日
높은 곳에 올라 새로운 시를 읊는다네.	登高賦新詩
문 앞을 지나면서 번갈아 서로 불러내어,	過門更相呼
술 생기면 따라 마시네.	有酒斟酌之
농사 바쁘면 각기 알아서 돌아가고,	農務各自歸
한가로운 틈 나기만 하면 번번이 서로 생각하네.	閑暇輒相思
서로 생각나면 곧 옷을 펼쳐 입고 나가서,	相思則披衣
말하고 웃고 하니 싫증나는 때 없네.	言笑無厭時
이렇게 즐거운 일 끝날 날이 없으니,	此理將不勝

이웃 친구여, 훌쩍 이곳을 떠나지 말게나.　　無爲忽去玆

입고 먹는 것 모름지기 꾀할 수 있으리니,　　衣食當須紀

힘써 농사 짓는 일 나를 속이지 않으리라.　　力耕不吾欺

도연명집에서 음주시에 화답하다 20수

和陶集飲酒, 二十首

1 술이 없어서 실로 즐거움 없는 것이지,	無酒苦無悰 [1]
술이 있으면 잠깐만에 이를 마셔버린다네.	有酒斯飲之
한가로워져야 바야흐로 즐거워지는 것이니,	得閑方得樂 [2]
즐기는 것도 마땅히 때에 맞춰 해야 하리.	爲樂當及時
따뜻한 바람 만물을 고무시키니,	薰風鼓萬物
아름다운 것이 모여 오늘 이와 같이 되었다네.	亨嘉今若玆 [3]
만물 나와 더불어 함께 즐긴다며는,	物與我同樂
가난과 병 다시 무엇 때문에 의심하리오?	貧病復可疑

---

1 고무종(苦無悰): '고(苦)'는 여기서는 "실로", "매우", "대단히" 등과 같은 부사적 용법으로 쓰였다. '종(悰)'은 "즐기다"의 뜻이며, '무종(無悰)'은 "즐길 만한 거리가 없어 낙이 없다"는 뜻임. 남조 제(齊) 사조(謝朓)의 「동쪽의 전원에서 노님(游東田)」이라는 시에 "슬프디 슬프니 실로 즐거움 없어, 손잡고 함께 즐거이 놀러가네(戚戚苦無悰, 携手共行樂)"라는 구절이 있다.

2 득한(得閑): '閑'은 '閒'과도 통하며, "한가로워지다", "틈이 있다"의 뜻임. 당나라 한유의 「동도에서 봄을 맞다(東都遇春)」 시 "한가로워지면 하는 일 없게 되고, 귀하여지면 보고 듣는 것도 거절하게 된다네(得閑無所作, 貴欲辭視聽)."

3 형가(亨嘉): 『주역』 「건괘·문언(乾·文言)」에 "형이라는 것은 가의 모임이다(亨者, 嘉之會也)"라는 말이 있는데, '형(亨)'은 사시(四時)로 치면 여름에 해당하므로 이렇게 쓴 것임.

어찌 세상의 영화를 모르리오만,　　　　　　　豈不知世榮

헛된 명예는 간직하기 어렵네.　　　　　　　　虛名難可持

첫째　　　　　　　　　　　　　　　　　　　其一

　나는 술을 좋아하지 않는 것이 아니어서 지금 여기 술이 없으니 실로 즐기지 못하는 것일 뿐, 술이 있기만 하다면 이 술을 잠깐 만에 마셔버리겠다. 몸이 한가로워져야 바야흐로 마음도 즐거워지게 되는 것이 정한 이치이니만큼 사람이 살아가는 데 있어서 즐기는 것도 또한 그때그때 마땅히 상황에 맞추어서 해야 하는 것이다. 여름이 다 되어가 따뜻하고 향기로운 바람이 세상의 만물을 고무시키고 있으니, 『주역』에서 말한 아름다운 기운이 모여 오늘 이와 같은 여름의 형상을 갖추게 된 것이리라. 이 세상의 모든 사물이 즐거움을 나와 함께 할 수만 있다면, 그것만으로도 마음이 부유해지고 몸도 건강해질 터이다. 그러니 가난과 병 같은 것을 어찌 다시 의심을 할 수 있겠는가? 세상 사람들이 영화라고 하는 것을 내가 어찌 모를 리가 있겠는가마는, 또한 세상 사람들 대부분이 명예라고 생각하고 있는 것이 사실은 헛된 명예인고로 나로서는 이런 명예 따위는 실로 간직하기가 어려울 것이다.

2　내 하늘의 바람 옆에 끼고,　　　　　　　我欲挾天風

　곤륜산에 즐거이 노닐고 싶네.　　　　　　　遨遊崑崙山 ⁴

구차하고 구차하여 속세를 벗어나지를 못했으니,　　區區未免俗

지금에 와서는 더 말할 것이 없네.　　至今無足言

내 앞에 백 세대 천 세대가 있었고,　　前有百千世

내 뒤로도 억만 년 세월이 있다네.　　後有億萬年

술 취한 가운데 천진함이 드러나니,　　醉中見天眞 [5]

깨어 있는 사람에게 전하는 것 어찌 걱정하리.　　那憂醒者傳 [6]

둘째　　其二

　　나는 날개가 달린 신선이 되어 하늘의 바람을 옆에 끼고 높이 나르면서, 전설 속에 있는 신선들의 거처인 저 중국의 곤륜산을 마음껏 즐거이 노닐고 싶다. 그러나 신선이 되어 곤륜산을 유람하는 것은 한낱 꿈일 뿐 구구하게 살아오며 아직 세속을 한번도 벗어난 적이 없다. 그러니 지금에 와서는 뭐라 말할 만한 것이 하나도 없다. 그저 나는 내 앞에 있었던

4　아욕~곤륜산(我欲~崑崙山): 한유의 「이것저것 생각이 나서(雜詩)」 "다만 무언자만 데리고 서, 곤륜산 꼭대기를 함께 오르고 싶네. 긴 바람 나의 옷깃에 나부끼니, 마침내 일어나서 높고 둥근 하늘로 오르고 싶네(獨携無言子, 共昇崑崙顛, 長風飄襟裾, 遂起飛高圓)." '무언자(無言子)'는 "말이 없음"을 의인화하여, 도가에서 말하는 소위 "잔재주를 뛰어 넘는 절대적인 성인의 경지(絶聖棄智)"에 이른 것을 말함.

5　천진(天眞): 조금도 꾸밈이 없는 자연 그대로의 진면목을 말함. 두보의 「이씨네 항렬의 열두번째인 백에게 40구로 지은 시를 띄움(寄李十二白二十韻)」 "유쾌하게 이야기 하니 전원에 은거하는 모습이 어여쁘고, 술을 즐기니 천진함이 나타나네(劇談憐野逸, 嗜酒見天眞)."

6　성자전(醒者傳): 이백의 「달 아래서 홀로 술을 마시다(月下獨酌)」 네 수 중 둘째 시. "다만 술 가운데서 즐거움을 얻을 수만 있다면, 깨어 있는 사람에게는 전하지 말게나(但得酒中趣, 勿爲醒者傳)."

백 세대 천 세대를 이어 내 뒤로 올 억만 년의 세월 사이에 잠시 머물다가 가는 미미한 존재일 뿐인 것이다. 사람들은 깨어 있으면 모두가 가식적인 모습으로 자신을 꾸민다. 그렇지만 술을 한 잔 들이켜고 취하면 조금도 꾸밈이 없는 자연 그대로의 참모습을 드러내게 마련이다. 그러니 혹 술에 취하여 이런 경지에 도달한 사람들이 깨어 있는 사람들에게 이런 비결을 전하지나 않을까, 하는 쓸데없는 걱정은 하지 않아도 좋을 것이다.

3 지혜로운 자는 시기에 맞추어 도모하는데 뛰어나고,　　智者巧投機 [7]

어리석은 자는 일상적인 정리에 집착한다네.　　愚者滯常情

도도히 흐르는 말단적인 흐름에 휩쓸리는 것은,　　滔滔泪末流 [8]

모두 이득과 명예에 부합하기 위함이라네.　　總爲中利名

예로부터 어질고 밝은 이 많았는데,　　古來賢哲人

나만 홀로 이 세상에 나온 게 늦었던가.　　吾獨後於生

이 도는 곧 겨울 모피옷과 여름 갈포옷 입는 것과 같은데,　此道卽裘褐 [9]

---

7 투기(投機): "시기를 잘 맞추다"라는 뜻과 "기회에 편승하여 이익을 꾀하다"라는 뜻이 있는데, 여기서는 전자의 뜻으로 쓰인 것 같음.

8 말류(末流): '말'은 유가(儒家) 사회에서 근본적인 것으로 이해되는 것[本], 즉 학문이나 농업에 상반되는 의미로 말단적인 것, 즉 상업이나 공업 따위를 말하는 것 같음.

9 차도즉구갈(此道卽裘褐): '갈'은 '葛'과 같음. 한유의 「도의 본질을 밝힘(原道)」에 "여름이면 갈포로 만든 옷을 입고 겨울이면 모피로 만든 옷을 입으며, 목이 마르면 물을 마시고 배가 고프면 밥을 먹는 것은 그 하는 일은 달라도 그것이 지혜롭게 되는 까닭은 마찬가지이다"라는 말이 있음.

어찌하여 혹은 시기하고 혹은 놀라는가?   奈何或猜驚

성실하고 정성스레 괴로운 마음 품었으나,   拳拳抱苦心

오래도록 머물러 이루어 놓음 없음이 부끄럽네.   淹留愧無成 [10]

셋째   其三

　지혜롭다고 하는 사람들은 모든 일에서 시기에 맞추어 그 일을 도모하는 솜씨가 빼어난 법이고, 이와는 반대로 어리석은 사람들은 그저 일상적으로 일어나는 정리에만 집착하게 되는 법이다. 그래서 선비들이 근본적인 것은 팽개쳐두고 지엽적인 것에 휩쓸려 그 도도한 흐름 속에 자신을 내어 맡기는 것은 모두가 그저 이익과 명예만 붙좇기 위함이 아니겠는가? 내가 옛 성인들이 남긴 책을 살펴보니 정말로 어질고 밝은 이가 많다. 나만 홀로 이 세상에 태어남이 늦어 훌륭한 업적을 남기신 그 분들과 같은 세상에 살 수 없었음이 한스럽게만 느껴진다. 내가 추구하는 이 도는 별다른 게 아니다. 그저 겨울이면 몸을 따뜻하게 하기 위해 모피옷을 입고 여름이면 시원한 칡올로 짠 옷을 입는 것처럼 극히 자연스런 것일 것이다. 나의 이러한 도의 추구를 혹자는 시기하기도 하고 또 시

---

[10] 권권～괴무성(拳拳～愧無成): '권권'은 성실하고 정성스런 모양을 말함.
　　초나라 송옥(宋玉)의 『초사』「아홉 가지 말로 웅변함(九辯)」"때 뉘엿뉘엿 곧 지려고 하는데, 여전히 오래도록 머무르면서 이룬 것 없네(時亹亹而過中兮, 蹇淹留而無成)." 도를 구하는 마음을 품고도 과감히 나아갈 수 없어서 결국 아무것도 이루지 못하였으니 부끄러워할 만하다는 뜻이다.

대에 맞지 않는다며 놀라운 눈초리로 바라보기도 하니 어찌 당혹스럽지 않겠는가? 그러나 나는 일찍이 나의 이 도를 추구하려는 마음에 온 정성을 다하여 독실한 마음을 품었다. 그렇기는 하나 그런 지향을 한 지가 오래 되었는데도 돌아보니 실상 이루어 놓은 것이라고는 하나도 없음이 못내 부끄럽게만 느껴진다.

4 흰 구름 빈 골짜기에서   白雲在空谷 [11]

  아무 생각 없이 하늘을 난다네.   無心天上飛

  우연히 바람 부는 대로 일어나니,   偶然隨風起

  무엇 다시 그리운 것과 슬플 것 있을 것인가?   何更有戀悲

  하늘에 노닐 적엔 언제나 둥실둥실 떠다니고,   游空恒泛泛

  비를 머금으면 또한 연연해하네.   含雨亦依依

  때 맞춰 내리는 비 흡족히 내려줄 수 없다면,   苟不需嘉澤 [12]

  어찌 빨리 돌아감만 같으리!   曷若遄其歸

---

[11] 백운재공곡(白雲在空谷): 흰 구름[白雲]은 보통 은자(隱者)로, 빈 골짜기[空谷]는 보통 은거하는 곳의 비유로 많이 쓰인다. 남조 양(梁)나라 도홍경(陶弘景)의 「임금님이 산 속에 무엇이 있느냐고 물으시어 시를 지어 답하다(詔問山中何所有賦詩而答)」에 "산 속에 무엇이 있는가? 재 위에 흰 구름 많다네(山中何所有, 嶺上多白雲)"라는 구절이 있고, 또 『시경』「소아·흰 망아지(小雅·白駒)」에 "하얗디 새하얀 흰 망아지, 저 빈 골짜기에 있네(皎皎白駒, 在彼空谷)"이라는 구절이 있다. 당나라의 공영달(孔穎達)은 주[疏]를 달기를 "어진 이는 은거할 때면 반드시 산골짜기 깊은 곳에 숨어서 처한다(賢者隱居, 必當潛處山谷)"라 하였다.
[12] 가택(嘉澤): 때에 맞추어 내리는 비[及時雨]를 말함.

내 옛 현달한 사람들 생각해 보니,　　　　　　我思高賢達

그 끝길 쇠잔함이 어찌 그리 많던가?　　　　末路何多衰

이미 비 내렸으면 그칠 수 없으니,　　　　　既雨不能罷

또한 하늘의 도와 어긋나네.　　　　　　　　亦與天道違

　넷째　　　　　　　　　　　　　　　　　　其四

　세상을 피해 숨어 살며 묵묵히 자신을 수련하는 선비는, 마치 흰 구름이 빈 골짜기에 있는 것과 같다. 곧 아무 데도 매임이 없이 무심하게 하늘을 왔다갔다하며 날아다니듯이 유유자적하다. 구름이 어쩌다가 바람이 부는 대로 따라 일어나듯이 은사도 무슨 일이 있으면 일어나 세상에 나오곤 하는 법이다. 그러니 거기에 대하여 어찌 다시 이러쿵저러쿵 그리워하고 슬퍼하는 미련이 있을까? 세상을 떠돌아다니며 수련을 할 때는 마치 구름이 하늘에서 항상 둥실둥실 떠 있는 것과 같고, 어쩌다가 뜻을 품어 사회로 돌아오고자 할 때는 마치 구름이 비를 머금은 듯 내릴까 말까 연연해하는 것과 같다. 그러나 사회에서 정말로 필요할 때 가뭄에 때 맞춰 흡족히 뿌려주는 은혜로운 비처럼 내려줄 수 없다면, 차라리 바람 따라 쓸려 빠르게 하늘을 날아가는 구름처럼 이 세상에서 빨리 자취를 감춤만 못할 것이다. 이로 말미암아 내가 조용히 옛날의 이른바 현달하였다는 사람들을 가만히 생각하여 보니, 그 말로가 흐지부지 쇠잔해진 사람들이 정말 많았다. 가뭄에 도움을 주는 비가 되어 이 세상

만물을 적셔주고자 마음을 먹었다면 수확을 마칠 때까지 중간에 그침 없이 내내 도움을 주어야 할 것이다. 그 옛날에 한때 현달하였다가 쇠잔한 사람들은 시작은 때에 맞추어 내리는 은혜로운 비와 같았으나, 말년은 흐지부지 개인 비처럼 되고 말았으니 이는 실로 하늘의 도와 크게 어긋나는 것인 셈이다.

5 내 본래 산과 들 좋아하는 체질이라,	我本山野質
조용함은 좋아해도 시끄러움은 사랑하지 않네.	愛靜不愛喧
시끄러움 좋아하는 것 실로 옳은 일은 아니지만,	愛喧固不可
조용함만 좋아하는 것 또한 한쪽으로 치우친 것이라네.	愛靜亦一偏
그대 큰 도를 지닌 사람들 보게나,	君看大道人
조정과 저자를 구름 낀 산과 같이 여긴다네.	朝市等雲山 13
뜻이 평안하면 곧 나가는데,	義安卽蹈之
갈 수도 있고 돌아올 수도 있다네.	可往亦可還
다만 걱정되는 것은 쉽게 갈리고 물들여지는 것이니,	但恐易磷緇 14
어찌 조용히 몸 닦으라는 말을 돈독히 않으리오.	寧敦靜脩言 15
다섯째	其五

---

13 조시(朝市): 조정과 저자를 말함.『사기』「장의 열전(張儀列傳)」에 "신이 듣건대, 명예를 다투는 자는 조정(朝)에 있고, 이익을 다투는 자는 저자(市)에 있다고 하였는데 지금 삼천(三川) 지역과 주왕실은 천하의 조정과 저자(朝市)입니다"라는 말이 있다. 나중에 이 말은 속세를 가리키는 말로 쓰였으며 여기서도 그런 의미로 쓰였다. 구름은 은거자의 의미로 쓰였다.

나는 어려서부터 천성이 도시보다는 산과 들판을 좋아하는 체질을 가지고 태어나서, 이곳의 조용함은 좋아하지만 애초부터 번화한 도시의 시끌벅적하고 소란함은 사랑하지 않았다. 내 생각에는 대부분의 사람들이 시끄러운 것을 사랑하는 것 같은데 이는 결코 옳은 일이라는 생각이 들지 않는다. 그렇긴 해도 어떻게 보면 또한 나처럼 너무 조용함만을 사랑하는 것도 어떤 의미에서는 중도를 잃고 한쪽으로 치우친 것임에는 분명할 것이다. 그대들도 한번 잘 살펴보게나, 정말로 크고 훌륭한 도를 지닌 사람들은 명예와 이익을 다투는 조정과 시장 바닥을, 은자들이 숨어 사는 구름 낀 산과 똑같이 여기고 있지 않은가를. 대부분의 사람들은 자신이 생각하는 바에 따라 옳다는 뜻에 편안하다는 생각이 들면 곧 발을 내디뎌 나가게 된다. 그러나 세상을 향하여 나가는 것이 옳다고 생각한 사람들은 나갈 것이고 반대로 돌아오는 것이 더 옳은 일이라 생각되는 사람은 돌아올 것이다. 나 자신은 돌이켜 보건대 세상에 나갔다가 돌아오는 쪽을 택한 사람이다. 다만 걱정되는 것은 외부의 영향을 받아 쉽

---

14 정수언(靜修言): 삼국시대(三國時代) 촉한(蜀漢) 제갈량(諸葛亮)이 「자식들을 훈계함(誡子)」이라는 글을 써서 "대저 군자의 행실은 조용히 몸을 닦고 검소하게 덕을 길러야 한다. 담박하지 않으면 뜻을 밝힐 수 없고 편안하고 조용하지 않으면 먼 곳에 이를 수 없다(夫君子之行, 靜而修身, 儉而養德, 非澹泊無以明志, 非寧靜無以致遠)"라 하였다.

15 인치(磷緇): '磷'은 갈아서 얇게 말하는 것을 말하며, '緇'는 '淄'로도 쓰며 물들여 검게 만드는 것을 말한다. 『논어』 「양화(陽貨)」편의 「단단하다고 하지 않겠는가, 갈아도 얇게 할 수 없으니! 희다하지 않겠는가, 물들여도 검어지지 않으니!(不曰堅乎, 磨而不磷. 不曰白乎, 涅而不緇)」에서 나왔음. 이 말은 나중에 외부의 영향을 받아도 변화를 일으키지 않는 것을 비유하는 데 많이 쓰이게 되었다.

사리 갈려 얇게 되거나 검게 물들여지는 것이니, 삼국시대의 제갈량이 자식들에게 훈계하여 "군자의 행실은 조용히 몸을 닦는 데 있다"고 한 대로 실천하여 공자처럼 갈아도 얇아지지 않고 물들여도 검어지지 않는 경지에까지 이르게 하란 말씀을 두텁게 철저히 연마하지 않을 수 없을 것이다.

6　걸출한 인물들 우뚝하게 났는데,	有人生卓然 [16]
나만 홀로 이것과는 다르네.	吾獨異於是
젊어서는 어리석었고 만년에는 더욱 고지식하여,	少愚晚益戇 [17]
이룬 것 없이 오히려 헐뜯음만 얻었네.	無成反有毁
뭇사람들 버린 것 스스로 탐하였으니,	自耽衆所棄
자취 감추고 물러남 실로 마땅할 따름이네.	屛迹固宜爾 [18]
구차하고 구차한 이 입과 몸에,	區區口體間
어찌 반드시 고기 반찬과 비단 옷 필요하리.	豈必魚與綺
여섯째	其六

---

[16] 유인(有人): 일반적으로는 부정칭으로 주로 3인칭을 일컫는 말로 쓰이나, 여기서는 걸출한 인물이라는 뜻으로 쓰였음.

[17] 소우만익당(少愚晚益戇): 이런 표현은 퇴계가 자신을 겸양할 때 주로 쓴 표현으로, 퇴계가 스스로 쓴 「묘갈명(墓碣銘)」에도 이와 비슷한 "세상에 나서는 크게 어리석었고, 자라서는 병이 많았다(生而大癡, 壯而多疾)"와 같은 표현이 보인다.

[18] 병적(屛迹): '屛跡'이라고도 하며 세상을 피하여 자취를 감추고 숨는 것, 은거하는 것을 가리키는 말이다.

그간 서책 등을 통하여 살펴본 인물들은 하나같이 걸출한 사람들이라 역사에 우뚝하게 그 자취를 남겼다. 이런 인물들을 내 자신과 비교를 하여보니 정말로 그들의 훌륭한 삶과는 비교가 되지 않을 정도로 판이하게 다름을 느낄 수 있겠다. 나는 젊었을 적에도 기질이 어리석었는데 만년이 되어서 나아지기는커녕 더욱 고지식하게 되고 말았다. 게다가 세상에 나아가 무엇인가를 이루고자 발버둥을 쳐보았지만 이룬 것이라곤 하나도 없이 그 일들 때문에 오히려 비난받고 헐뜯음만 당하였다. 나 자신으로 말할 것 같으면 여러 사람들이 모두 버린 것만 탐하여 취하고 만 꼴이 되고 말았다. 그러니 이쯤에서 슬그머니 자취를 감추어 이런 곳을 택하여 물러남이 실로 타당할 따름이다. 그러니 구구한 내게 필요한 것은 겉으로 보이는 외모만을 살찌우는 영양소를 공급할 수 있는 생선 같은 반찬이나 몸을 치장하는 비단옷이 아닌, 내적인 수양만이 필요할 것이다.

7　생각노니 지난날 이곳에 처음 왔을 때는,　　　　憶昔始來玆

　　사방의 산에 꽃이 무던히도 많이 피었었네.　　四山花繁英

　　어느 틈에 뭇나무들 짙은 녹색으로 바뀌어,　　俄然暗衆綠

　　그윽히 거처하는 마음 조용하기만 하네.　　悄悄幽居情 [19]

　　돌사람 있다는 말 어찌 들었으리오만,　　寧聞有石人 [20]

　　백년 세월도 쉬 기울어지는 듯하네.　　百歲苦易傾

까마득한 저 옛날의 성현들께서는,　　　　　　邈彼古聖賢

몸은 죽었지만 도는 길이 울리네.　　　　　　身死道長鳴

문과 담장 바라는 것조차 미치지 못하니,　　　不及望門牆 [21]

쯧쯧, 나와 같은 인생이라니!　　　　　　　　咄咄如吾生 [22]

일곱째　　　　　　　　　　　　　　　　　　其七

　가만히 내가 처음 이곳 퇴계에 터를 잡아 왔을 때를 생각하여 보니 계절이 바야흐로 봄을 맞아 사방의 산 어디를 둘러봐도 정말 꽃이 무던히도 많이 피었었다. 그러다가 언제 세월이 그렇게 지나갔는지도 모르는 사이에 어느덧 초목의 색깔이 모두 짙은 녹색으로 바뀌었다. 이 녹음 안에서 그윽하게 거처하는 마음도 여름 풍경을 대하다 보니 조용하고 차분하게 가라앉았다. 돌로 된 사람같이 이 세상에 영원히 남아 있다는 사람에 대해서 어찌 들어보았을 것이며, 시간의 흐름도 워낙 빨라 백년 세

19　초초(悄悄): '초초'는 "근심 걱정하는 모양"이란 뜻과 "고요하여 적막하게 느껴지는 모습"이란 뜻이 있는데, 여기서는 후자의 뜻으로 쓰였음. 주자의 「매미 소리를 듣다(聞蟬)」이라는 시에 "고요하고 적막한 산성 마을 어둑해지니, 옛 동산 응당 사립문 닫았으리라(悄悄山郭暗, 故園應掩扉)"라는 표현이 있다.

20　석인(石人): 세상에 오래도록 남아 있는 사람을 비유하는 말임.

21　불급망문장(不及望門牆):『논어』「자장(子張)」편에 "자공이 말하였다. '그것을 궁성의 담에 비유하자면 나의 담장은 어깨 높이에 미쳐서 집안의 좋음을 엿볼 수 있는데, 선생님의 담장은 여러 길이나 되어, 그 문으로 들어갈 수 없다면 종묘의 아름다움과 백관의 부유함을 보지 못하는 것과 같아서 그 문에 든 자가 적다(子貢曰:譬之宮墻, 賜之墻也, 及肩, 窺見室家之好, 夫子之墻, 數仞, 不得其門而入, 不見宗廟之美, 百官之富, 得其門者, 或寡矣)'"라는 말이 있다.

22　돌돌(咄咄): 감개를 나타내는 탄성 소리임. 혀를 끌끌 차는 소리를 나타내는 의성어.

월도 정말이지 무슨 물건을 기울이듯 쉽게 지나가고 마는 것 같다. 까마득한 저 옛날의 성인들과 현인들을 생각하여 보니, 비록 육신은 죽고 사라져 이 세상에 더 이상 남아 있지 않지만 그들이 책을 통하여 남긴 진리만은 죽지 않고 언제까지나 살아 바로 옆에서 두고두고 울리는 것 같다. 비유컨대 나는 옛 성인들과 현인들에 비하자면 공자의 제자 자공이 공자의 문과 담장에조차 미치지 못하여 그 안을 도저히 들여다볼 수가 없는 것과 똑같은 처지이다. 그러니 '나와 같은 인생이 어디 있을까?' 하는 생각에 그저 끌끌 혀만 차게 될 뿐이다.

8 동산의 숲에 아침 비 지나가니,   園林朝雨過

아름다운 나무 자태 더욱 짙네.   蔥蒨嘉樹姿 [23]

저녁되니 시원한 바람 빈 구멍에서 생겨나고,   晚涼生衆虛 [24]

잔 놀은 높은 나뭇가지에 깃들어 있네.   餘靄棲高枝

초가집 환하게 트이니 고요하고,   沈寥茅屋靜 [25]

골짝은 넓고 깊어 기이하기만 하네.   谽谺洞壑奇 [26]

술은 홀로 마시지 않는 것이 이치이건만,   酒無獨飲理 [27]

[23] 총청(蔥蒨): 초목이 짙은 청록색을 띠고 무성한 모양을 나타냄.
[24] 중허(衆虛): 이 세상의 모든 구멍, 곧 굴, 나무의 빈 곳 등을 가리키는 말. 『장자·제물론(齊物論)』에 "온화한 바람이 불면 작게 화답하고, 회오리 바람이 불면 크게 화답하는데, 매서운 바람이 그치면 곧 모든 구멍이 비어 소리가 나지 않는다"라는 표현이 있다.
[25] 혈료(沈寥): 맑고도 환하게 탁 트인 모양을 말함. 『초사』 「구변(九辯)」 "맑게 탁 트임이여, 하늘은 높고 기운은 맑네(沈寥兮天高而氣淸)."

70

어쩌다 흥이 나면 짐짓 마셔보네.　　　　　　偶興聊自爲

도취했을 때는 종적조차 잊었거늘,　　　　　陶然形迹忘 [28]

하물며 다시금 세속의 굴레에 걸려든단 말인가!　況復嬰塵羈 [29]

여덟째　　　　　　　　　　　　　　　　其八

　그렇지 않아도 여름이 되어 녹음이 우거진 동산의 숲속에 아침이 되면서 비가 한 차례 내리고 지나간다. 씻기고 생기가 돌아 파릇파릇한 나무의 자태가 더욱 짙어져 참말로 아름다워졌다. 그러다가 저녁이 되니 산의 굴 같은 구멍 등에서 또 시원한 바람이 생겨나 상쾌한 기분이 들고, 스러져 가는 저녁노을은 나무의 높은 가지와 겹쳐 마치 나무에 깃들어 살고 있는 것처럼 보인다. 초가집 앞은 막힘없이 탁 트여 고요하기만 하고, 집 앞의 골짝은 입을 떡 벌린 것이 넓고도 깊어 기이하게만 보인다. 술이라는 것이 항상 남들과 어울려 마셔야지 홀로 마시는 것이 이치

26　함하(谽谺): '谺(하)'는 '呀'로도 쓰며 골짜기가 크고 넓어 텅빈 모양, 혹은 깊은 모양을 말함. 한나라 사마상여(司馬相如)의 「임금님의 숲을 읊음(上林賦)」에 "골짜기 넓고 깊어 휑뎅그렁하네(谽谺豁閜)"라 한 구절이 있다.

27　주무독음리(酒無獨飮理): 남송의 애국시인 육유(陸游)는 「술은 홀로 마시는 것이 도리가 아님(酒無獨飮理)」이란 시에서 "술이란 혼자서 마시는 것이 도리가 아니니, 늘 좋은 손님 없음을 한탄하네(酒無獨飮理, 常恨欠佳客)"라 읊었음.

28　도연(陶然): 취하여 흥이 올라 화락한 모양을 말함. 도연명의 「시운(時運)」 "이 한 잔을 떨쳐, 흔쾌히 스스로 즐긴다(揮玆一觴, 陶然自樂)."

29　도연~영진기(陶然~嬰塵羈): 지금 내 이미 형태와 흔적을 잊고 있거늘, 하물며 다시금 세속의 굴레에 얽힐 수 있겠는가 하는 뜻임.

가 아님은 나도 잘 알고 있지만, 이렇게 흥겨운 정경을 만나 찾아온 손님도 없으니 되는 대로 혼자 마시며 짐짓 즐겨본다. 이렇듯 자연에 취하고 술에 취해 흥이 잔뜩 올랐을 때는 이 육신의 자취마저 잊을 정도이다. 도대체 무엇 때문에 다시 이 몸을 선경에서 빼내어 나를 옥죄고 옭아매는 세속의 굴레를 다시 뒤집어쓰려고 하겠는가!

9 밝은 해 동북쪽에서 솟아오르니,   皦日出東北 [30]

    산 속의 거처에 안개와 이슬 걷히네.   巖居霧露開 [31]

    내와 들판 넓디넓어 시야 죽 이어져 있으니,   川原曠延矚

    은자의 품은 뜻 맑고도 상쾌하네.   爽朗幽人懷

    만물은 제각기 스스로 만족한 것 같고,   萬物各自得

    오묘한 조화는 신묘하여 어긋남 없네.   玄化妙無乖 [32]

    이리저리 나르는 한 쌍 제비는,   飛飛雙燕子

    긴 여름 동안 스스로 와 깃드네.   長夏自來栖

    부리 있어도 낟알 쪼지 않고,   有口不啄粟

---

30 교일(皦日): "밝은 해"라는 뜻인데, 『시경』 등에서는 맹서의 비유로 많이 쓰였으나 여기서는 원래의 의미대로 쓰였음.
31 암거(巖居): '암거(嵒居)', '산거(山居)'라고도 하며, 보통 "벼슬을 버리고 산 속에 은거함"의 비유로 많이 쓰임. 『장자』 「달생(達生)」편에 보면 노나라에 선표라는 사람이 바위 구멍에 거처하며 골짜기의 물을 마시고 백성들과는 이득을 함께 하지 않았다고 하였다
32 현화(玄化): 신묘한 변화나 조화, 또는 신기한, 오묘한 변화나 조화를 말함.

진흙만 물어 나르다 지쳐버렸네.　　　　　　　卒瘏銜其泥 [33]

둥지 다 되어 새끼 키워 떠나니,　　　　　　巢成養雛去

만물의 본성 하느님이 조화롭게 한 것이라네.　物性天所諧

꾀부림 없으니 홀로 지혜로운 듯한데,　　　　無機似獨智 [34]

기교부리면 오히려 무리들에 섞여 혼미스러워지네.　用巧還羣迷

맑게 개인 처마에서 재잘거리는 소리에,　　　晴簷語呢喃 [35]

주인 꿈세계에서 막 돌아왔다네.　　　　　　主人夢初回

　아홉째　　　　　　　　　　　　　　　　其九

아침이 되어 흰 빛을 발하는 밝은 해가 동북쪽에서 솟아올랐다. 산속 바위 구멍에 있는 은자의 거처에 시야를 가렸던 안개가 걷히고 이슬은 말랐다. 문밖으로 내다보니 냇물과 들판이 넓게 죽 이어져 시야에 들어온다. 산 속 깊이 그으윽하게 숨어 사는 은자의 가슴과 같이 정말로 맑고도 상쾌하기만 하다. 또한 갖은 사물들도 제각기 뜻을 얻은 듯 득의만

33 졸도(卒瘏):「졸」은 "췌(瘁: 병들다)"의 뜻으로 쓰였음.『시경』「빈나라의 민요(豳風)·부엉이(鴟鴞)」에 "내 입과 발 다 닳도록, 갈대쪽 따고, 띠풀 모았다네. 내 입까지 모두 병이 난 것은, 내 이제껏 집이 없어서라네(予手拮据, 予所採瘏, 予所畜租, 予口卒瘏, 曰予未有室家)"라는 구절이 있음.

34 기(機): 기심(機心), 즉 잔꾀 또는 간교한 생각이라는 뜻으로 쓰였다.『장자』「천지(天地)」에 "기계를 가진 자는 반드시 기계를 쓸 일이 있게 되고, 기계를 쓸 일이 있는 사람은 반드시 간교한 생각(機心, 곧 잔꾀)이 있게 된다"는 말이 있다.

35 이남(呢喃): 작은 소리로 재잘거림. 제비가 지저귀는 소리, 또는 목소리 따위가 낮아서 잘 알아들을 수 없음을 형용하는 말로 쓰임. 여기서는 복합적인 의미로 쓰였음.

만해 보인다. 이 모든 이치를 주관하고 운행시키는 오묘한 조화 역시 신묘하기만 하여 한 치의 오차나 어긋남이 없는 것 같다. 하늘에서 이리저리 자유롭게 날아다니는 한 쌍의 제비는 긴 여름을 보내러 이곳으로 와서는 청하지도 않았는데 스스로 우리 집 처마에 둥지를 짓고 깃들어 산다. 모이를 쪼아먹는 부리가 있지만 처음에는 낟알을 쪼아먹는 일보다는 둥지를 짓느라 진흙만 물어 나르다 끝내 지쳐버렸다. 그러다 이윽고 둥지가 다 이루어져 새끼들을 모두 키우고 이곳을 떠나니 이 모든 일이 하느님이 만물의 본성을 모두 잘 헤아려 조화롭게 한 것이다. 간교한 생각으로 잔꾀를 부리지 않으니 홀로 지혜로워 보인다. 잔꾀를 써서 기교를 부리게 되면 오히려 여러 무리들과 섞여 혼미스럽게 되고 마는 법이다. 어느덧 안개며 이슬이 모두 걷혀 맑게 개인 처마에서 제비들끼리 서로 재잘거린다. 주고받는 소리에 집주인인 나도 잠들어 꿈세계를 노닐다가 현실 세계로 막 돌아오게 되었다.

9 그리운 이 어느 곳에 있는가?　　　　　　　　　　　所思在何許 [36]

---

[36] 소사재하허(所思在何許): '소사'는 사모하는 사람, 혹은 깊이 생각하는 일을 말함. 중국의 악부(樂府) 고시(古詩)에 「그리운 이(有所思)」라는 제목의 시가 있고, 또 굴원(屈原)이 지은 『초사』 「구가·산 귀신(九歌·山鬼)」에도 "석란꽃 꽂음이여, 두형으로 묶었다네, 향기로운 꽃 꺾음이여, 그리운 이에게 주네(被石蘭兮帶杜衡, 折芳馨兮遺所思)"라는 구절이 있음.
'허'는 장소를 나타내는 의문사로 쓰였음. 어디쯤 정도의 뜻임. 도연명의 「오류선생전(五柳先生傳)」에 "선생은 어느 곳 사람[何許人]인지 모른다"는 표현이 나온다.

하늘 가일까? 땅 모퉁이일까?	天涯與地隅 [37]
아득하고 아득하여 속세의 소리 가로막히고,	迢迢隔塵響
넓고 넓어 길 연이어져 있네.	浩浩綿川塗 [38]
인생은 아침 이슬과 같은 것,	人生如朝露 [39]
희화는 수레 몰아 멈추지 않네.	羲馭不停驅 [40]
손에 든 좋은 거문고마저,	手中綠綺琴 [41]
줄 끊기고 슬픔만 남아 있네.	絃絶悲有餘
유독 저 잔 속의 술만이,	獨有杯中物 [42]
때때로 쓸쓸한 거처 즐기고 있네.	時時娛索居 [43]

---

[37] 천애지우(天涯地隅): 당나라 한유(韓愈)의 「십이랑에게 바치는 제문(祭十二郎文)」 "한 사람은 하늘의 가에 있고, 한 사람은 땅의 모퉁이에 있네(一在天之涯, 一在地之角)."

[38] 천도(川塗): '川途', '川涂'라고도 하며, 곧 길이라는 뜻임.

[39] 조로(朝露): 아침 이슬. 존재하는 시간이 극히 짧음을 비유하는 말. 한나라의 소무(蘇武)가 "인생이란 아침이슬(朝露)과 같은 것인데, 얼마나 오랫 동안 이렇게 스스로 괴로워 했던가"라고 탄식한 적이 있음.

[40] 희어(羲馭): 희화가 태양의 수레를 몬다는 뜻. 곧 해가 떠오른다는 것을 말하며 시간의 흐름을 비유하는 말로 쓰였음. 희화(羲和)는 해를 수레에 태우고 달리는 마부로, 곧 태양의 어머니다. 중국 고대의 신화와 전설을 많이 수록하고 있는 『산해경(山海經)』이란 책에 보면 "동해의 바깥, 감수(甘水)의 사이에 희화라는 나라가 있으며, 그곳에서 희화라는 여자가 감연(甘淵)에서 해를 목욕시키는데, 희화는 곧 제준(帝俊)의 아내로 열 개의 해를 낳았다"라 하였다.

[41] 녹기금(綠綺琴): 사마상여(司馬相如)가 「옥여의부(玉如意賦)」를 지어 바치자 양왕(梁王)이 기뻐하여 하사했다는 거문고. 그러나 나중에는 일반적인 거문고도 모두 '녹기'라 하게 되었다.

[42] 배중물(杯中物): 술을 말함.

[43] 삭거(索居): '삭'은 흩어진다는 뜻. 헤어져 삶, 또는 쓸쓸히 삶을 말함. 『예기』 「단궁(檀弓) 상」에 보면 자하(子夏)가 아들을 잃고 "내가 무리를 떠나 흩어져 쓸쓸히 산[索居] 지가 또한 이미 오래되었다"라 탄식하였다.

늘 마음 속에 두고 그리워하는 이는 어디쯤 있는 것일까? 이 세상의
끝인 저 하늘 가에 있는 것일까? 아니면 땅끝 어느 곳의 모서리에 있
는 것일까? 가물가물 까마득한 곳에 떨어져 있어 그 사이에 있는 속세
의 온갖 잡다한 소리에 가로 막혀 있으며, 막막하게 넓디넓어 그 사이로
는 길이 끊어질 듯 겨우 이어져 있다네. 사람의 삶은 아침에 잠시 보였다
가 금방 사라져버리고 마는 이슬처럼 짧기만 한데, 희화가 모는 해 수레
는 쉬지 않고 달려 세월은 잠시도 쉬지 않고 빨리 달린다. 그간 내 마음
을 즐겁게 해주느라 항상 곁에 두고 즐겼던 것이 있다. 한나라 때 사마
상여의 거문고 같은 녹기금인데 오랜 세월이 지나자 결국은 세월의 흐름
앞에 낡아서 줄이 끊어진 지 꽤 오래되었다. 지금 인생의 허무함을 달래
줄 수 있으려나 바라보아도 제 구실을 하지 못하니 다만 슬픔만 남아 있
을 뿐이다. 지금의 이 심사를 풀어줄 만한 것이 없을까, 이러저리 살펴보
니 다만 술잔 속의 술뿐이다. 술만이 그래도 함께 즐겁게 보내던 무리들
과 떨어져 쓸쓸하게 사는 나에게 즐거움을 주어 그나마 위로가 된다.

11 동방에 한 선비 있는데,   東方有一士

　　평소부터 이 도학 흠모하는 데 뜻을 두었다네.   夙志慕斯道 [44]

　　양식 준비하여 백리 길 찾아가 좇고자 하였는데,   裹粮欲往從 [55]

방 모퉁이만 지키고서 지금 늙어가고 있네.　守隅今向老

뉘라서 길 잃은 것 깨우쳐 줄 수 있는가?　孰能諭迷塗 [46]

사람들 모두 쇠약하고 시들어 가는 것 싫어한다네.　人皆惡衰槁

움츠리고 움츠리면서 사방을 돌아보아도,　蹜蹜顧四方 [47]

함께 즐길 만한 이 보이지 않네.　不見同所好

부질없이 알았다네, 다섯 수레 책 읽은 것이,　空知五車書 [48]

마침내 만금어치 보배보다 낫다는 것을.　終勝萬金寶

지극하도다, 천하의 즐거움이여!　至哉天下樂 [49]

44　숙지모사도(夙志慕斯道): '숙지'는 평소부터 지니고 있던 바람을 말함. '사도'는 곧 '사문지도(斯文之道)'로 유가의 도학을 가리키는 말. 곧 예악교화(禮樂敎化) 및 전장제도(典章制度) 등 유가의 성인들에 의하여 이루어진 도학을 말함.

45　용량(舂糧): 원래의 의미는 밤을 세워 쌀을 찧어 양식을 준비한다는 뜻으로 쓰였다. 『장자·소요유(逍遙遊)』에 "백 리를 가는 자는 밤새 양식을 찧어 준비하고, 천 리를 가는 자는 석 달 동안 양식을 모은다"는 말이 있으며, 이로 인하여 나중에는 곧 100리를 대신 나타내는 말로 쓰이게 되었다.

46　미도(迷塗): '도(塗)'는 곧 "길"이며, '途'라고도 쓴다. 길을 잃음을 나타내는 말이다. 도연명(陶淵明)의 「돌아가자꾸나(歸去來辭)」「실로 길을 잃은지 얼마 되지 않아, 지금이 옳고 지난날이 잘못 되었음을 깨달았네(實迷途之未遠, 覺今是而昨非)." 나중에는 혼란한 세태를 비유하는 말로도 쓰였음.

47　축축고사방(蹜蹜顧四方): '축축'은 마음이 움츠러든 모양을 가리키는 의태어. 『시경』 「소아·높은 저 남산(小雅·節彼南山)」에 "사방을 둘러보아도, 마음 움츠러들어 달려갈 곳도 없네(我瞻四方, 蹙蹙靡所聘)"라 읊은 구절이 있다.

48　오거서(五車書): 읽은 책이 많아 학문이 해박함을 나타내는 말. 『장자』 「천하(天下)」편에 "혜시(惠施)란 사람은 학문이 광범위하여 그가 가진 책이 다섯 수레나 된다(其書五車)"는 말이 있고, 두보는 「백학사의 띠집(柏學士茅屋)」에서 "부와 귀는 반드시 부지런하고 힘쓰는 데서 얻어지는 것, 남자라면 모름지기 다섯 수레의 책을 읽어야 하네(富貴必從勤苦得, 男兒須讀五車書)"라 읊었다.

예로부터 겉에 드러나지 않았다네.　　　　從來不在表

열한째　　　　　　　　　　　　　　　　其十一

　　중국의 동쪽 어느 작은 나라에 한 선비가 있는데, 오래 전부터 '우리
들의 진리〔斯文之道〕'인 유교에 뜻을 두고 흠모하며 갈고 닦으려 하였다.
이 도를 닦는 길을 먼 여정으로 보고, 나름대로 양식을 준비하여 백 리
길을 좇고자 하였다. 그런데 그 원대한 꿈은 사라진 채 중도에서 그만두
고 돌아와 지금은 방 한쪽 구석이나 지키면서 늙어가고 있다. 나는 지금
이렇게 가던 길도 못 찾고 도중에서 헤매고 있으니 과연 누가 나에게 길
을 가르쳐주며 깨우쳐줄 수 있겠는가? 그러나 사람들은 모두 나같이 쇠
약하고 시들어가는 보잘것없는 노인을 싫어하여 기꺼이 가르쳐주려고
하지를 않는다. 이에 마음이 위축되어 잔뜩 움츠려 든 몸으로 사방을 두
리번거리며 둘러보아도 끝내 이 늙은이와 도를 함께 할 만한 사람이라고
는 하나도 보이지를 않는다. 그제서야 다섯 수레나 되는 많은 분량의 책
을 읽은 것이 결국은 만금어치의 보물을 쌓아서 모아둠보다 훨씬 낫다
는 것을 알게 되었다. 정말로 책을 읽은 것이 천하의 즐거움 가운데 지
극한 것임을 알게 되었으나, 옛날부터 이런 사실이 겉으로 드러나지는

---

49 지재천하락(至哉天下樂): 북송 구양수(歐陽脩)의 「책을 읽으며(讀書)」라는 시에 "지극하도다!
　　천하의 즐거움이여, 종일토록 책상 앞에 앉아 있네(至哉天下樂, 終日在几案)"라는 구절이
　　있다.

않아 뭇사람들은 이를 전혀 모르고 있다.

12 묻노니 그대 지금 무엇을 하는가?   問君今何爲

   보리가을 한창 제때를 만났네.   麥秋正丁時 [50]

   산 속의 샘 맑아 술 빚을 만하니,   山泉淸可釀

   스스로 권할지언정 어찌 사양할 수 있으리.   自勸寧有辭

   매번 옛사람들이 품은 생각 더듬어보니,   每攬昔人懷 [51]

   감개 다만 이와 같았을 뿐이네.   感慨祇如玆

   어찌 쇠를 끊고 난초 향기와 같은 친구 얻어서,   安得金蘭友 [52]

   나아가고 버리는 것 다시 의심 않으리!   趣舍不復疑 [53]

   한 마디 말로 천 가지의 속임수 풀고,   片言釋千誣

---

[50] 맥추정정시(麥秋正丁時): '맥추'는 보리를 수확하는 철인 음력 4월을 가리키는 말로, 『예기』 「월별 행사(月令)」 4월[孟夏] 중에서 나온 말. 가을은 온갖 곡식이 무르익는 시기인데, 초여름은 보리에 있어서는 가을이므로 보리가을이라고 한 것이다.
'정'은 곧 '당(當)하다'의 뜻. '丁時'는 한창때를 만난 것을 말함.

[51] 매람~감개(每攬~感慨): 진(晉) 왕희지(王羲之)의 「난정에서 지은 시문을 모은 문집의 서문(蘭亭集序)」 "매번 옛사람들이 감개를 일으키던 까닭을 살펴보니, 함께 서약을 한 것과 똑 같이 일찍이 글 앞에서 탄식하여 슬퍼하지 않았던 적이 없었는데 마음 속으로 왜 그런지 알 수가 없었다(每攬昔人興感之由, 若合一契, 未嘗不臨文嗟悼, 不能愉之於懷)."

[52] 금란우(金蘭友): 『주역』 「계사(繫辭)」 상의 "두 사람이 마음을 함께 하면 그 날카로움은 쇠[金]를 끊고, 마음을 함께 하여 한 말은 그 향기가 난초[蘭]와 같다"라 한 말에서 나왔다. 『세설신어(世說新語)』에 보면 산도(山濤)는 혜강(秭康), 완적(阮籍)과 한번 대면하고는 쇠와 난초 같은 서약을 했다고 한다.

[53] 취사(趣舍): '趣捨' 또는 '取舍'라고도 하며, 씀과 버림, 나아감과 머무름을 나타낸다. 또는 향하는 것과 버려두는 것이라는 뜻이다.

한 번 성실함으로 백 가지 거짓 삭이네.　　　　一誠消百欺 [54]

이때 근심 잊을 수 있는 술 있으면,　　　　此時望憂物 [55]

나 또한 그것 마다할 수 있으리!　　　　吾亦可已之

열두째　　　　其十二

　　"지금 무엇을 하시는지요?"라고 한번 그대에게 은근히 물어본다. "지금은 음력 4월로 보리를 수확하기에 한창인 때지요. 게다가 산 속 바위 틈에서 나는 달고 차가운 샘물은 맑아서 술을 빚기에 더없이 좋답니다"라고 하니, 내 스스로 그렇게 해 보라 권할 수는 있어도 이를 어찌 못하도록 말리겠는가? 옛날 사람들이 가슴 속에 품은 생각을 더듬어 찾아볼 때마다 감개가 이와 같았을 뿐이라는 것을 느낀다. 이에 나도 과연 어떻게 하면 『주역』에서 말한 것처럼 "함께 하면 쇠를 끊고 난초 향기가 나는" 그런 친구를 얻어서, 그와 함께라면 어디를 가든 나아가고 버리는 데 대한 뜻이 완전히 일치하여 더는 의심을 하지 않을 수 있게 되겠는가? 진정 뜻이 맞는 친구를 얻게 된다면 한 마디 작은 말로도 천 가지나 되는 속임수를 함께 풀 수 있게 될 것이다. 한 마음으로 성실하게 나아가 백 가지의 거짓도 삭혀 없앨 수 있을 것이다. 이렇게 마음이 맞는 벗

54　주자가 한 말 "한번 성실하기만 하면 온갖 거짓을 없앨 수 있다(一誠可以消百僞)"는 데서 따온 말.

55　망우물(望憂物): 술을 말함. 도연명의 원운시인 「음주」의 일곱째 시에 "이 마음 근심 잊는 것에 띄워, 나를 세태의 정리에서 멀리하네(汎此忘憂物, 遠我遺世情)"라는 구절이 있다.

과 함께 할 때는 근심을 잊게 하는 사물인 술이 있다면 내 못하는 술이
나마 또한 버려두고 마다하는 일이 없을 것이다.

13 내 천년 성인 그리워하나니,　　　　　　　　我思千載人 [56]

　　노산의 봉우리 건양 땅에 계셨다네.　　　　蘆峯建陽境

　　회암의 한 초당에서 학문을 품고 닦아,　　藏脩一庵晦 [57]

　　책을 지어내어 만고에 홀로 깨우쳤네.　　著述萬古醒

　　지나간 것은 그에게서 올바름을 얻기를 기다리고,　往者待折衷 [58]

　　앞으로 올 것은 그에게서 옷깃 끄는 것 얻는다네.　來者得挈領 [59]

　　아름답도다, 주고 받는 것 풍성함이여!　　懿哉誠授受

---

56 천재인(千載人): 천재성인(千載聖人), 곧 천년에 하나 날까말까한 성인을 말함. 여기서는 주자
(朱子)를 가리켜 한 말임. 곧 주자 같은 이는 이 세상에 항상 있는 것이 아님을 말함.

57 노봉〜암회(蘆峯〜庵晦): 곧 운곡(雲谷)에 있는 주자의 초당인 회암(晦庵)을 말함. 주자는 건
도(乾道) 경인(庚寅: 1170)년 건양(建陽)현 서북쪽으로 70리 지점에 있는 노산(蘆山)의 꼭대기
에 있는 운곡(雲谷)에다 초당을 짓고 회암(晦庵)이라는 이름을 붙이고, 아울러 자호로 삼
았다.
　　장수(藏脩)는 '藏脩'라고도 하며 학문을 염두에 두고 갈고 닦는 것을 말함. 『예기』「학기(學
記)」에서 나온 말로 "군자는 학문에 대하여 (문제되는 곳을) 항상 이것을 염두에 두고[藏], 이
것을 닦으며[修], 이것을 가지고서 쉬고, 이것을 가지고 놀 것이다"라 하였다.

58 왕자대절충(往者待折衷): '折衷'은 '折中'과 같다. '절'은 어떤 것을 자르는 것[斷]이며, '중'은
"합당하게 하는 것[當]"으로, 곧 타당한 것을 가려서 사물을 판단하는 것을 준칙으로 삼는 것
을 말함.

59 설령(挈領): 옷깃을 잡아당긴다는 뜻으로 요점을 파악했다는 뜻의 비유로 많이 쓰인다. 『순
자』「권학(勸學)」편에 "모피옷의 옷깃을 끌 때 다섯 손가락을 구부려 가지런히 한다면 결에
따라 따르는 것은 셀 수 없을만큼 많다"는 말이 있다.

근원 멀어 노둔함과 영민함 뒤섞였다네.　　　　源遠雜魯穎

천박한 학문의 거센 물결 막았으니,　　　　口耳障狂瀾 [60]

아름다운 훈계가 『심경』에 빛나네.　　　　心經嘉訓炳 [61]

　열셋째　　　　　　　　　　　　　　其十三

나는 주자와 같은 천년에 하나 날까말까한 성인을 항상 그리워하여

왔다. 그분은 건양현 노산의 봉우리에 있는 운곡에 초당인 회암을 짓고

계셨다. 주자께서는 회암의 초당에 거처하면서 항상 도학에 대하여 이를

염두에 두고 사셨다. 그뿐 아니라 이를 갈고 닦아 훌륭한 책을 많이 지

어내시어 유학에 종사하는 많은 후학자들에게 만고에 길이 남을 훌륭한

진리들을 홀로 깨우쳐주셨다. 주자 이전에 이미 지나간 것들은 그분을

통하여 타당한 것을 가리어 올바름의 판단을 내려주기를 기다리고 있었

다. 그분의 앞으로 오게 될 것들은 마치 손가락으로 털옷을 쓸면 모두

따라서 쓸리듯이 이끌어줌을 얻게 될 터였다. 그분으로 인해 후학들에

60　구이장광란(口耳障狂瀾): '구이'는 입으로 말하고 귀로는 듣기만 하는 학습을 말함.『순자』
　　「권학(勸學)」편에 "소인배들의 배움이란 것은 귀[耳]로 들어갔다가 입[口]으로 나오는 것이다"
　　라는 말이 있다. 나중에는 길을 가면서 듣고 말하듯이 귀담아 새겨 듣지 않는 천박한 학문을
　　비유하게 되었음.
　　장광란(障狂瀾): 한유의 「진학해(進學解)」에서 따온 말. "모든 시내를 막아 동쪽으로 흐르게
　　해서 미친 듯한 물결에 이미 기울어져 가는 것을 되돌렸습니다(障百川而東之, 廻狂瀾於旣倒)."
61　심경가훈병(心經嘉訓炳):『심경』은 남송의 서산(西山) 진덕수(陳德秀)가 남북송의 도학자들이
　　남긴 교훈이 될 만한 글귀들을 모아 편집한 책. 명(明) 정민정(程敏政)이 주석을 덧붙인 것이
　　우리나라에도 크게 유행했음.

게 주고 그것을 받음이 많았으니 이는 실로 아름다운 일이라고 하였다.
그러나 근원이 되는 그분이 멀어질수록 노둔함과 영민함이 한데 뒤섞여
그것을 가려내는 것이 힘들게 되었다. 그저 입으로 내뱉으면 아무 생각
없이 이를 귀로 받아들이기만 하는 천박한 학문의 풍토가 미친 듯한 물
결이 되어 걷잡을 수 없이 흐르는 것을 그분이 비로소 막았다. 그분의
그런 아름다운 훈계는 『심경』이란 책에 남아 아름답게 빛나고 있다.

14 순임금과 주문왕(周文王)이 세상을 떠난 지 오래니,　　舜文久徂世

　산동에 봉황새 오지를 않네.　　朝陽鳳不至 62

　상서로운 기린마저 또한 이미 멀어졌으니,　　祥麟又已遠 63

　말세라 모두 어지러이 취한 것 같네.　　叔季如昏醉

　낙양과 복건 땅의 이학 우러르니,　　仰止洛與閩 64

---

62 조양(朝陽): 산의 동쪽을 말함. 『시경』 「대아·권아(大雅·卷阿)」에 "봉황이 우는구나! 저 높
　은 언덕에서. 오동나무 싹 나네, 저 산의 동쪽에서(鳳凰鳴矣, 于彼高岡. 梧桐生矣, 于彼朝陽)"라
　는 구절이 있다. 여기서 조양은 공자가 난 곳인 산동(山東)을 가리키며, 봉황은 곧 공자를 일
　러 말한 것임.

63 상린(祥麟): 상서로운 기린. 여기서도 역시 공자를 기리켜 한 말임.

64 앙지락여민(仰止洛與閩): '앙지'는 "향하여 가다", "우러르다"라는 뜻이며, 여기서 '지'는 의미
　없는 어조사로 쓰였음. 『시경』 「소아·수레바퀴 굴대(小雅·車舝)」의 "높은 산 우르러고, 큰 길
　가네(高山仰止, 景行行止)"에서 나온 말임.
　낙민(洛閩)은 송대의 이학(理學)을 집대성한 낙양(洛陽)의 정호(程顥)·정이(程頤) 형제의 이
　정(二程)과 민남(閩南) 복건(福建)의 주자(朱子)를 일컫는 말임. 이정의 학문을 '낙학(洛學)',
　주자의 학문을 '민학(閩學)'이라 하며, 여기에다 통상적으로 염계(濂溪) 주돈이(周敦頤)와 관
　중(關中)의 장재(張載)를 포함하여 '염락관민(濂洛關閩)'이라고 하는데, 이로써 송대의 이학
　을 지칭하는 말로 쓰임.

뭇 어진이들 비늘처럼 차례로 일어섰다네.　　　　　　　群賢起麟次 [65]

나 태어남이 늦고도 궁벽하니,　　　　　　　　　吾生晚且僻

가장 고귀한 것 닦기에 홀로 어둡네.　　　　　　獨昧脩良貴 [66]

아침에 도를 들으면 저녁에 죽어도 좋을지니,　　朝聞夕死可 [67]

이 말에 실로 참된 맛 있다네.　　　　　　　　　此言誠有味

열넷째　　　　　　　　　　　　　　　　　　　其十四

　유교에서 성인으로 추앙하는 순임금과 주공이 세상을 떠난 지가 이미
오래 되었다. 중국 산동 땅에도 더 이상 새로 치면 봉황이랄 수 있는 공
자 같은 분이 더 이상 태어나지 않았다. 상서로운 시대가 되면 나타난다
는 전설상의 동물인 기린 같은 성인들도 또한 이미 나신 지가 시대적으
로 멀어졌으니, 말세에 이르러 이 세상 사람들이 모두 어지러이 취한 것
같이 비틀거린다. 이런 말세는 송나라에 이르러 낙양의 정자와 복건의
주자 같은 분이 나셔서 비로소 그분들이 옛 유교의 성인들이 남기신 이
학을 우러렀다. 이에 많은 현자들이 마치 물고기의 비늘처럼 잇따라 차

---

65 인차(麟次): '인비(鱗比)'와도 통하여 쓰며, 어떤 순서의 배열이 고기비늘처럼 가지런하게 나열
　　되어 있음을 말함.
66 양귀(良貴): 가장 고귀한 것을 말함. 『맹자』「이루 상(離婁上)」에서는 "남이 귀하게 만들어 준
　　것은 최선의 고귀함〔良貴〕이 아니니, 조순(趙盾: 자는 孟)이 귀하게 만들어 주었다면 조순이 그
　　를 천하게 만들 수도 있다"라 하였고, 주자는 「양」(良)을 본연의 선을 말한다고 풀이하였다.
67 조문석사가(朝聞夕死可): 『논어』「이인(里仁)」편에서 공자가 말한 "아침에 도를 들으면 저녁에
　　죽어도 좋다(朝聞道, 夕死可矣)"라는 말에서 따왔음.

례로 다투어 일어나게 되었다. 그러나 내가 이 세상에 태어난 우리나라 선비들을 가만히 생각해 보건대 실로 안타깝기 짝이 없다. 그분들보다 시대적으로는 많이 늦게 지리적으로도 멀리 떨어진 이곳 동방의 구석진 곳에서 태어나고 보니, 가장 고귀한 것인 본연의 선을 닦으려 해도 주위에 받쳐주는 사람들이 없어서 홀로 어두울 뿐이다. 일찍이 공자께서는 "아침에 참된 진리인 도를 듣는다면 저녁에 죽어도 좋다"고 말씀하셨는데, 이 말이야말로 곱씹어가면서 음미해 볼수록 실로 참된 의미가 있는 말이라고 하겠다.

15 도 가까이 있는데도 멀리서 찾고,　　　　　　　道邇求諸遠 [68]

　　세상의 풍조따라 편안한 집 비워 두었다네.　　滔滔曠安宅 [69]

　　철인이 못다한 말씀 남기셨으니,　　　　　　哲人有緒言 [70]

　　따라서 마음과 행적 좇을 만하네.　　　　　因可追心跡 [71]

　　오로지 하나로 하라는 말에 미치지 못한다면,　苟未及唯一 [72]

---

[68] 도이구저원(道邇求諸遠): 『맹자』「이루(離婁) 상」에 "도가 가까이에 있는데도 먼 곳에서 구하고, 일이 쉬운데 있는데도 어려운 곳에서 찾는다(道在邇而求諸遠, 事在易而求諸難)"는 말이 있음. '諸'는 어조사로 쓰였으며 '之於' 또는 '之乎'와 같은 뜻이다.

[69] 광안택(曠安宅): 역시 『맹자』「이루(離婁) 상」의 "어짊은 사람의 편안한 집이며, 의로움은 사람의 바른 길이다. 편안한 집을 비워두고 거처하지 않으며 바른 길을 버려두고 가지 않으니 슬프도다!(仁, 人之安宅也, 義, 人之正路也. 曠安宅而弗居, 舍正路而不由, 哀哉)"

[70] 서언(緒言): '서(緒)'는 여기서 "남다〔餘〕" 또는 "남기다〔遺〕"의 뜻으로 쓰였다. 이미 말을 꺼내긴 했지만 끝을 내지는 못했다는 말로, 설명이 충분히 다 되지 않은 것을 뜻함.

[71] 심적(心迹): '心跡'이라고도 하며, 사상과 행적을 가리키는 말.

백 가지 들었다고 자랑하는 것과 무엇이 다르리.　　何異誇聞百 ⁷³

늘 초나라의 미치광이 무리들 괴이쩍게 여겨,　　常怪楚狂輩 ⁷⁴

망녕되이 스스로 검고 흰 것 가리네.　　妄自分黑白

성인을 만나고도 뜻 겸허해하지 않으니,　　遇聖不遜志 ⁷⁵

몸 깨끗이 하려한 것이 오히려 애석하네.　　潔身還可惜 ⁷⁶

열다섯째　　十五

찾아보면 참된 진리인 도는 실제로 가까이에 있는데도, 먼 곳으로 가

72　유일(唯一): '唯'는 '惟'로도 쓴다. 『상서』 「우서·대우모(虞書·大禹謨)」에 "사람의 마음은 오로지 위태롭고, 도를 지키려는 마음은 오로지 희미하니, 정신을 오로지 하나로 하여 진실로 마음 속을 잡아야 한다(人心惟危, 道心惟微, 惟精惟一, 允執厥中)"라는 말이 있다.

73　과문백(誇聞百): 견문이 없으면서도 스스로 많이 안다고 자랑하는 것을 말함. 『장자』 「추수(秋水)」에서 나온 말. 강물의 신인 하백(河伯) 바다의 신인 해약(海若)을 만나기 전에는 자신만한 도를 가진 사람이 없다고 자부하다가, 해약을 만나보고서야 큰 도를 터득한 사람들의 큰 웃음거리가 될 뻔하였다고 반성하는 대목이 나온다.

74　초광배(楚狂輩): '초광(楚狂)'은 "초나라의 거짓 미치광이"라는 뜻으로, 『논어』 「미자(微子)」 편에 나오는 공자가 수레를 타고 초나라를 지나갈 때 공자의 수레 곁으로 다가와서 "봉이여, 봉이여, 덕이 어찌 그리 쇠했는가! 지나간 것은 간언할 수 없고 오는 것은 오히려 좇을 수 있으니, 그만두게, 그만두게, 지금의 정치를 좇는 자는 위태하리로다"는 노래를 부르고는 사라졌다는 접여(接輿)라는 은자(隱者)를 말함. 접여라는 이름은 은자의 실제 이름이 아니고, 공자가 타고 있는 수레 곁으로 다가왔다는 의미로 가탁한 것임. 초나라 미치광이의 무리라는 것은 접여와 같이 도가 쇠한 세상에서 은거하며 살았던 『논어』의 같은 편에 나오는 장저(長沮), 걸익(桀溺)과 같은 무리들을 말함.

75　손지(遜志): 뜻을 겸손히 하다. 『상서』 「상서·열명(商書·說命)」편에 부열(傅說)이 말하기를 오로지 배움에 있어서는 뜻을 겸손히 해야 한다고 하였다.

76　결신(潔身): 『논어』 「미자(微子)」편에 자로가 은자인 삼태기를 매고 가는 사람(荷蓧)에게 그 한 몸을 깨끗이 하고자 큰 인륜을 더럽혔다고 한 말이 있다.

서 구한답시고 맹목적으로 세상의 풍조를 따라 다니다 보니, 편안한 집을 떠나 오랜 동안 비워두었던 것 같다. 앞선 시대의 철인들이 도에 대하여 충분히 설명을 하신 말씀을 남겨 놓으셨으니, 그분들이 남기신 말씀이 들어 있는 책을 보면서 그분들이 마음 속에 품었던 생각과 행적을 좇아갈 수 있다. 실로『서경』에 있는 "정신을 오로지 하나로 하라"는 말의 참뜻에 도달할 수 없다면 견문이 좁은 사람이 견문이 넓은 사람 앞에서 자기가 들은 것이 많아 해박하다고 자랑하는 것과 무엇이 다르겠는가? 나는 어지러운 세상을 구하고자 천하를 주유하던 공자의 수레에 다가와 노래를 부르고 사라진 초나라의 거짓 미치광이 은자와 같은 사람들을 끝내 괴이하게 생각하여, 내 자신의 식견도 헤아리지 않고 이들의 옳고 그른 것을 검고 흰 것을 가리듯 구분해 보았다. 이들 도가의 사상가들이 자신의 앞에 서 있는 공자와 같은 유교의 성인을 만나보고도 오히려 충고나 하면서 자신의 뜻을 낮추어 겸허해하지 않았음을 생각하여 본다. 제 한 몸이나 깨끗이 하고자 인륜을 어지럽히기를 주저하지 않았던 그들의 좁은 안목에서 나온 행동이 애석하기 그지없이 느껴진다.

16 우리 동방 예로부터 추로지향이라 불려,　　　　吾東號鄒魯 [77]

　　유자들은 언제나 육경을 암송하네.　　　　　　儒者誦六經 [78]

　　그것 좋아함을 아는 이 어찌 없었으리오만,　　豈無知好之

　　어느 누가 이룸 있었던가?　　　　　　　　　何人是有成

씩씩하도다, 오천의 정 선생이여!　　　　　矯矯鄭烏川 [79]

죽음으로 지켜 끝내 바꾸지 않았네.　　　　守死終不更 [80]

점필재 선생은 문장으로 쇠락함에서 일으켜,　佔畢文起衰 [81]

도를 구하는 사람들이 그의 뜰을 채웠네.　求道盈其庭

능히 청색 쪽에서 나올 수 있었으니,　　　有能青出藍 [82]

김굉필과 정여창 서로 이어 울렸다네.　　金鄭相繼鳴 [83]

문하의 일꾼에도 못 미쳤으니,　　　　　莫逮門下役

---

77 추로(鄒魯): 문화, 특히 유교문화가 흥성한 곳을 가리키는 말. '추(鄒)'는 맹자가 난 땅이고, '노(魯)'는 공자가 난 땅이어서 그렇게 부름. 『장자·천하(天下)』에 보면 『시경』·『서경』·『예기』·『악경』에 있는 것은 추 땅과 노나라 땅의 선비들과 유자들이 밝혀 놓았다는 말이 있다. 지금 도산서원(陶山書院)에 가면 그 입구에 공자의 종손인 공덕성(孔德成) 교수가 1982년에 일일원장(一日院長)을 할 때 써 놓은 '추로지향(鄒魯之鄕)'이라는 비석이 있다.

78 육경(六經): 유가의 가장 대표적인 경전인 『시경』·『서경』·『역경』·『예기』·『춘추』·『악경』을 말한다. 더러 『악경』 대신 『주례(周禮)』를 포함시키기도 하는데 이는 대체로 진(秦)의 분서(焚書) 사건 후에 『악경』이 없어졌기 때문이다.

79 교교정오천(矯矯鄭烏川): '교교'는 씩씩한 모양을 말함. 『시경』 「노송·반수(魯頌·泮水)」에 "씩씩하도다, 범 같은 장수들이여, 문묘(文廟)에서 베어온 목 바치네(矯矯虎臣, 在泮獻馘)"라는 구절이 있다.
　정오천(鄭烏川: 1337~1392): 정몽주(鄭夢周)를 말함. 정몽주는 자가 달가(達可), 호는 포은(圃隱)으로 연일(延日) 오천(烏川) 사람임. 고려조 공민왕 때 사람으로 성리학을 깊이 연구하여 동방의 이학의 조종이라 일컬어져 조선조에 들어 영의정이 추증되었고 시호를 문충공(文忠公)이라 하였으며, 문묘에 제사지냈음.

80 수사(守死): 『논어』 「태백(泰伯)」편에 공자가 "돈독히 믿으면서 학문을 좋아해야 하고, 죽음으로 지키면서 도를 잘 행해야 한다(篤信好學, 守死善道)"라 한 말이 있다.
　불경(不更): 사마천(司馬遷)이 지은 역사책인 『사기』 「전단열전(田單列傳)」에 보면 왕촉(王蠋)이 "충신은 두 조대에 걸쳐 임금을 섬기지 아니하고, 정숙한 여인은 두 지아비를 바꾸지 않습니다(忠臣不事二君, 貞女不更二夫)"라 한 말이 있다.

내 몸 쓰다듬으며 깊은 마음 상해 하네.　　　　撫躬傷幽情

열여섯째　　　　　　　　　　　　　　　其十六

81　점필(佔畢): 점필재(佔畢齋)는 김종직(金宗直: 1431~1492, 자는 季猛)의 호이다. 문장이 고결하고
후학을 장려하여 키우는데 힘써 일세의 유종(儒宗)이 되었으며, 시호는 문간(文簡)이다. 연산
조(燕山朝) 때 무오사화(戊午士禍)를 입었으나 그때 이미 죽어서 부관참시(剖棺斬屍)를 당하
는 참변을 입었다. 그의 문하에서 바로 아래에 나오는 김일손·김굉필·정여창 등 조선시대를
사림파의 대표적인 인물들이 배출되었다.

　　문기쇠(文起衰): 북송 소식(蘇軾)의 "조주의 한문공을 모신 사당의 비문(潮州韓文公廟碑)」을
보면 "문장은 팔대나 계속된 쇠락을 일으켰으며, 도는 천하의 빠진 사람을 구출하였다(文起
八代之衰, 而道濟天下之溺)"는 말이 나오는데, 여기서 '팔대'란 한(漢)에서 당(唐)에 이르기까
지의 부화한 기풍이 횡행하던 각 조대를 말하며, 이 구절은 김종직을 한유(韓愈)와 견주어 높
여서 이른 것이다.

82　청출람(靑出藍): 쪽에는 세 가지가 있는데 요람은 녹색이 섞여 있고, 대람은 겨자같이 생겼는
데 옅은 황색이며, 괴람은 회나무 같이 생겼는데 푸른 빛이 섞여 있다. 세 쪽은 모두 염료로 쓰
이는데 본색보다 낫게 되어 청출어람(靑出於藍)이라는 말이 나왔다.『순자』「권학(勸學)」편
에 "푸른색은 쪽풀에서 빼내지만 쪽풀보다 푸르고, 얼음은 물이 얼어서 되는 것이지만 물보
다 차갑다(靑取之藍而靑於藍, 氷水爲之而寒於水)"라는 말이 있으며, 나중에는 따라서 제자가
스승보다 나음을 비유하는 말로 쓰이게 되었음. 북제(北齊)·수(隋)·당(唐)에 걸쳐 살았던 이
밀(李謐)에 얽힌 일화. 이밀은 처음에 소학박사인 공번(孔璠)을 스승으로 모셨지만, 수년 후
에는 공번이 오히려 밀에게 가서 학업을 청하게 되었다. 이에 동문의 선비들이 말하기를 "청
색은 쪽풀이 된 것인데 쪽풀이 청색에 감사해 하니, 스승이라고 어찌 항상 스승일 수 있겠는
가!" 하였다.

83　김정(金鄭): 김굉필(金宏弼: 1454~1504)과 정여창(鄭汝昌: 1450~1504)을 말함.

　　김굉필의 자는 대유(大猷), 호는 한훤당(寒暄堂)으로 서흥(瑞興) 사람이며 점필재를 사사했
다. 평생을『소학(小學)』을 가지고 몸의 법도로 삼았으며 실천을 참으로 알아 천거되어 형조
좌랑[刑郎]이 되었다. 무오사화 때 희천(熙川)으로 귀양갔다가 순천(順天)으로 옮겨져 극형을
당했다. 나중에 영의정에 추증되었으며, 시호는 문경(文敬)이고 문묘에 배향되었다.

　　정여창은 자가 백욱(伯勖) 호는 일두재(一蠹齋)로 하동(河東) 사람이다. 점필재의 문하에서 노
닐며 도의(道義)를 연마하여 성리학에 정통하였다. 정주학(程朱學)을 법도로 삼았다. 무오사
화 때 종성(鍾城)에 유배되어 갑자년(甲子年)에 사약을 받고 죽음을 당하였으며 좌의정에 추
증되었다. 시호는 문헌(文獻)이며 문묘에 배향되었다.

중국의 동쪽에 있는 우리나라는 먼 옛날부터 유교의 큰 스승이신 맹자와 공자가 난 추나라와 노나라의 고을로 불려 왔다. 또한 이에 걸맞게 우리나라의 선비들은 언제나 유가의 대표적인 경전인 『육경』을 암송하여 왔다. 그러나 우리나라의 선비들 중 유가의 도를 좋아할 줄 안 사람들이 없었다고는 말할 수 없겠지만 그것에 대하여 일가를 이루어 나름대로 성취를 이루었던 사람들은 과연 어떤 사람들이 있었던가? 고려 때 오천 사람 정몽주는 꼿꼿하여 끝까지 절개를 지켜 죽음에 이르도록 두 왕조를 섬기지를 않았다. 우리 조선의 점필재 김종직 선생은 훌륭한 문장을 지어내어 그간 쇠락하였던 우리나라의 도학의 기풍을 일으켜 세우셨다. 그분의 집 뜰은 그분을 좇아 도를 구하려는 사람들이 마침내 가득 차게 되었다. 염료로 쓰이는 쪽풀에서 파란색이 나오지만 원래의 염료인 쪽보다 더 파랗게 되듯이, 스승인 김종직 선생의 문하에서 김굉필 선생과 정여창 선생 같은 스승보다 훌륭한 제자들이 잇따라 나와 세상에 이름을 떨치게 되었다. 그분들의 업적을 생각해 보며 지금의 내 처지를 가만히 헤아려보니 실로 그분들의 집에서 일하는 머슴들에게조차 미치지 못하는지라, 평생을 매달려도 이룬 것 없는 가련한 인생인 이 몸을 어루만지며 마음 속 깊이 아파한다.

17 쓸쓸한 풀로 이은 집에,　　　　　　　　　　　蕭蕭草盖屋

　위로는 비 내리고 옆으로는 바람 부네.　　　　　上雨而旁風 [84]

마른 곳 찾아 여러번 책상 옮기고,　　　　　就燥屢移牀 [85]

낡은 궤짝 속으로 책 거두네.　　　　　　　收書故篋中

다만 줄없는 거문고 어루만지니,　　　　　但撫無絃琴 [86]

궁핍과 현달이야 어찌 알리오?　　　　　　寧知窮與通 [87]

호언장담하는 송옥 보고 웃는다네,　　　　誇言笑宋玉

부상 나무에 활 걸고 싶다고.　　　　　　　欲掛扶桑弓 [88]

　열일곱째　　　　　　　　　　　　　　　　其十七

　쓸쓸하게 대충 풀로 이은 초가집이라 허술하여 지붕 위에서는 비 내
리는 것도 제대로 가려주지 못하여 새고, 벽도 군데군데 새어 바람을 제
대로 막아주지 못한다. 이에 빗방울이 떨어지지 않는 마른 곳을 찾아 책
상을 여러 번씩이나 이리저리 옮겨 다닌다. 나에게는 보물이나 다름없
는 귀중한 책이 혹시 빗물에 젖을까 걱정이 되어 오래되어 낡아빠진 궤

---

84 소소~방풍(蕭蕭~旁風): 도연명(陶淵明)이 그의 자서전 격인 「오류선생전(五柳先生傳)」에서
　말한 바에 의하면 사방의 벽이 허전하여, 풍우나 햇볕조차 가려주지 못했다 한다.

85 취조(就燥): 『주역』 「문언의 주석(文言傳)」에 보면 "물은 축축한 곳으로 흐르고, 불은 마른 곳
　으로 나아간다(水流濕, 火就燥)"라는 말이 있다.

86 무무현금(撫無絃琴): 무현금은 줄이 없는 거문고. 도연명은 음악에 능하지는 못했지만 줄 없
　는 거문고를 하나 가지고 있었는데, 술이 적당히 취했다 하면 늘 그것을 타면서 뜻을 의탁하
　였다고 한다.

87 궁여통(窮與通): 궁핍과 현달을 말함. 『장자』 「양왕(讓王)」편에 보면 "옛날의 득도한 자들은
　궁핍해도 즐거워하였고 현달해도 즐거워하였는데, 즐거워한 것은 궁핍과 현달 때문이 아니
　었기 때문이다. 도덕이 이러한 경지에 이르면 곤궁과 현달은 추위와 더위, 바람과 비가 순환
　하는 것과 같다"라는 말이 나온다.

짝이나마 찾아 거두어 들인다. 이따금 은자인 도연명이 뜻이 맞을 때마다 꺼내어 즐거운 뜻을 의탁했다고 하는, 줄이 없는 거문고를 꺼내어 이리저리 어루만져 본다. 내 뜻을 거기에 담아보니 이 즐거움을 생각해 볼 때 이에 비하면 궁핍하고 현달해짐은 정말 아무것도 아님을 알겠으니, 거기에 대해서 내가 어찌 상관을 하겠는가? 이에 나는 이미 조정에서 내 뜻을 크게 펼쳐 현달해지고픈 생각을 접은 지가 오래이다. 그런지라 자기의 큰 뜻을 펼 포부를 "활을 해가 떠오르는 부상나무에 걸고 싶다"고 양왕 앞에서 허풍을 떨며 아뢰던 저 초나라의 송옥을 생각해 보니 공연히 웃음만 날 뿐이다.

18 술 속에 오묘한 이치 있으나, 酒中有妙理 [89]

[88] 과언~부상궁(誇言~扶桑弓): 부상(扶桑)나무는 한나라 동방삭(東方朔)이 지었다고 전해지는 『해내십주기(海內十洲記)』와 『산해경』 등의 서적에 언급되어 있는데 종합해보면 다음과 같다. 부상은 동해의 동쪽 기슭에 있는데 뽕나무와 같이 생겼고 둘레는 2천 아름 남짓이나 되는데, 나무가 둘씩 둘씩 같은 뿌리에서 솟아나서 짝수로 자란다. 더욱이 서로 기대어 있으므로 '부상(서로 부축하고 있는 뽕나무)'이라고 한다. 또 부상은 양곡(暘谷)의 위에 부상이 있는 열 개의 해가 목욕을 하는 곳으로 흑치(黑齒)의 북쪽에 있으며, 물 가운데 있는 큰 나무에 아홉 개의 해는 아랫가지에 있고 한 개의 해가 윗 가지에 있다고도 한다. 초(楚)나라 때 송옥(宋玉)이 양왕(襄王)에게 "구부러진 활 부상 나무에 걸고 싶고, 긴 칼 하늘 가에 기대두네"라고 큰소리 친 적이 있다.

[89] 주중유묘리(酒中有妙理): 두보의 「그믐날 최즙과 이봉을 찾다(晦日尋崔戢李封)」 시의 "탁주 속에 정미로운 이치 있으니, 부침하는 인생 위안 삼을 만하리(濁醪有妙理, 庶用慰浮沈)"라 한 구에서 따왔음. 진(晉)나라 때 맹가(孟嘉)는 술을 즐겨 마셨는데, 아무리 마셔도 취하여 흐트러지지 않았으므로 환온(桓溫)이 술이 뭐가 좋아서 그토록 즐기는가 맹가가 웃으며 말하기를 "그대는 술 속에 있는 정취를 얻지 못했소이다"라고 대답하였다는 일화가 있다.

사람마다 다 깨닫는 것은 아니라네.	未必人人得
즐거이 거나해져 떠드는 중에,	取樂酣叫中
바로 그대들이 현혹되는 것이 아닌가?	無乃汝曹惑
언뜻 얼근히 취하는 때 만나면,	當其乍醺醺 [90]
호연지기 천지간에 꽉 차네.	浩氣兩間塞 [91]
번뇌 풀어지고 인색함 없어지니,	釋惱而破吝
괴안국의 영화보다 훨씬 낫다네.	大勝榮槐國 [92]
이것도 결국은 기다림 있는지라,	畢竟是有待 [93]
바람 맞으니 또한 부끄러워 잠잠히 있네.	臨風還愧黙 [94]

90 훈훈(醺醺): 술이 얼근히 취하여 기분이 좋은 상태를 말함.

91 호기량간(浩氣兩間): '호기(浩氣)'는 하늘과 땅의 넓고 큰 정기, 곧 호연지기(浩然之氣)를 말함. 『맹자』「공손추(公孫丑) 상」에 공손추가 맹자에게 어디에 뛰어나냐고 묻자 "나에게 있는 하늘과 땅의 넓고 큰 정기를 잘 기른다"라고 대답했다.
'양간(兩間)'은 하늘과 땅 사이를 말하며, 그 사이에서 거처하는 인간을 가리키는 말로 쓰임. 한유의 「원인(原人)」에 "위에서 형체를 이루고 있는 것을 하늘이라 하고, 아래에 형체를 이루고 있는 것을 땅이라 하며, 그 둘 사이[兩間]에서 운명을 받은 것을 사람이라 한다"라는 말이 있다.

92 괴국(槐國): 곧 괴안국(槐安國)을 말하며 헛된 부귀영화를 형용하는 말로 쓰임. 당나라 이공좌(李公佐)의 「남가군 태수의 전기(南柯太守傳)」이라는 소설의 줄거리. "순우분(淳于棼)이라는 사람의 꿈에 두 사자가 와서 이르기를 '괴안국(槐安國)에서 당신을 맞이합니다'라 하고는 늙은 회나무[槐] 구멍 속으로 인도하였다. 그 국왕이 이르기를 '남가군(南柯郡)이 다스리기가 어려우므로 그대를 태수로 삼겠다'고 하였다. 태수가 되어 20여 년을 잘 통치하고 많은 부귀와 영화를 부러움없이 누렸다. 그러나 늙어 남의 규탄을 받고 직위가 해제되어 자기가 원래 살던 곳으로 잠시 물러나 쉬게 되었다. 그래서 꿈에서 깨어나게 되었는데, 그 회나무의 구멍을 다시 살펴보니 그 구멍 밑에 탑(榻) 하나를 수용할 만한 자리에 커다란 개미가 있으니 그것이 곧 국왕이요, 또한 구멍이 줄곧 남쪽 가지로 오르게 되었으니, 이곳이 곧 남가군(南柯郡)이었다."

술을 마시다 보면 그 안에 실로 오묘한 이치가 있는 법인데 그 오묘한 이치를 술을 마시는 사람이라고 하여 모두다 깨닫게 되는 것은 아니다. 대다수의 사람들은 그저 술을 마시는 묘미가 거나하게 취하여 큰 소리로 고함을 치며 떠드는 것이라고 생각하는 것 같다. 여기에 너희 술 마시는 무리들이 묘미가 있는 것이라고 현혹되는 것은 아닌지 모르겠다. 술을 마시다가 언뜻 얼근하게 취하여 기분이 좋은 상태에 이르게 되면, 바야흐로 하늘과 땅 사이에 있는 우리네 인간들은 그 넓고 큰 기운이 꽉 차게 되는 것이다. 술을 마시면 우리를 괴롭히던 각종 인간세상의 번뇌도 절로 풀리게 된다. 또 마음도 대범해져서 우리의 인색함과 쩨쩨함도 아울러 없어지게 된다. 괴안국에서의 헛된 영화 같은 부질없는 영달의 추구보다도 훨씬 낫다. 그러나 이도 결국은 때가 있는 것이니 아무 때나 그런 경지에 이를 수가 있는 것이 아니다. 이에 나 자신도 그런 경지에까지는 아직 이르지 못한 듯하다. 이에 슬그머니 나가 바람 쐬면서 생각에 잠기자니 아직까지 술의 오묘한 맛을 알지 못하고 이 세상의 일에 미련이 남은 것 같아 또한 괜히 부끄러워져 잠자코 있을 뿐이다.

---

93 유대(有待): 의지하는 것이 있음을 말함. 아무리 도가 통한다 해도 완전무결한 경지에 이르지 않으면 어떤 일이 있을 때 그래도 의지를 해서 행해야 한다는 것의 비유. 『장자』 「자유롭게 노 님(逍遙遊)」편에 보면 열어구(列禦寇)가 바람을 몰고 다니는데 도가 통해서 보름 만에도 돌아 오기도 하지만 그래도 기다리는 것(즉 바람)은 있다고 한 말이 있다.

19 어려서나 젊어서나 성인의 가르침 들으니,　　　少小聞聖訓

　학문을 하고도 틈이 나면 벼슬에 나간다 하네.　　學優乃登仕 [95]

　어쩌다 명예욕에 매이게 되면,　　　　　　　　　偶爲名所累

　엎치락뒤치락 헛되이 자신을 잃게 되네.　　　　輾轉徒失已 [96]

　옹종종하게 억지로 버티며,　　　　　　　　　　龍鍾猶强顔 [97]

　몰래 홀로 아주 부끄럽게 생각하네.　　　　　　竊獨爲深耻

　멀리 나다니는 것 나의 일 아니어서,　　　　　高蹈非吾事 [98]

---

94 임풍(臨風): 바람을 맞음을 말함. 굴원의 『초사』「구가・소사명(九歌・少司命)」"미인을 바라
　나 오지 않음이여, 바람을 맞으며 멍하니 크게 노래하네(望美人兮未徠, 臨風怳兮浩歌)"라는 구
　절이 있다.

95 학우내등사(學優乃登仕):『논어』「자장(子張)」편에 보면 자하가 "벼슬을 하다가 여가가 있으
　면 학문을 하고, 학문을 하다가 여가가 있으면 벼슬을 한다(仕而優則學, 學而優則仕)"라는 말
　이 있는데, '우(優)'는 "~을 하고도 남는 힘이 있음(有餘力)"이란 뜻이다.

96 전전(輾轉): 전전반측(輾轉反側), 곧 어떤 일로 고민하며 누워서 엎치락 뒤치락하며 뒤척이는
　것을 말함.『시경』「주남의 민요・물수리(周南・關雎)」"그립고 또 그리워, 이리저리 뒤척이네
　(悠哉悠哉, 輾轉反側)."

97 용종유강안(龍鍾猶强顔): '隴種', '躘踵'과 같이 쓰며, '鍾龍'이라고도 한다. 첩운어로 쓰이는
　뜻이 매우 많은데 시어로는 "일반적으로 노쇠하여 거동이 느린 모양(潦倒失意)"을 형용할 때
　많이 쓰인다. 또 대나무의 이름이라는 설도 있는데, 연로한 사람들은 대나무의 가지와 잎새
　처럼 흔들흔들하여 스스로 부지할 수 없기 때문에 그렇게 말한 것이다.
　'강안(强顔)'은 낯가죽이 두꺼움, 곧 염치를 모르는 것을 말하는 것임. 한 사마천(司馬遷)의
　「소경으로 있는 임안(任安)에게 보내는 답장(報任少卿書)에서 자신의 처지를 변명하면서 "아
　울러 이 지경에 이르고서도 욕을 보지 않았다고 말하는 것은 이른바 염치를 모르는 것일 따
　름이며, 여기에 무슨 귀히 여길 만한 것이 있겠습니까?"라 한 말이 있다. 강안은 나중에 또한
　억지로 즐거워하는 척하다의 뜻으로도 쓰이게 되었다.

98 고도(高蹈): "(벼슬 등을 하러) 멀리 나다님[遠行]"이라는 뜻과, 또 높이 뛰는 모양으로 매우 화
　가 난 모습"이라는 뜻도 있는데 여기서는 전자의 뜻으로 쓰였음.

편안히 고향 마을에 있네.　　　　　　　　　居然在鄕里

바라기는 착한 사람 많이 나는 것이니,　　所願善人多

이는 곧 하늘과 땅의 밑바탕이기 때문이라네.　是乃天地紀 ⁹⁹

사철 날씨가 조화롭고 화창하니,　　　　　四時調玉燭 ¹⁰⁰

온갖 사물 제각기 머무를 곳에 머무네.　　萬物各止止 ¹⁰¹

필생의 뜻 숲속 골짜기에 두었으니,　　　畢志林壑中 ¹⁰²

우리 임금님 부모처럼 믿고 의지하네.　　吾君如怙恃 ¹⁰³

---

99 선인다~천지기(善人多~天地紀): '선인'은 "도덕이 있는 사람", "선량한 사람"을 말함. 『좌전』 「성공(成公) 15년」에 한궐(韓厥)이 말하기를 "극씨네는 (화를) 면치 못할 것이다. 선량한 사람들은 천지의 도리를 지키는 요체인데 여러 번 그것을 끊었으니, 망하지 않는다면 무엇을 기다리겠는가?"라 한 말이 있다. 『논어』에서는 군자란 의미로 쓰였음.

100 사시조옥촉(四時調玉燭): '옥촉'은 사철 날씨가 고르고 기후가 화창함을 말하며, 태평성세를 형용하는 말임. 13경(經) 중의 하나이며 최초의 사전으로 알려진 『이아(爾雅)』에서는 "사철 날씨가 온화한 것(四氣和)"이라 풀이하였다.

101 지지(止止): '止之'와 같이 쓰며 머물러야 할 곳에 멈추는 것을 말함. 『장자』 「인간세(人間世)」에 "저 빈 곳을 보면 빈 공간에 흰색이 생겨나니 길하고 상스러움이 머물 곳에서 머무른다.(瞻彼闋者, 虛室生白, 吉祥止止)"는 말이 있음.

102 임학(林壑): 원래의 의미는 "산골짝의 시내"라는 뜻이지만, 주로 은거의 비유로 많이 쓰인다.

103 호시(怙恃): 두 가지 의미가 있는데 첫번째 의미는 "믿고 의지하다"라는 뜻이다. 『좌전』 「양공(襄公) 18년」의 "제나라 임금 환은 국토의 험함을 믿고 백성의 많음을 등에 업어 우호관계를 버리고 맹세를 저버려 신을 모시는 백성을 괴롭히고 있습니다(齊環怙恃其險, 負其衆庶, 棄好背盟, 陵逆神主)"는 이런 뜻으로 쓰였다. 나중에 이것이 인신되어 '부모'라는 의미로도 쓰였다. 『시경』 「소아 · 무성한 다북쑥(蓼莪)」의 "아버지가 없으면 누구를 의지할 것이며, 어머니가 없으면 누구를 의지할 것인가?(無父何怙, 無母何恃)"의 경우가 바로 그런 예로 쓰였다. 여기서는 두 가지 의미가 복합적으로 쓰였는데, 한유의 「유모의 묘에 바치는 명문(乳母墓銘)」에서 "유는 난 지 두 달도 미처 차지 않아 (의지하고 믿을 만한) 부모를 여의었다(愈生未再周月, 孤失怙恃)"라 한 경우를 예로 들 수 있다.

나는 어려서부터 성인의 가르침을 들어왔다. 세상사에 처하는 태도에 있어서는 『논어』의 가르침인 "학문을 하여 나름대로의 성취를 이룬 후에도 남은 힘이 있으면 그때는 벼슬을 하러 간다"는 말을 따랐다. 그러나 벼슬을 하러 나서서 그만 본연의 자세를 잃어버리고 어쩌다 명예욕에 사로잡히게 되었다. 그래서 엎치락뒤치락하고 갈팡질팡하다가 별일도 아닌 것 때문에 결국은 애초에 품었던 순수한 본연의 자세를 잃어버리고 말았다. 내가 어쩌다 옹종망종하게 후안무치한 얼굴로 벼슬자리에서 억지로 버티고 있었다. 지금에 와서야 가만히 지난 날의 내 모습을 돌이켜 보니 그것이 실로 몹시 부끄러운 일이었음을 알겠다. 이제야 벼슬을 한답시고 멀리 나다니는 것이 나에게 적합한 일이 아님을 깨달아 늦은 감이 있지만 모든 것을 청산하고 고향으로 돌아와 편안하게 거처하고 있다. 그리고 벼슬길에서 물러났으나 조정에 바라는 것이라고는 그저 벼슬아치들 가운데 도덕을 갖춘 훌륭한 사람들이 많이 나는 것뿐이다. 이는 다른 뜻이 아니라 이런 사람들이야말로 하늘과 땅의 도리를 지켜나갈 수 있는 가장 중요한 기강이 되기 때문이다. 이런 생각을 하면서 이곳에 머물러 살며 세상이 돌아가는 것을 살펴보니. 사철의 날씨가 고르고 화창한 것처럼 태평성대가 이어지고 있다. 이에 세상의 모든 만물들도 제각기 꼭 있어야 할 곳에 처하여 각자 나름대로 조화를 이루며 제몫을 다하고 있다. 나는 이제 이 생명이 다하는 날까지 지향하는 뜻을 숲속에다 두었으니, 그저 임금님이 나의 뜻을 잘 관철시켜줄 수 있도록 태평성대를 이루어주시기를 바라며 부모처럼 믿고 의지할 뿐이다.

20 가까운 시대에는 소운경이,	近代蘇雲卿
한나라 때에는 정자진이 있었다네.	漢時鄭子眞 [104]
자취 감춘 뜻 어떠함인가?	遜迹意何如
애오라지 그 순박함으로 돌아가고자 함이었네.	聊欲還其淳
천년 세월 흐르는 번개와 같아,	千載如流電
만사 옛것 새롭게 바꾸었네.	萬事更故新 [105]

[104] 소운경~정자진(蘇雲卿~鄭子眞): 소운경과 정자진은 모두 이름 있는 은사이다. 소운경은 남송(南宋) 광한(廣漢) 사람이다. 소흥(紹興) 연간에 정강(靖康)의 난이 일어나자 예장의 동호로 가 움막을 짓고 혼자서 살았는데 이웃에서 귀천노소를 가리지 않고 모두 그를 공경하고 사랑하여 그를 소옹(蘇翁)이라 불렀다 한다. 칡의 올(葛布)로 된 옷을 입고 짚신을 신고서도 종신토록 이를 바꾸지 않았으며, 채소를 가꾸고 짚신을 삼아 자급하였는데 틈이 나면 문을 닫고 높이 누워 있었으며, 어떤 때는 우뚝하니 종일토록 앉아 있었는데 아무도 그의 의중을 헤아리지 못했다. 젊어서부터 포의(布衣)의 친구였던 장준(張浚)이 입조하여 재상이 되어 편지와 돈 따위를 예장(豫章)의 운송관리(帥漕)에게 주어 그에게 전하라고 했다. 그 관리는 이에 말에서 내려서 그의 채마밭으로 들어가 서한과 패물을 내어 함께 가주기를 간곡히 청했다. 사양하면서 다음날 아침에 찾아보겠다 해서 다음날 관원을 보내어 나아가 맞게 했는데 문짝만 고요할 뿐 어디로 갔는지 알 수가 없었다. 그 고을에서는 그에게 사당을 세워주었다 한다. 『송사』「은자들의 전기(隱逸傳)」에 전기가 실려 있다.
정자진은 한나라 때 운양(雲陽)의 골짜기 입구(谷口)에 은거하면서 살던 은사임. 성제(成帝) 때 대장군인 왕봉(王鳳)이 예로써 그를 초치하였으나 응하지 않았다고 하며, 세상에서는 그를 곡구자진(谷口子眞)이라 불렀다 한다.

백이 애당초 주나라로 귀속하였고,　　　伯夷本歸周 [106]

황공은 끝끝내 진을 피하였다네.　　　黃公竟避秦 [107]

예로부터 영걸한 선비들은,　　　古來英傑士

끝내 세속으로 떨어지지 않았다네.　　　終不墜風塵

성인과 현인이 세속적인 마음 구하는데,　　　聖賢救世心

어찌 밤낮으로 부지런해야 하리?　　　豈必夙夜勤

우뚝하도다, 시상의 늙은이여!　　　卓哉柴桑翁 [108]

백 년을 아침저녁인 듯 가까이 여겼네.　　　百世朝暮親 [109]

넘실넘실하는 큰 물결 속에서도,　　　湯湯洪流中 [110]

---

[105] 만사갱고신(萬事更故新): 주자의 「제자인 구자복이 지은 시의 각운자를 써서 저행의 명부, 백옥, 탁문 및 좌중의 여러 벗들에게 드림(用丘子服弟韻, 呈儲行之明府伯玉卓文及坐上諸友)」이란 시의 "한 잔 술로 그대들과 더불어 삶과 죽음 같이할지니, 만사 그때부터 옛것이 새것으로 바뀐다네(一杯與爾同生死, 萬事從渠更故新)"라 한 구절에서 따다 썼음.

[106] 백이본귀주(伯夷本歸周): 고죽국의 왕자인 백이와 숙제가 아버지가 죽자 서로 양위하다가 결국 모두 서쪽 나라의 영주인 주문왕 희창(姬昌)이 노인들을 잘 봉양한다는 소리를 듣고 그곳에 가서 의탁하려고 한 일을 말함.

[107] 황공경피진(黃公竟避秦): 황공은 진(秦)이 중국을 통일하자 세상에서 자취를 감추었던 상산사호(商山四皓) 중의 하나인 최광(崔廣)을 말함. 최광은 최곽(崔廓)이라고도 하며 자는 문통(文通)이다. 일찍이 하리(夏里)에 은거하였던 적이 있어서 호를 하황공(夏黃公)이라 하였다.

[108] 시상옹(柴桑翁): 시상에서 살았던 도연명(陶淵明)을 말함.

[109] 백세조모친(百世朝暮親):『장자』「제물론(齊物論)」편에 "만세가 흐른 뒤에 한 큰 성인을 만나 이 도리를 깨우친다 해도 또한 아침이나 저녁에 그를 만나는 것이나 다름없다(萬歲之後而遇大聖, 知其解者, 是旦暮遇之也)"는 말이 있다.

[110] 상상(湯湯): 물이 크게 파동치며 흐르는 모양.『서경』「요전(堯典)」에 "기수가 바야흐로 콸콸 넘쳐 흐른다(湯湯淇水方割)"는 말이 있다.

그대만이 나루 찾아 헤매지 않았네.　　　　唯子不迷津 [111]

같이 즐기던 육수정은,　　　　　　　　　同好陸脩靜 [112]

늘으막에 여산의 두건 벗어버렸다네.　　　晚負廬山巾 [113]

어떡하면 바다 같은 술 얻어,　　　　　　安得酒如海

구천(九泉)의 언덕에 누운 사람 불러 일으키리.　喚起九原人 [114]

스무째　　　　　　　　　　　　　　　　其二十

---

[111] 미진(迷津): 길을 잃음〔迷途, 또는 迷塗〕의 뜻임. 당나라 맹호연(孟浩然)의 「남으로 돌아오는 배 속에서 원태축에게 부침(南還舟中寄袁太祝)」 "도원은 어디 있는가? 나그네 바로 길 잃었다네(桃源是何處, 遊子正迷津)."

[112] 동호육수정(同好陸脩靜): 육수정(406~477)은 남조 송(宋) 오흥(吳興)의 동천(東遷) 사람으로 자는 원덕(元德)이다. 일찍이 여산(廬山)의 간적관(簡寂觀)에서 도를 닦은 적이 있으며 중 혜원(惠遠) 및 도연명과 함께 정토종(淨土宗) 최초의 결사인 백련사(白蓮社)를 결성하였다. 시호는 간적(簡寂)이다. 주자가 육수정이 도를 닦은 적이 있는 간적관을 읊은 적이 있는데 소개하면 다음과 같다. 「같은 해에 급제한 우무가 지은 여산을 읊은 여러 시·간적관(奉同尤延之提擧廬山雜詠·簡寂觀)」 "다섯 그루 버들 있는 곳의 늙은이와 친교 맺어서, 여러 번 줄 없는 거문고 감상하였네. 서로 손잡고 백련사의 가에서, 한 차례 웃으면서 평소에 품은 뜻 기울였네. 만년에는 사람 많은 곳 바꾸어, 옛산에 구름봉우리 잠겼다네. 땔나무 수레 마침내 돌아오지 않으니, 난새며 학 부질없이 우네(結交五柳翁, 屢賞無絃琴. 相携白蓮渚, 一笑傾夙心. 晚歲更市朝, 故山鎖雲岑. 柴車竟不返, 鸞鶴空遺音)."

[113] 만부여산건(晚負廬山巾): '산건(山巾)'은 여산에 은거하며 지내는 도사들이 간편하게 쓰는 두 건을 말하며, 보통 은자의 비유로 많이 쓰임. 육수정은 여산의 간적관에서 은거하며 지내다 가 만년에 송 명제(明帝)의 부름을 받아 건강(建康)으로 가 결국 숭허관(崇虛館)에서 죽었는 데, 여기서는 이같은 육수정의 처사를 못마땅하게 여기어 말하는 것임.

[114] 구원인(九原人): '구원'은 원래 춘추시대 진(晉)나라 경대부들의 묘지를 말함. 『예기』「단궁(檀弓) 하」에 나오는 "조문자(趙文子)가 숙예(叔譽)와 더불어 구원의 무덤을 보았다" 한 것이 이것 의 예임. 나중에는 또한 일반 묘지를 범칭하는 말로도 쓰이게 되었는데, 당 교연(皎然)이 「단 가행(短歌行)」에서 "쓸쓸한 안개와 비 구천의 언덕을 덮고 있으니, 흰 버들이며 푸른 소나무 있는 곳에 묻힌 자 누구인가?(蕭蕭煙雨九原上, 白楊靑松葬者誰)"라 읊은 것이 그것이다.

100

세상을 피하여 숨어 산 중국의 은자들을 살펴보았다. 가까운 시대에는 남송 때의 소운경이 있었고, 비교적 먼 시대에는 한나라 때 운양의 곡구에 숨어 살았던 정자진이 유명하였다. 그들이 살던 세상을 버리고 자취를 감추기로 결정한 뜻이 무엇이었을까, 생각을 해보았다. 그들의 뜻은 다름이 아니라 다만 애오라지 자신들이 지켜오던 순박함을 세파에 시달리면서 잃어버리지 않고자 하여 본래의 상태로 되돌려놓기 위함이었을 것이다. 천년이란 세월이 번개같이 빠르게 흐르면서 세상의 모든 일들을 변모시키고 말았다. 옛것은 완전히 새롭게 바꾸어 버린 것이다. 그러나 바뀌지 않은 일들도 있다. 그 옛날 중국의 고죽국이란 작은 나라의 왕자들이었던 백이와 숙제가 그 중 하나이다. 그들은 서로 왕위를 양보하다가 주나라야 말로 자신들이 기탁하기에 더없이 좋은 곳이라 생각하여 그리고 갔다. 진나라가 여섯 나라를 차례로 정복하여 통일을 이루자 섬서성의 상산으로 숨었던 네 명의 늙은 현자가 있다. 그들 가운데 하나였던 하황공 최광도 끝까지 진나라를 피하여 세상에 나타나지 않았다. 이로써 보건대 옛날부터 영특하고 호걸스런 선비들은 달랐음을 알수 있다. 끝까지 영리의 추구를 도모하고자 숨어 살던 곳을 나와 세속으로 떨어지는 일이 없었던 것이다. 또한 알 수 있는 것은 성인과 현인들은 세속적인 마음에서 자신을 구해내고자 할 때 천성이 세속에 물들지 않았던 관계로 밤낮없이 꼭 노력을 하지는 않았다는 것이다. 이로써 보건대 진(晉)나라 때 시상에 살았던 도연명 같은 사람은 실로 남들에 비해 우뚝 솟았으니, 그는 사람의 일평생을 넘는 시간인 백 년이란 세월에 대해 구차하게 연연해하지 않았다. 그저 아침 저녁의 짧은 시간으로 간주하였을 뿐이다. 그리하여 넘실넘실 모든 것을 집어삼킬 듯한 세속의 큰 물결 속에서도 오직 도연명 그분만은 목표가 분명하여 중간에 전혀 헤매는 일이 없이 자신이 추구하는 바를 정확히 찾아갈 수가 있었다. 이와는 반대로 도연명과 동시대의 인물로 함께 백련사를 결성하여 깊이 사귀며 즐기던 육수정 같은 인물은 달랐다. 늘그막이 되자 여산의 간적관에서 은거하며 도를 닦다가 결국은 은자들이 쓰는 두건을 벗어 던져버리고 세속으로 돌아오고야 말았던 것이다. 나도 이왕에 은거하기로 마음을 먹었으니 이 마음이 끝까지 변치 않도록 해야겠다. 과연 어떻게 하면 바다 같이 많은 술을 얻을 수 있을까? 그래서 지금은 무덤에 누워 있는, 내가 평소에 흠모하여 바라마지 않던 중국의 이름난 은자들을 깨워 그들과 함께 술을 마시며 교유를 할 수 있을까, 하고 생각하여 본다.

한서암에서 아들 준과 민응기에게 보이다 2수

寒栖示兒子寫閔生應祺, 二首 [1]

1	숲 속의 사립문은 산을 향해 열려 있고,	林扉面山開
	울타리 꽂혀 마을길과 막혀 있네.	挿籬村蹊隔
	방안은 고요하게 책과 그림만 꽂혀 있고,	室中靜圖書

[1] 명초 사람인 잠계(潛溪) 송렴(宋濂: 1310~1381, 자는 景濂)이 지은 「고요한 방(靜室)」이라는 시의 각운자를 써서 지은 시이다. 송렴은 금화(金華) 잠계(潛溪) 사람인데 나중에 포강(浦江: 지금의 浙江)으로 옮겼음. 명초에는 임금의 명을 받들어 『원사(元史)』의 편수를 주관했다. 벼슬이 학사승지지제고(學士承旨知制誥: 곧 翰林學士)까지 이르렀다. 나중에 장자인 송신(宋愼)이 당시 승상으로 있던 호유용(胡惟庸)의 일에 연루되어 일가가 모두 무주(茂州)로 귀양을 가게 되었는데, 송렴은 도중에 기주(夔州)에서 죽었다. 시호는 문헌(文憲)이며, 『명사(明史)』에 전기가 실려 있다. 문집으로는 『송학사집(宋學士集)』이 전한다.

이준(李寯: 1523~1583): 자는 정수(廷秀)이며 퇴계의 맏아들이다. 일찍이 남다른 가정교육을 받았다. 문학적 소양이 풍부했으며 벼슬을 하면서 청렴과 부지런함으로 이름이 났으며 벼슬은 현령(縣令)을 지냈다.

민응기(閔應祺: 1530~?): 『고증』 "자는 백향(伯嚮), 호는 경퇴재(景退齋) 또는 우수(尤叟)라고도 했다. 본관이 여흥(驪興)으로 영주(榮州)에 살면서 선생의 문하에서 수학하였는데, 선생도 그의 입지가 드물게 훌륭하다고 인정하였다. 사마시(司馬試)에 합격하였으며, 왕자의 사부에 배수되었으며 『대학요람(大學要覽)』과 『심경석의(心經釋義)』를 지어 바쳤다. 임금이 그에게 매화 분재가 있다는 소리를 듣고 바치라 하니 공이 말했다. '옛사람들이 예쁜 국화를 바치고 조롱을 받았으므로 신은 감히 눈과 귀의 노리개를 바칠 수 없나이다'라 하니 임금이 의롭게 여겼다. 현령(縣令)을 지냈다. 그의 사후 그가 가르쳤던 광해군의 전교가 내려 좌승지(左承旨)로 추증되었다."

문 앞에는 한가로이 지팡이와 나막신 놓여 있네.	門前閑杖屐
비온 뒤라 더운 기운 맑아지고,	雨餘暑氣清
시냇가에는 사람들 일없어 적막하네.	溪邊人事寂
때때로 책 끼고들 오니,	時時挾冊來
너희들 오간 흔적만 남아 있네.	汝輩留行迹

　자연을 좋아하여 숲 속에 자리잡은 집의 사립문은 산 쪽으로 나서 그곳을 바라보며 열려 있다. 사람들이 북적거리는 것을 싫어하여 마을로 향하는 길 쪽으로는 울타리를 만들어 놓아 통하지 않고 막히게 하였다. 혼자 거처하는 방안에는 고요한 가운데 각종 도화와 서적만 책꽂이에 가지런하게 정리되어 있다. 문 앞에는 찾아오는 사람이 없어 다만 내가 외출할 때 짚고 다니는 지팡이와 나막신 한 짝만 놓여 있을 뿐이다. 마침 비가 내린 지 얼마 되지 않아 여름의 더운 기운이 맑고 서늘해졌다. 시냇가의 사람들도 비가 내리니 당분간 할 일이 없어 적막해졌다. 인적이 드문 이곳이지만 그래도 더러 찾는 이들이 있다. 큰 애와 민웅기 같이 공부에 뜻을 둔 사람들인데, 이따금씩 책을 들고 배우러 오니 마당에 이들의 발자국만이 사람이 지나 다녔다는 흔적을 남기고 있을 뿐이다.

2　그윽한 뜰에는 풀 푸르름 더하여 쌓이고,	幽庭草積翠

구비진 물가에는 모래 깔려 환하네.　　　曲渚沙鋪明

바람이 무더위 몰아내니,　　　風驅酷暑去 [2]

새 지저귀어 남은 꿈 깨네.　　　鳥呼殘夢驚

조용하게 거처하며 닦는 것 무엇인가?　　　靜居何所脩

세월은 빨리도 번갈아 바뀌네.　　　年光倏適更

젊어서 학업에 힘을 써야지,　　　少壯當勉業

늙은이의 심정 위로할 수 있으리.　　　庶以慰老情

숲 속 깊은 곳에 자리를 잡아 그윽한 이곳의 뜰에는 여름을 맞아 풀이 무성하여져 푸른빛이 더욱 짙어져 간다. 이곳에서 바라보이는 시냇물의 구비진 물가에는 흰 모래가 깔려 햇볕을 받아 더욱 밝게 빛나 보인다. 어디선가 한 차례 바람이 불어와 무더위를 몰아낸다. 모처럼 시원하여 깊이 들었던 잠이 새들을 활기차게 지저귀게 하여 아직 꿈결에 헤매던 나를 깨운다. 이곳 조용한 곳에 거처하면서 무엇을 수양하는지는 잘 모르겠으나, 학업에는 성취가 없고 시간은 정말 눈 깜짝할 사이에 빨리

2　풍구혹서거(風驅酷暑去): 명 요선(姚宣)의 『문견록(聞見錄)』이란 책에는 다음과 같은 이야기가 적혀 있다. "범노공 질(范魯公質)이 하루는 봉구(封丘)의 골목에 있는 찻집에 앉아 있는데, 어떤 괴상하게 생긴 남루한 복장을 한 사람이 앞으로 오더니 읍을 했다. 때가 매우 더웠던 때라 공이 쥐고 있던 부채에 우연히 '크게 더울 때 혹독한 관리 가더니, 맑은 바람 부니 옛 친구 오네(大暑酷吏去, 淸風故人來)'라는 시 두 구절을 썼다. 그 사람이 말하기를 '세상에 혹독한 관리며 억울한 옥사(獄事)가 어찌 큰 더위에 그치겠습니까?(世之酷吏寃獄, 何止如大暑也)'라 했다."

잘도 지나가는 것 같다. 내가 이렇게 나이를 먹도록 이룬 것이 없어 지난 날을 돌이켜 생각해보니, 젊어서 여력이 있을 때 학업에 열심히 힘을 쏟아야 늙어서 그래도 나름대로 성취를 이루어 마음에 위로가 될 것이다.

〔부기〕 송렴의 원운시

고요한 방

靜室

고요한 방 마치 승방과 같아,   靜室似僧廬

속세와는 까마득히 떨어져 있네.   絶與黃塵隔

참새 끌어들이니 남은 낟알에 기뻐하고,   引雀喜留黍

이끼 게을러져 나막신에 끼인 것 안타까워 하네.   惜苔懶穿屐

이따금 그윽한 난간에 기대니,   有時倚幽軒

정경 그 얼마나 고요한가?   情境一何寂

바위에 핀 꽃 날리는 것 아는가,   知有巖花飛

바람 따라 날아가 또한 자취 없네.   隨風亦無迹

밝은 달 동쪽 산에서 떠올라,   明月出東山

서쪽 숲 밝게 비추어 보이네.   照見西林明

용이며 뱀 온 땅에 깔려 있는 것 같아,   龍蛇布滿地

가고자 하다가 오히려 스스로 놀라네.　　欲步還自驚

묻노니, 밤 그 얼마나 되었는지?　　　試問夜何其

새 시끄럽게 우니 오경은 된 듯하네.　　鳥喧似知更

누가 천고의 진리 탐색하는가?　　　　誰探千載意

눈감고 조용히 그 속뜻 명상해 보네.　　寂黙乃其情

두보의 유인시에 화답하다

和老杜幽人[1]

은자는 어느 곳에 있는가?	幽人在何許 [2]
온 세상에 누구와 함께 돌아가리!	擧世誰同歸 [3]
숲속이라 먼지 낀 공기와는 멀고,	中林遠垢氛 [4]
홀로 섰으니 그 몸가짐 조용도 하네.	獨立靜其儀
백지와 난초로써 패물을 삼고,	茝蘭以爲佩 [5]
소나무며 계수나무로 기약을 삼네.	松桂以爲期
마음 수고롭히며 도의 요체 깨닫고자,	苦心領道要 [6]

[1] 이 시는 퇴계 51세 때인 신해(1551)년에 지은 것임.
노두유인(老杜幽人): '노두'는 곧 두보(杜甫)를 말하며, 같은 당대(唐代)의 시인인 두목(杜牧)과 구별하기 위하여 이렇게 부름. 두목은 달리 '소두(小杜)'라 구별하여 부른다.

[2] 유인(幽人): 은자(隱者)를 말한다. 『주역』「이괘(履卦)」에 "이괘의 도가 탄탄하니 유인은 정하고 길하다(履道坦坦, 幽人貞吉)"라는 말이 있다.
하허(何許): 어디쯤, 어느 곳.

[3] 거세(擧世): 여기서 '거'는 "모든", "온"의 뜻이다. 굴원(屈原)이 「어부가(漁父歌)」에서 "온 세상이 온통 흐린데 나만 홀로 맑고, 뭇사람들이 모두 취하여 있는데 나만 홀로 깨어 있습니다(擧世皆濁我獨淸, 衆人皆醉我獨醒)"라 읊은 구절이 있다.

[4] 구분(垢氛): 더럽고 탁한 공기.

108

초연하게 형체와 흔적 내버렸네.　　　　　　　超然形迹遺

날개 돋친 용 신묘하게 변화하고,　　　　　　應龍神變化 7

곧은 옥은 빼어나 티 하나 없네.　　　　　　　貞玉絶瑕疵 8

이따금 흰 난새 타고,　　　　　　　　　　　　有時騎白鸞 9

하늘에 노닐며 주목왕 놀았던 요지 돌아보네.　游天略瑤池 10

유반의 물에서 머리 감고,　　　　　　　　　　濯髮洧盤水 11

부상나무의 가지에서 해 살펴보네.　　　　　　觀日扶桑枝 12

5　채란(茝蘭): '茝'는 '芷'의 정자체(正字體)로 곧 백지(白芷)를 말한다. 백지와 난초는 둘 다 향초로 허리에 차고 다니면 향기를 내뿜어 악취를 덮어준다.『순자』「학문을 권함(勸學)」편에 "곁에다가 향초를 두는 것은 코를 키우는 까닭이다. 향초인 난괴(蘭槐)의 뿌리는 백지(白芷)인데, 그것을 썩은 뜨물에 담그면 군자는 가까이 하지 않으며, 서민들은 차지 않는다"라 한 말이 있다.

6　고심령도요(苦心領道要): 두보의「은거하고 있는 완방(阮昉)에게 줌(貽阮隱居)」이란 시의 "맑은 시는 도의 요체에 가까우니, 그대가 마음씀에 수고하는 것 알겠네(清詩近道要, 識子用心苦)"라는 두 구절을 하나로 축약하여 썼음.

7　응룡(應龍): 전설상의 날개 달린 용으로, 전하는 바에 따르면 우(禹)임금이 홍수를 다스릴 때 이 용이 날아와 꼬리로 땅에다 장강(長江)과 황하(黃河)를 그려 물이 바다로 들어가도록 하였다고 한다. 응룡은 또한 구름을 일으키고 비를 잘 내리게 하는 신이다. 이 시가 지어진 날인 정월 16일에 바람이 크게 불고 많은 비가 내렸기 때문에 응룡의 고사를 쓴 것 같다.

8　하자(瑕疵): '瑕玼'라고도 하며 옥에 있는 얼룩의 흔적을 말함. 사람의 잘못이나 사물의 결점을 비유하는 말로 주로 쓰임.

9　기백란(騎白鸞): 당 유종원(柳宗元)이 지었다는『용성록(龍城錄)』이라는 책에는 당나라 현종(玄宗)이 꿈에 달속의 광한궁서 노닐면서 10여 명의 선녀가 모두 밝은 흰 옷을 입고, 흰 난새를 타고 광릉의 계수나무 아래서 왔다갔다 춤추며 웃고 있는 것을 보았다는 기록이 있다.

10　약요지(略瑤池): 여기서 '略'은 '돌다'라는 뜻이다. 요지는 전설상에서 주목왕(周穆王)이 서왕모(西王母)를 만났다는 곤륜산(崑崙山)에 있는 선경(仙境)이다. 곤륜산은 그 높이가 이천 오백여 리로, 해와 달이 서로 피하여 숨어 밝게 빛나고 그 위에는 예천(醴泉), 요지(瑤池)가 있다고 한다.

돌아오니 적막하게 하는 일 없어. 　　　　　歸來寂無營

노을로 밥짓고 벽려로 옷 만드네. 　　　　霞飡薜荔衣 ¹³

내 구름 관문 두드려, 　　　　　　　　我欲扣雲關

도 묻고 심오하고 미묘한 뜻 찾고 싶네. 　　問道探玄微

바라기는 돌 골수 아끼지 않고, 　　　　　願無靳石髓 ¹⁴

정성스럽고 경건하게 옥영지 먹어보는 것이라네. 　精虔茹玉芝 ¹⁵

천년이 흘러도 즐거움 남아 있으리니, 　　　千年有餘樂

이 한 몸 어찌 그리워하고 슬퍼하리. 　　　一个寧戀悲

　　그윽한 곳에 몸 숨기고 사는 은자는 과연 어느 곳에 있을까? 온 세상
을 통틀어 자기가 있어야 마땅할 곳이 있다면 누구와 함께 돌아가는 것
이 좋을까? 이는 당연히 은자겠지. 숲속 깊숙한 곳에 있으니 속세의 더
럽고 탁한 먼지로 가득한 공기와는 절로 멀어진다. 세속의 사람들을 떠

11　탁발유반수(濯髮洧盤水): '유반'은 중국의 고대 신화에 나오는 강이름으로 감숙성(甘肅省)의
　　엄자산(崦嵫山)에서 발원한다고 한다. 굴원이 「슬픔을 만나다(離騷)」에서 "저녁이면 궁석으
　　로 돌아가 쉼이여, 아침에는 유반에서 머리를 감네(夕歸次於窮石兮, 朝濯髮乎洧盤)"라 읊은 적
　　이 있다.

12　부상(扶桑): 전설상의 신목(神木)으로 잎은 뽕잎과 비슷하고 두 그루씩 한 뿌리에서 나와 서로
　　기대어 있기 때문에 이런 이름이 붙었다고 한다. 이곳에서 해가 떠오른다고 하며, 따라서 나
　　중에는 태양을 가리키는 말로 많이 쓰이게 되었다. 「도연명집에서 음주시에 화답하다-17」
　　주 88)을 참조하라.

13　하손벽려(霞飡薜荔): 주자의 시 「하늘을 걸으며 읊음(步虛詞)」에 "푸른 구슬꽃 먹었다 내뱉
　　고, 우러러 나는 놀을 술로 들이켜네(湌吐碧琳華, 仰嚼飛霞漿)"라는 구절이 있다.
　　'벽려'는 줄사철나무라 하며, 향초로 나무를 따라 자라는 담쟁이를 말함.

110

나 홀로 섰으니 그 거동도 고요하고 맑다. 은은한 향기를 품어 예로부터 군자들이 좋아했던 난초와 백지를 패물로 허리에 차고, 소나무며 계수나무 같은 절개 있는 벗들과 함께 할 것을 기약해본다. 도의 중요한 도리를 깨닫고자 하여 정신을 바짝 차리고 고심을 하느라, 정신을 담고 있는 껍데기뿐인 육체에 대하여서는 미련을 버렸다. 은자는 날개 돋친 용과 같아 그 변화가 실로 신묘하기 짝이 없다. 곧은 옥과도 같아 얼룩 같은 조그만 잡티조차 하나 없다. 놀 때는 이따금 전설상의 동물인 흰 봉황새를 타고 하늘 높이 날아 옛날 전설 속에 주목왕이 곤륜산에 있는 서왕모를 만났다는 요지를 빙빙 돌며 유람한다. 그리고는 전설에 나오는 엄자산의 유반까지 날아가 그곳에서 머리를 감고, 다시 동쪽의 해가

---

14 석수(石髓): 원래의 의미는 석회 동굴의 천장에 고드름처럼 늘어뜨려진 종유석을 말함. 남조 진(晉) 갈홍(葛洪)의 『신선전』에 있는 왕열(王烈)이란 사람의 이야기 "왕열의 자는 장휴(長休)인데, 중산대부인 초국의 혜강(嵇康)이 그를 매우 경애했다. 몇 차례나 배우러 나갔는데, 함께 산에 가 놀면서 약을 캤다. 후에 왕열이 혼자 태항산(太行山)에 간 적이 있는데 갑자기 산 동쪽에서 무너지는 듯한 소리가 들리고, 땅이 우르릉하며 벼락 같은 소리가 울렸는데 왕열은 무슨 일인지를 알지 못했다. 가서 보니 곧 산이 깨져서 바위가 수백 길이나 갈라져 있는 것이 보였다. 그 속에는 푸른 진흙이 들어 있었는데 마치 골수처럼 흘러 나왔으며 왕열이 진흙을 가져다가 환약으로 만들어 보았다. 진기는 멥쌀밥 같았으며 씹어 보아도 그러했다. 왕열은 복숭아만한 환약 여러 개를 뭉쳐 얼마간 지니고 돌아와서 곧 혜강에게 '내 기이한 것을 얻었네'라 말했다. 혜강은 매우 기뻐하며 그것을 집어서 보았는데 이미 푸른 돌로 변하고 말았다. 그것을 두드려 보니 통통하며 구리 같은 소리가 났다. 혜강은 즉시 왕열과 그곳에 가보았는데 끊어졌던 산은 다시 옛날 그대로 되돌아 갔다. 『신선경』이라는 책에는 '신선의 산은 오백년이면 문득 한번씩 열려 그 속에서 돌의 골수가 흘러 나오는데, 그것을 가져다 복용하면 수명이 하늘과 함께 끝마친다'라 하였다. 왕열이 전에 얻은 것은 필시 이것일 것이다."

15 옥지(玉芝): 약초명으로 일명 경전초(瓊田草)·귀구(鬼臼)라고도 하며, 속칭 당파경(唐婆鏡) 또는 수천화(羞天花)라고도 한다. 또 황정초(黃精草)의 별칭으로도 쓰인다.

목욕한다는 곳인 함지로 날아가 부상나무에서 해가 떠오르는 것을 구경하기도 한다. 마음 내키는 대로 실컷 유람하다가 원래 살던 곳으로 돌아와서도 적막하게 하는 일이 없어 신선들과 같이 저녁놀로 밥을 지어먹고 향초인 벽려를 엮어 옷을 지어 입는다. 나는 이들이 살고 있는 곳을 찾아 구름이 서려 있는 그들 집의 관문을 두드린다. 그들의 도에 대하여 궁금한 것을 있는 대로 물어보고 거기서 심오하고 미묘한 뜻을 찾고자 한다. 다만 바라는 것이 있다면 옛날 죽림칠현의 하나로 신선 같은 생활을 하던 혜강이 경애했던, 진짜 신선 왕열이 얻어 환약으로 만들어 복용했던 돌 골수를 한번 실컷 먹어보는 것이다. 역시 신선들이 먹는다는 옥영지를 캐어 정성을 다하여 장만하여 경건한 마음으로 먹어보고 싶다. 이들 은자의 삶은 오랜 세월이 흐르도록 이와 같이 그 즐거움이 길이길이 전하여 남아 있으니, 보잘것없는 이 한 몸이야 어떻게 그들의 삶을 그리워하고 슬퍼할 만하겠는가?

[부기] 두보의 원운시

은자

幽人

외로운 구름도 무리지어 노닐며,　　　　　　　　孤雲亦群游

신령스런 용님은 돌아갈 곳 있다네.　　　　　　神物有所歸

영험한 봉황 높은 하늘에 있으니,	靈鳳在赤霄
언제나 한번 와서 위용 드러내리?	何當一來儀
지난날 더불어 지혜롭게 상의하던 친구들,	往與惠詢輩
중년이 되어 창주를 기약하네.	中年滄洲期
하늘은 높기만 한데 소식 없으니,	天高無消息
나를 버리고 홀연히 잊은 듯하네.	棄我忽若遺
안으로 도 같이하는 무리 아님을 걱정하고,	內懼非道流
은자 흠을 본 듯하네.	幽人見瑕疵
넓은 물결에 웃음이며 말이 은은한데.	洪濤隱笑語
봉래산의 못에 노저어 가네.	鼓枻蓬萊池
까마득히 높은 부상의 해가,	崔嵬扶桑日
산호 가지에서 밝게 빛나네.	照曜珊瑚枝
바람맞은 돛은 푸른 일산에 기대어 있고,	風帆倚翠蓋
저녁에는 동쪽 청제(青帝)의 옷 잡고 있네.	暮把東皇衣
입의 침을 삼키며 양치하나니,	嚥漱元和津
그리운 이는 운무에 희미하게 가려 있네.	所思煙霞微
이름 안다고 족히 일컫지 못하리니,	知名未足稱
상산의 영지도 움츠리고 있다네.	局促商山芝
오호에는 운무 또 넓기만 하니,	五湖復浩蕩
세모에 슬픔 많기만 하네.	歲暮有餘

계상서당에서 청명절에 2수

한서암을 시내 북쪽으로 옮기고 모양을 조금 달리하여 서당을 집과 같이 지어서 두보시의 각운자를 써서 짓다

溪上書堂淸明, 二首

寒栖移溪北, 小異其制爲堂若室, 次老杜韻 [1]

1　맑은 내 몇 겹이나　　　　　　　　　　　　　　清溪環繞幾重烟

　　운무를 두르고 있는가?

　시냇가에 집 지으니　　　　　　　　　　　　　結屋溪邊僅若船 [2]

　　겨우 작은 배만 하다네.

1　『연보보유』 신해년(辛亥年: 1551) 조에 보면 "청명절에 한서암(寒栖庵)을 철거하고 시내의 북쪽으로 옮겼다. 선생께서는 원래 한서암을 시내의 서쪽에다 지었는데, 집이 지나치게 커서 시내의 동북쪽에다 작은 당을 짓고 거처하였는데, 지금의 한서암이 바로 이것이다"라 한 기록이 있다.

청명(淸明): 24절기의 하나로, 춘분으로부터 15일 뒤에 드는데 바로 한식의 하루 전이거나 겹치는 때도 있다. 양력으로 치면 4월 5일이나 4월 6일이 된다. 한 해의 농사가 대개 이날을 기하여 시작되므로 농경국가에서는 특별한 의미가 부여되는 날이다. 원주와 『연보보유』에서도 언급되었듯이 아마 퇴계가 이날을 잡아서 서당을 옮긴 것은 농부가 한 해의 농사를 시작하듯이 새로운 출발에의 각오를 다짐하는 남다른 의미를 부여하고 있는 듯하다.

계상(溪上): 문자적 의미로 해석하면 "시냇가"라는 뜻이 된다. 그러나 권오봉(權五鳳) 교수는 『퇴계시대전(退溪詩大全)』(포항공대 출판부, 1992)에서 이 시에 대해 다음과 같은 주석을 달고 있다. "계상서당은 일명 계당(溪堂)이라고도 하는데, 선생이 서당 교육을 처음 시작한 곳이다. 현 종택 건너편 초당(草堂)골에 있었다. 도산서당 교육 이전에 10년간 교육하였고, 많은 저술을 이곳에서 하였다." 이 주석에 따르면 계상서당은 "시냇가에 지은 서당"이란 뜻이 아니고 고유명사로 보아야 한다.

갑작스레 보잘것없는 규모　　　　　　　　　　造次規模從容笑 3
　　남들이 웃도록 내버려두었으나,

그윽하고 치우친 형세　　　　　　　　　　　　幽偏形勢得吾緣
　　나와는 인연 맞네.

가벼운 연분홍 봉오리 금방이라도 필 듯하고　輕紅欲發花迎喜
　　꽃은 즐겁게 맞아주고,

곱고 파란 싹 새로 돋아나고　　　　　　　　　嫩碧初生草帶憐
　　초목들 어여쁜 모습 띠고 있네.

술 입 속으로 들어가니　　　　　　　　　　　酒入口中纔盎若 4
　　비로소 기운 한창 올라,

2　결옥약선(結屋若船): 소식의 「한식날 비가 내리다(寒食雨)」 두 수 중 둘째 시 "작은 집 고깃배
와 같이 되어, 질펀하니 물보라 속에 있네(小屋如漁舟, 濛濛水雲裏)."

3　조차~종용소(造次~從容笑): '조차'는 아주 짧은 시간 또는 경황이 없어 허둥대는 모양을 나
타내기도 한다. 『논어』 「어진 이를 이웃함이(里仁)」 "군자는 한번 밥을 먹는 시간에도 인을 어
김이 없으니, 경황이 없는 중에도 이[仁]에 있으며, 위급한 상황에도 반드시 이에 있는 것이다
(君子無終食之間違仁, 造次, 必於是, 顚沛, 必於是)."
　'종'은 "멋대로 내버려두다"라는 뜻으로 쓰였다. 갑자기 집을 짓게 되어 규모가 보잘것없게 되
었으므로 남들의 웃음을 사게 내버려 두었음을 말한다. 『연보보유』에 보면 계상의 이 집과
관련된 말이 나오는데 "선생은 평상시에 검소함을 숭상하여, 계상의 집은 겨우 10여 가(架)
에 지나지 않았다. 춥고 덥거나 비라도 내리면 사람들은 견디지 못하였으나 넉넉한 듯 거처하
셨다. 어떤 사람이 일찍이 방문해 보고는 크게 놀라며 '이렇게 좁고 누추한데 어떻게 견뎌내
십니까?'라 하자, 선생이 천천히 말씀하시기를 '습관이 된 지 이미 오래되어 느끼지 못하오'라
했다"라 했다. '가(架)'라는 것은 기둥과 기둥 사이의 벽면을 말한다. 방이 하나만 있다면 4가
가 되며, 잇달아 방이 붙어 있다면 방 하나 당 3가씩이 늘어나게 된다. 이로 보건대 계상의 이
집은 방이 3~4칸의 소담한 집이었음을 알 수 있다.

4　앙약(盎若): 술이 잘 익어 끓어 오르듯 기운이 오르는 것을 나타냄.

붓 써내려 가는 대로 시 되어
　　이미 초연하네.

詩從筆下已超然

유림의 도 본래부터
　　속세에 맞기 어려웠고,

儒林道故難諧俗

그런 남자 헤아릴 수 없이 많으니
　　한 푼 가치에도 못미치네.

男子身多不直錢 [5]

한스럽긴 일생 동안
　　도 가진 이 못 만나

恨未一生逢有道

이 내 마음 천년 성인의 뜻
　　바로잡을 길 없음이라네.

此心無路訂千年

　맑은 물이 흐르는 시냇물을 운무가 겹겹이 둘러싸고 있는데 몇 겹이
나 되는지 모르겠다. 이 시내를 사랑하여 그 곁에 집을 지어 놓았더니
크기가 큰 강에 떠 있는 작은 배와 같다. 고향에 내려와 살기로 작정을

---

[5] 유림~불치전(儒林~不直錢): '고(故)'는 "옛날부터, 본래부터"라는 뜻이다. '直'은 '値(치)'와
같다. 송나라 육유(陸游)의 「고기를 사다(買魚)」라는 시에 "두 서울에선 봄 냉이 근으로 달아
파는데, 강가에선 농어 한 푼어치만도 못하네(兩京春薺論斤賣, 江上鱸魚不直錢)"라는 구절이
있고, 또 『사기』 「위기와 무안후의 전기(魏其武安侯列傳)에 "임여후(臨汝侯)는 정불식(程不
食)과 귀엣말을 하고 있었으며 또 자리를 피하지도 않았다. 관부는 화를 발산할 곳이 없어 이
에 임여후를 꾸짖으며 말했다. '평소에는 정불식이를 헐뜯어 한 푼어치의 가치도 없다 하더니
(生平毀程不食不直一錢), 오늘은 어르신께서 장수를 빌어주는데 계집아이처럼 소곤소곤 귀엣
말을 하는구나!'"라는 표현이 나온다.

하여 우선 대충 사람만 거처할 수 있도록 지었다. 남들이 웃거나 말거나 갑작스레 지어 규모가 작긴 하여도, 숲속에 위치하여 그윽한데다 또 한 구석으로 치우친 듯한 형세가 오히려 나의 취향에는 딱 들어맞아 예전 부터 인연이 있었던 것 같다. 주변의 경치를 살펴보았더니 아직 피지 않 은 가벼운 연분홍빛 꽃봉오리는 금방이라도 필 듯하고 진작에 피어 있 는 꽃은 앞다투어 나를 반기며 기꺼이 맞아주고 있다. 봄이 무르익는 철 이라 짙푸르며 곱고 고운 어린 싹이 새로이 막 돋아나고 초목은 각기 연 두색의 어여쁜 모습을 띠고 자태를 뽐내고 있다. 이런 아름다운 경치를 맞아 술을 준비하여 입 속으로 한 잔 들이켜니 그제야 기운이 한창 펄 펄 끓어오른다. 시를 짓는데 붓이 가는 대로 이루어지니 속세의 뜻은 이 미 초월하여 초연하여진 듯하다. 유가에서 추구하는 도라는 것이 원래 부터 속세의 세속적인 선비들에게는 딱 맞기가 어려웠던 만큼 세상에는 한 푼어치의 가치에도 미치지 못하는 사내들이 정말 많이 있었다. 내가 이날 이때까지 한평생을 살면서 가장 유감스럽게 느낀 일은 유가의 참된 도를 가진 사람을 아직 만나보지 못했음이다. 그리하여 내 마음 속에 품 고 있던 천년에 하나 날까말까한 성인이 남긴 올바른 뜻을 바로잡아 줄 이가 없었음이라네.

2 마음으로 통하면 한 마디로도　　　　　心通一語道猶東 [6]

　도가 동쪽으로 옮겨갔다고 인정을 하겠지만,

뜻이 다르면 귀머거리에게 志異何殊聽借聾 [7]

    얻어듣는 것과 무엇이 다르겠는가?

이욕을 추구하는 마음은 오늘날까지도 利欲只今河決海

    강 터뜨려 바다로 흐르듯 하나,

공명은 예로부터 허망함이 功名從古鳥過空

    새가 하늘로 날아간 듯하네.

해마다 백성들 생활 年年民俗困無告 [8]

    곤궁해져도 하소연할 데 없고,

사람들 인정이란 것이 箇箇人情嫌不同

    자기와 같지 않음 싫어한다네.

한정된 풍경은 有恨風光催嶺日 [9]

    해 재너머로 재촉하고,

---

6 도유동(道猶東): 후한의 유명한 경학자인 정현(鄭玄)에 관련된 이야기. 마융(馬融)은 평소에 귀족의 자제만 총애하여 정현은 그 문하에 있으면서도 3년간이나 그를 볼 수가 없었고, 다만 수제자로 하여금 정현에게 전수하게 하였는데, 정현은 밤낮으로 찾고 외고 하다가 마침내 마융을 만나게 되어 그가 내는 여러가지 질문에 대답을 하고 질문이 끝나자 돌아갈 것을 알렸다. 마융은 문인들에게 "정군이 이제 동쪽으로 돌아간다 하니 나의 도도 동쪽으로 옮겨가겠구나!"라 탄식하였다 한다.

7 청차롱(聽借聾): 당나라 한유의 「진상(陳商)에게 보내는 답신(答陳生書)」에 "이것이 이른바 귀머거리에게 얻어듣는 것이며, 봉사에게서 도를 구하는 것입니다(是所謂借聽於聾, 求道於盲)"라는 말이 있다.

8 민속(民俗): 백성들의 풍속이라는 뜻도 있으나 여기서는 백성들이 사는 모습, 곧 민생(民生)이라는 뜻으로 쓰였음.

9 유한(有恨): '恨'자는 '限'자의 잘못인 듯 싶다.

말없는 봄 경치는　　　　　　　　　　　　無言春色滿溪楓
　　시냇가 단풍나무에 가득하네.

병들어 조금씩　　　　　　　　　　　　　病來稍減書癡絶 [10]
　　책 보는 것 줄어들고,

시름 있는 곳 잊기 힘드네,　　　　　　　愁處難忘酒聖中 [11]
　　술에 빠지는 것.

허물 고치고 선현들과 같기를 바라던　　補過希前垂至戒 [12]

---

[10] 서치절(書癡絶): 송 엄유익(嚴有翼)이 지은 『예원자황(藝苑雌黃)』이라는 시화집(詩話集)에는 이제옹(李齊翁)의 『자가집(資暇集)』을 인용하여 말했다. "책을 빌리는 것이 첫번째 바보짓이 요, 책을 아끼는 것이 두번째 바보짓이며, 책을 되찾으려 하는 것이 세번째 바보짓이고, 책을 돌려주는 것은 네번째 바보짓이다(借一癡, 惜二癡, 索三癡, 還四癡)." '절'은 재주 등이 비상하고 독특하여 세상에 견줄 만한 것이 없을 정도로 빼어남을 이르는 말임. 이를테면 시(詩, 또는 文), 서(書), 화(畵)에 빼어난 사람을 '삼절(三絶)'이라 하는 따위이다. 일설에는 '치(癡)'자를 술잔이라는 뜻의 '치(巵, 또는 鴟)'로 보는 견해도 있는데, 이는 옛날에 는 책을 빌릴 때 그릇에 술을 채워 주었기 때문에 나온 말이다.

[11] 주성중(酒聖中): 여기서 '중(中)'은 '적중(的中)하다'라 할 때와 마찬가지로 거성(去聲)으로 쓰였 음. 중이 거성으로 쓰이면 마시다, 쏘다 등의 뜻으로 쓰이는데 여기서는 전자의 뜻으로 쓰였 음. 『삼국지』「위지·서막의 전기(魏志·徐邈傳)」에 나오는 일화. "서막은 위나라 건국 초기에 상서랑(尙書郞)이 되었는데, 당시는 금주령이 내려져 있으나 서막은 밀주를 취하도록 마셨 다. 형리(刑吏)인 조달(趙達)이 조사를 하였더니, 서막이 '성인을 마시고 왔소이다(中聖人)'라 고 하였다. 조달이 이 말을 위 태조 조조(曹操)에게 아뢰니 조조는 크게 노하였다. 그때 도료 장군으로 있던 선우보(鮮于輔)가 그를 위해 '평소에 취객들은 맑은 술을 성인이라 말하고, 탁 주는 현인이라 합니다. 서막은 평소에 성격이 신중한데, 어쩌다가 취하여 그렇게 말했을 따름 입니다'라 변명을 하여 용서해주었다. 나중에 문제(文帝) 조비(曹丕)가 서막에게 묻기를 '요즘 도 성인을 마시는가?'라 물었더니, 서막이 '옛날에 자반(子反)은 곡양(穀陽)에서 죽었고, 어숙 (御叔)은 술을 마시다가 벌을 받았습니다. 신은 이 두 사람을 좋아하여 스스로 징계할 수 없 을 때면 이따금 그들 성인을 마십니다'라 대답하였다."

지극한 경계 받으려 하니,

　사람으로 하여금 길이길이　　　　　　　　　令人長憶紫陽翁 [13]

　　자양의 늙은이 생각나게 하네.

　　후한의 마융이 정현을 보내면서 "이제 나의 도가 동쪽으로 옮겨가고
말겠구나!"라 하였다. 마음 속으로 통하기만 한다면 단 한 마디 말만 해
도 이를 인정하겠다. 그렇지만 서로 가슴 속에 품고 있는 뜻이 다르다면
아무리 많은 말을 하여도 하나도 알아듣지 못하여 귀머거리에게 얻어듣
는 것과 마찬가지일 것이다. 요즘 사람들은 진리의 추구는 내팽개쳐 버
린 지가 이미 오래되었다. 오로지 잇속 챙기는 일에만 급급해서 그 기세
가 마치 막아놓았던 강물을 터뜨려 그 물이 바다로 쫓기듯이 몰려감과
똑같다. 내가 보기에 공명을 추구하는 마음은 옛날부터 허망하기만 하
다. 마치 새가 하늘 높이 날아 사라지고 아무것도 남아 있지 않은 것과
똑같다. 해마다 백성들의 삶은 곤궁해져가기만 가는데 달리 하소연을
해볼 곳조차 없는 실정이다. 사람들이 각자 마음 속에 품고 있는 정리라
고 하는 것은 자기와 같지 않음을 싫어하여 돌아보지도 않는다. 하루라
는 정해진 풍광은 어느덧 다하였다. 해가 서쪽 재너머로 넘어가게끔 채

---

[12]　보과희전(補過希前): 주자의 「살곳을 정하다(卜居)」 "책 지어 뒷세상에 올 철인 기다리고, 잘
　　못 때워서 앞서 산 현인들과 같기를 바라네(著書俟來哲, 補過希前脩)."

[13]　자양옹(紫陽翁): 주자를 말함. 주자는 일찍이 숭안(崇安)의 오부(五夫)에 살았던 적이 있는데,
　　그 옆에다 서재를 짓고는 '자양서당(紫陽書堂)'이라 이름짓고 아울러 그것으로 호를 삼았다.

근하고 있고, 세속의 정리에 물들지 않고 말없이 자연의 섭리를 따르는 봄 경치는 바야흐로 시냇가의 단풍나무에서 절정을 이루고 있다. 요즘 병이 들어 책을 보는 시간이 조금씩 줄어들고 있다. 시름겨운 처지를 만나면 오히려 옛날에 술을 즐기던 사람들이 '성인'으로 비유한 청주를 찾아 마시는 일은 점점 잊기가 어렵게 되었다. 허물이 있으면 선현들의 지극한 가르침을 받아 고칠 수 있기를 바랐는데, 이 생각을 할 적마다 나로 하여금 언제나 자양에서 서당을 짓고 후학을 가르쳤던 주자를 떠올리게 한다.

봄날 한가로이 거처하면서, 두보가 지은 여섯 절구의 각운자에 맞추어 짓다

春日閑居, 次老杜六絶句

1 어제 낮에는 구름 땅에 드리우더니,　　　　　昨日雲垂地 [1]

오늘 아침에는 비 흙을 축축하게 적시네.　　今朝雨浥泥 [2]

숲을 헤쳐 들사슴 쫓고,　　　　　　　　　開林行野鹿

버들 엮어 채마밭에 닭 드는 것 막네.　　　編柳卻園雞

어제는 낮부터 흐리기 시작해 구름이 낮게 땅까지 드리웠다. 구름은 오늘 아침에 결국 비가 되어 내리기 시작하여 땅속 깊은 곳까지 흙을 축축하게 적신다. 이에 농사일 돌보느라 숲으로 난 문을 열고 나가 야생 사슴이 농작물을 해치지 못하게 쫓아냈다. 또 비를 맞아 싱싱하게 된 푸성귀를 닭이 달려들어 쪼거나 하지 않을까 하여 버드나무를 엮어 덮

---

1 운수지(雲垂地): 송나라 소식의 「9월 15일 이영각에서 『논어』를 강독하다가 마지막 편장에……(九月十五日, 邇英閣講論語, 終篇……)」라는 시에 "수놓은 치마 곤룡포 구름처럼 땅에 드리웠는데, 성왕의 오동나무 자르는 놀이 하지 않네(繡裳畵袞雲垂地, 不作成王剪桐戲)"라 한 구절이 있다.
2 읍(浥): "축축하게 젖다(濕潤)"라는 뜻임.

개를 만들어 씌웠다.

2 산의 꽃 흐드러지게 피는 것 막을 수 없는데,　　　　不禁山花亂

　오솔길에 풀 많으니 오히려 어여쁘네.　　　　　　還憐徑草多

　뜻 있는 이 기약해도 오지 않으니,　　　　　　　　可人期不至 [3]

　여기 있는 잘 익은 술 어찌하리오!　　　　　　　　奈此綠尊何 [4]

　산의 각종 꽃이 있는 대로 여기저기서 흐드러지게 마구 피기 시작한
다. 그렇다고 감상하기 좋도록 차례차례 피게 할 수도 없는 노릇이다. 또
한 산으로 난 오솔길에 풀이 많이 돋아나 산책하러 가는 길에 살펴보니
어여쁘기 그지없다. 성품과 행실이 훌륭하여 평소에 흠모하던 의기가 투
합하는 사람을 두고두고 기약하였으나 아무리 기다려도 오지 않는다.
여기에 차려 놓은 아주 잘 익어서 술잔이 푸르스름하게 비치는 좋은 술
을 어찌할꼬?

3 가인(可人): 재덕이 있는 사람이란 뜻으로 인신되어 사랑스러운 사람, 의기가 투합하는 사람
　이라는 뜻으로 쓰임. 『예기』「잡기(雜記)」편에 가인이란 말이 나오는데, 당나라의 경학자인
　공영달(孔穎達)이 풀이하기를 "'가인'이라는 것은 그 사람의 성품과 행실이 감당할 만한 사람
　을 이르는 것이다"라 하였다. 진(晉)나라 때 환온(桓溫)이 평소 흠모하던 왕돈(王敦)의 묘소를
　지나다가 그곳을 바라보며 "가인이여, 가인이여!"라 탄식하였다는 일화가 있다.
4 녹준(綠尊): 원래는 녹색의 술그릇을 말함. 여기서는 녹주(綠酒), 곧 잘 익은 좋은 술을 담아서
　술잔이 푸르스름하게 비치는 것을 말함. 나중에는 뜻이 바뀌어 녹준 그 자체로도 좋은 술, 곧
　미주(美酒)를 지칭하는 데 쓰이기도 하였다.

3 물소리 동굴 입구 머금고 있고,   水聲含洞口

   구름 기운 산허리 띠처럼 두르고 있네.   雲氣帶山腰

   졸고 있는 학은 모래톱 가운데 서 있고,   睡鶴沙中立

   놀란 날다람쥐는 나무 위에서 뛰고 있네.   驚鼯樹上跳

한가하여 주변의 경치를 감상하며 적어본다. 시냇물이 흐르는 소리는 졸졸 산골짜기 입구에 가득 울려 퍼지고 있으며, 아름다운 구름은 낮게 내려와 산허리를 두르고 있다. 모래톱으로 눈을 돌려본다. 학 한 마리가 한가로이 졸면서 머리를 몸에 묻은 채 서 있고, 나무에서는 무엇인가에 놀란 듯 날다람쥐가 한 마리 뛰어 오르고 있다.

4 산속의 밭 콩이며 조 갈기에 알맞고,   山田宜菽粟 [5]

   약초밭에는 어린 싹과 뿌리 많네.   藥圃富苗根

   북쪽 외나무다리는 남쪽 외나무다리와 통하고,   北彴通南彴 [6]

   새로 난 마을은 옛 마을과 이어져 있네.   新村接舊村

산 속에다 밭을 하나 일구었다. 그곳에는 콩이나 조 같은 곡식을 갈

---

5 숙속(菽粟): 콩과 조 또는 쌀을 말하며, 일반적으로 곡식을 널리 이르는 말임.

6 작(彴): 외나무 다리[獨木橋]. '독량(獨梁)'이라고도 하며, 중국 중고(中古)시대의 자전(字典)이자 운서(韻書)인 『광운(廣韻)』에서는 "나무를 걸쳐놓아 물을 건너는 것(橫木渡水)"이라 풀이하였다. 이외에 또한 '약작(略彴)'이라고도 하며, 우리말로는 '쪽다리'라고 한다.

아먹기에 적당한 것 같다. 또 약초를 심어놓은 채마밭도 하나 따로 일구었다. 그곳에는 약초의 어린 싹과 뿌리들이 한창 많이 나고 있는 중이다. 시내 안쪽에다 집을 지어 놓아서 바깥쪽으로 통하는 외나무다리를 하나 놓았는데 이 다리는 북쪽과 남쪽을 연결하고 있다. 아울러 이 다리를 통하여 내가 지은 집 때문에 새로 생긴 마을과 옛 마을이 서로 이어져 있다.

5 나무꾼 한가로이 골짜기에 들고,　　　　　　樵人閑出谷

  　새끼 가진 참새는 다투어 처마에 깃드네.　　乳雀競棲簷

  　작은 누각은 하윤과 같으나,　　　　　　　　小閣同何胤 7

  　높은 누대의 송섬과는 다르네.　　　　　　　高臺異宋纖 8

나무하는 사람은 바쁜 일이 없는 듯 한가로이 이 골짜기로 들어선다.

---

7 소각동하윤(小閣同何胤): 하윤은 남조 제·량(齊·梁)간에 생존했던 유명한 은사임. 남조의 역사를 통괄적으로 다루고 있는 『남사(南史)』에 그의 전기가 수록되어 있는데 요약하면 다음과 같다. "하윤의 자는 자계(子季)인데, 출적(出籍)하여 숙부인 하광(何曠)의 뒤를 이었으므로 자를 윤숙(胤叔: 숙부의 뒤를 잇는다는 뜻임)이라고 고쳤다. 회계산이 신령스럽고 기괴하다하여 그곳에서 놀았고, 약야산(若邪山) 운문사(雲門寺)에서 거처하였다. 두 형인 하구(何求), 하점(何點)과 은거하여 세상에서는 '하씨네 세 높은 선비'라 하였다. 하윤은 약야산이 협소하여 문도들을 수용할 수가 없다 하여 진망산(秦望山)으로 옮겼다. 숲 가까운 곳에 바위를 담으로 삼아 학당을 세우고 그 속에서 자고 거처하며 몸소 문을 여닫으니 아이종들도 가까이할 수 없었다. 나중에는 오나라의 무구산(武丘山) 서쪽 절에 거처하며 부처의 경론을 강론하였는데, 붉은 학 같은 기이한 새들이 강당에 모여 이들을 길들여 가까이하였다."

처마 밑에는 젖먹이 새끼를 가진 참새들이 앞다투어 둥지를 틀고 깃들어, 새끼들에게 먹이를 날라다 준다. 집 주위에 자그마한 누각을 하나 지어 놓았다. 누각은 옛날 중국의 유명한 은자였던 하윤이라는 사람이 지은 규모와 같다. 같은 은자라도 겹겹이 쳐진 높은 누각에서 태수를 만나주지 않았던 진(晉)나라 때의 송섬의 규모와는 같지 않다.

6 푸르게 물들었네, 천 가지 버들은,   綠染千條柳

　붉게 타는구나, 만 송이 꽃은.   紅燃萬朵花 [9]

　씩씩하고 굳세기는 꿩의 성질이요,   雄豪山雉性

　사치롭고 화려하기는 촌사람 집이라네.   奢麗野人家 [10]

---

8 고대이송섬(高臺異宋纖): 송섬은 진(晉)나라의 은사. 돈황(敦煌) 효곡(效穀) 사람으로, 자는 영애(令艾)이며 시호는 현허선생(玄虛先生). 다음은 『진서(晉書)』에 수록된 그의 전기를 요약한 것이다. "젊어서부터 원대한 지조가 있었으며 마음이 차분하고 조용하여 세상과 더불어 교유를 하지 않고 주천(酒泉)현의 남산(南山)에 은거했다. 한 번은 역시 고상한 선비인 주천현의 태수 마급(馬岌)이 위의와 복장을 갖추고 징과 북을 울리며 그곳을 찾아 갔는데, 송섬은 높고 겹겹이 쳐진 누각에서 거리를 두고 만나주지 않았다. 이에 마급이 '이름은 들을 수 있으나 몸은 볼 수 없고, 덕은 우러를 수 있으나 형체는 볼 수 없으니, 내 지금에야 선생이 사람 가운데서는 용임을 알겠다'라 탄식하고는, 다음과 같은 시를 지어 돌벽에 세워두었다. '붉은 낭 떠러지 백 길이나 되고, 푸른 벽은 8만 자나 되네. 기이한 나무 울창하고, 빽빽하기는 등림과 같네. 그 속의 사람 옥과 같은데, 오로지 나라의 보배라네. 집은 가까우나 사람은 멀어, 실로 내마음 안타깝게 하네(丹崖百丈, 靑壁萬尋. 奇木翡鬱, 蔚若鄧林. 其人如玉, 維國之琛. 室邇人遐, 實勞我心).'"
9 홍연만타화(紅燃萬朵花): '타(朵)'는 꽃 등을 헤아리는 단위사임. 송이로 풀이하였음.
10 웅호~야인가(雄豪~野人家): 촌에 거처하는 사람의 집이지만 씩씩하고 굳세기가 꿩 같고, 꽃이 만발하여 사치롭고 화려하게 보인다는 뜻임.

많아서 축축 늘어진 수양버들은 천 가닥은 족히 됨직하다. 그런데다, 신록의 계절을 맞아 이미 푸르게 물들었다. 만 송이는 됨직한 산의 꽃은 붉은색으로 흐드러지게 피어 마치 온 산에 불이 붙은 듯하다. 내가 사는 산 속의 집을 살펴보았더니 씩씩하고 굳세게 보여 마치 길들여지지 않는 꿩의 성질을 닮은 것 같다. 비록 촌사람의 집이지만 온 주위에 꽃으로 장식을 해놓았으니 분에 넘치도록 사치스럽고 화려하기만 하다.

농암 선생이 계당으로 왕림하여 주시다

聾巖先生垂訪溪堂

시내 서쪽에다 초가집 지은 것이   溪西茅屋憶前年 [1]

    지난 해로 생각되는데,

시내 북쪽으로 금년에는   溪北今年又卜遷 [2]

    또 터를 옮겼네.

가장 빛이 나기는   第一光華老仙伯 [3]

    늙은 신선께서,

---

[1] 계서모옥억전년(溪西茅屋憶前年): 경술년(庚戌年: 1550년, 50세)에 지은 「초가를 퇴계의 서쪽으로 옮기고 한서암이라 이름짓다(移草屋於溪西, 名曰寒棲庵)」의 주1)을 보라.

[2] 계북금년우복천(溪北今年又卜遷): 이해 서당을 퇴계의 북쪽으로 옮겨 지은 것을 말함. 「계상서당에서 청명절에」의 원주에 "한서암을 시내 북쪽으로 옮겼다(寒棲移溪北)"라 하였고, 또 "그 집짓는 것을 조금 달리하여 서당을 집과 같이 지었다(小異其制, 爲堂若室)"라 한 것으로 보아 한서암보다 규모가 더 작게 지은 것임을 알 수 있다.

[3] 선백(仙伯): 원래는 신선의 우두머리를 말하며, 보통 신선을 두루 일컫는 말로 많이 쓰인다. 나중에는 또 관직에 거하면서도 청렴하고 고상하며, 문장이 아주 빼어난 인물을 일컫는 말로 전화되었다. 당나라 두보의 「백수현의 최소부 십 구옹의 고재에서 30개의 각운자를 써서 짓다(白水縣崔少府十九翁高齋三十韻)」시에 "백수 땅에서 구씨를 만났는데, 여러 공이 곧 신선의 무리였다(白水見舅氏, 諸公乃仙伯)"라는 시어가 보인다.

해마다 온갖 꽃 핀 두메로   年年臨到萬花邊

    이르시는 것이라네.

가만히 생각하여 보니 처음에 퇴계 가로 와서 시내의 서쪽에다 집을 지은 것이 바로 지난 해인 듯하다. 일 년 남짓밖에 되지 않았는데 또 시내 북쪽에다 터를 잡아 거처를 옮겼다. 집의 규모나 다른 것은 전과 비교하면 못하면 못했지 별로 나아진 것도 없다. 다만 이 집을 가장 빛나게 하는 것은 농암의 늙은 신선께서 이 누추한 곳을 찾아주시는 것이다. 그것도 한 해도 거르시지 않고 매년, 갖은 꽃이 만발한 이 두메산골을 찾아주신다.

〔부기〕 농암의 차운시

퇴계가 방문을 고마워하여 지은 절구 한 수에 받들어 같은 각운자를 써서 짓다

奉次退溪謝枉一絶

동으로 서로 찾아 다닌 지   尋訪東西已數年

    이미 여러 해 되었는데,

오로지 꽃 같은 곳 따라   只緣華構屢移遷

    집 지어 여러 번 이사하고 옮겼네.

지금부터는 물을 필요 없겠네   從今不必問歸路
　　돌아가는 길을,

골짜기 건너 바위 뚫고 지나면   越壑穿巖溪水邊
　　냇물가에 있으니.

계당에서 우연히 흥이 일어 절구10수

溪堂偶興, 十絶 [1]

1 사방 산기슭 오로지 붉은 비단 같고,　　　　四麓唯紅錦

　부처 죽은 숲에는 푸른 덩굴만 있네.　　　雙林是碧羅 [2]

　어찌 알았으리오, 순박한 이곳에,　　　　豈知淳朴處

　오히려 하늘의 솜씨 힘입어 자랑하게 될 줄을?　還被化工誇 [3]

　사방의 산기슭을 둘러보니 봄이 되어 꽃이 만발하였다. 그 모습이 마치 붉고 고운 비단을 펼쳐 놓은 것 같고, 산 속에 있는 중이 죽고 남은 옛 절터에는 푸른 덩굴 풀만 휘감아 올라가고 있다. 여기는 순박하기만

---

1 이 시 역시 위와 같은 시기에 지어진 것으로 추정된다. 『농암집』에는 이 시에 차운한 절구 열 수가 전하고 있어 이런 사실을 뒷받침해주고 있다. 농암의 차운시는 이 시 맨 끝의 〔부기〕를 보라.

2 쌍림(雙林): 석가모니는 구시나게라(拘尸那揭羅, Kusinagara)의 발제하(跋提河)라는 강의 서안에 있는 사라쌍수(沙羅雙樹)의 숲에서 죽었는데, 또한 쌍림(雙林)이라고도 한다. 나중에는 중이 세상을 떠났다는 뜻의 전고로 쓰이게 되었다.

3 화공(化工): 조물주(造化翁)의 솜씨, 곧 자연의 조화. 천공(天工)이라고도 함. 한나라 가의(賈誼)의 「올빼미를 읊음(鵩鳥賦)」에 "대저 하늘과 땅을 도가니로 삼음이여, 조화를 솜씨로 삼네(且夫天地爲鑪兮, 造化爲工)"란 말이 있다.

하여 아무것도 기대하지 않았던 곳이다. 이곳의 풍경이 자연이라는 하늘의 조화로운 솜씨에 힘입어 아름다운 경치를 자랑하게 될 줄은 정말로 몰랐다.

2　외나무다리는 시내소리 걸친 채 건너고 있고,　　　彴跨溪聲度 [4]

　　계당은 골짜기에 의지하여 열려 있네.　　　堂依壑勢開

　　남들은 멋대로 깊고 구석지다 웃지만,　　　從他笑深僻

　　거리낌없이 스스로 지켜가니 배회하기에 족하네.　　　坦履足徘徊

시내 저쪽을 이어주는 한 줄기 외나무다리는 졸졸 흐르는 시냇물 소리를 걸터앉은 채 건너고 있다. 새로 지은 계당은 전과 마찬가지로 문을 산 쪽으로 내어 골짜기를 의지하고 있는 듯이 보인다. 이곳에 와본 다른 사람들은 모두 그 마을인즉 사람이 살기에는 너무 깊숙하고 또 구석지다는 것이다. 그래서 멋대로 한 마디씩 거든다. 그런 말 따위에는 아랑곳하지 않고 거리낌없이 탄탄하게 이 삶 지켜가자니 왔다갔다 산책하며 배회하기에 충분하다.

3　거울 열렸네, 연못 만드니,　　　開鏡爲蓮沼 [5]

---

[4] '彴'은「봄날 한가로이 거처하면서, 두보가 지은 여섯 절구의 각운자에 맞추어 짓다-4」주 6)을 보라.

구름 걸쳤네, 돌문 만드니.   披雲作石門

온화한 바람 부니 조용히 움직이고,   和風吹澹蕩 [6]

때맞춰 내리는 비에 왕성하게 꿈틀거리네.   時雨發絪縕 [7]

집 앞쪽에다 연못을 하나 만들었다. 그러니 주자의 시에서 읊은 것처럼 온갖 사물을 비추는 거울이 하나 열렸다. 돌을 가져다 대문을 만들어 놓았더니 산 속 깊은 곳이라 구름이 내려와 덮고 있다. 봄이 되어 따뜻하고 온화한 바람 때맞춰 불어오니 사람의 마음 상쾌하게 조용히 움직인다. 여기에 때마침 비까지 제때에 내려주니, 음양의 기운이 왕성하게

---

5 개경위련소(開鏡爲蓮沼): 여기서 거울은 광영당(光影塘)을 가리키는 것 같다. 광영당은 퇴계가 경술년에 한서암 앞에다 판 못인데, 주자가 지은 「책을 읽고 느낌이 있어(觀書有感)」란 시의 "반 이랑의 모난 못 거울 하나 열고, 하늘빛과 그림자는 함께 배회하네(半畝方塘一鑑開, 天光雲影共徘徊)"라 한 구절을 따와서 명명한 것이다. 한서암의 광영당은 이 시가 지어진 바로 전해인 경술년 4월에 팠으며, 계상서당(곧 溪堂)으로 옮긴 것은 바로 이해 청명 전후(「퇴계(退溪)」를 참조하라)의 일이다. 이 시의 내용으로 보아 퇴계는 계상서당으로 거처를 옮긴 후에도 광영당 같은 연못을 판 것으로 짐작이 된다.

6 담탕(澹蕩): 온화하여 사람의 마음을 상쾌하게하는 모양을 나타내는 첩운어(疊韻語)임. 주로 봄경치를 묘사할 때 많이 쓰인다. 남조 송 포조(鮑照)가 「흰 모시를 모방하여 부르는 노래(代白紵曲)」에서 "봄바람 온화하니 상쾌한 생각 많고, 하늘색 깨끗하게 걸러져 기운 곱게 어울리네(春風澹蕩俠思多, 天色淨淥氣妍和)"라 봄풍경을 읊은 것이 있다.

7 인온(絪縕): 천지의 음과 양 두 기운이 서로 작용하는 상태, 곧 서로 융합하는 것이나 합쳐지는 것을 말함. 『주역』 「계사(繫辭) 하」 "하늘과 땅의 기운이 서로 작용하면(天地絪縕) 만물이 자연스레 생육하며, 남자와 여자가 정을 맺으면 만물이 태어난다"라는 말이 있다. 당나라의 공영달은 인온을 "서로 부착한다는 뜻이다. 천지에는 중심이 없는데 자연히 하나를 얻고 두 기운이 융합하여 서로 함께 화합하여 만나면 만물이 그에 감응하여 변화하여 아주 순수하게 된다는 말이다"라 풀이하였다. '氤氳', '絪縕'이라고도 하며 기운이 왕성함을 나타내는 데 주로 쓰인다.

결합하여 그 기운이 온 사방에서 꿈틀거리며 기지개를 편다.

4 돌 구멍 터서 샘물 멀리 끌고,   石竇疏泉遠 [8]

  산 기슭에다 집 그윽하게 정했네.   山根卜宅幽 [9]

  나그네 오면서 너무 험하다 근심하나,   客來愁絶險

  오고가는데 실로 유유자적하네.   還往儘悠悠 [10]

샘물이 졸졸 흘러나오는 돌구멍이 있는 곳까지 물길을 터서 물을 끌어다가, 산중턱의 기슭에 터를 장만하여 집을 지으니 그윽한 것이 정말 보기에 아름답다. 어쩌다 한번씩 나를 찾아 이곳까지 오는 손님들은 오늘 길이 너무 험하다며 시름 섞인 불평을 하지만, 이곳이 좋아 집터를 정한 나로서는 오고가는 이 길이 걸을 때마다 실로 유유자적하게만 느껴질 뿐이다.

5 온 종일 구름 비 머금었더니,   盡日雲含雨

  잠깐만에 새들 봄을 일깨우네.   移時鳥喚春 [11]

  산 마을에선 범 자못 친하게 여기니, 山村頗狎虎

---

8 석두(石竇): 석혈(石穴), 즉 돌 구멍을 말함.
9 산근(山根): 산기슭[山脚]을 말함.
10 환왕(還往): 곧 왕래(往來)와 같음.
11 이시(移時): 짧은 시간이 경과하는 사이를 말함. 잠깐, 잠시.

냇가 길 사람 만나는 것 드무네.　　　　　　　　　溪路少逢人

아침부터 하루 종일 비를 잔뜩 머금은 구름이 지나가면서 대지에 비를 뿌려주었다. 잠깐 만에 새들이 봄에 아름답게 변한 경치를 보고 서로 지저귀는 것이 마치 잠자고 있던 봄을 깨우는 소리처럼 들린다. 이곳 같은 산 속 깊은 마을에는 출입하는 사람들이 드물었다. 오히려 들짐승들이 더 눈에 많이 띄니 호랑이를 만나도 친하게 여긴다 할 정도이고, 냇가로 난 길에서는 사람과 마주치는 일이 거의 없다.

6　이미 신선 세계 노니는 베개 베고 있다가,　　　已着游仙枕 [12]

　　도리어 『주역』 읽느라 창문 여네.　　　　　　還開讀易窓

　　천 종의 봉록 손으로 가로채려 않으니,　　　　千鍾非手搏 [13].

　　여섯 벗 이에 마음으로 복종하네.　　　　　　六友是心降

　　솔, 대, 매화, 국화, 연이 나와 함께 여섯 벗이 되었다　　松竹梅菊蓮與己爲六友

---

[12] 유선침(游仙枕): 전설상의 베개로, 이것을 베고 자면 신선 세계에 노니는 꿈을 꿀 수 있다고 함. 오대의 왕인유(王仁裕)가 지은 『개원 천보 연간의 숨겨진 일화(開元天寶遺事)』에 유선침이란 기사가 있다. "구자국(龜玆國)에서 베개를 하나 갖다 바쳤는데 그 색은 마노(瑪瑙)와 같이 고왔으며 매끄럽기는 구슬과 같았는데 만들기는 매우 소박하게 만들었다. 그것을 벨 것 같으면 신선이 사는 열 섬〔洲〕과 세 섬〔島〕, 네 바다, 다섯 호수가 모두 꿈속에서 보이므로 임금이 '신선세계에 노니는 베개'란 이름을 달았다. 나중에 양국충(楊國忠)에게 내려 주었다."

아까는 베기만 하면 신선 세계를 노닐 수 있다는 베개를 베고 잠을 청하였는데, 이제는 도리어 잠에서 깨어 『주역』이나 한번 읽어볼까 하여 창문을 활짝 열어 빛을 받아들인다. 천 종이나 되는 많은 녹봉을 받는 고위 관직을 두고 송나라 때 왕사종과 조창언처럼 대궐에서 손을 쳐서 가로채려고 하지 않았음일까? 세속의 때묻지 않은 정원에 심어 놓은 군자의 절개를 가진 여섯 벗이 마음으로부터 복종하여 따른다.

7 뻐꾸기는 밭일 재촉하고,　　　　　　布穀催田務 [14]

　　사다새는 나그네 근심 부추기네.　　提壺勸客愁 [15]

　　구름 바깥에 노니는 학 더욱 사랑스러워,　　更憐雲外鶴

　　말없이 소나무 곁에 서 있네.　　無語立松頭

---

13 천종(千鍾): 종은 도량형의 단위로 여섯 휘[斛: 한 휘는 열 말] 네 되, 또는 여덟 휘, 열 휘라는 설도 있다. '천종'은 곧 양식이 많음을 나타내는데, 옛날에는 봉급[祿俸]을 쌀로 주었기 때문에 매우 많은 월급을 받는 벼슬을 비유하는 말로 쓰였다.

수박(手搏): 손으로 움켜쥐는 것을 말하며, 곧 탈취한다는 뜻임. 송나라 사마광(司馬光)의 『속수에서 들은 것을 적음(涑水記聞)』에 나오는 일화 "왕사종(王嗣宗)은 태조 때 진사에 천거되어 조창언(趙昌言)과 함께 전각에서 장원을 다투었는데, 태조는 두 사람에게 손으로 쳐서 승리하는 사람에게 주겠다고 하였다. 조창언은 머리가 대머리였는데 왕사종이 그가 쓰고 있는 복두를 쳐서 땅에 떨어뜨리고는 앞으로 쫓아가 감사해하며 '신이 그를 이겼습니다'라 하였다. 임금은 크게 웃으면서 왕사종을 장원으로 삼았다. 진종(眞宗) 때 충방(种放)이 여러 조카들을 불러 왕사종을 뵙게 하였는데 왕사종이 앉아서 인사를 받자 충방이 화를 내었다. 왕사종이 말하기를 '저번에 통판 이하의 사람들이 그대를 뵈올 때 그대는 그들을 부축해 세웠소. 그들은 평민일 따름이고 나는 장원급제를 하여 명예와 지위가 가볍지 않거늘 어찌하여 앉아서 절하는 것을 받을 수 없단 말이오?'라 하였다. 그러자 충방은 '그대는 손으로 쳐서 장원이 되었는데 어찌 족히 말할 가치가 있겠소?'라 하였다."

농사철인 봄이 되니 온데서 뻐꾸기들이 우는 소리가 들려온다. 그 소리가 마치 밭일을 하라고 재촉하는 소리로 들린다. 사다새는 한자로 술이 든 호리병을 들었다는 뜻인 제호(提壺)라는 이름을 가졌다. 그 때문인지 우는 소리가 마치 나그네의 마음에 근심을 부추기는 듯하다. 저 멀리 구름의 경계 바깥쪽에서 노니는 학 만이 더욱 사랑스럽게 보이는데, 다른 새들과는 달리 울지 않고 아무 말 없이 소나무 가지 끝에 서 있을 뿐이다.

8 찬란하게 붉은색 자주색 쌓이고,　　　　　爛熳堆紅紫 [16]

　　맑고도 새롭게 녹색과 파란색 빙 둘러쳐졌네.　清新遶綠靑

　　석 잔을 우연히 홀로 따라 마시니,　　　　三杯偶獨酌

　　세상만사 본래 영위함 없네.　　　　　　萬事本無營 [17]

---

[14] 포곡(布穀): 발고(勃姑), 시구(鳲鳩), 대승(戴勝)이라고도 하며 곧 뻐꾸기를 말함. 이외에도 달리 부르는 명칭이 많이 있는데 대체로 그 울음소리에 의한 음차(音借)에 의거하였음. 또한 뻐꾸기는 주로 파종하는 시기인 봄에 많이 울어 농사를 권장하는 새로 알려져 왔다. 『시경』「조나라의 민요·뻐꾸기(曹風·鳲鳩)」의 주석에 "시구새는 길국을 말하며, 또한 대승이라고도 하는데 지금의 뻐꾸기이다(鳲鳩, 秸鞠也. 亦名戴勝, 今之布穀也)"라 하였다. 소식의 「다섯 날짐승의 울음소리로 읊다(五禽言)」의 둘째 시에 "시내가의 뻐꾸기는, 날더러 '해진 바지 벗어라' 재촉하는 듯하네(溪邊布穀兒, 勸我脫破袴)"라는 구절이 있는데, 송 왕십붕(王十朋)은 이 구절에 "토착민은 뻐꾸기를 탈각파고라 하였다(土人謂布穀爲脫却破袴)"라는 주석을 달았다. 이는 곧 '포곡'과 '탈각파고'는 둘 다 같은 새의 이름인데 그 우는 소리가 소식에게는 '포곡'으로 들리고 소식의 임지인 황주(黃州) 사람들에게는 '탈각파고(이 말을 해석하면 낡은 바지를 벗어던지란 뜻이 됨)'로 들린다는 뜻임.

산에는 각종 꽃이 피어 찬란하게 붉은색과 자주빛이 겹겹이 쌓인 듯하다. 들판에도 맑고도 새로운 모습으로 각종 초목이 자라나 마치 온 들판에 녹색과 파란색을 일부러 빙 둘러친 것 같이 보인다. 이에 마치 신선 세계에라도 있는 듯하여 술을 내어 석 잔을 따라 마신다. 하니 당나라 때 이백이 읊은 것처럼 "자연과 합치되어" 세상의 모든 일에 본래부터 구구하게 얽매여 영위함이 없는 것 같다.

9   병들어 한가로운 곳에 내맡긴 나그네가,   因病投閑客 [18]

    깊숙한 곳 좇아 속세와는 단절하고 사네.   緣深絶俗居

    어떤 것이 즐거운지 알고자 하여,   欲知何所樂

---

15 제호(提壺): 곧 '제호로(提壺蘆)'를 말함. 새 이름으로 '제호(鵜鶘)'라고도 하며 우리말로는 '사다새' 또는 '가람조'라고도 하며, 주둥이 아래에 턱주머니가 있는 펠리컨 비슷하게 생긴 새임. 주자의 「다섯 날짐승의 소리로 읊어 상서성에 있는 왕중형에게 화답하다(五禽言, 和王仲衡尙書)」의 첫째 시에 "사다새 우는 소리 좋은 술을 사라는 것처럼 들리는데, 봄바람 시원하게 꽃이며 버드나무로 부네(提壺蘆, 沽美酒, 春風浩蕩吹花柳)"라는 구절이 있고, 소식의 「아우인 소철(蘇轍)의 유호가 마른 지 오래되더니 별안간 물이 차서 개원사의 차나무가 오래도록 꽃이 없다가 올해에 만개하다라는 시에 화답하다(和子由柳湖久涸, 忽有水, 開元寺山茶舊無花, 今歲盛開)" 두 수 중 첫째 시에도 "이제 이 즐거운 일 함께할이 없다면, 꽃 아래 술병 들어 사다새에게 권하겠네(如今勝事無人共, 花下壺蘆鳥勸捉)"라는 구절이 있다.

16 난만퇴홍자(爛熳堆紅紫): 한유의 「남산시(南山詩)」 중 "앞은 낮게 갑자기 탁 트여 있고, 찬란하게 주름 쌓여져 있네(前低劃開闊, 爛熳堆衆綺)"라 한 구절에서 따왔다.

17 삼배~무영(三杯~無營): 술을 마시면 세상을 초탈할 수 있다는 것을 말함. 이백은 「달 아래서 홀로 마시다(月下獨酌)」라는 시에서 "석 잔을 마시면 큰 도와 통하고, 한 말을 마시면 자연과 합치되네(三杯通大道, 一斗合自然)"라 읊었다.

18 투한(投閑): 한직을 맡다는 뜻으로 능력이 없다는 겸양의 말. 당나라 한유(韓愈)의 「진학해(進學解)」 "한직에 던져두고 산직에 놓아 두는 것이 곧 능력에 알맞다(投閑置散, 乃分之宜)."

흰 머리에 경서 껴안고 있다네.　　　　　　　　　白首抱經書

　능력이 없는데다 병까지 들어 궁궐에서 내쳐져 한가로운 곳에 던져진 이 나그네는 깊숙한 곳으로 좇아 들어와 세속의 거처와는 완전히 단절하고 산다. 내가 진정으로 즐기는 것이 과연 무엇일까, 하는 것을 알고 싶은 나머지 이제는 머리까지 하얗게 세었다. 하얀 머리를 하고 경서를 궁구하느라 되든 안 되든 간에 항상 끼고 살고 있다.

10 샘물 움켜 벼루에 부어,　　　　　　　　　　　掬泉注硯池 [19]

　　한가로이 앉아 새로 지은 시 쓰네.　　　　　　閑坐寫新詩

　　마음 내키는 대로 그윽하게 사는 정취 즐기니,　自適幽居趣

　　알아주든 몰라주든 논할 게 무엇인가?　　　　何論知不知

　산 속 깊은 곳이라 바위 틈으로 흐르는 샘물을 두 손으로 움켜 뜬다. 그 물을 벼루에 붓고 먹을 갈아 한가로이 앉아 새로 지은 시를 깨끗하게 새로 베껴 본다. 마음이 내키는 대로 유유자적하게 정취 가득한 생활을 그윽하게 즐기며 살아간다. 남들이 내가 즐기는 이 한가로운 생활에 대하여 이러쿵저러쿵 말을 하건 말건 또 알아주건 알아주지 못하건 간에

---

[19] 연지(硯池): '연해(硯海)' 또는 '묵지(墨池)'라고도 하며 벼루에서 다 갈린 먹물이 고이는 오목한 부분을 말함.

탓할 것이 무엇이 있겠는가?

〔부기〕 농암의 차운시

받들어 계당 열 절구에 이어 짓다

奉賡溪堂十絕

세상에서는 화려한 집에 사는 것 귀히 여기고,　世貴居華屋

옷은 모름지기 수놓은 비단이며 얇은 비단 입어야 하네.　衣須被綺羅

띠로 이은 집에서 짧은 베옷 끼고,　茅堂擁短褐

오히려 스스로 사람들에게 자랑하네.　猶自向人誇

땅 구석져 있으니 사람 누가 이를 것인가?　地僻人誰到

봄 깊어지니 꽃 절로 피네.　春深花自開

시내따라 발 씻을 만하니,　循溪堪濯足

지팡이 짚고 짐짓 배회해 보네.　柱杖故徘徊

비 시냇가의 초목에 뿌리고,　雨灑溪邊草

봄은 굴 입구에 먼저 드네.　春先入洞門

안개 짙으니 날짐승들 즐거워하는데,　烟濃禽鳥樂

온화한 기운 정말 왕성하네.　和氣正絪縕

농암에게 작은 집 있는데,　　　　　　聾巖有小築

또한 스스로 깊고 그윽한데 터를 얻었네.　　亦自卜深幽

뜻 있으면 이따금 서로 찾으니,　　　　　有意時相訪

애오라지 내 생각 느긋하게 늦추네.　　　聊寬我思悠

터 잡으려 부지런히 묻고 찾아,　　　　　擇地勤咨訪

집 짓는 것 묻는 게 몇 해이던가?　　　　經營問幾春

실로 좋은 곳 지금 비로소 얻었으니,　　　允藏今始得

다시는 사람들에게 물을 필요 없으리!　　無復訊諸人

긴 여름 한가로이 아무 일 없어,　　　　　長夏閒無事

외로이 북쪽 창에 기대어 자네.　　　　　孤眠倚北窓

봉함 열고 절구 열 수 보니,　　　　　　開緘看十絶

나로 하여금 마음으로 복종하게 하네.　　令我卽心降

전원으로 돌아가는 글 이미 지어졌고,　　歸田賦已草

골짜기 깊으니 속세의 근심도 적네.　　　幽谷少塵愁

현령 지낸 도연명의 구름 늘 머물러 있어,　陶令雲常住

무심결에 산굴 모롱이에서 피어오르네.　　無心出岫頭

저 붉은 관인 끈 버리고,　　　　　　　　　　　抛他官綬紫

한가로이 옛 산 푸르름 사랑하네.　　　　　　　閒愛故山靑

네 벽의 그림과 책 외에는,　　　　　　　　　　四壁圖書外

번거로이 속세의 일 영위함이 없네.　　　　　　無煩塵事營

늘 탄식하네, 재주 있는 그릇 안고도,　　　　　常嗟抱才器

병으로 벼슬자리 정하지 못함을.　　　　　　　病未定官居

앞의 자리 바야흐로 비어 있으니,　　　　　　　前席方虛生

어찌 은사 찾는 편지 언덕으로 오지 않으리오?　寧無赴隴書

늙은이 재주 거치른데다 옹졸하니,　　　　　　老才荒且拙

내 본래 시 짓는 데 능하지 못하네.　　　　　　我本不能詩

담비꼬리에 개꼬리 잇듯 헛되이 욕보임 면하니,　續狗免虛辱

도리어 안목 갖춘 이 알까 혐오스럽네.　　　　翻嫌具眼知

계당에서, 7월 13일 밤 달이 뜨다

溪堂, 七月十三日夜月

초가을 저녁 개니
　　하늘에 구름 없고,

初秋夕霽天無雲

달빛 만리나 가
　　고운 터럭조차 분별하겠네.

月色萬里纖毫分 [1]

하늘에는 바람불어 맑고 은은하게
　　구슬 같은 물결 일으키니,

天風湛湛吹玉波

은하수 고운 빛 가리우고
　　별들은 무늬 감추었네.

銀河掩彩星韜文 [2]

눈 안에 갑자기
　　낮고 좁은 속세의 일 없어지고,

眼中忽失世湫隘 [3]

1　호(毫): 미세함을 비유하는 말임.
2　도(韜): 원래의 의미는 칼집〔劍套〕, 활집〔弓袋〕이라는 뜻인데 활을 활집에 싸듯이 감추어져 보이지 않는다는 뜻으로도 인신〔引申〕되어 쓰임.
3　추애(湫隘): 낮아서 습기가 많고 협소함을 말함. 『좌전』 「소공(昭公) 3년」에는 제경공(齊景公)이 안자〔晏嬰〕의 집이 낮아서 물이 나고 협소하다〔湫隘〕하여 탁 트여 시원한 곳으로 옮기도록 했다는 말이 있다.

나 구슬 같은 누대며　　　　　　　　　坐我瑤臺與瓊閣

　　옥같은 누대에 앉았네.

바다산에 있는 신선　　　　　　　　　海山仙人如可招

　　어쩌면 부를 수도 있을 것 같고,

달 속의 항아와도　　　　　　　　　月裏姮娥相唯諾 4

　　마주하여 응답하겠네.

저 아름다운 계수나무　　　　　　　彼美桂樹生蟾宮 5

　　두꺼비 궁전에서 나니,

하늘 땅과 더불어　　　　　　　　　宜與天地無終窮

　　끝 다함 없으리라.

너울너울 춤추나 본래　　　　　　　婆娑本不礙月明 6

　　밝은 달에 구애되지 않는데,

---

4 항아(姮娥): 달속에 산다는 여자 신선임. '항'은 원래 '恒'이라 하였는데, 한나라 때에 이르러 문제(文帝)의 이름인 유항(劉恒)을 피휘(避諱)하여 '姮'으로 고쳐 부르게 되었음. '常娥'라고 도 하고 보통은 '嫦娥'라고 통칭한다. 원래는 곤륜산에 사는 서왕모(西王母)의 시녀였는데 활 을 잘 쏘았다는 후예(后羿)의 처가 되어, 후예가 서왕모에게 불사약을 청하자 항아가 이를 훔 쳐 먹고 달로 달아나 요정이 되고자 하였으나 벌을 받아 두꺼비가 되었다고 함. 달을 가리키는 데 많이 쓰임.

유락(唯諾): '유야(唯喏)'와 같으며 응대하다는 뜻임. 『예기』「곡례(曲禮) 상」에는 "응대는 반 드시 신중히 해야 한다(必愼唯諾)"는 말이 있는데, 당나라 공영달(孔穎達)은 "맞이하여 대접 하는 것"이라 풀이하였다. 또한 공손하게 순종한다는 뜻도 있다.

5 계수섬궁(桂樹蟾宮): 달을 가리키는 말. 전설에 의하면 달에는 두꺼비와 계수나무가 살고 있 다 한 데서 나온 말임. 당나라 이래로는 과거에 급제하는 것을 "두꺼비 궁전에서 계수나무를 꺾는다(蟾宮折桂)" 하였으므로 '섬궁'을 과거(科擧)를 가리키는 데 쓰이기도 하였다.

오질은 망령되이   吳質妄欲竊天功[7]

   하늘의 달을 탐하려 했네.

내 항아에게   我勸姮娥一杯酒

   한잔 술 권하고,

바라건대 현상 같은 신선의 약과   願乞玄霜玉杵臼[8]

   옥으로 만든 절구 얻고자 하네.

---

6 파사(婆娑): 너울너울 춤추는 모양, 또는 어른어른하는 모양. 책은 각종 문예서적들을 항목별로 나누어 새로 분류해 넣은 『유원(類苑)』이라는 책에는 "달에는 너울너울 춤추는 것이 있는데, 곧 산과 내의 글림자이다(月中有物婆娑者, 乃山河影也)"라는 말이 있다. 『시경』 「진나라의 민요·동쪽 문의 흰 느릅나무(陳風·東門之枌)」에 "자중씨네 딸, 그 나무 아래서 나폴나폴 춤추네(子仲之子, 婆娑其下)"라는 구절이 있는데, 모시(毛氏)는 "파사는 춤추는 것이다(婆娑, 舞也)"라 하였다.

7 오질(吳質): 오질은 전설상의 신선인 오강(吳剛)의 자(字)로 '질'은 '부질(斧質)'이라 할 때의 '질'과 같은 뜻으로 쓰였으며, 도끼[질]라는 뜻이다. 당나라 단성식(段成式)의 『유양잡조(酉陽雜俎)』라는 책에는 달에는 높이가 5백 길이나 되는 계수나무가 있는데 그 아래서는 항상 한 사람이 그 나무를 찍고 있는데, 나무는 쪼개지는대로 금방 다시 합쳐진다고 한다. 그 나무를 패고 있는 사람의 성은 오(吳)씨이며 이름은 강(剛)으로 서하(西河) 사람이다. 신선술을 배웠는데 잘못을 지어 귀양가 나무를 치도록 하였다는 이야기가 전하고 있다.

도천공(饕天功): '도'는 탐(貪)하다는 뜻이다.

8 현상옥저구(玄霜玉杵臼): '현상'은 '원상(元霜)'이라고도 하며, 신선이 복용하는 약임. 한나라 반고(班固)의 『한무제내전(漢武帝內傳)』에 언급되어 있다.

'옥저'는 신선의 약을 조제할 때 빻는 절구를 말함. 당나라 배항(裵航)의 「전기(傳奇)」의 줄거리. "배항이 남교(藍橋)를 지나가다가 목이 말랐다. 한 노파가 있기에 그녀에게 간단한 인사(揖)를 드리고, 혹시 물을 싸가지고 온 것이 있으면 좀 달라고 하였다. 노파가 운영(雲英)이라는 데리고 나온 아가씨에게 싸가지고 온 물을 배항에게 건네주어 마시게 하였다. 배항이 그만 운영에게 반하여 아내로 삼고자 하였다. 노파가 다음과 같이 말하였다. '앞서 신선이 신령스러운 약을 조금 잘라서 주었는데, 그것을 먹자면 반드시 옥으로 된 절구와 공이를 얻어서 가루가 되도록 부수어야만 한다. 만약 이 아가씨를 아내로 맞고자 한다면 옥절구를 얻어와야만 된다'고 하였다. 뒤에 배항이 옥절구를 얻어와서 운영을 아내로 맞고, 또 신선이 되어서 갔다."

바람 타고 순식간에　　　　　　　　　　凌風倏忽游八表 [9]
　　　세상 밖에서 놀며,

만 길 붉은 먼지로는　　　　　　　　　　萬丈紅塵不回首 [10]
　　　고개 돌리지 않네.

붉은 낭떠러지에서는　　　　　　　　　　赤壁見翅如車輪 [11]
　　　수레바퀴 같은 날개 보고,

무이산에서는 누워서　　　　　　　　　　武夷臥聽金雞晨 [12]
　　　새벽 금닭 우는 소리 듣네.

미치광이 귀양온 신선　　　　　　　　　　下笑顚狂李謫仙 [13]
　　　이백을 내려다보고 웃으니,

9　능풍(凌風): "바람을 타다"라는 뜻임.
　　팔표(八表): 사방과 네 모서리[四隅], 곧 8방의 바깥을 말하며, 주로 지극히 먼 곳을 가리키는
　　말로 쓰인다.
10　홍진(紅塵): 세속의 이록을 추구하는 것을 말함. 소식의 「장지기(蔣之奇)와 전협권(錢勰權)이
　　경령궁으로 수행하면서 지은 시의 각운자를 써서 짓다(次韻蔣潁叔錢穆父從駕景靈宮)」 두 수
　　중 첫째 시에 "반백의 머리 목까지 드리운 것 부끄럽지 않고, 연분홍의 먼지는 오히려 수레바
　　퀴 따르는 것 그리워하네(半白不羞垂領髮, 軟紅猶戀屬車塵)"라는 구절이 있는데, 소식 자신이
　　주석을 달고 말하기를 "선배들의 우스갯소리에 '서호의 바람과 달이 동화궁의 향기로운 연분
　　홍 먼지보다 못하다'라는 것이 있다(前輩戲語, 有西湖風月, 不如東華軟紅香土)"라 하였다.
11　적벽~거륜(赤壁~車輪): 소식(蘇軾)의 「나중에 읊은 적벽(後赤壁賦)」이라는 글 "마침 외로운
　　학이 강을 가로질러 동쪽에서 오는데, 날개는 수레바퀴[車輪]만 하며 아래는 검은 옷을 입고
　　위에는 흰옷을 입은 듯한데, 꾸룩꾸룩 길게 울며 나의 배를 스쳐 서로 날아갔다."
12　무이~금계신(武夷~金雞晨): 주자의 「무이산 아홉구비의 뱃노래(武夷九曲櫂歌)」 다섯째 시
　　[四曲] "금닭 울음 끝내니 아무도 보이지 않고, 달 빈 산에 가득하고 물은 못에 가득하네(金雞
　　叫罷無人見, 月滿空山水滿潭)."

146

구차하고 구차하게 그림자 마주하여　　　　區區對影成三人 [14]
　세 사람 되었네.

　초가을에 내리던 비가 저녁이 되어 맑게 개었다. 더없이 높아 보이는 하늘에는 구름조차 한 점 없다. 달빛도 맑은 하늘 타고 만리 바깥까지 비치는데 얼마나 맑고 밝은지 아주 가는 털까지도 분별해내겠다. 하늘에서는 맑은 바람이 은은하게 불어와 구슬 같이 빛나는 맑은 잔물결을 일으킨다. 달빛이 하도 밝아 하늘에서는 은하수가 희미해져 고운 빛을 가리우고 별마저 닭은 달빛 때문에 빛을 잃고 무늬를 감추고 말았다. 이에 밝은 달빛 아래서 바라보니 눈에 드는 모든 것 가운데 어느덧 낮고 좁은 속세의 일이 사라져 버린다. 달빛도 환하게 비쳐 나를 보잘것없는 집이나마 구슬과 옥으로 짓고 장식한 누대에 앉아 있는 듯이 느끼게 한다.

13　전광이적선(顚狂李謫仙): '전'은 '癲'과 같으며 술이 취하면 미치광이 같은 행동을 하는 것을 말함. 당나라 때 장욱(張旭)은 붓글씨를 아주 잘 썼는데, 술을 좋아하여 매번 크게 취했다하면 소리를 지르고 미친 듯이 내닫다가는 이내 붓을 대기도 하였다 한다. 어떤 때는 머리카락에 먹을 적셔 글씨를 쓰기도 하였는데 깨고난 뒤에 스스로 신이 쓴 것이라 했으며, 다시 그렇게 하고자 해도 할 수가 없었다. 세상에서는 장욱을 '장미치광이(張顚)'라 불렀다.

　'적선'은 보통 이백을 일컫는 말로 이백의 친구인 하지장(賀知章)이 붙여준 별명임. 이백의 「술을 마주하고 하지장을 생각하다(對酒憶賀監)」 첫째시 "사명산의 미친 나그네, 풍류 좋아하는 하지장이라네. 장안에서 한번 보더니, 나를 '귀양온 신선'이라 하네(四明有狂客, 風流賀季眞. 長安一相見, 呼我謫仙人)." 사명광객은 하지장의 호임.

14　대영성삼인(對影成三人): 이백의 「달 아래서 홀로 마시다(月下獨酌)」 첫째 시 "꽃 사이에서 한 병 술을, 홀로 마시니 가까이할 이 없네. 잔들어 밝은 달 맞이하여, 그림자 마주하니 세 사람 되었네(花間一壺酒, 獨酌無相親. 擧杯邀明月, 對影成三人)."

그리하여 봉래산 등과 같은 전설 속에 나오는 바다에 있는 산의 신선을 불러서 함께할 수 있을 것 같다. 달이 너무 가까이 보여 그 속에 산다고 하는 여자 신선인 항아를 불러 마주보고 말이라도 주고받을 수 있을 것 같다. 또렷이 보이는 저 달 속의 계수나무는 두꺼비가 산다는 궁전에서 나니 영원히 없어지지 않고 하늘과 땅과 더불어 언제까지나 함께할 것이다. 자세히 들여다보니 너울너울 춤추는 듯한 것이 있지만 달의 밝음에는 아무런 지장을 주지 않는다. 신선인 오질은 망령되이 달을 탐내어 그 안의 계수나무를 도끼로 찍고 있다. 내가 바라는 것이 있다면 달 속에 사는 여자 신선인 항아에게 술이나 한 잔 권하여 신선이 복용하는 현상 같은 영약과 선약을 조제하는 옥으로 만든 절구를 얻었으면 하는 것이다. 그 옥절구로 만든 영약을 먹고 나도 신선이 되어 바람을 타고 하늘로 올라가 순식간에 이 속세의 바깥에서 놀며, 속세의 만 길이나 피어오르는 먼지 따위에는 고개를 돌리기는커녕 시선조차 주지 않으려 한다. 하늘을 날다 초목이 나지 않는 바위로 된 절벽인 적벽에 이르면 나도 소식처럼 달이 수레바퀴처럼 크고 둥글게 날개처럼 떠오르는 것을 보겠지. 더 날아서 무이산에 이르면 잠시 누워 쉬면서 주자처럼 아홉 물굽이에서 새벽에 금닭이 우는 소리를 듣고자 한다. 또한 높은 곳에서 하늘나라에서 지상으로 귀양간 미치광이 신선인 당나라 때의 시인 이백을 내려다보며, 그가 땅에서 술을 마시며 구차하게 달과 그림자를 함께하여 셋이 되었다고 시를 읊조리고 있는 것을 보고 웃을 것이다.

임자년 정월 2일 입춘날에

壬子正月二日立春 [1]

1 창밖의 봄바람   窓外東風料峭寒 [2]

    아직 쌀쌀하여 추운데,

창 앞으로 흐르는 물은   窓前流水碧潺潺

    푸른 빛 띠고 졸졸 흐르네.

다만 알겠네, 지극한 즐거움   但知至樂存書室 [3]

    서실에 있고,

쓸모 없다네, 높은 대문에   不用高門送菜盤 [4]

    나물 쟁반 보내옴도.

---

1 임자년(壬子年)은 퇴계 52세 되던 해인 1552년임.

2 요초(料峭): 쌀쌀하거나 바람이 차가움을 나타내는 말. 여기서는 봄바람이 아직 차가움을 말함.

3 지락존서실(至樂存書室): 『주자대전』 85권에 「지락재를 짓고 쓴 명문(至樂齋銘)」이 있다.

4 고문(高門): 귀족 또는 부귀한 집을 말함.

    송채반(送菜盤): 옛날에 입춘이 되면 귀족들이 생채나물을 흰 옥쟁반에 담아서 서로 보내어 봄을 맞는 마음을 가지는 것을 말함. 두보의 「입춘(立春)」 "춘반 높은 대문에서 나오니 흰 옥쟁반 늘어서고, 봄나물 가냘픈 손으로 전해져 푸른 실같은 부추 보내네(盤出高門行白玉, 菜傳纖手送靑絲)." 당나라 때 입춘날에는 봄떡과 생채나물을 먹었는데 춘반(春盤)이라 하였다.

149

절기상 입춘이 되어 창밖에는 봄바람이 불지만 아직은 쌀쌀하기만 하여 춥게 느껴진다. 집의 창문 앞으로 흐르는 퇴계의 물은 맑아서 푸른 빛을 띠고 졸졸 소리를 내며 흘러가고 있다. 다만 세상에서 가장 지극한 즐거움은 바로 서실에서 책을 보는 데 있기 때문에 권문세가의 높은 대문으로 입춘이 되어 옥쟁반에 새로 나온 봄나물을 담아서 보내오는 것도 다 쓸모 없다는 것을 알겠다.

2 누런 책 속에서　　　　　　　　　　　　黃卷中間對聖賢 [5]

　　성현들을 마주하고서,

텅 비어 밝은 방에　　　　　　　　　　　虛明一室坐超然

　　초연히 앉아 있네.

매화 핀 창으로 또　　　　　　　　　　　梅窓又見春消息

　　봄소식을 보나니,

구슬 장식한 거문고 보고　　　　　　　　莫向瑤琴嘆絶絃 [6]

　　줄 끊어졌다 탄식하지 말게나.

---

5 황권대성현(黃卷對聖賢): 황권은 책, 서적을 말함. 옛날에는 황벽나무로 종이를 누렇게 물들여 좀이 스는 것을 막았으므로 이렇게 부르게 되었음. 당나라 때 적인걸(狄仁傑傳)이라는 사람이 있었다. 그가 어릴 때 문지기 중에 피해를 입은 사람이 있어 관리가 와서 조사를 하게 되었는데, 뭇사람들이 다투어 가면서 따지고 대답하였지만 적인걸은 책만 외고 있으면서 그것을 도외시하였다. 이에 관리가 그를 나무랬더니 "서적 속에서 바야흐로 성현들과 마주하고 있거늘 어찌 속된 관리들과 잠시라도 이야기할 여가가 있단 말이오?(黃卷中方與聖賢對, 何暇偶俗吏語耶)"라 대답하였다.

바야흐로 봄이 되어 빛이 듬뿍 드는 텅 빈 방에 나 혼자 초연히 앉아 있다. 좀이 슬지 않게 누렇게 물들인 책을 펼쳐 그 안에 들어 있는 옛 성현들이 남긴 글을 마주하여 읽는다. 매화가 핀 모습이 보이는 창문을 통하여 봄이 온 소식을 가만히 지켜보고 있다. 그러니 구슬로 예쁘게 치장한 거문고를 쳐다보면서 종자기 같이 자기의 연주를 알아주는 사람이 없다고 백아처럼 거문고의 줄을 끊어버리고 탄식하지는 말도록 하세.

---

6 매창∼탄절현(梅窓∼嘆絶絃): 거문고 곡조 중에 「매화곡(梅花曲)」이란 것이 있다.
  '절현'은 '絶弦'이라고도 하며, 백아(伯牙)와 종자기(鍾子期)의 고사에서 나온 말임. 『여씨춘추(呂氏春秋)』에 수록되어 있다. "백아가 거문고를 치면 종자기가 그것을 들었다. 바야흐로 거문고를 쳐서 뜻이 태산(太山)에 있으면 종자기가 말하였다. '훌륭하구나 거문고 치는 것이! 높고 높은 것이 태산과 같구나(巍巍乎若太山).' 조금 있다가 뜻이 흐르는 물에 있으면 종자기가 또 말하는 것이었다. '훌륭하구나 거문고 치는 것이! 넘실넘실하는 것이 흐르는 물과 같구나(湯湯乎若流水).' 종자기가 죽자 백아는 거문고를 부숴버리고 줄은 끊어버리고 종신토록 다시는 거문고를 치지 않았는데, 세상에 다시는 거문고를 친다고 할 만한 이가 없다고 여겼다." 여기서 지음(知音)이라는 성어가 나왔다. 여기서는 도학이 끊긴 것을 비유하였다. 주자의 「서재에 있자니 흥이 일어(齋居感興)」 "구슬 장식 거문고는 보배 갑에 비어 있고, 거문고줄 끊기니 장차 어찌하리?(瑤琴空寶匣, 絶絃將何如)"

대보름날 밤 계당에서 달을 마주하다

上元夜, 溪堂對月

퇴계의 늙은이 홀로
　계당으로 가서 자는데,

溪翁獨向溪堂宿

한밤중에 창을 열고
　달빛을 보네.

半夜開窓看月色

금물결 일렁이니
　푸른 안개 스러지고,

金波激灩綠烟滅 [1]

온갖 구멍에 바람 없으니

萬竅無風一室寂 [2]

---

[1] 금파렴염(金波激灩): '금파'는 달빛을 가리키는 말임. 『한서』「예악에 관한 기록(禮樂志)」에 보면 "달은 화창하게 금물결로 물결친다(月穆穆以金波)"는 말이 나오는데, 이 책에 주석을 달아서 유명한 당나라의 안사고(顔師古)는 "달빛이 화창하여 금물결과 같다는 말이다"라 풀이하였다.
'렴염'은 물결이 이는 모양을 말함.
녹연멸(綠烟滅): 이백의 「술잔을 들고 달에 묻다(把酒問月)」에 "밝기는 날아다니는 거울 궁궐에 온 것 같아, 푸른 안개 다 스러지고 맑은 광채 발하네(皎如飛鏡臨丹闕, 綠烟盡滅淸輝發)"라는 구절이 있다.

[2] 만규무풍(萬竅無風): 『장자』「제물론(齊物論)」편에 "대저 천지가 숨쉬는 것을 바람이라고 한다. 이게 일지 않으면 그뿐이지만 일단 일었다 하면 온갖 구멍이 다 성난듯 부르짖는다(夫大塊噫氣, 其名爲風. 是唯無作, 作則萬竅怒呺)"라는 말이 있다.

온 방안이 고요하네.

등불 구경하는 아이들의 놀이   賞燈兒戲非吾俗 [3]
　　우리네 풍속이 아니고,

한해의 풍년과 흉년 점치는 백성들 마음   占歲氓情乃眞惑 [4]
　　실로 미혹된 것이라네.

어떻게 하면 화산의 그림   何如閱盡華山圖 [5]
　　자세히 살펴서,

조용히 관찰하여   靜鑑惺惺讀周易 [6]
　　『주역』읽고 깨우칠까?

3　상등(賞燈): 명나라 장한(張瀚)이 지은 『송창몽어(松窓夢語)』라는 책에는 관등의 풍습의 유래를 "정월 대보름날 밤에 등불을 구경하는 것은 한나라가 태을산(太乙山)에 제사를 지낼 때 비롯되었는데, 지금 정월 대보름날 등불을 구경하는 것은 그 유풍이다"라 하였다.

4　점세(占歲): 한해의 길흉을 점보는 것을 말함. 옛날에는 대보름날인 음력 정월 15일 농가에서 달의 상태를 보고 한해의 풍년과 흉년을 점치는 풍속이 있었다.

5　화산도(華山圖): 화산에 은거하고 있던 도사 진단(陳摶)이 그린 「태극도(太極圖)」를 말함. 이 그림은 원래 도교에서 나온 것인데, 진단이 충방(种放)에게 전하고, 충방은 목수(穆修)에게, 목수는 다시 주돈이(周敦頤)에게 전하여, 주돈이가 「태극도설」을 지었음. 이 「도설」은 도교의 「태극도」와 유가의 『주역』에 관한 이론이 결합되어 송나라 정주이학(程朱理學)의 우주생성이론의 근거가 되었음.

6　정감(靜鑑): 마음을 가라앉히고 관찰하여 통할 수 있도록 하는 것을 말함. 주자의 「임용중(林用中)이 여희순(呂希純)이 지은 정월 대보름 시를 모의하여 이에 원래의 각운자를 써서 짓다(擇之誦所賦擬呂子眞元宵詩, 因用元韻)」두 수 중 둘째 시 "고요하게 관찰하면 천지와도 통하고, 깊이 생각하면 귀신처럼 신묘해지네(靜鑑通天地, 潛思妙鬼神)."
성성(惺惺): 맑게 깨우치는 모양을 말함.

퇴계의 늙은이가 아무도 없이 홀로 외로이 시내 곁에 지어 놓은 서당인 계당에서 자게 되었다. 한밤중에 가만히 일어나 앉아 창문을 열어놓고 밝게 빛나는 달을 바라다본다. 달빛이 냇물에 비치어 금빛을 내면서 반짝이니 지금까지 시내를 휘감고 있던 푸르스름하던 안개는 어느덧 걷히고 없다. 온갖 구멍이란 구멍에서 일던 바람도 다 잠잠해지니 온 방이 적막하리만큼 고요하다. 마침 정월 대보름이라 바깥을 보니 아이들이 밤에 몰려나와 등불을 구경하고 있다. 이 놀이는 원래 우리나라의 풍속이 아니다. 역시 정월 대보름에 달을 보고 한해의 풍흉을 점치는 백성들의 마음도 따지고 보면 무엇인가에 홀려서 하는 행동에 불과하다. 나는 등불놀이나 달을 보고 한해의 풍흉을 점치는 따위에는 관심이 없다. 그저 오로지 어떻게 하면 화산의 진단이 그린 「태극도」를 완전히 다 잘 살펴서 이를 조용히 관찰하면서 『주역』을 깨우칠 수 있을까, 하는 마음뿐이다.

청송부사인 이중량에게 답하다

答李靑松公幹 ¹

남들이 말하기를 산 속에서는
　　살 수 없다 하니,

人曰山中不可居 ²

시루에서는 흙먼지 일고
　　가마솥에는 고기 생긴다.

甑生塵土釜生魚 ³

1　청송이공간(靑松李公幹): 공간은 농암의 4남인 이중량(李仲樑: 1504~1582)의 자이며 호는 하연(賀淵)이다. 중종 23년(1528)에 사마시에 합격하고, 1534년에 식년 문과에 병과로 급제하여 관로에 올랐다. 퇴계가 이 시를 지은 해인 1552년에는 청송부사로 재직하고 있었으며, 안동대도호부사(安東大都護府使)를 지냈다. 농암의 장남인 이석량(李碩樑)이 일찍 죽자 이중량에게 후사를 잇도록 했다.

2　산중불가거(山中不可居): 한 회남왕(淮南王) 유안(劉安)이 지은 초사(楚辭) 「은사를 부르다(招隱士)」에 "왕손이여 돌아오라, 산속에서는 오래 머물 수 없으니(王孫兮歸來, 山中兮不可以久留)"라는 구절이 있다.

3　증생진토부생어(甑生塵土釜生魚): 집안이 가난하여 시루에 먼지가 쌓이고 가마솥에서는 고기가 생길 정도로 땔감과 먹을 것이 오래 전에 떨어졌음을 비유하는 말임. 후한 범염(范冉)의 고사에서 나왔음. 범염은 자를 사운(史雲)이라 하였고, 진류(陳留) 외황(外黃) 사람이다. 환제(桓帝) 때 범염은 내무현령이 되었으나 모친상을 당하여 관로에 오르지 못하였고, 상이 끝나도 당파의 사람들이 벼슬길을 막아 못하게 하자 이에 띠집을 이어 그곳에서 살았다. 거처하는 곳은 간단하고 허술하였으며 이따금 양식 낟알까지 다 떨어지고 가난하게 살아도 태연자약하여 언동이나 외모를 바꾸지 않아 골목에서 그에게 노래를 지어 불러주기를 "시루에 먼지 쌓이네, 범사운! 솥에 물고기 생기네, 범래무(范萊蕪)!"라 하였다.

일어나서 나그네의 충고에 감사하나   起來謝客無言說
　　더 할 말 없나니,

다만 깨닫네, 가난을 슬퍼함   但覺窮愁昔已除
　　옛날에 이미 없어졌음을.

　다른 사람들은 사람들이 모여 사는 곳을 떠나 홀로 산 속으로 들어
가서는 살 수 없다고들 말한다. 그곳에서 살면 가난하여 땔감과 밥을 해
먹을 양식이 없어 오랫동안 밥을 해 먹지 못해 시루에는 먼지가 쌓이고
가마솥에는 빗물이 고여 물고기가 생겨 헤엄을 치게 될 것이라고들 한
다. 나에게 이런 말을 해준 청송부사로 있는 이중량에게 충고의 말이 고
맙다는 인사는 하지만, 나는 그 충고에 대해서 뭐라고 할 말은 없다. 그
리고 다만 깨닫는 것은, 이제 세상의 일에는 관심을 끊어, 가난을 근심
으로 여기고 슬퍼하던 일은 이미 옛날에 없어졌다는 사실일 뿐이다.

이문량(李文樑)이 계당을 내방하다

李大成來訪溪堂 [1]

산의 꽃 아직 지지도 않아　　　　　　　山花未落春强半 [2]
　　봄은 반이 넘게 지나갔는데,

시내에 새 한가로이 나는데　　　　　　溪鳥閑飛客又來
　　손님 또 오시네.

가벼이 술 마시며 격조높은 이야기에　　淺酌高談忘我老 [3]
　　내 늙어가는 것도 잊었거늘,

곤궁하게 은거하고 굳센 절개 지켜　　　窮居苦節勉君才 [4]
　　그대 재주에 힘쓰게나.

1　이대성(李大成): 농암의 차남으로 이름은 문량(文樑: 1498~1581), 호는 벽오(碧梧) 또는 녹균
　(綠筠)이라 하였다. 과거에는 급제한 적이 없으며, 음직(蔭職)으로 평릉도찰방(平陵道察訪)에
　제수되었다. 퇴계와는 절친하게 지냈으며 특히 퇴계의 수제자[高弟]들로 꼽히는 이덕홍(李德
　弘) 및 황준량(黃俊良) 등이 초년에 그에게서 가르침을 받은 적이 있었다. 효성과 우애가 뛰어
　나 삼국(三國)시대의 백미(白眉) 마량(馬良)에 비유되었다.
2　강반(强半): 반이 넘게 지났음을 말함.
3　천작(淺酌): 술을 몇 잔 마시지 않은 것을 말함.

157

산에 흐드러지게 피었던 각종 꽃들을 보니 아직 반도 채 지지 않았는데 봄은 막 반을 지났다. 마침 시냇가에 새 한 마리가 한가로이 노는 것이 보인다. 그곳을 바라보다 보니 저쪽에서 손님 한 분이 또 이리로 오고 있다. 몇 잔 술을 나누며 깊이 취하지도 않았는데 격조 높은 이야기를 하다 보니 신이 나서 내가 늙어간다는 사실조차 잊게 되었다. 내가 오늘 찾아온 이문량에게 바라는 것은, 은거하여 벼슬을 하지 않고 절개를 굳게 지키는 것. 그대 이문량이 평소에 지녔던 재주를 더욱 힘써 갈고 닦았으면 하는 것이라네.

---

4 궁거(窮居): 은거하여 벼슬을 하지 않음을 말함. 『맹자』 「마음을 다함(盡心)」 상에 "군자의 본성은 비록 크게 행해지더라도 거기에 더 보태어지지 않으며, 비록 곤궁하게 은거한다 하더라도 거기서 더 덜어지지 않으니 이는 본분이 정해진 까닭이다(君子所性, 雖大行, 不加焉. 雖窮居, 不損焉, 分定故也)"라는 말이 있다.
고절(苦節): 『주역』 「절괘(節卦)」에 "절약을 하면 형통한다. 괴로운 절약은 (마음을) 곧게 할 수 없다(節, 亨, 苦節, 不可貞)"는 말이 있는데, 당나라 공영달(孔穎達)은 "절약은 중도[中]에서 얻어야 한다. 절약이 지나쳐 괴로우면 각박하여져 상하게 된다. 사물이 감당하지 못하는 것은 더 이상 곧아질 수 없다. 그래서 '괴로운 절약[苦節]은 곧게 할 수 없다'라 한 것이다"라 하였다. 곧 과도한 절약을 말하는데 나중에는 굳게 지켜 맹서를 바꾸지 않는 것을 고절이라 하였다.

초여름 계상에서

首夏溪上

정신을 깨끗히 하는 데는 책이 있고,	澡神古書在 [1]
꽃밭에 물을 댈 때는 샘에 힘입네.	灌花淸泉賴
숲에 사니 새의 즐거움을 알고,	林居識鳥樂 [2]
땅에 앉아서는 개미 큰 것을 보네.	地坐看蟻大
초여름이라 만물이 유통하고,	夏初品物流 [3]
봄의 끝이라 남아 있는 꽃들이 곱네.	春後餘芳개
구름은 텅 빈 저 사이에서 생겨나고,	雲生沉寥間 [4]
해는 아득한 저 바깥으로 떨어지네.	日墮蒼茫外

---

1 조신(澡神): 정신을 정결히 하는 것을 말함.

2 임거식조락(林居識鳥樂): 송나라 구양수(歐陽脩)의 「취옹정의 기문(醉翁亭記)」에 "새들은 산림에서 노는 즐거움은 알지만 사람들의 즐거움은 모른다(禽鳥知山林之樂, 而不知人之樂)"라는 말이 있다.

3 품물류(品物流):『주역』「건괘(乾卦)」의 "크도다, 건의 으뜸됨이여! 만물이 이에 의해 비롯되니 하늘을 포괄하며 구름이 떠다니고 비가 내려 온갖 사물이 유동하며 형성된다(大哉乾元, 萬物資始, 乃統天. 雲行雨施, 品物流形)"에서 따왔음.

4 혈료(沉寥): 맑고도 환하게 탁 트인 모양을 말함. 「도연명집에서 음주시에 화답하다-8」주 25)를 보라.

물러나 쉼이 아름다우니 이미 한없고,　　　　　休休已無恨 [5]

쓸쓸하고 쓸쓸하니 공연히 탄식 많네.　　　　落落空多嘅

오로지 천년 성인 있어,　　　　　　　　　　唯有千載人 [6]

마음속으로 나와 만나길 기약해 보네.　　　　襟期與我會

　정신을 맑고 깨끗하게 하는 데는 옛사람들이 남겨놓은 책이 최고이다. 이것은 마치 꽃이 시들어서 물을 줘야 할 때는 맑은 샘물에 의지하는 것과 같은 원리일 것이다. 숲 속에 집을 지어놓고 사니 새들이 즐거이 놂을 알겠고, 땅에 쪼그리고 앉아서 개미를 보니 아주 크게 보인다. 여름이 이제 막 시작되어서 바야흐로 만물이 널리 유통되기 시작한다. 봄도 이제 끝자락이라 아직까지 지지 않고 남아 있는 꽃들이 곱게만 보인다. 구름은 저 멀리 보이는 텅 빈 골짝의 구멍에서 생겨나고, 해는 까마득하여 눈길이 끝나는 곳의 바깥으로 떨어지네. 이곳 한적한 숲 속으로

5　휴휴(休休): 편안하고 한가로운 모습, 안락한 모습이라는 뜻과 재주를 헤아리고 분수를 헤아리며 늙어서 정신이 없을 때 모두 쉴 마땅한 곳이 있음의 두 가지 뜻이 있음. 『시경』 「당나라의 민요·귀뚜라미(唐風·蟋蟀)」에 "즐기는 것을 좋아하되 지나치지 않으니, 훌륭한 선비 안락하네(好樂無荒, 良士休休)"라는 구절이 있다. 당나라 때 사공도(司空圖)는 중조산(中條山)에 있는 선조의 별장을 휴휴정(休休亭)이라 바꾸고 기문을 지어 "휴휴정의 본명은 탁영정(濯纓亭)이다. 휴는 쉬다, 아름답다라는 뜻으로 이미 (물러나) 쉼에 아름다움이 갖추어져 있는 것이다. 대체로 그 재능을 측량하는 데 첫째로 아름답고, 분수를 헤아리는 데 두번째로 아름답고, 늙어서 정신이 없을 때 세번째로 아름답다는 것이다"라 하였다. 나중에는 '상유만경(桑楡晩景)', 곧 늙어서 죽을 때가 되었음을 나타내는 고사로 쓰이게 되었다.

6　천재인(千載人): 천재성인(千載聖人), 곧 천년에 하나 날까말까한 성인을 말함. 「도연명집에서 음주시에 화답하다-13」 주 56)을 보라.

물러나 쉬니 이제는 더 이상 유감이 없다. 다만 혼자서 지내자니 쓸쓸하게 느껴져 공연히 탄식해 본다. 그러나 주자 같은 천년에 하나 날까말까 한 성인이 있으니 마음 속으로 이런 분을 책을 통하여 만나볼 수 있기를 기약해 본다.

한적하게 살며 김부의(金富儀)와 이명홍(李命弘) 두 사람에게 보이다

幽居示金李兩生 [1]

벼슬 않고 은거하는 그 맛은
한가하여 일 없음인데,

幽居一味閑無事 [2]

사람들은 한적하게 거처하는 것 싫어하나
나만 홀로 사랑하네.

人厭閑居我獨憐

---

1 김이양생(金李兩生): 김부의(金富儀)와 이명홍(李命弘)을 말함.
김부의(1525~1582)는 자가 신중(愼仲)이며 호는 읍청정(挹淸亭), 본관은 광산(光山)이며 후조당(後凋堂) 김부필(金富弼)의 아우이다. 다른 동료들과는 달리 과거나 관직에는 뜻을 두지 않아 퇴계로부터 "독실(篤實)하다"는 칭찬을 받은 바 있다. 30세가 넘어서야 주위의 권유에 못이겨 사마시(司馬試)에 응시하여 진사가 되었으나 문과에는 응시하지 않았다. 참봉에 제수되었으나 나아가지 않고, 역동서원(易東書院)이 완성을 보자 퇴계에 의해 원장[山長]으로 천거되었을 정도로 학행이 뛰어났으며, 오로지 학문에만 정진하였다.
이명홍(?~1560)은 자가 인중(仁仲), 호는 곤재(坤齋)로 본관은 영천(永川)이며 광헌(廣軒) 이현우(李賢佑)의 손자이자 흥해교수(興海敎授) 이충량(李忠樑)의 아들이다. 또한 농암은 그의 종조부가 되며 간재(艮齋) 이덕홍(李德弘)의 형이다. 일찍이 도산서당에서 여러 형제 종반들과 함께 수학하였으나 일찍 죽었으며 퇴계가 시를 지어 애도를 표한 적이 있다.

2 유거(幽居): 벼슬하러 나가지 않고 은거하는 것을 말함. 한서(寒棲)와도 뜻이 통한다. 『예기』「선비의 행실(儒行)」의 "선비는 널리 배워서 끝이 없고 돈독히 실천하여 게을리하지 않고 (벼슬을 않고) 홀로 거처하더라도 정도를 벗어나지 않으니(幽居而不淫) 위로 통달하되 곤핍함이 없다"라는 구절에서 나왔으며, 당나라의 공영달은 "벼슬을 하지 않고 홀로 거처함(未仕獨處)"이라 풀이하였다.

동쪽 집에다 술상 차리니   置酒東軒如對聖
　　성인을 마주한 듯하고,

남쪽 나라에서 매화 얻으니   得梅南國似逢仙
　　신선을 만난 듯하네.

바위틈 샘물을 벼루에 떨어뜨리니   巖泉滴硯雲生筆
　　구름이 붓에서 일고,

산위의 달이 침상에 드니   山月侵牀露洒編
　　이슬이 책에 스미네.

병중이니 무방하리,   病裏不妨時懶讀
　　이따금 책 읽는 것 게을리함도,

그대들이야 웃건 말건,   任從君笑腹便便 [3]
　　뱃살 피둥피둥하다고.

　벼슬을 그만 두고 그윽이 숨어 살며 은거하는 그 맛은 한가로이 얽매이는 일이 없는 데 있다. 그러나 보통 사람들은 대부분 부귀와 명예를

---

3 복편편(腹便便): '편편'은 배에 살이 잔뜩 찐 모습을 나타내는 의태어임. 후한 때 변소(邊韶)는 자가 효선(孝先)이었는데, 일찍이 낮에 누워 있자니 제자들이 놀려대며 "변효선은 뱃살이 피둥피둥하네(邊孝先, 腹便便). 책 읽기는 게을리하고 다만 잠만 자려 한다네"라 하였다. 이에 변소가 가만히 그것을 듣고 있다가 때에 맞춰 대답하기를, "변은 성이요, 효는 자라네. 뱃살이 피둥피둥한 것은 『오경』이 든 궤짝 때문이라네. 다만 잠만 자려 하는 것은 경전의 일을 생각하는 것이라네. 잠들어 주공과 꿈속에서 통하고, 고요히 공자와 뜻 함께하네. 스승인데 놀리려는 것은 어느 경전에서 나온 것인가?"라 맞받아쳤다.

추구하여 한적하게 거처하는 것을 싫어하는데, 나만 홀로 이런 생활을 사랑하여 즐긴다. 동쪽 집에다 술상을 차려 놓았는데 보니 청주라서 마치 성인을 대하고 있는 듯하고, 남쪽 지방에서 보내온 매화를 얻어 심어 놓고 감상하자니 마치 신선을 만나 함께하는 듯하다. 산 속의 이 생활 마치 신선과 같다. 바위 틈의 샘물을 떠다가 벼루에 떨어뜨려 먹을 갈아 글씨를 쓰려고 하니 구름이 붓에서 피어오르는 듯하다. 산 위로 뜬 달에서 빛이 비쳐 방안의 침상을 비추니 그 빛이 너무도 차갑게 보여 마치 이슬이 책에 스미는 듯한 느낌이 든다. 날로 책을 멀리함이 조금 마음에 걸리나 병중이니 이따금씩 책을 대하여 읽는 것 좀 게을리해도 좋을 것이라고 스스로 위안 삼기도 한다. 그러니 그대들은 요즈음 내가 게을러져서 뱃살이 피둥피둥해졌다고 놀리지 말라. 뱃속에 든 것은 모두 경서이니까.

김언거(金彦琚)에게 답하다

을묘년(1555) 가을

答金季珍 [1] 乙卯秋 [2]

힘들여 밭 갈아도 많이 굶주리니 농사일 어리석음 웃고,	力耕多餒笑農憨 [3]
영계기는 끝내 자랑했네,	榮啓終誇樂有三 [4]

[1] 계진은 김언거(金彦琚)의 자로, 본관은 광주(光州)이다. 호는 풍영정(風詠亭), 또는 관포당(灌圃堂), 칠계(漆溪)라고도 한다. 중종(中宗) 조 신묘년(辛卯年: 1531년)에 과거에 급제하였으며 벼슬은 승문원판교(承文院判校)에까지 이르렀다.

『언행록』에 "묻기를 '김아무개와는 어떻게 교유를 하게 되었습니까?'라 하니, '내가 풍기 군수로 있을 때 그는 마침 상산(常山: 곧 尙州) 목사가 되어 서로 왕래하게 되어 사귐이 두텁게 되었다. 그때까지만 해도 나는 그가 이런 사람인 줄 몰랐다'라 하셨다"라는 기록이 나오는데, 이런 사람[這樣人]이란 말은 그를 좋게 평가하여 말한 것 같다.

[2] 을묘년은 1555년으로 퇴계 55세 되던 해이다. 바로 앞의 시가 임자년(1552년)에 지어진 것으로 보아 퇴계에서는 3년 만에 지어진 시가 된다. 퇴계에서의 작시(作詩)에 이처럼 공백이 생기게 된 것은 52년 4월에 홍문관교리로 임명되어 조정으로 돌아가서 대사성, 병조참의, 첨지중추부사(僉知中樞府事) 등을 지내다가 이 해에야 병으로 세 번이나 사직서를 내어 비로소 해직이 되었기 때문이다.

[3] 역경다뇌(力耕多餒):『논어』「위령공이(衛靈公)」에 "군자는 도를 도모하지 먹을 것을 도모하지는 않는다. 밭을 갈아도 굶주림이 그 가운데 있으며(耕也, 餒在其中矣), 배우게 되면 봉록이 그 가운데 있다. 군자는 도를 근심하지 가난을 근심하지는 아니한다"는 말이 있다.

함(憨): 어리석다는 뜻. 송나라의 이중은(李重恩)은 바둑을 잘 두었는데, 몸과 마음이 미련스러울 정도로 우직하였으므로 사람들은 그를 '이함(李憨)'이라 하였다 한다.

세 가지 즐거움 있음을.

발로 밟고 지나감에   脚下豈應無實地 [5]

　　어찌 참된 곳 없으리?

인간 세상 그 누가   人間誰定是眞男 [6]

　　정녕코 진정한 남자이리?

시냇가 나무에 가을 돌아오니   秋回澗樹生涼籟

　　시원한 바람소리 나고,

산의 집에 비 지나가니   雨過山堂滴翠嵐 [7]

　　푸르스름한 안개 기운 듣네.

4　영계락유삼(榮啓樂有三): 영계기(榮啓期)는 춘추시대의 은자이다. 다음은 『열자』 「천서(天瑞)」편에 나오는 이야기 "공자가 태산에서 영계기가 성(郕) 땅의 들판을 지나가고 있는 것을 보았는데, 거친 사슴가죽 옷에 새끼 띠를 하고서 거문고를 치고 노래를 하고 있었다. 공자가 '선생이 즐거우신 까닭은 무엇입니까?'라 하니 '나의 즐거움은 매우 많소. 하늘이 만물을 낳음에 오로지 인간이 귀할진대 내가 인간으로 태어날 수 있었으니 이것이 첫번째 즐거움이요, 남녀를 구별함에 남자는 높고 여자는 낮아 남자를 귀하게 여기는데 내 이미 남자가 되었으니 이것이 두번째 즐거움이요, 사람이 나서 해와 달도 못 보고 포대기를 벗어나지 못하는 자도 있거늘 내 이미 90년을 살았으니 이것이 세번째 즐거움이라오'라 하였다."

5　각하실지(脚下實地): '각답실지(脚踏實地)', 곧 일을 처리해 감에 있어서 성실하게 참된 것을 밟아 감을 말함. 송나라 소옹(邵雍)의 아들 소백온(邵伯溫)이 지은 『문견전록(聞見前錄)』이라는 책에 소옹이 사마광(司馬光)의 사람됨을 평하여 "군실(君實) 자네는 실지를 밟아가는 사람이다(君實脚踏實地人也)"라 하였다는 말이 있다. 군실은 온국공(溫國公) 사마광의 자임.

6　수정시진남(誰定是眞男): 송나라 소옹(邵雍)의 「처음과 끝을 같은 구로 읊음(首尾吟)」이란 시에 "옷과 관을 밝게 차리면 선비가 되고, 인과 의를 크게 이야기하면 남자가 되네(明著衣冠爲士子, 高談仁義作男兒)"라는 구절이 있다.

7　적취람(滴翠嵐): '취람'은 산림 속의 안개기운을 말함. 송나라 소식(蘇軾)의 「재를 지나가며(過嶺)」 시에 "물결 발 씻으니 생겨나 텅빈 시내에 울리고, 안개 나그네 옷 두르니 푸른 기운으로 듣는 듯하네(波生灌足鳴空澗, 霧繞征衣滴翠嵐)"라는 구절이 있다.

홀로 앉아 시 읊조리나   獨坐吟詩無與聽

　들어줄 사람 없고,

무심결에 한가로이 고개 돌리니   悠然回首憶終南 [8]

　종남산 그리워지네.

　힘들여 농사를 짓느라 밭을 갈아도 많이 굶주리니 공자의 "군자는 도를 근심해야지 가난을 근심하지 않는다"는 말이 생각난다. 나의 어리석음을 보고 웃게 되는데, 춘추시대의 은자인 영계기는 사람으로 태어나 남자로 90살을 살았다는 즐거움을 자랑으로 삼았다. 성실하게 참된 곳을 차근차근 밟아간다면 어찌 이 세상에 참된 곳이 없겠는가? 이 세상에서 누가 정말로 참된 사내 대장부이겠는가? 내 생각에는 바로 위에서 말한 그런 사람이 아니겠는가 한다. 시냇가에 서 있는 나무를 보니 시원한 바람을 스쳐 지나가는 소리가 나는 것이 더운 여름이 지나가고 가을이 돌아왔음을 알겠다. 산 속에 지어 놓은 집으로 비가 한 차례 지나가니 푸르스름한 운무에 휩싸여 마치 하늘에서 푸른 기운이 뚝뚝 듣는 것

---

8 유연회수억종남(悠然回首憶終南): 종남산은 목멱산(木覓山)을 말하며, 곧 서울 남산이다. 당나라 때 동쪽의 서울 장안의 종남산과 닮았다 하여 그렇게 부르기도 한다. 이 구절은 고향 퇴계에서 임금을 잊지 못하는 심정을 읊은 것이다. 남조 진나라 도연명(陶淵明)의 「술을 마시며(飮酒詩)」 다섯째 시에 "동쪽 울타리 이래서 국화 따노라니, 한가로이 남쪽 산 눈에 드네(採菊東籬下, 悠然見南山)"라는 구절이 있고, 두보의 「상서좌승(尙書左丞)이신 위제(韋濟) 어르신께 스물 두 각운자를 써서 지어 바침(奉贈韋左丞丈二十二韻)」에는 "아직도 종남산 그리워하여, 고개 돌려 맑은 위수의 강변을 보네(尙憐終南山, 回首淸渭濱)"라는 구절이 있다.

처럼 느껴진다. 아무도 없는 이 산골짜기 오두막집에서 홀로 앉아 시를 읊조려보지만 아무도 들어줄 만한 사람 보이지 않는다. 이에 무심결에 나도 모르게 고개를 들어 돌려보니 불현듯 임금님 계시는 서울의 남산이 그리워진다.

병진년 정월 초하룻날 같은 운자를 써서 지어 황준량(黃俊良)에게 답하다

丙辰元日, 次韻答黃仲擧

서툴고 순박한 것은 본래부터
　　하늘에서 얻은 것,

拙朴由來得自天

선현들의 자취 좇아서 찾으니
　　일마다 흔쾌하네.

追尋芳躅每欣然 [1]

총명함은 오늘이
　　전날보다 못한데,

聰明此日非前日 [2]

나쁜 습관은 올해나
　　지난 해나 비슷하네.

習氣今年似去年 [3]

---

[1] 방탁(芳躅): 선현들의 자취를 말함. 『사기』「만석과 장숙의 전기(萬石張叔列傳)」에 대한 당 사마정(司馬貞)의 평론(述贊)에 「민첩한 행동과 어눌한 말은 모두 선현의 자취를 계승했다(敏行訥言, 俱嗣芳躅)」라는 말이 있다.

[2] 총명차일비전일(聰明此日非前日): 한유의 「다섯 가지 잠언(五箴)」의 서문에 "내 난지 38년에, 짧은 머리칼은 날로 더 희어지고, 흔들리는 이빨은 날로 더 빠지며, 총명함은 전날에 미치지 못한다(余生三十有八年, 髮之短者日益白, 齒之搖者日益脫, 聰明不及於前時)"라는 말이 있다.

[3] 습기(習氣): 불교 용어로 번뇌의 나머지 부분이라는 뜻과 습관이라는 뜻이 있음. 여기서는 후자의 뜻으로 쓰인 것 같으며 이런 경우에는 일반적으로 차츰 차츰 형성된 좋지 못한 습관이나 작풍을 가리키는 데 주로 쓰인다. 겸양적 표현인 것 같다.

169

명리의 관문 투과할 수 있었다　　　　　　　透得利關聞上蔡 [4]
　　사상채에게서 들었고,

배움의 힘으로 징험하였다　　　　　　　　驗來學力說伊川 [5]
　　정이천은 말하였네.

우리들 몸소 행할 바　　　　　　　　　　吾儕更勉躬行處 [6]
　　더욱 힘써야지,

남들 앞에서 외람되이　　　　　　　　　　莫向人前枉執鞭 [6]
　　채찍 잡지 말게나.

　가만히 내 몸을 돌아보니 매사에 서툴고 순박하기만 하다. 이는 알고
보면 본래부터 하늘이 나에게 준 천성인지라 어떻게 할 수가 없다. 능력

4　투득이관문상채(透得利關聞上蔡): '상채'는 곧 사량좌(謝良左: 1050~1103)를 말함. 사량좌는
　자가 현도(顯道)이며, 수춘(壽春) 상채(上蔡) 사람으로 세칭 '상채선생(上蔡先生)'이라 하였다.
　이정(二程)을 사사하였으며, 정문(程門) 4대 제자의 한 사람이 되었다.
　사량좌의 편지글에 "명예와 이록의 관문을 뚫을 수 있다면 이는 곧 조금 쉴 수 있는 곳이다.
　그러나 모름지기 이치를 궁구하는 데 의거하여 공부해야 한다(透得名利關, 便是少歇處, 然須藉
　窮理工夫)"라는 말이 있다.
5　학력설이천(學力說伊川): 주자가 편집한 『두 정자께서 남기신 또 다른 글(二程外書)』 권 12 「전
　하여 들은 것을 되는대로 기록함(傳聞雜記)」에 "이천 선생이 부주에서 돌아왔는데 기운과 얼
　굴빛, 수염과 머리 등이 모두 평상시보다 나았다. 문인 중에서 어찌하여 이렇게 될 수 있었느
　냐고 묻자 선생은 배움의 힘(學之力)이라고 하였다"라는 말이 나옴. 이천 선생은 북송의 도학
　자인 정이(程頤)임. 주자는 그의 사전(四傳) 제자임.
6　집편(執鞭): 『논어』 「전하여 말하되(述而)」에 "부가 구하여서 될 것이라면 채찍을 잡는 사람의
　일이라 할지라도 내 또한 그리 하겠으나, 구하여도 될 수 없는 일이라면 내가 좋아하는 것을
　좇겠다(富而可求也, 雖執鞭之士, 吾亦爲之, 如不可求, 從吾所好)"라는 말이 있다.

상 선현들이 남긴 아름다운 자취를 좇아서 찾기에 힘듦을 알지만, 그래도 그것을 찾는 것이 선뜻 즐겁게만 느껴진다. 나이가 들어 총명함은 전날보다 훨씬 못하여졌는데, 사라져야 할 몸에 밴 나쁜 습관은 오히려 지난 날과 비슷하기만 하다. 책을 통하여 송나라 때의 이학가인 사량좌가 "명예와 이록의 관문을 뚫을 수 있었다"라는 말을 접하였다. 또 이천의 정이는 나이가 들어가는데도 더 젊어보인다는 말에 '배움의 힘' 때문이라고 말하는 것도 읽어서 알고 있다. 이런 모든 상황을 고려할 때 우리는 우리가 몸소 실천할 수 있는 것을 행하는 일에 더욱 많은 노력을 기울여야 한다. 남들 앞에서 쓸데없이 부를 추구하기 위해 채찍을 드는 일 따위는 아예 그만두어야 할 것이다.

[부기] 황준량의 원운시

퇴계가 정월 초하룻날 지어 부쳐준 시의 각운자를 써서 짓다

次退溪元日見寄之作

섣달 보내고 봄 맞으니   餞臘迎春欲曉天
    하늘 밝아 오려는데,

산속의 서재에 홀로 앉아 있으니   山齋獨坐意茫然
    생각 막막하구나.

세월 흘러 거백옥(蘧伯玉)이   行臨蘧瑗知非歲

잘못 알았다는 50세 되었고,

이미 이르렀구나, 추나라의 맹자가 말한
　마음이 움직이지 않는다는 나이에. 已到鄒軻不動年

성인이 머물렀던 공부
　손대기 어렵고, 聖處工夫難下手

냇가의 광경보니
　냇물 매우 빨리 흐르네. 頭邊光景劇奔川

무슨 연유로 그에게 기로에서
　의혹 면하게 할 것인가, 何緣免被他歧惑

바른 길 앞장서서
　선편을 잡아 보소서. 正路前頭試着鞭

황준량과 더불어 『주역』의 그림에 대하여 담론하다

與仲擧論圖書[1]

서울에서의 3년은　　　　　　　　　　　　京國三年笑絶癡[2]

　　너무나 어리석음이 우습고,

병중에 고생하며　　　　　　　　　　　　　病中辛苦學希夷[3]

　　진희이(陳希夷)만 배웠다네.

불쌍하구나, 얻은 것이라고는　　　　　　可憐所得如窺管[4]

---

[1] 중거는 황준량(黃俊良)의 자임. 황준량에 대해서는 「퇴계의 초가집에서, 황준량(黃俊良)이 찾아옴을 기뻐하다」를 보라.

[2] 경국삼년(京國三年): 서울에서의 3년은 퇴계가 고향을 떠나 서울에서 벼슬살이 하던 임자년에서 을묘년까지의 기간을 말한다. 이 시에서 퇴계는 고향을 떠나 벼슬살이하던 기간을 시간의 낭비로 보는 듯한 관점에서 이 시를 지은 것이다.

[3] 학희이(學希夷): 희이는 송나라 박주(亳州) 사람 진단(陳摶)의 호이며 또한 부요자(扶搖子)라 하기도 했다. 자는 도남(圖南). 상세한 것은 「대보름날 계당에서 달을 마주하다」 주 5)를 보라. 원래 희이는 『노자』에서 나온 말이다. 『노자』에서는 "봐도 보이지 않는 것을 이름하여 '이(夷)'라 하고, 들어도 들리지 않는 것을 '희(希)'라 이름한다"라 하였는데, 진단의 호 또한 여기서 취한 것이다. 이로부터 '희이'는 텅 비어 깨끗하고 현묘(玄妙)함을 가리키게 되었으며, 또한 도가(道家)나 도사(道士)를 가리키기도 하였다.

[4] 규관(窺管): '규'는 '闚'라고도 쓰며 대롱으로 하늘을 보듯이 소견이 좁음을 말함. 『장자』「가을강(秋水)」에 "대롱으로 하늘을 보고 송곳으로 땅(의 깊이)을 잰다(用管闚天, 用錐指地)"는 말이 있다.

대롱으로 물건 보는 것과 같아,

숲 아래서 오히려   林下猶堪樂聖時

　　태평성대 즐길 만하네.

　돌이켜 생각해 보니 벼슬을 좇아 서울에서 보낸 지난 3년이 너무나 어리석어 절로 웃음이 다 난다. 그나마 다행스러운 것은 그래도 병중에 갖은 고생을 다 겪으며 송나라 때의 사상가인 진단을 배운 것이라 하겠다. 그때를 생각하니 배운 것이라고는 긴 대롱으로 표범을 보면 전체의 모습은 보지 못하고 얼룩의 일부밖에 보지 못한 것과 같아 불쌍하기만 하다. 그렇지만 관직 생활에서 벗어나 시골로 물러난 지금은 오히려 숲 아래서 태평성대를 즐길 만하게 되었다.

입추날 계당에서의 일을 쓰다

立秋日, 溪堂書事

1 밤새 끼었던 안개 비로소 걷히니   宿霧初收曉日鮮 [1]
    아침 해 산뜻하고,

  차가운 시내 그윽한 골짝은   寒溪幽壑共蒼然
    한결같이 푸르르네,

  병중이라 몸 겨우   病中軀體纔溫攝
    따뜻하게 다스릴 만한데,

  가난한 속에 밭과 동산은   窮裏田園半廢損
    반도 갈지 않고 버려두었네.

  벽에 가득한 책과 그림   滿壁圖書常獨樂
    늘 홀로 즐기는데,

  온 뜰의 안개 머금은 풀은   一庭烟草爲誰憐 [2]
    누구를 위해 어여쁜지?

---

1 숙무(宿霧):밤 안개를 가리킴.

가을 오니 또 마음   秋來又約同襟子
　　함께하는 이들과 언약하여,

밝은 달 맑은 바람 속에   明月淸風上釣船
　　낚싯배에 오르려네.

　밤이 새도록 온 천지에 뿌옇게 끼었던 안개가 막 걷히기 시작한다. 아
침해가 평상시보다 훨씬 산뜻하고 신선해 보인다. 차가운 시내와 그윽하
고 깊은 골짝은 이제 입추라 아직 여름의 풍경이 남아 둘 다 똑같이 푸
르기만 하다. 지금은 병중이어서 다른 일은 엄두도 내지 못하겠다. 이
한 몸 겨우 따뜻하게 추스릴 만큼 가난하고 궁핍한 생활이다. 농사를 지
어야 겨우 먹고 살 만한 처지임에도 불구하고 밭과 동산은 미처 반도 갈
지 못하고 그대로 방치해 두고 있다. 즐기는 것이라고는 그저 시방의 벽
에 빼곡이 들어찬 각종 책과 도화를 홀로 살펴보는 것 뿐이다. 온 뜰 가
득 들어찬 안개를 머금은 풀은 누구를 위해서 있는지 모르겠지만 어여
쁘기 그지없다. 이제 긴 여름이 지나고 바야흐로 가을이 오니 평소에 그
대 같이 마음을 함께하는 사람들과 미리 약속을 하여, 달은 밝고, 바람
은 시원해지니 함께 배를 타고 물로 나아가 낚시나 하고자 한다.

2　연초(烟草): '연초(煙草)'라고도 하며 안개와 연기에 덮여 있는 풀무더기를 말함. 또 널리 퍼져
　있는 풀을 가리키는 데도 쓰임.

2　흡족한 비 시든 초목 되살려　　　　　　　　　霈澤蘇枯綠滿疇 ³

　　이랑마다 푸르름 넘치고,

　돌 개울에는 맑은 물 불어나　　　　　　　　　石溪淸漲碎琳璆 ⁴

　　아름다운 구슬을 깨뜨리네.

　붉은 구름 찌는 해는　　　　　　　　　　　　火雲赫日渾如昨 ⁵

　　모두 어제인 듯한데,

　시원한 나무그늘에선 쓰르라미 울고　　　　　清樾寒蟬颯已秋 ⁶

　　바람 소슬하니 이미 가을이네.

　온 뜨락에 국화 심어　　　　　　　　　　　　種菊盈庭存晚計

3　패택소고(霈澤蘇枯): '택'은 땅을 적셔줄 수 있을 정도의 비나 이슬 따위를 말함. 그러나 일반
　　적으로 비를 나타내는 데 쓰여서 때 맞춰 내리는 비를 '가택(嘉澤)'이라 하고, '패택'은 흡족히
　　내린 비를 말함.
　　'소고'는 시들어 말라버린 초목을 되살리는 것, 곧 소생시키는 것을 말함.
4　석계(石溪): 바위 사이를 흐르는 시내를 말함.
　　임구(琳璆): '琳球'라고도 하며 아름다운 구슬〔美玉〕 또는 그 구슬이 부딪치는 소리를 말함.
5　화운(火雲): 아침의 붉은 놀을 끼게 하는 구름을 말하며, 찌는 듯한 여름〔炎夏〕을 가리키는 말
　　로 주로 쓰임. 두보의 「화양의 유소부에게 드림(貽華陽柳少府)」에 "붉은 구름 달밤의 이슬 씻
　　어내니, 절벽 위로 아침해 솟아 오르네(火雲洗月露, 絶壁上朝暾)"라는 구절이 있고, 북제(北濟)
　　노사도(盧思道)의 「납량부(納凉賦)」에는 "붉은 구름 타는 듯이 사방에서 이네(煙赫而四擧)"
　　라는 구절이 있다.
6　한선(寒蟬): 매미과에 속하는 곤충인 쓰르라미라는 뜻과 늦가을이 되어 추위가 닥친 후까지
　　남아 울지 않는 매미란 뜻도 있으나 여기서는 전자의 뜻으로 쓰였음. 쓰르라미는 또 '한조(寒
　　蜩)', '한장(寒螿)'이라고도 한다.
　　삽이추(颯已秋): 주자의 「도가의 서적을 읽고 짓다(讀道書作)」 여섯 수 중 둘째시 "푸르른 풀
　　저녁 되어도 아직 시들지 않았는데, 처량한 바람 소슬하니 이미 가을이라네(碧草晚未凋, 悲風
　　颯已秋)."

177

늦은 계획 남겨두고,

못에서 고기 구경하니   觀魚在沼得天游
　하늘에서 노니는 것 얻을 수 있네.

성스런 왕조라 미천한 몸   聖朝微物如蟣蝨 [7]
　이와 서캐나 같아,

삭직되길 길이 기구하네   鐫罷深祈協所求 [8]
　원하는 바 따를 수 있도록.

　땅을 푹 적셔줄 만큼 흡족하게 내린 비는 다 시들어가는 초목을 되살
리어 두둑마다 녹색이 가득 넘쳐난다. 바위 사이를 흐르는 시냇물은 비
로 맑은 물이 불어났다. 졸졸거리며 흐르는 것이 마치 아름다운 구슬이
서로 부딪히는 것 같은 소리를 내고 있다. 찌는 듯한 더위 부르는 아침의
붉은 놀을 끼게 하는 구름도 이미 다 사라져 모두가 어제의 일인 듯하
다. 어느덧 맑고 시원한 바람이 불어오는 나무 그늘에서는 가을의 상징
인 쓰르라미가 한껏 목청을 다하여 울어대고 있다. 바람도 소슬한 것이
완연한 가을의 정취를 느끼게 한다. 뜰 가득히 국화를 심어 놓아 도연명
처럼 중양절에 술을 담그려는 늦은 계획을 남겨두었다. 또한 연못을 파
놓고 물고기를 구경하고 있노라니 하늘의 이치를 따르며 득의만만하게

7 기슬(蟣蝨):이와 이의 알, 곧 서캐를 말함.
8 전파(鐫罷):관직에서 쫓겨나는 것, 곧 파직(罷職), 삭직(削職)을 가리키는 말.

노는 물고기의 자연스러움을 볼 수가 있는 듯하다. 지금 세상 살펴보니 마침 성군이 다스리는 성스러운 왕조여서 이 보잘것없는 몸, 마치 이와 서캐처럼 생각된다. 그래서 조정에 큰 도움이 될 것 같지가 않아 그저 내가 원하는 일을 마음대로 할 수 있게끔 삭직이나 되었으면 하고 바랄 뿐이다.

3 작은 집 비스듬히 기울어졌네,　　　　　　　小屋欹斜風雨餘
　　　비바람 친 뒤에,

　　돌바닥에 부들자리 까니　　　　　　　　　石牀蒲席自清虛 [9]
　　　절로 맑고 허심탄회해지네.

　　글 읽는 선비 약속 있어　　　　　　　　　書生有約來山寺
　　　산의 절에서 오고,

　　밭의 농부는 바라는 것 없어　　　　　　　田父無求近野廬
　　　들의 오두막집 가까이 사네.

　　병 요양하다 보니 어쩌다가　　　　　　　養疾偶成三徑趣 [10]
　　　세 갈래 오솔길의 취미 이루어지고,

9 석상(石牀): '석상(石床)'이라고도 하며 곧 토상(土床), 토상(土牀)을 말함. 달리 '연돌(烟堗)' 곧
　　얇고 넓은 돌을 깔아 만든 구들방을 말함.
10 삼경취(三徑趣): '삼경'은 은사(隱士)의 정원을 가리킴. 「한서암에 비가 온 뒤의 일을 쓰다」 주
　　6)을 보라.

한가로운 것 사양하여 아예   愛閑抛罷一竿漁

    한 줄기 고기 낚는 낚시대마저 거두네.

어떡하면 옥 장식한 거문고   何因得向瑤琴裏

    있는 곳으로 가서,

드문 소리 들을 수 있겠는가?   聽取希音邃古初 [11]

    아득한 태초 때의.

    규모가 작고 소박하게 지은 집에 비바람이 한 차례 세차게 치고 지나가니 완전히 비스듬하게 기울어지고 말았다. 가난하여 돌로 된 방바닥도 초라한 부들로 짠 자리를 깔아 놓으니 볼 만한 것은 없으나 그래도 마음만은 절로 맑고 허심탄회하여진다. 글 읽는 서생은 약속이 있는지 공부하던 산 속의 절에서 내려오고, 밭을 일구며 사는 농부들은 그저 농사를 짓기에 편하도록 들판 가까이 오두막이나 지으며 살 뿐 다른 것은 더 구하거나 바라지를 않는다. 병이 많아 이곳에 거의 숨어 살다시피 하면서 요양하며 지내다 보니 옛날의 유명한 은자들이 숨어 살며 가꾸었던 세 갈래 오솔길이 어느덧 이루어졌다. 그러나 한적하고 조용한 것을 사랑한 나머지 가끔씩 시냇가로 나가 한 줄기 낚시를 드리우고 물고

---

[11] 수고초(邃古初): '수고'는 '遠古'와 같으며 까마득한 옛날〔遠古〕을 말한다. 『초사』 「천문(天問)」에 "까마득한 옛날의 태초에는 누가 그것을 전하여 말했을까?(邃古之初, 誰傳道之)"라는 구절이 있다.

기를 낚던 일마저 거두어 그만두었다. 그리하여 지금은 유일하게 추구하는 것이 있다. 복잡한 이 세상을 살면서 어떻게 하면 옥으로 곱게 장식한 거문고가 있는 곳으로 가서 아득한 태고적에 연주하였던, 지금은 거의 들을 수가 없게 된 소박한 소리를 들을 수 있을까, 하는 것이다.

가을 회포 11수

매계 왕십붕(王十朋)이 한유의 「추회시」에 화답한 시를 읽고 감회가 일었다. 이에 그대로 그 각운자를 써서 짓는다

秋懷, 十一首 讀王梅溪和韓詩有感, 仍用其韻 [1]

---

1   내 늙어서 노련한 채마지기 일 배워   吾衰學老圃 [2]

  오이 심으니 오이 덩굴 날로 우거져 가네   種瓜瓜薿薿 [3]

  오이 익어 한 개 두 개 따내더니,   瓜成一再摘 [4]

  따내는 기세 유달리 그치지 않네.   摘勢殊未已

  가을 바람 동산의 숲 흔드니,   秋風動園林

  씽씽매미 울음소리 측은하기만 하네.   蟪蛄鳴惻耳 [5]

  오이밭 어젯밤부터 시들어 가더니,   瓜畦有宿萎

  오이 덩굴 뻗었어도 새로 돋아나지 않네.   瓜蔓無新起

---

1 왕매계(王梅溪): 매계는 송나라 왕십붕(王十朋: 1112~1171)의 호로, 자는 구령(龜齡)이며 온주(溫州) 낙청(樂淸) 사람이다. 『송사』에 그의 전기가 실려 있고 명나라 황종희(黃宗羲)의 『송원학안』 「조장제유학안(宋元學案·趙張諸儒學案)」에도 기사가 실려 있다. 시호는 문충(文忠). 언문 소설 『왕시붕전』의 주인공임. 한유의 「추회시」에 화답한 이 시는 『매계전집』 가운데 특히 한유의 시에 차운한 시[和韓詩]들만 수록하고 있는 권 9에 수록되어 있다.

2 노포(老圃): 경험이 풍부하여 노련한 채마지기를 말함. 『논어』 「자로(子路)」에 번지(樊遲)가 농사를 배우기를 청하자 공자께서는 "나는 늙은 농부만 못하다"라 하였고, 또 채마밭 일을 배우기를 청하자 "나는 늙은 채마지기[老圃]만 못하느니라"라 한 말이 있다.

3 의의(薿薿): 우거져서 무성한 모양을 말함.

천지간의 모든 만물도,	萬物天壤間
그 변화 모두 비슷하네.	其變盡相似
하늘의 도 스스로 일정함 있으나,	天道自有常
사람의 마음은 이미 믿기 어렵네.	人情已難恃
사물에 감응되니 그윽한 속마음 가엾어,	感物隱幽衷
옛일 생각하며 선인의 모양 따르네.	撫迹追前軌 6
헛된 영화 오고 가고 한들,	浮榮儻來去
어찌 슬퍼하고 기뻐할 수 있으리?	何足爲悲喜

---

4 과성~수미이(瓜成~殊未已): 『먼저 쓴 당나라의 역사』 「승천황제 담의 전기(舊唐書·承天皇帝 倓傳)」에 나오는 이야기. "측천무후(則天武后)의 소생으로는 네 아들이 있었는데 맏이는 효경 황제(孝敬皇帝)라고 하였으며, 태자로서 황제 대신 국정을 감독하였는데 어질고 현명하였으 며 효성과 우애가 있었다. 무후는 바야흐로 친히 국정을 다스리고자 하여 이에 효경을 짐(鴆) 새의 독으로 죽이고 옹왕 현(雍王賢)을 태자로 세웠다. 현은 매일같이 근심과 어려움 속에 보 내다가 '황대의 오이(黃臺瓜)'라는 시를 지어 '황대 아래에 오이를 심어, 오이 익으니 아들들 뿔뿔이 이리저리 흩어지네. 하나를 따니 오이 좋아졌으나, 두번째 따니 오이 드물어졌네. 세 번째 땄을 때는 그래도 오히려 괜찮으나, 네번째 딸 때는 덩굴 모두 뽑아들고 돌아가네(種瓜黃 臺下, 瓜熟子離離. 一摘使瓜好, 再摘令瓜稀. 三摘猶尙可, 四摘抱蔓歸)'라 읊었다. 이에 태자 현은 마 침내 무후에게 쫓겨나 검중(黔中)에서 죽었다."

5 혜고(蟪蛄): 매미의 일종으로 씽씽매미, 또는 털매미라고 함. 한나라 회남왕(淮南王) 유안(劉 安)의 초사(楚辭) 「은사를 부름(招隱士)」에 '蟪蛄'라는 말이 나오는데, 주자는 『초사의 주석 을 모아놓음(楚辭集注)』에서 "여름매미로 봄에 나면 여름에 죽고, 여름에 나면 가을에 죽는 다"라 풀이하였다.

6 무적(撫迹): 옛 자취나 지난 일을 좇아 생각하는 것.
전궤(前軌): 전인이 세워 놓은 모범이라는 뜻과 전철(前轍)이라는 뜻이 있는데, 여기서는 전자 의 뜻으로 쓰인 것 같음.

나는 늙어서 힘이 쇠약해진 다음에야 경험이 풍부한 노련한 채마지기의 일을 배웠다. 오이를 한번 심어 보았더니 오이 덩굴이 나날이 자라 빽빽하게 우거져가고 있다. 마침내 오이가 익어 한 개를 따내고 또 두 개를 따내고 하다 보니, 따내는 상황이 특히 그만 둘 수가 없게 되고야 말았다. 이제 바야흐로 가을이 되어 바람이 불어와 온 동산의 숲을 흔들어대기 시작한다. 그 바람을 타고 어디선가 들려오는 가을의 상징인 씽씽 매미의 울음소리가 그저 측은하게만 느껴질 뿐이다. 그 많던 오이밭 두둑의 오이도 가을이 되어 거의 다 따내고 나니 오이 덩굴이 어제부터 점점 시들어가기 시작했다. 진작부터 뻗어 있었으나 덩굴을 살펴보니 이제 더 이상 새로 돋아나는 것은 없다. 세상일이 어찌 오이만 이렇겠는가? 천지간의 모든 만물도 가만히 살펴보면 그 변화라는 것이 거의가 서로 엇비슷한 것 같다. 이렇듯 천지를 주관하는 하늘의 도는 그 스스로 항상성과 일정함이 있는데, 사람의 마음은 아무리 둘러보아도 이미 마음을 놓고 믿기가 어렵게 되고 말았다. 이러한 느낌을 오이 같은 사물에 감응되어 알게 되니 그윽한 속마음이 측은하기만 한지라 그저 옛날 일이나 좋아 생각하며 선인들의 자취를 그대로 따른다. 그러니 믿기 어려운 인간 세상의 헛된 영화가 갑자기 왔다가 갑자기 사라지고 한들 거기에 따라 어떻게 슬퍼하였다가, 또 기뻐하였다가 할 수 있겠는가?

2 뜰 앞의 매화 두 그루, 庭前兩株梅

가을이라 잎 먼저 파리해진 것 많네.	秋葉多先悴
골짜기 안의 저 빽빽하고 울창한 나무들은,	谷中彼薈蔚 [7]
마구 섞여 더불어 땅을 다투네.	亂雜與爭地
홀로 솟은 고결한 품성은 지키기가 쉽지 않은데,	孤標未易保 [8]
뭇 식물들은 더더욱 방자하네.	衆植增所恣
바람 서리 한 차례 흔들어 떨어뜨리니,	風霜一搖落
곧고 연약함 차이 없는 듯하네.	貞脆若無異 [9]
아름다운 향기 제 때가 있는 것이니,	芬芳自有時 [10]
어찌 반드시 남들이 알아주어야만 귀한 것이리오?	豈必人知貴

이곳으로 거처를 옮기면서 뜰 앞에 매화를 두 그루 갖다 심어 놓았는
데, 가을이 되니 다른 초목들의 잎보다 빨리 시들어 먼저 잎이 파리해진

---

7 회위(薈蔚): 초목이 무성한 모양을 나타냄. 『시경』 「조나라의 민요·영접관(曹風·候人)」에 "울
   창하고 무성한, 남산에 아침구름 올라가네(薈兮蔚兮, 南山朝隮)"라는 구절이 있는데, 주자는
   『시경의 주석을 모아 놓음(詩集傳)』에서 "회와 위는 초목이 무성하고 많은 모양이다"라 풀이
   하였다.

8 고표(孤標): 산이나 나무 등이 특출하게 높이 솟은 것을 말하며, 또한 인물의 품행이 고결한
   것을 형용하는 데 쓰이기도 한다.

9 정취(貞脆): 굳고 곧음과 무르고 약함을 말함. 남조 양(梁)나라 소명(昭明)태자 소통(蕭統)이
   편집한 『문선』에 수록되어 있는 남조 진나라 단중문(段仲文)의 「남주에 있는 환현(桓玄)의 구
   정산에서 짓다(南州桓公九井作)」라는 시에 "무엇으로 굳셈과 약함 나타낼 것인가? 천박한 말
   소나무와 버섯에 기탁하네(何以標貞脆, 薄言寄松菌)"라는 구절이 있는데, 당나라의 이선(李
   善)은 "소나무는 곧고(貞), 버섯은 무르다(脆). 소나무와 버섯은 그 바탕이 다르므로 곧고 무
   름(貞脆)으로 성질을 달리하는 것이다"라 주석을 달았다.

10 분방(芬芳): 향기라는 뜻으로 아름다운 덕성과 명예에 대한 비유어로 쓰임.

것이 많다. 골짜기 안쪽에 있는 각종의 빽빽하고 울창하게 우거진 저 나무들은, 이리저리 마구 섞인 채 함께 어울려 있으면서도 제각기 조금의 땅이라도 더 차지하려는 듯 다투고 있는 것 같다. 매화나무 같이 홀로 고결함을 지닌 품성은 정말로 지키기가 쉽지 않은데, 저 바깥의 뭇 식물들은 제각기 자태를 뽐내려는 듯 더욱 방자한 것 같다. 그러나 그 나무들도 한 차례 서리가 내리고 세찬 바람마저 불고 한번 몰아치니 잎이 빙빙 돌며 떨어지는데, 절개가 굳은 나무나 무르기 이를 데 없는 나무들이나 아무런 차이가 없는 듯하다. 자기만이 가진 아름다운 향기도 알고 보면 다 제 때가 있는 것이니, 어찌 반드시 남들이 모두 다 함께 알아주어야 귀한 것이라고 할 수 있겠는가?

3 가을산 경치 좋은데,　　　　　　　　　　　秋山景色好

  아침에 개어 구름 길게 늘어져 있네.　　　朝霽雲曼曼 [11]

  몸에는 한 벌 베옷 걸치고,　　　　　　　　身上一布衣

  소반에는 한 대밥그릇에 밥 있네.　　　　盤中一簞飯 [12]

  한가로이 거닐면서 바깥 세상의 일 끊어버리고,　逍遙絶外事

  굽어보고 우러러보며 평소의 바람 향하여 가네.　俛仰適素願 [13]

---

[11] 운만만(雲曼曼): '만만'은 '漫漫'이라고도 하며 기다란[長] 모양, 오랜[久] 모양을 나타내는 말이다. 남조 양(梁)나라 강엄(江淹)의 「이별을 읊음(別賦)」에 "바람 쓸쓸히 불고 소리 다르며, 구름 길게 놓여져 경치 다르네(風蕭蕭而異響, 雲漫漫而奇色)"라는 구절이 있다.

어찌하여 옛 사람의 책은,	如何古人書
나로 하여금 큰 탄식 나게 하는가?	使我發浩歎 [14]
옳고 그름 오래 되면 하나가 되고,	是非久乃一
참과 허위 애당초 만 가지도 넘었다네.	情僞初相萬 [15]
재주 있으면 나라 뒤집어 팔고,	有技覆國售 [16]
보배 있으면 몸 상해가며 바치네.	有寶戕身獻 [17]
사람들 실로 큰 도에 어두운 것이니,	人苟昧大道
하느님을 원망할 수 없네.	天公未可怨

가을의 산을 바라보니 경치가 아주 좋다. 마침 아침에 하늘을 덮고

---

12 일단반(一簞飯): 『논어』「옹은(雍也)」편에 "한 대나무 그릇의 밥과 한 표주박의 마실 것으로 누추한 골목에 있는 것을 남들은 그 근심을 견디어내지 못하는데 안회는 그 즐거움을 바꾸지 않는다(一簞食, 一瓢飮, 在陋巷, 人不堪其憂, 回也不改其樂)"라는 말이 있다. 청렴하게 곤궁을 견디어 냄을 비유하는 말이다.

13 소원(素願): 평소부터 품어오던 소원을 말함.

14 호탄(浩歎): '浩嘆'과도 같으며 긴, 큰 탄식을 말함. 당나라 왕발(王勃)의 「익주에 있는 공자 사당의 비문(益州夫子廟碑)」이라는 글에 "제나라로 돌아가 노나라로 떠나라 하니 쇠망한 주나라를 향하여 긴 탄식하네(命歸齊去魯, 發浩歎於衰周)"라는 구절이 있다.

15 정위(情僞): 참과 거짓, 진실과 허위를 말함. 『주역』「계사(繫辭)」상에 "성인은 형상을 세움으로써 뜻을 다하고, 괘를 베품으로써 참과 거짓을 다한다.(聖人立象以盡意, 設卦以盡情僞)"라는 말이 있다.

16 유기복국수(有技覆國售): 한비자(韓非子)가 진시황(秦始皇)을 위해 글을 바쳐서 조국인 한(韓)나라가 망하게 된 것을 말함.

17 유보장신헌(有寶戕身獻): 춘추시대 초(楚)나라 사람인 변화(卞和)가 옥석(玉石)을 얻어 그것의 진가를 몰라주는 임금에게 자신의 양다리를 잘리는 형벌을 받아 몸을 상해가면서도 세 번씩이나 바쳤다는 것을 말한다. 『한비자』에 있음.

있던 구름은 거의 다 개이고 남은 구름만이 길게 띠처럼 늘어서 있다. 내 몸에는 벼슬을 하지 않고 초야에 은거하는 사람들이 입는 베옷을 걸치고 있다. 밥상 위에는 소박한 대나무 밥그릇에 밥이 한 그릇 덩그러니 놓여 있을 뿐이다. 자유로이 한가롭게 거닐면서 이곳 바깥에 있는 속세의 일은 완전히 끊어버리고, 고개를 숙여 땅을 한번 보았다. 그러다가 또 고개를 들어 하늘을 바라보고 하면서 평소부터 내가 마음 속에 품고 정말 원했던 일을 향하여 쫓아간다. 책을 볼 때마다 느끼는 감정은, 어찌하여 옛 성현들이 지어 남긴 글은 볼 때마다 나로 하여금 큰 한숨을 짓게 하는가, 하는 일이다. 옛날 사람들이 남긴 책을 보면서 요즘의 현실을 생각해 보니 옳고 그름이 오래도록 지속되어 마침내 모호하게 합쳐져 하나가 되어버렸다. 참과 거짓도 애당초 만 가지나 넘을 정도로 만연해 있다. 재주가 있으면 한비자처럼 자기네 나라가 엎어져서 망할지라도 강한 나라에 팔아버리고, 값이 나가는 보배가 있으면 변화처럼 자기의 몸을 여러 차례나 상해 가면서까지 끝내 바치려든다. 사람들은 정말로 작은 이익만 탐내고 큰 도에는 어두운 법이다. 그러니 위에서 말한 이익을 위해서 나라를 망하게 하고 몸이 상해가면서까지 끝내 보물을 바치는 행위 등은 하늘을 원망할 수도 없는 처사라고 하겠다.

4 흰 구름 드릴 수 없으나, 　　　　　　　　白雲不可贈 [18]

　푸른 구름 업신여길 필요 없다네. 　　　青雲不須凌 [19]

부와 귀는 뜬 운무와 같고,　　　　　　　　富貴等浮烟 [20]

명예는 날아다니는 파리와 같네.　　　　　名譽如飛蠅 [21]

어찌하여 쇠약하고 병든 것 무릅쓰고,　　安能强衰疾

종일토록 혐오와 미움을 받는가?　　　　終日受嫌憎

가을 시냇물 맑아 아래까지 비치고,　　　秋澗下清泚 [22]

차가운 벼랑은 모서리 겹겹이 드러내었네.　寒崖露稜層

원숭이는 와서 과수원 엿보고,　　　　　猿來窺果園

아이들은 가서 고기 그물 보네.　　　　　兒去看魚罾 [23]

---

18 백운불가증(白雲不可贈): 흰구름(白雲)은 은자(隱者)의 비유로 쓰인다. 남조 양나라 도홍경(陶弘景)의 「임금님이 산속에 무엇이 있느냐고 물으시어 시를 지어 답하다(詔問山中何所有, 賦詩而答)」 "산 속에 무엇이 있는가? 재 위에 흰구름 많습니다. 다만 스스로 즐기며 기뻐할 수는 있어도, 가지고 와 임금님께 드릴 수는 없나이다(山中何所有, 嶺上多白雲. 只可自怡悅, 不堪持寄君)."

19 청운(靑雲): 속세를 떠나 은일함이란 뜻과 입신 출세하여 고관대작의 지위에 이름을 나타내는 뜻도 있는데, 여기서는 후자의 뜻으로 쓰였음.『사기』「범저와 채택의 전기(范雎蔡澤列傳)」에 "수가(須賈)는 머리를 조아리며 죽을 죄를 지었다 하고 말했다. '저는 그대가 푸른 구름의 위까지 스스로 이르실 수 있으리라 생각도 못했으며, 저는 감히 다시 천하의 책을 읽지 못했고, 감히 다시 천하의 일에 참여하지도 못했습니다'"라는 말이 있다.

20 부귀등부연(富貴等浮烟): 연(烟)은 안개, 또는 구름과도 뜻이 통한다. 보통 운무(雲霧)라는 뜻으로 많이 쓰인다.『논어』「전하여 말하되(述而)」편에서 공자가 "정당하지 못한 부와 귀는 나에게 있어서는 뜬 구름과 같다(不義而富且貴, 於我如浮雲)"라는 말을 하였다.

21 명예여비승(名譽如飛蠅): 송나라 구양수(歐陽脩)의 「서 선생님이 면지로 가심에 전송하다(送徐先生之澠池)」라는 시의 "문장이 쓸모 없으면 그림 속의 호랑이와 같고, 명예는 지나치면 나르는 파리와 같네(文章無用等畫虎, 名譽過耳如飛蠅)"라는 구절에서 따온 것 같음.

22 청체(清泚): 맑음〔清澈〕, 또는 맑은 물이라는 뜻을 가진 쌍성(雙聲: 初聲이 같은 음인 쌍음절어) 연면어(聯緜語: 두 음절 이상이 모여야 뜻이 형성되는 단어)임.

23 증(罾): 방형(方形)의 거미줄 모양으로 된 어망, 또는 그 어망을 가지고 고기를 잡는 것을 말함.

만 호를 다스리는 벼슬 사람들 바라나,　　　　　　萬戶人所要 [24]

한 골짝에서 고기 잡는 일이야 내 오히려 잘할 수 있네. 一壑吾猶能 [25]

　흰 구름에 비유되는 은자는 더불어 사귈 수는 있어도 조정에 천거하여 드릴 수는 없다. 그렇다고 해서 푸른 구름에 비유되는 입신 출세에 뜻을 둔 사람들을 업신여길 필요까지는 없을 것이다. 공자는 일찍이 정당하지 못한 방법으로 얻은 부와 귀는 하늘에 잠시 떠 있다가 사라지고 마는 뜬 구름과 같다고 말했다. 송나라 때의 명문장가인 구양수도 지나친 명예는 날아다니는 파리와도 같다고 읊은 적이 있다. 내가 어찌하여 이렇게 나이가 들어 쇠약하고 병든 몸을 무릅쓰고 일찍이 조정에서 구구하게 벼슬을 하면서 하루 종일 남들에게 혐오와 미움을 받을 수 있었겠는가? 세속의 부귀영화를 모두 훌훌 벗어 던져버리고 이곳 시냇가에서 거처하니 가을이 되어 냇물은 더없이 맑아 바닥까지 맑게 비친다. 또

24 만호인소요(萬戶人所要): 만 호의 땅을 맡아 다스리는 지위에 임명되는 것은 모든 사람들이 바라는 것이라는 뜻이다.

25 일학오유능(一壑吾猶能): 반고(班固)가 지은 『한나라의 역사(漢書)』 맨 마지막 편의 자서전에 "한 골짜기〔一壑〕에서 고기를 낚는 것은 천하의 만물이 그 뜻을 침범하지 않고, 한 언덕에 물러나 쉬는 것은 천하라도 그 즐거움을 바꿀 수 없습니다"라는 말이 나오는데, 이로부터 '일학'이란 말은 은퇴하여 재야에 파묻혀 지내면서 산수와 자연을 맘대로 즐기는 것을 비유하는 말이 되었다. 남조 송나라 유의경(劉義慶)이 지은 『세설신어』에 보면, 명제(明帝)가 사곤(謝鯤)에게 "그대는 유량(庾亮)에 비해 어떠하다고 생각하는가?"라 하니, "종묘에서 예복을 단정히 입고 백관을 법도에 맞게 부리는 것은 신이 유량보다 못하나 언덕이나 골짜기에서 마음 먹은 대로 하는 것은 제 스스로 낫다고 생각합니다"라 대답하였다는 일화가 있다.

좀 차가워 보이는 시냇가의 벼랑은 초목이 시들어 모서리를 겹겹이 드러내고 있다. 원숭이는 산에서 내려와 가을이 되어 잘 익은 과수원의 과일을 호시탐탐 노리고 있으며, 아이들은 시내에 쳐놓은 고기 그물에 물고기가 얼마나 걸려들었나 수시로 달려가서 살펴보고 있다. 보통 사람들은 누구나 만 가구를 다스릴 수 있는 큰 벼슬을 얻기를 바라고 있다. 그렇지만 나는 스스로 능력을 살펴보니 그런 벼슬은 감당하기가 어려울 것으로 보인다. 그저 골짜기를 하나 차지하고 살면서 내 마음 먹은 대로 지내는 생활은 어느 누구보다도 잘 할 수 있을 것으로 본다.

5 슬프디 슬프게 가을 회포 안고서,   悽悽抱秋懷

   조심조심 옛사람들이 경계한 것 따르네.   懍懍追古警

   한스러움 있으면 끝 다할 수 없고,   有恨不可窮

   탄식함 있으면 또한 길이 이어지네.   有歎亦已永

   의혹을 판별하는 것 실로 쉽지 않지만,   辨惑誠不易 [26]

   재주 시기함이 어찌 그리도 사나운가?   娼技胡乃猛 [27]

---

26 변혹(辨惑): 의혹을 분별, 판별하는 것을 말함. 『논어』 「안연이(顏淵)」편에는 번지(樊遲)가 서 낭당 아래서 좇아 노닐다가 "감히 의혹의 판별(辨惑)에 대해 여쭙겠습니다"라 하니, 공자가 "하루아침의 화냄으로 그 몸을 잊어서 어버이에게 미치게 함이 의혹이 아니겠는지!"라 한 대목이 있다.

27 모기(娼技): '冒技'라고도 하며 재주가 있음을 시기 또는 질투함을 말함. 『서경』 「진나라의 훈시(秦誓)」에 "남의 재주가 있음을 시기하여 그를 미워한다(人之有技, 冒疾以惡之)"는 말이 있다.

마음에 침을 놓고자 해도 한치 쇠가 없고,　　　　　　針心無寸鐵 [28]

끊긴 우물 난간에는 두레박의 끝자락 있네　　　　　斷幹有極綆 [29]

새벽에 일어나 앉아 송나라 역사를 읽으니,　　　　　晨坐讀宋史

그때는 정말 불행하였었네.　　　　　　　　　　　當時眞不幸

그만두자꾸나, 어찌할 수 있으리오,　　　　　　　已矣可奈何

침상머리의 책 또한 물리쳤다네.　　　　　　　　床頭書且屛

　슬프고도 슬프게 가슴 가득 가을 회포를 안고서, 벌벌 떨 듯이 아주
조심스럽게 옛날 사람들이 경계하였던 것을 뒤늦게 책을 읽으며 따르고
있다. 가슴 한켠에 유감스런 한이 조금이라도 남아 있게 되면 그 일에
대해서는 영원히 끝이 나지 않게 될 것이다. 또 어떤 일을 당하여 거기에

---

28 침심무촌철(針心無寸鐵): 북송의 도학자 소옹(邵雍)은 「상심하여 부르는 노래(傷心行)」에서
"어떤 쇠를 두드려 침을 만드는지는 알지 못하나, 한번 두들겨 침이 완성되면 마음만 찌를 뿐
이라네. 생각건대 사람의 마음도 한 치에 지나지 않으니, 찌를 때 모름지기 아주 깊이 찌르게
나(不知何鐵打成針, 一打成針只刺深, 料得人心不過寸, 刺時須刺十分深)"라 읊었다. '촌철'은 정밀
함을 귀히 여기지 양이 많음을 귀히 여기지 않는 것을 말함. 송 나대경(羅大經)의 『학림옥로
(鶴林玉露)』라는 책에 "송고(宋杲)가 선에 대해 논하여 '비유컨대 사람이 한 수레에 병기를 싣
는데 하나씩 다룬다면 이는 살인의 수단이 아니다. 나는 한 치 쇳조각만 있으면 사람을 죽일
수 있다'라 하였다. 주자 또한 그 말에 기뻐했는데, 대체로 우리 같은 유가로 말한다면 자공처
럼 많이 들은 것도 한 수레의 병기를 거두는 것이요, 증자가 요점을 지키는 것도 한치 쇳조각
으로 사람을 죽이는 것이다"라 한 말이 보인다.

29 단간유극경(斷幹有極綆): 한나라의 매승(枚乘) 오왕(吳王)에게 편지를 올려 "태산의 낙숫물
은 바위를 뚫고, 두레박 줄의 끝자락은 우물의 난간나무를 끊습니다(泰山之霤穿石, 單極之綆
斷幹)"라 하였다. 간(幹)은 우물 위에 네 방향으로 교차시켜 놓은 나무줄기인데 두레박줄에
깎여 결국 끊긴다는 것을 말한다.

한숨을 쉬면서 탄식을 하게 되면 이 일은 쉬 사라지지 않고 길이길이 이어지게 된다. 의혹스런 점이 있으면 그것의 옳고 그름을 제대로 판별해 내는 것이 실로 쉽지는 않을 것이다. 그렇지만 막상 그 의혹을 판별해낼 수 있는 재주를 가진 사람이 나타나면 그 재주를 시기하는 것이 어찌도 그리 모질고 사나운지 모르겠다. 어리석은 사람들의 마음을 따끔하게 환기시켜줄 만한 침을 놓으려고 하나 아무리 구하여도 그런 침을 만들 만한 한 치 쇠를 구할 수가 없다. 끊어지지 않을 듯이 견고하게만 보이던 우물의 난간도 결국은 두레박줄에 끊어지고 마는 법이다. 새벽에 일찍 일어나 앉아 송나라 때의 역사를 펼쳐놓고 읽어보았더니, 충신들은 모두 쫓겨나고 간신들만 들끓던 그 당시의 정치는 정말 불행하였다. 그때 당시 의 안타까움을 생각해본들 무슨 소용이 있겠는가? 아서라, 그만두자꾸 나, 너무나 안타까운 나머지 그만 침상 머리맡에 두고 보던 책마저도 모 두 물리고 생각에 잠겨본다.

6 가을 장마 오랜만에 답답함 걷히어,   秋霖開久鬱

  개인 경치 쏟아짐 기쁘게 보네.   喜見曬晴景

  별안간 또다시 구름 하늘을 메우니,   忽復雲埋空

  서재의 환하던 빈 창문이 어두워지네.   書室黯虛囧 [30]

30 경(囧): 원래는 '囧'이라 하였으며 창문이 환하게 열린 모양을 나타내는 상형문자였다.

쓸쓸하게 더불어 말할 이 없으니,　　　　　　　　悄然無與語

마음속 생각 어찌 그리도 많이 막히는지?　　　　　心事何多梗

어찌 하면 하늘 활짝 트임을 얻어,　　　　　　　　安得豁天宇 [31]

높이 올라 멀리 시선 내달을 수 있을는지?　　　　登高遇眼騁

시내와 산에 빼어난 곳 많으니,　　　　　　　　　溪山多勝處

마음 내키는 대로 가서 청하는 것 기다리지 않으리.　意行不待請 [32]

　　오래도록 비를 내리던 가을 장마에 오랜만에 답답하게 하늘을 덮고 있던 구름이 걷혔다. 맑게 갠 하늘에서 땅위로 밝은 빛을 쏟아내니, 이를 아주 기쁜 마음으로 보고 있다. 그러나 갠 하늘을 보는 기쁨도 잠시뿐 어느새 또 구름이 몰려와 하늘을 가득 메운다. 잠시나마 밝은 빛을 받아 서재를 밝힐 정도로 환하던 빈 창문도 다시 어두워지고 말았다. 잠시 햇빛이 나서 마음이 밝아졌을 때는 느끼지 못하다가 다시 구름이 끼고 보니 아무리 주변을 둘러보아도 이 쓸쓸한 심정을 더불어 말할 만한 사람이 없다. 그래서 마음 속의 생각이 마치 끝없는 가시덤불처럼 꽉 막히는 듯한 심정이다. 과연 어떻게 하면 저 임금님 계시는 하늘이 환히 보일 수 있도록 날씨가 활짝 갤까? 그리하여 높은 곳에 올라 거침없

---

31 천우(天宇): 하늘이란 뜻도 있고 임금이 살고 있는 서울이란 뜻도 있다.

32 의행(意行): 목적지에 구애됨이 없이 마음 내키는 대로 나다니는 것을 말함. 죽림칠현(竹林七賢)의 한 사람인 완적은 늘 마음 내키는대로 홀로 수레를 타고 다녔는데, 작은 길로는 가지 않았으며, 수레바퀴 자국이 다한 곳에 이르면 번번히 통곡을 하고 돌아왔다고 한다.

는 시선을 임금님 계시는 곳으로 던질 수 있을까? 그러나 이곳의 시내와 산을 구석구석 돌아다녀 보니 워낙 경치가 빼어난 곳이 많아 마음만 먹으면 곧 원하는 곳으로 가서 그쪽에서 먼저 와주십사 청하는 것까지도 기다리지 않겠다.

7	산의 해 저녁 구름 속으로 숨으니,	山日隱雲暮
	시냇가의 길 조금씩 어두워져 가네.	溪邊路稍暗
	나막신 소리에도 새들 놀라지 않고,	屐響鳥不驚 33
	옷 젖어도 내게 유감 없다네.	衣霑我無憾
	좁다란 방은 실로 쓸쓸하고 한적한데,	環堵誠蕭條 34
	그래도 귀신이 위에서 엿봄은 면했다네.	且免鬼窺瞰 35
	선비로 농가에 의지하고 있으니,	以士托農圃 36
	거칠고 싱거워도 분수에 달갑네.	分甘麤與淡 37

33 극향(屐響): 나막신을 신고 걸을 때 나는 소리.
34 환도성소조(環堵誠蕭條): '환도'는 사방이 1도인 방을 말함. 사방 1장(丈)을 판(版)이라 하고 5판을 1도(一堵)라 함. 『예기』 「선비의 행실(儒行)」편에 "선비는 1묘의 담장에 사방 1도의 방과 대나무를 쪼개어 엮은 낮은 문을 가지고 있다"라는 말이 있는데, 곧 협소한 방을 비유하는 말로 쓰인다. 남조 진나라 도연명(陶淵明)의 의 저서전 격인 「오류선생의 전기(五柳先生傳)」에 "좁다란 방은 쓸쓸했으며 바람이나 해를 가려주지 못했다(環堵蕭然, 不蔽風日)"라는 말이 있고, 소식의 「방산자 진조(陳慥)의 전기(方山子傳)」에도 "좁은 방은 쓸쓸하고 한적하였다(環堵蕭條)"라는 표현이 있다.
35 귀규감(鬼窺瞰): 한나라 양웅(揚雄)의 「조소하는 말에 변명함(解嘲)」에 "제가 듣기로는……높고 부귀한 집은 귀신이 그 집을 내려다 본다고 합니다(吾聞之……高明之家, 鬼瞰其室)"라는 구절이 있다.

195

군자는 가난해도 즐거워하고,　　　　　　　　君子貧而樂 [38]

소인은 곤궁해지면 넘쳐서 함부로 되네.　　小人窮則濫 [39]

궁전의 담장 엿본들 비슷하기나 할까?　　宮墻窺豈髣 [40]

날이나 달로 이르는 것마저 잠시도 못하네.　日月至未暫 [41]

병 치료하고자 쑥잎 아직도 모으고,　　　治病艾猶蓄 [42]

세상을 건너는 배 이제 닻을 내렸네.　　　涉世舟初纜

넓디 넓으니 이미 의혹 없고,　　　　　　蕩蕩已無疑

---

[36] 농포(農圃): 농사하는 밭과 채마전 및 아울러 그곳에서 하는 경농 등의 일을 말하기도 하고 또 농가라는 뜻도 있다. 여기서는 직접 농사를 짓지 않고 농부에게 의지한다는 것으로 보여 후자의 뜻으로 쓰인 것 같다.

[37] 추(甂): '甂'자의 속자임.

[38] 빈이락(貧而樂):『논어』「배우고(學而)」편에 경제적으로 성공한 사업가인 자공이 "가난하여도 아첨하지 않고 부유해도 교만하지 않으면 어떻습니까?"라 하자, 공자가 "그것도 괜찮겠지만 그래도 가난하면서도 즐거워하고(貧而樂) 부유하면서도 예의를 좋아하는 것만은 못하다"라고 자공을 훈계하는 말이 나온다.

[39] 소인궁즉람(小人窮則濫):『논어』「위나라 영공이(衛靈公)」편에 자로가 분을 품고 뵙고는 "군자도 곤궁할 때가 있습니까?"라 하자, 공자가 "군자는 본디 곤궁한 것이며, 소인들은 곤궁하게 되면 이에 (행동이) 넘쳐서 함부로 되느니라(小人, 窮斯濫矣)"라 대답한 말이 있다.

[40] 궁장규(宮墻窺):『논어』「자장이(子張)」"자공이 말하였다. '그것을 궁궐의 담장에 비유하면 나 사(子貢의 이름)의 담장은 어깨에 미쳐 궁실의 좋은 것들을 들여다 볼 수 있지만 선생님의 담장은 여러 길이나 된다(譬之宮墻, 賜之墻也, 及肩, 窺見室家之好, 夫子之墻, 數仞).'"

[41] 일월지(日月至):『논어』「옹은(雍也)」"공자께서 말씀하셨다. '안회는 그 마음이 석 달이 되도록 인에 위배되지 않았는데 그 나머지 사람은 하루나 한 달이라야 거기에 한번 이를 것일 따름이라(子曰, 回也, 其心三月不違仁, 其餘則日月至焉而已矣).'"

[42] 치병애유축(治病艾猶蓄):『맹자』「이루(離婁) 상」에서 나온 말 "이제 왕이 되려는 사람은 마치 7년이나 된 병에 3년 동안 말린 쑥을 구하는 것과 같다. 진실로 평소에 비축을 해놓지 않았다면 죽을 때까지 얻을수 없다(今之欲王者, 猶七年之病, 求三年之艾也, 苟爲不畜, 終身不得)."

얽히고 설킨 것 무엇 족히 생각해 보리.　　　　　紛紛何足勘

마을의 모임에서 함께 수고하고 힘쓴다면,　　　　里社共勞勉 [43]

햇 곡식 쌀독에 가득 찬 것 보리라.　　　　　　新穀見盈甔 [44]

산 위에 떠 있던 해가 저녁 구름 속으로 숨어 들어가니, 시냇가 따라 난 길도 그것 따라 차츰 조금씩 어두워져 간다. 산 속의 새들은 이제 나와 친하여졌는지 내가 나막신을 신고 걸어가는 소리에도 더 이상 조금도 놀라지 않는다. 저녁이 되어 이슬에 젖은 숲길을 산책하다가 내 옷을 적셔도 그 즐거움 때문에 조금도 유감이 없다. 선비들이 거처하기에 알맞은 협소하고 좁은 방을 둘러보니 도연명이 거처했음직하다. 쓸쓸하고 한적하기 짝이 없으나, 그래도 오히려 귀신이 엿볼 만한 높고 부귀한 집이 아닌 것이 다행스럽게 느껴진다. 나는 원래 글을 읽어야 하는 선비인데도 불구하고 농사를 짓는 농가에 이 몸을 맡겨두고 있다. 그러니 입에 까끄러운 거친 음식과 간도 제대로 안 맞는 싱거운 음식조차 오히려 내 분수를 생각하면 달갑게 느껴진다. 공자께서 말씀하시기를 군자는 가난하여도 이를 즐거워할 줄 알아야 한다고 하였고, 또한 소인들은 곤궁하게 되면 행동이 넘쳐 함부로 된다고 말씀하셨다. 내가 나름대로 공자님이 남긴 유교의 학문에 뜻을 두고 열심히 공부를 한다고는 하였지만 자

---

43 이사(里社): 「새벽에 퇴계의 가에 이르다」 주 1)을 보라.
44 담(甔): '儋'과도 통하며 1섬이 들어가는 항아리를 말함.

공처럼 공자의 담장을 엿본들 그와 비슷하게라도 될 수 있을까? 또한 안회는 석 달이나 인을 어기지 않았는데 나는 단 하루나 한 달 정도나 되어야 겨우 한번 인을 어기지 않는 경지에 이르게 될 따름이다. 생각해보니 나는 아직도 학문에 병통이 많아 치료를 하고자 열심히 쑥을 구하여 말리고 있으나 실로 맹자가 말한 7년 된 병에 겨우 3년 된 쑥을 구하는 것과 다를 바 없다. 한때는 세상을 건너고자 나름대로 풍파를 헤쳐갈 배도 구하였으나 이제는 그나마 그만두고 닻을 내려 방치해둔 지가 오래다. 넓디넓게 거침없이 흘러가니 이미 더 이상 의혹은 없고, 어지러이 얽히고 설킨 것은 연연해가며 생각해 볼 것이 무엇 있겠는가? 나름대로 마을의 모임에 참가하여 마을 사람들과 함께 어울려 수고하고 힘쓰고 한다면, 햇곡식이 한 섬들이 항아리에 그득그득 찬 것을 보게 될 것이다.

8 지난날 봉래산의 도관에서 노닐 적엔,   昔游蓬萊觀 [45]

　　옛 도를 따라 복희와 헌원씨 좇았다네.   古道追義軒 [46]

　　도서는 만 축이나 수장되었는데,   圖書萬軸藏 [47]

　　해와 달 두 바퀴는 빨리도 달렸다네.   日月雙輪奔 [48]

　　병 많아 나라의 은혜 저버렸으니,   多病負國恩

---

[45]희헌(羲軒): 중국 고대의 전설상의 임금인 복희씨(伏羲氏: 包羲 또는 包犧라고도 함)와 황제(黃帝)인 헌원씨(軒轅氏)를 함께 이르는 말. 곧 중화민족(中華民族)의 시조(始祖)를 일컫는 말임.

나라 바로잡는 사업이야 어찌 말할 수 있으리?　　　事業安足言

함께 유학했던 모든 재주 있는 선비들,　　　同游盡才彦 [49]

옷깃을 모두 노조린의 앞에서 여미었다네.　　　斂衽蓋盧前 [50]

물러났다가 돌아옴 좋은 일은 아니나,　　　退歸非好事

실로 놀고 먹는다 풍자됨이 걱정되었다네.　　　誠恐刺素餐 [51]

[46] 봉래관(蓬萊觀): 동호독서당(東湖讀書堂)을 일컫는 말이다. 봉래산은 전설상 중국의 동해에 있는 섬으로 된 산으로 이른바 삼신산(三神山) 중의 하나이다. 도가들의 전설에 이 봉래산에 신비한 책들이 많이 소장되어 있다고 하여 도가(道家) 봉래산이라 하였고, 줄여서 도산(道山)이라 하였다. 그래서 이조(李朝) 시대에도 장래가 촉망되는 학자들에게 휴가를 주어 책을 읽게 하던 제도인 사가독서(賜暇讀書)를 하던 동호독서당에도 책이 많다 하여 봉래관 또한 줄여서 봉관(蓬觀)이라 하기도 하였고, 또 도산이라 하기도 하였다 한다. 퇴계의 시에도 이런 표현이 자주 보이는데 몇 구만 예를 들면 다음과 같다.「김인후(金麟厚) 수찬이 휴가를 얻어 어버이를 뵈오러 가는 길에 ……(送金厚之修撰乞假歸觀……)」"진리의 동산에서 함께 읽었네. 아직 못 보았던 책을(道山同讀未見書)"「호당에서 아침에 일어나서(湖堂曉起)」"큰 창문 작은 창문 모두 조용하네, 봉관 안에는(窓櫳閴寂蓬觀裏)""규암 송미수가 동지부사로 북경에 가심에 삼가 지어 올리다(奉贈圭庵宋眉叟以冬至副使赴京)""봉래산에 해와 달이 가을 순서로 바뀌어드니(蓬山日月轉秋序)"

[47] 도서만축장(圖書萬軸藏): 당나라 한유의「제갈학이 수주로 글을 읽으러 감에 송별하다(送諸葛學往隨州讀)"라는 시에 "업후의 집에는 책이 많아서, 책꽂이에 삼만 축이나 꽂혀 있네(鄴侯家多書, 揷架三萬軸)"라는 구절이 있다.

[48] 일월쌍륜분(日月雙輪奔): 당나라 유우석(劉禹錫)의「어떤 중이 나부산에서의 일을 말하여 그것을 시로 지어 쓰다(有僧言羅浮事, 因爲詩以寫之)」시에서는 해를 묘사한 "붉은 물결 천만 리나 퍼지더니, 황금빛 수레 뛰쳐나오네(赤波千萬里, 踴出黃金輪)"라는 구절이 있고, 역시 당 조송(曹松)은「달(月)」이라는 시에서 "이 수레 차는 것 자주 보았더니, 곧장 흰 머리 나서 이에 응답하네(頻見此輪滿, 卽應華髮生)"라 읊었다.

[49] 동유진재언(同游盡才彦): 당나라 한유의「강릉으로 부임해가는 도중에 보궐인 왕애(王涯)와 습유인 이건(李建)·원외랑인 이정(李程)의 세 한림학사에게 부쳐 드림(赴江陵途中, 寄贈王二十補闕·李十一拾遺·李二十六員外翰林三學士)」이란 시의 "함께 관직 생활하던 이들 모두 재주 빼어나나, 유종원과 유우석 더욱 빼어나네(同官盡才俊, 偏善柳與劉)"라는 구절 중 첫째 구를 약간 변형시켜서 썼다.

오히려 평소에 품은 뜻에 잘 어울려,　　　　　　　猶堪夙志諧 [52]

숲 아래서 옛 서적 읽는 것 일삼네.　　　　　　　林下事塵編 [53]

마음은 고기를 맛보는 것보다 기쁘고,　　　　　　心悅味芻豢 [54]

힘은 백 번에 이룰 일을 천번에 함이 부끄럽네.　　力愧工百千 [55]

서늘한 회오리바람이 뜰의 나무를 흔들어대니,　　涼飇撼庭樹

---

50 염임(斂衽): '敛衽'이라고도 하며, 옷깃을 단정하게 정리하여 여미는 것을 말하며, 공손의 뜻을 표시할 때 쓰인다. '衽'자 하나만으로 옷깃을 여민다는 뜻이 있다.

　노전(盧前): 초당(初唐)때의 유명한 네 문인인 양형(楊炯)은 왕발(王勃), 노조린(盧照隣), 낙빈왕(駱賓王)과 함께 문사로 이름을 나란히 떨쳐, 당시 사람들은 그들을 일컬어 '왕양노락' 또는 '사걸(四傑)'이라고도 불렀다. 이에 양형이 자신이 왕발의 뒤, 노조린의 앞에 놓여 불리는 것을 보고 "내 이름이 노조린의 앞에 있는 것은 외람되고 왕발의 뒤에 놓여 있는 것은 수치스럽다"라 했다고 한다. 곧 어떤 사람들이 자신에 내린 좋은 평가에 대해 감당 할수 없다는 겸손을 나타내는 비유로 쓰인다.

51 소찬(素餐): 시위소찬(尸位素餐), 곧 놀고서 밥을 먹는 탐욕스러운 자를 풍자한 내용을 담고 있음. 『시경』 「위나라의 민요·박달나무 베어(魏風·伐檀)」편에 나오는 말임. 그 시의 일단을 옮겨보면 다음과 같다.

　쾅쾅, 박달나무를 벰이여!　　　　　　　坎坎伐檀兮
　황하수의 물가에다 버려두었구나!　　　　寘之河之干兮
　황하수는 맑고도 또한 잔잔하구나!　　　　河水淸且漣漪兮
　경작하고 수확하지 않으면서도,　　　　　不稼不穡
　어떻게 벼를 3백 터전이나 장만하였는가?　胡取禾三百廛兮
　저 군자라고 하는 이들이여!　　　　　　彼君子兮
　놀고서 밥을 먹지 말지어다.　　　　　　不素餐兮

　퇴계는 이 구절에서 가만히 앉아서 책만 읽고 자연의 아름다움을 마음껏 누리고 있는 자기 자신이야 말로 이 『시경』 시의 시위소찬하는 자들보다도 더 탐욕스러움이 있는 것이 아닌가 하는 의문을 품어보고 있음.

52 숙지(夙志): 평소부터 지니고 있던 바람. 「도연명집에서 음주시에 화답하다」 주 43)을 보라.

53 진편(塵編): 나온 지가 오래되어 묵은 먼지가 쌓인 고서적을 말함.

마음 속에서는 절로 걱정 생겨나네.　　　　　　　肝膽自生酸

황보밀(皇甫謐)은 한 평생을 병들었다 하였고,　　　玄晏一生痾 [56]

변소(邊韶)는 한낮에도 잠만 잤다네.　　　　　　　孝先晝日眠 [57]

다만 원컨대 이 뜻 이루어,　　　　　　　　　　　但願遂此意

자연에서 여생을 보냈으면.　　　　　　　　　　　泉石送餘年

생각해 보니 지난날 평소에는 구경도 못하던 신비한 책들이 많이 소

---

54 추환(芻豢): 풀을 먹는 소와 양, 곡식을 먹는 개와 돼지 같은 가축을 말함. 여기서는 그 고기, 곧 모든 식용 육류를 가리키는 말로 쓰였음. 『맹자』 「고자(告子) 상」에서 나온 말. "이치와 옳은 뜻이 내 마음을 기쁘게 함은 가축의 고기가 내 입을 즐겁게 해 줌과 같다(理義之悅我心, 猶 芻豢之悅我口)."

55 공백천(工百千): 『중용』 「20장」에 "남들이 한 번에 할 수 있으면 나는 백 번에 하며, 남들이 열 번에 할 수 있으면 나는 천 번에 한다(人一能之, 己百之, 人十能之, 己千之)"라는 말이 나오는데, 이는 하지 않으면 그만이지만 하려고 마음을 먹으면 완벽하게 해야 함을 말한 것이다.

56 현안일생아(玄晏一生痾): 현안은 남조 진(晉) 황보밀(皇甫謐: 215~282, 자는 士安)의 호이다. 일생을 은거하여 지내고자 하여 이에 『고사전(高士傳)』이란 평소에 흠모하던 격조 높은 은사들의 전기를 쓰기도 하였다. 다음은 『진나라의 역사』에 나오는 그의 전기의 요약. "중풍에 걸리어 마침내 벼슬을 못하게 되었으나, 무제가 여러 차례 조서를 내려 재촉하기를 그치지 않으니 황보밀은 상소문을 올려 스스로를 '초야에 묻혀사는 신하'라 하고는 말했다. '저는 고집스럽고 어리석을 뿐인데다 오래 전 어려서부터 병이 위중하여 몸의 절반이 좋지 못하고 오른 다리는 짧아진 지가 19년째입니다' 황보밀의 글이 절실하고 그 말은 지극하여 마침내 허락을 받아내었다." 이 일은 시의 소재가 되어 많은 시인들이 읊었는데 다음에 두 시만 들어 보겠다. 송 진여의(陳與義)의 「형구사가 지은 시의 각운자를 써서 짓다(次韻邢九思)」 "현안 선생은 오래도록 병 지녀 견딜 수 없었으며, 정자진은 어찌 다시 벼슬을 바꾸리!(玄晏不堪長抱病, 子眞那 復更爲官)." 소식의 「왕문옥을 추도하는 시(王文玉挽詞)」 "현안 선생은 한 평생을 병이라 하고 누웠고, 양웅은 3대 동안이나 관직 옮기지 않았네(玄晏一生都臥病, 子雲三世不遷官)."

57 효선주일면(孝先晝一眠): 효선은 후한 때 사람인 변소(邊韶)의 자임. 「한적하게 살며 김부의 (金富儀)와 이명홍(李命弘) 두 사람에게 보이다」 주3)을 보라.

장되어 있어서 도가의 봉래관으로 불리던 동호독서당에서 사가독서를 할 때에는 옛 도를 따라 중국의 시조인 복희씨와 황제 헌원씨를 쫓았던 기억이 난다. 각종 도화와 책이 얼마나 많이 수장되었는지 족히 만 축은 되었음직하였는데, 세월을 움직이는 바퀴같이 생긴 하늘의 해와 달이 얼마나 빠르게 달렸는지 모르겠다. 임금님의 은혜에 보답하고자 벼슬길에 나섰는데 몸에 신병이 많아 오히려 나라의 은혜를 저버리고 말았으니, 이런 몸으로 나라를 바로잡는 사업에 대하여 말한다는 것은 족히 말할 것도 없을 것이다. 그때 당시 독서당에서 함께 공부도 하고 교유도 하던 모든 재주 있는 선비들은, 초당사걸의 한 사람인 양형이 노조린의 앞에 자기의 이름이 놓인 것을 외람되다 하여 공손히 옷깃을 여민 것과 같다. 이미 물러났는데 다시 돌아감은 좋은 일은 아니지만, 실로 아무 일도 않고서 국록만 축낸다고 풍자하는 데 걸림이 심히 걱정스럽다. 하는 일없이 먹고산다는 풍자를 듣는 것보다는 차라리 평소에 품을 뜻을 실천하는 것이 오히려 더 잘 어울린다는 생각을 한다. 그리하여 이렇게 숲 속에 집을 지어놓고 그 아래서 옛날 사람들이 남긴 먼지가 쌓인 책을 보는 것을 일삼게 되었다. 옛 서적을 보고 의리를 추구하니 마음이 마치 고기를 씹을 때 느끼는 즐거움보다 더 나은 것 같다. 그런데 능력에 있어서는 오히려 남들이 백 번이면 이룰 수 있는 것을 천 번을 해야 겨우 이루어낼 수 있으니 실로 부끄럽기 그지없다. 가을이 되어 서늘한 회오리 바람이 뜰의 나무에 불어와 마구 흔들어댄다. 또 한 해가 머지 않았음을 가만히 생각하여 보니, 마음 속으로 올해도 결국 별로 이룬 것이 없이 지나가는구나, 하는 생각에 걱정이 앞선다. 중국의 진나라 때 사람인 황보밀은 임금이 여러 차례나 조서를 내려 벼슬을 하도록 권유했지만 끝내 병들었다고 사퇴하였다. 후한 사람 변소도 뱃속에 경서가 잔뜩 들어서 뱃살이 피둥피둥하며 누워서 잠만 자고는 끝내 벼슬길에 나가지 않았다. 다만 내가 원하는 것이 있다면 끝까지 내가 하고 싶은 것을 이루어, 진정으로 좋아하고 여생을 함께할 수 있는 자연에서 내 생애를 마쳤으면 하는 것이다. 나도 중국의 이름난 현자나 은자들처럼 살고 싶은 것이다.

9 내 벼루 갈아도 글 나오지 않고,　　　　　　我硯磨不出 [58]

　용 서린 바다 같은 웅덩이는 말라 있네.　　　龍蟠泓海乾 [59]

---

[58] 아연마불출(我硯磨不出): 소식의 「공평중(孔平仲)」이 지은 「오래도록 가물던 끝에 비가 몹시 내리다」라는 시의 각운자를 써서 짓다(次韻孔毅丈久旱已而甚雨)」에 세 수 중 첫째 시 "내 평생 밭 없어 벼루 깨어 먹고 살았는데, 그때부터 벼루 말라 갈아도 글 나오지 않네(我生無田食破硯, 爾來硯枯磨不出)"라는 말이 나오는데, 이는 벼루를 좋은 밭에, 혀와 붓을 밭을 가는 쟁기에 비유한 것이다.

[59] 용반(龍蟠): 소식의 「손각(孫覺)이 먹을 부치다(孫莘老寄墨)」의 네 수 중 첫째 시 "물고기 태반은 만개의 공이에서 무르익어 가고, 무소 뿔에는 두 마리 용이 서려 있네(魚胎熟萬杵, 犀角蟠雙龍)"라는 구절이 있는데, 이는 먹을 만드는 방법을 읊은 것이다.
　　홍해(泓海): 한유의 「모영의 전기(毛穎傳)」 "모영은 강주(絳州)의 진현(陳玄)과 홍농(泓農)의 도홍(陶泓) 및 회계(會稽)의 저선생(楮先生)과 우애가 좋아 서로 밀어주고 끌어주고 하며 나아갈 때나 머무를 때나 반드시 함께하였다." 모영, 진현과 도홍, 저선생은 각기 붓, 먹, 벼루, 종이 등 이른바 문방사우(文房四友)의 명산지를 따서 의인화한 것이다.

내 뱃속엔 『시경』과 『서경』 비어 있어서,　　　　我腹詩書空 [60]

드리고자 해도 아름다운 옥돌 아니라네.　　　　欲呈非琅玕 [61]

홀로 바위 구멍 밑으로 와 거처하니,　　　　獨來巖下居

소나무와 계수나무는 사랑스럽게 옹기종기 모여 있네. 松桂愛團團 [62]

천자의 은혜 감히 받들지 못하여,　　　　天恩未敢承

두렵고 두려워 오랫동안 편안치 못하네.　　　　怵惕久靡安 [63]

박달나무 베어 황하의 가에 버려두니,　　　　伐檀寘河干

황하의 물은 맑고 또 물결 이네.　　　　河水淸且瀾 [64]

---

60 아복시서공(我腹詩書空): 한유의 「아들 부가 성남쪽에서 글을 읽다(符讀書城南)」라는 시에 "사람이 사람 구실을 하려면, 속에 『시경』과 『서경』으로 말미암아야 하네. 『시경』과 『서경』은 부지런하면 이에 자기 것이 되지만, 부지런하지 못하면 (자기 것이 되지 못하여) 속이 텅 빈다네(人之能爲人, 由腹有詩書, 詩書勤乃有, 不勤腹空虛)"라는 구절이 있다.

61 낭간(琅玕): '瑯玕'이라고도 표기하며, 원래의 뜻은 주옥(珠玉)과 비슷하게 생긴 아름다운 돌이다. 『서경』 「우임금이 정한 공물(禹貢)」편에 그 명칭이 나오는데, 당나라의 경학자인 공영달은 "돌인데 옥과 비슷하게 생겼다"라 풀이하였다. 이 말은 나중에는 곧 진귀하고 아름다운 것을 비유하는 데 쓰이게 되었으며, 여기서는 아름다운 글귀, 문사(文辭)라는 뜻으로 쓰였다. 같은 뜻으로 쓰인 예는 한유의 「잗달고 잗달음(齪齪)」이란 시에 "구름 밀치니 하늘의 문 울부짖고, 속 헤쳐서 아름다운 글 드리네(排雲叫閶闔, 披腹呈琅玕)"라는 구절이 있다.

62 송계애단단(松桂愛團團): '단단(團團)'에는 여러가지 뜻이 있는데 여기서는 떼지어 모여 있는 모양이라는 뜻으로 쓰였다. 같은 뜻으로 쓰인 예들로는 아래와 같은 구절들이 있다. 남조 양나라 강엄(江淹)의 「부정형(不定型) 시체로 짓다·오관중랑장문학(五官中郎將文學) 벼슬을 하고 있는 유정의 감회시의 시체를 본따서 짓다(雜體·劉文學楨感懷)」 "산 가운데의 계수나무는 푸르디 푸르고, 서리와 이슬은 색색이 모여 있네(蒼蒼中山桂, 團團霜露色)." 한유의 「유주의 나지에 있는 유종원(柳宗元)을 모신 사당의 비문(柳州羅池廟碑)」 "아 땅의 산이여 유지방의 물이라네, 계수나무 옹기종기 모여 있음이여, 흰 돌은 이빨처럼 가지런하네(鵝之山兮柳之水, 桂樹團團兮白石齒齒)."

63 출척(怵惕): '怵愁'이라고도 하며, 두려워 마음이 편안하지 않은 모양을 말함.

다만 자신의 힘으로 밥 먹는 것이니,　　　　祗爲食其力

누가 오목한 곳에 공 굴러 들어옴 믿으리.　　誰信甌臾丸 [65]

고갯마루 길 험하고 또 머니,　　　　　　　嶺路阻且長 [66]

머뭇머뭇 가을 말 멈추네.　　　　　　　　　躑躅停秋鞍

한때는 먹을 많이 갈아내었던 나의 벼루도 이제는 다 닳아서 아무리 갈아도 더 이상 글이 나오지 않는다. 또한 한때는 용이 서릴 정도로 바다처럼 넓었던 웅덩이도 이제는 바짝 말라 더 이상 용이 살지 않는다. 닳아빠진 벼루나 용이 떠난 웅덩이처럼 나도 나이가 들대로 들어 이제는 더 이상 어떤 재주도 없게 되었다. 옛사람들이 학문의 바탕이 된다며 중시했던 『시경』과 『서경』도 내 속에서는 텅 비고 하나도 없으며, 남들에게 드리고자 하나 아름다운 옥돌이 아니어서 주지 못하는 것처럼 글재주도 보잘것이 없다. 사람들이 모여 사는 곳을 떠나 홀로 이곳 바위가 우묵하게 구멍처럼 파여진 곳 아래로 와서 거처하자니, 마치 마을에 사

---

64 벌단~청차란(伐檀~淸且瀾): '벌단'은 『시경』 「위나라의 민요(魏風)」의 한 편명. 하간(河干)은 황하의 물가를 가리키는 말임.

65 구유환(甌臾丸): '구'는 '凹'자 모양의 와기(瓦器)이고 '유'는 목이 긴 병을 가리키는 방언임. 『순자』 「큰 요점만 듦(荀子·大略)」에 "흐르는 탄환은 오목한 그릇이나 병 속에서야 멈추며, 흐르는 말은 지혜로운 자에게서 멈춘다(流丸止於甌·臾, 流言止於知者)"라는 말이 있다. 구유는 땅이 움푹 패여 오목한 그릇이나 병같이 된 것, 또는 움푹 꺼진 땅이라는 견해도 있다.

66 영로조차장(嶺路阻且長): 『시경』 「진나라의 민요·갈대(秦風·蒹葭)」에 "물결 거슬러 그를 따르려니, 길 험하고 또 머네(溯洄從之, 道阻且長)"라는 말이 있다.

람들이 오밀조밀 모여 살 듯이 이곳에는 소나무와 계수나무가 사랑스런 모습으로 옹기종기 떼지어 자라고 있다. 오래도록 하늘의 아들이나 다름 없는 임금이 내려주신 은혜를 갚을 기회가 있었다. 그러나 미천한 재주로 감히 받들어 받아들이지를 못하여, 마음 속 한 구석에 두려움만 가득 쌓여 항상 편안하지가 못하다. 장차 뗏목을 만드는 데 쓰려고 박달나무를 베어 놓았으나 강가에 그냥 내버려두었다. 그러니 아무것도 하지 않아 그저 강물만 맑고 또 잔물결이 찰랑찰랑하게 일고 있다. 사람들은 누구나 오로지 자신의 능력에 의해서만 밥을 먹고 살아야 하는 것이니 누가 공이 굴러 오목한 곳에 멈추는 것처럼 복이 저절로 자기에게 와서 멈추리라는 것을 믿겠는가? 언덕진 재마루로 가는 길처럼 인생은 험한 데다 또 멀기까지 하다. 우리네 인생살이 또한 그곳을 오르는 가을의 말처럼 힘들어서 멈추어 섰다.

10 새벽에 베개 베고 누웠으나 잠 이룰 수 없고,　　曉枕不成寐

　　빈 뜨락에는 가을비 소리 들리네.　　空堦秋雨聲

　　슬픈 벌레들은 사방 벽으로 와 섞여,　　悲蟲襍四壁

　　귀 어지럽히더니 날 밝아오네.　　攪耳到天明

　　때에 따라 만물 변해감 느끼니,　　因時感物變

　　지난 일 더듬어 성실했는가 살피네.　　撫事省己誠 [67]

　　세상의 운수 흥망성쇠 번갈아 찾아들고,　　世運迭隆替 [68]

하늘의 소리는 비었다가 또 찬다네.　　　　天道更虛盈

한단에선 옛날의 달콤한 꿈꾸었고,　　　　邯鄲故酣夢 [69]

만씨국과 촉씨국에서는 몇 번이나 전쟁 일으켰나?　蠻觸幾爭兵 [70]

다만 쇠와 돌 굳음 알겠으니,　　　　　　惟知金石堅

비단에 수놓은 듯한 영화를 원하지 않네.　　不願錦繡榮

아직 멀리 가지 않아 수레 돌렸으니,　　　回車及未遠 [71]

다행이구나, 하늘이 시키신 것.　　　　　幸矣天所令

　새벽에 잠이 깨어 좀더 자려고 베개를 베고 다시 잠을 청하였으나 이
리저리 뒤척이며 잠을 이룰 수가 없다. 아무도 없는 빈 뜨락에는 가을비

---

67 무사(撫事): 지난 일을 좇아서 생각함.
68 융체(隆替): 융성함과 침체, 흥망성쇠를 말함. 『진서』 「왕희지의 전기(王羲之傳)」에는 양주(揚
　州)자사 은호(殷浩)가 왕희지더러 나아가고 머무름에 정치의 성쇠[隆替]를 볼 수 있어서, 나아
　가고 머무름이 흥망성쇠[隆替]와 꼭 맞아떨어진다 하여 그를 따르겠다고 한 말이 나온다.
69 한단고첨몽(邯鄲故酣夢): 곧 한단침(邯鄲枕)을 말함. 당나라 심기제(沈旣濟)의 전기소설(傳奇
　小說) 「베개 속에서 겪은 이야기(枕中記)」의 줄거리. "노생(盧生)이라는 젊은 사람이 한단(邯
　鄲)이라는 곳의 객주집에서 도사(道士)인 여옹(呂翁)을 만나서 신세 타령을 하였다. 그러자 여
　옹은 행낭 속에 있는 베개를 꺼내어 주면서 이것을 베고 있으면 소원이 이루어지리라 하였다.
　노생은 잠이 들자 곧 과거에 급제하고 장군도 되고 재상도 되어 50년 동안 모든 영화를 다 누
　리게 되었다. 그러다가 홀연히 하품을 하면서 깨어나보니 여옹은 그대로 옆에 앉아 있고 잠들
　기 전에 짓던 누런 기장밥이 아직 다 지어지지도 않았다." 이 이야기를 통하여 부귀 공명에 몰
　두한 사람들을 풍자하기도 하고 '인생은 꿈과 같다'는 생각을 나타내기도 함.
70 만촉(蠻觸): 달팽이의 뿔[蝸角]과 같은 의미로 곧 사소한 것을 가지고 다툰다는 말임. 『장자』
　「칙양(則陽)」편에 "달팽이의 왼쪽 뿔에 있는 나라를 촉(觸)씨국이라 하고, 달팽이의 오른쪽
　뿔에 있는 나라를 만(蠻)씨국이라 한다. 이때 서로 땅을 다투어 싸움을 벌여 엎어져 죽은 시
　체가 수만이나 되었다"라는 말이 나온다.

소리만 들려온다. 가을이 되어 슬픈 소리를 내며 우는 온갖 벌레들이 비때문에 사방의 벽으로 기어 들어와 한데 뒤섞여 귀가 어지럽도록 울어 대어 끝내 잠을 못 이루었다. 조금 있자니 날이 서서히 밝아오기 시작한다. 가을비며 가을 벌레 소리를 듣자니 때에 따라 만물이 거기에 맞추어 변해감을 느낄 수 있겠다. 이에 또 한 철이 지나가는 시점에서 지난 일을 더듬어 매사에 과연 성실히 임했는지 가만히 살펴보며 반성한다. 이 세상의 운행이라는 것이 한번 융성했다 하면 곧 침체되게 마련이다. 하늘의 도 또한 서로 번갈아가며 비었다가 찼다가를 끝없이 반복하고 있다. 한때 품었던 큰 뜻도 따지고 보면 한단의 꿈에서 온갖 부귀영화를 누린 것과 같은 부질없는 것들이다. 또 한때는 중요하다고 생각했던 일들도 돌이켜 보니 달팽이 뿔 위에서 싸운 것처럼 사소한 일에 불과하다. 지금에 와서야 알게 된 것은 쇠와 돌같이 성질이 굳은 것이 변하지 않고 영원히 간다는 것이다. 고운 비단에다 수를 놓은 것이나 마찬가지인 부귀영화는 일시적인 것뿐이어서 나는 원하지 않는다. 그나마 천만다행인 것은 하늘이 굽어살피시어 나로 하여금 아직 길을 잘못 들어 그래도 아주 멀리까지 들어가지는 않아서 수레를 원래 있던 곳으로 되돌려 왔다

---

71 회거급미원(回車及未遠): 굴원(屈原)의『초사』「슬픔을 만나다(離騷)」에 "내 수레 되돌려 왔던 길 되돌아감이여, 길 잘못 들어 멀리 가지 않았구나(回朕車以復路兮, 及行迷之未遠)"라는 구절이 있고, 남조 진 도연명(陶淵明)도 "돌아가자꾸나(歸去來辭)"에서 "실로 길 잘못 들어 더 멀어지기 전에, 지금이 옳고 지난날은 그름을 알았네(實迷塗其未遠, 覺今是而昨非)"라 읊은 것이 있다.

는 것이다.

11 그리운 이 하늘가 저편에 있는데,　　　　　　美人隔天涯 ⁷²

　　옛날에는 즐기는 것 함께했었다네.　　　　　宿昔同所好

　　너무나 그리워 잊을 수 없는데,　　　　　　相思不能忘

　　그대 어찌하여 빨리 오지 않는가?　　　　爾來胡不早

　　내게 한 마지기 동산 있어서,　　　　　　我有一畝園

　　솔과 국화 그윽하게 은자의 곧음 지키네.　松菊幽貞保 ⁷³

　　또한 매화와 대나무 있지만,　　　　　　亦有梅與竹

　　나와 함께 형체는 야위고 메말랐다네.　　並我形癯槁 ⁷⁴

　　슬피 바라나 함께 만날 수 없으니,　　　　悵望無與晤

　　누군가, 이 말 수긍하려는 이.　　　　　誰哉肯此道 ⁷⁵

　　내가 평생을 두고 그리워하던 사람이 지금은 하늘 저쪽 끝에 있는데,

---

72 천애(天涯):「도연명집에서 음주시에 화답하다」주 37)을 보라.
73 유정(幽貞):『주역』「이괘(履卦)」의 "이의 도가 탄탄하니 유인(곧 은자)는 정하고 길하다(履道坦坦, 幽人貞吉)"에서 나온 말로 은사를 가리키며, 또한 고결하며 바르고 굳센 절도를 가리키기도 한다.「두보의 유인시에 화답하다」주 2)를 참조하라.
74 형구(形癯): '구'는 '癯'와 같음. 『사기』「사마상여의 전기(司馬相如傳)」에 "사마상여는 여러 신선들의 전기에는 산이며 못 사이에 거처하여 형상과 모습이 매우 야위었다(形容甚癯) 하였는데 이는 제왕 모습을 한 신선이 아니라고 생각하였다"는 말이 나온다.
75 도(道): 말하다의 뜻.

오랜 옛날에는 서로 좋아하는 것을 함께하여 왔다. 그 사람을 너무나 그리워하여 지금까지도 도저히 잊을 수가 없는데, 그 사람은 내가 사는 이곳으로 오는 것이 어찌하여 이다지도 빠르지 못할까? 나한테는 그래도 한 이랑의 조그만 동산이 있다. 이곳에다 오솔길을 만들어 군자를 상징하는 소나무와 대나무를 심어 놓고 그윽하게 은거하면서 은자의 정절을 지켜나갈 따름이다. 동산에는 소나무와 대나무 이외에도 또한 군자를 상징하는 것으로 매화와 대나무가 있는데, 둘 다 이곳의 주인인 나를 닮아 모양이 야위고 또 바짝 메말랐다. 슬퍼하며 그 사람을 만나 함께 이야기할 수 있기를 간절히 바라지만, 나의 이 말에 수긍하려는 이가 과연 누구일까?

종질인 빙의 집에서 국화를 감상하다가 달빛에 의지하여 계상으로 돌아오다

從姪憑家, 賞菊, 乘月歸溪上 ¹

1 취한 채 돌아오며   帶醉歸來信馬行

  말 가는 대로 맡겨두니,

갈고리 같은 초승달은   一鉤新月照溪明

  시내를 밝게 비추네.

두르고 돌면서 몇 번이나   縈回屢渡溪中月

  시내 속의 달을 건너니,

시내의 달 따라와   溪月相隨曲曲淸

  구비구비 맑게 비치네.

---

1 이 시는 퇴계가 57세 되던 해인 정사년(丁巳年: 1557년)에 쓴 것임

종질빙(從姪憑: 1520~1591): 자는 보경(輔卿)이며 호는 만취헌(晩聚軒). 호조참판(戶曹參判)을 지낸 퇴계의 숙부 송재(松齋) 이우(李堣)의 장손(長孫)이다. 16세부터 아우 충(冲)과 함께 퇴계에게서 훈도을 받았으며 온계(溫溪) 상류에 사미정(四美亭)을 지어 학문에 정진하였다. 퇴계가 서거한후 역동서원(易東書院)에서 퇴계의 문집 간행에 참여하였고 학행(學行)으로 천거되어 부졸(副卒)과 첨정(僉正) 벼슬을 역임하였다. 『도산 문하의 여러 선비들의 기록(陶山及門諸賢錄)』에 간단한 행적이 보임.

술이 취하여 깨지 않은 채 돌아오느라 말을 제대로 몰 수가 없었다. 그저 말이 가는대로 맡겨둔 채 내버려두고, 밤 풍경을 살펴보았다. 마치 갈고리같이 생긴 초승달이 시내를 밝게 비추어 냇물에 반사되어 반짝인다. 퇴계 가에 지어 놓은 집을 찾아가느라 꼬불꼬불한 길을 몇 번씩이나 두르고 돌고 하던 중에 몇 번씩이나 달빛이 비쳐 반사되는 시내를 건넌다. 마치 시내에 비친 달도 나를 따라 오는 듯 굽이굽이 따라 돌며 시냇물을 맑게 비추이고 있다.

2 달빛 밟으며 돌아올 때   踏月歸時霜滿天 2
      서리는 하늘 가득하고,

  옷이며 두건에는 향기 남아 있네,   衣巾餘馥菊花筵
      국화 자리에 앉았던.

  그 가운데 특히   簡中別有醒心處 3
      정신 깨우쳐 주는 곳 있으니,

---

2 답월귀시상만천(踏月歸時霜滿天): '답월'은 "달빛을 밟다" 또는 "달빛에 산보한다"는 뜻임. 당
   나라 장계(張繼)의 「풍교에서 밤에 묵다(楓橋夜泊)」 "달은 지고 까마귀 울며 서리는 하늘
   에 가득한데, 강의 단풍 고기잡이 불 마주하고 근심스레 잠드네(月落烏啼霜滿天, 江楓漁火
   對水眠)."
3 성심(醒心): 정신이 맑게 깨임, 또는 깨이게 함, 맑게 깨인 인식을 말함. 주자의 「유운(劉韞)의
   한가로이 거처하면서 열 다섯 수를 읊다 · 봄 골짜기(次劉秀野閑居十五咏 · 春壑)」에 "술 다 마시
   고 나면 정신 맑게 깨일 곳 어디일까? 먼 산은 겹겹이 포개어졌고 푸르름 쌓였네(飮罷醒心何處
   所, 遠山重疊翠成堆)"라는 구절이 있다.

물소리 음악되어 먼 옛날의 거문고를   水樂鏘鏘太古絃 [4]
쟁그렁쟁그렁 울리네.

땅에 가득 쬐는 밝은 달빛을 밟으면서 돌아올 때 보니 서리는 온 하늘에 가득하다. 옷과 두건에서는 아직도 국화꽃 감상하던 돗자리에 앉았던 아름다운 향기가 물씬 풍기고 있다. 국화꽃을 감상하고 밤 늦게 돌아오는 길 가운데는 특별히 정신을 맑게 깨우쳐주는 곳이 있다. 그것은 흐르는 물소리로 마치 음악을 연주하는 것처럼 쟁그렁쟁그렁 울리는 것이 아주 먼 옛날의 거문고 현을 울리는 것 같다.

4 수악(水樂): 물이 흐르는 소리가 마치 음악처럼 들려 귀를 즐겁게 함을 말함. 당나라의 문인 원결(元結)은 「물이 내는 음악에 대하여(水樂說)」라는 글을 지은 적이 있는데, 그 글 가운데서 "원자(元子)가 산 속에서 더욱 즐기고 사랑하는 것으로는 물의 음악이 있는데, 물의 음악은 남쪽 돌다리의 폭포에서 졸졸하는 것을 오래도록 들으면 귀에 더욱 편안하며, 남쪽 돌다리에 못 미쳐서는 곧 뜨락 앞에서 떨어지는 물이 구부러져 움푹 패인 돌에 부딪는데 높고 낮게 이어져 물소리는 적은 것 같지만 들어보면 또한 편안하다"라고 말했다. 무이(武夷)의 셋째 구비에 수악석(水樂石)이라는 바위가 있는데, 물과 돌이 격렬하게 부딪쳐 금·석·사·죽으로 만든 여러 가지 악기가 어우러져 내는 듯한 운치가 있기 때문에 그런 이름이 붙었다고 한다.

동재에서의 일을 느끼다 절구10수

東齋感事, 十絶 ¹

1 명성과 이익, 번화함의　　　　　　　　　　　聲利紛華俗尙驅 ²
　　세상 사람들 숭상하는 것 좇느라,

　예와 지금의 영웅 호걸　　　　　　　　　　　古今英傑幾遷渝 ³
　　몇이나 변했던가?

　아무도 없다네,　　　　　　　　　　　　　　無人更把楊朱淚
　　더욱이 양주의 눈물을,

---

1 이 시는 기미년(己未年: 1559년, 퇴계 59세) 동재에서 지난 일을 회고하고 느낀 바를 읊은 것이
　다. 동재는 지난 해인 무오년(戊午年)에 한서암이 위치가 낮아 습기가 많으므로 동쪽으로 옮
　겨 지은 집이다. 지금 토계동의 상계에 있는 퇴계의 종가가 있던 곳에 있었으나 지금은 소실되
　고 없다. 동재로 이사하였음을 보여주는 기록으로는 『퇴계가 연표(退溪家年表)』에 인용되어
　있는 다음과 같은 것이 있다. "듣자하니 동가(東家)로 이미 이사를 하였다 하고 너 또한 올라
　왔다 하니 두 집의 완고한 종들은 행아(杏兒: 幹奴. 곧 살림을 주관하던 종)가 능히 다스릴 수 있
　을 것이 못되며 농번기가 또 가까워오고 있으니 어찌하겠느냐?" 381쪽.
2 성리(聲利): 명리(名利)와 같은 말.
　분화(紛華): 번화함. 또는 부유하고 화려하다는 뜻이다.
　속상(俗尙): 세인들이 숭상하는 것을 말함.
3 천투(遷渝): 변천과 같은 말임.

천 갈래 만 갈래   洒向千歧萬轍衢 [4]
　　수레 다니는 길에 뿌릴 이.

　명성과 이익, 번화함은 속세의 사람들이 숭상하고 좇는 것인데, 예로
부터 지금에 이르기까지 영웅 호걸들이 그것을 좇느라 얼마나 변하였는
지를 모르겠다. 옛날에 양주는 사방으로 길게 뻗은 길을 보고 아무 곳
으로나 갈 수 있음을 알고 눈물을 흘렸다. 그런데 지금은 천 갈래 만 갈
래 갈라진 넓은 길을 만나도 더 이상 양주와 같이 탄식하며 눈물을 뿌
릴 사람이 없는 것 같다.

2 젊고 어려서는 자연에   少小林泉有好懷 [5]
　　좋은 감정 지녔는데,

　중도에 마음씀이   中間心事太相乖
　　크게 어그러졌다네.

　만약 전대의 성인이   若非前聖回吾駕
　　내 수레 되돌리지 않았다면,

---

4 양주루~만철구(楊朱淚~萬轍衢): 회남왕 유안이 그의 문객들을 시켜서 만든 『회남자』 「숲의
　가르침을 말함(說林訓)」편에 다음과 같은 이야기가 있다. "양자(楊子: 楊朱)는 사방 널리 뻗은
　길을 보고 통곡을 하였는데 남쪽으로도 갈 수 있고 북쪽으로도 갈 수 있기 때문이며, 묵자(墨
　子)는 표백한 실을 보고 울었는데 그것을 누렇게 물들일 수도 있고 검게 물들일 수도 있기 때
　문이다." '구'는 큰 네거리를 말함.
5 임천(林泉): '천석(泉石)'과 같은 뜻으로 자연을 말함. 또 은자가 거처하는 곳이라는 뜻도 있음.

나그네 길 아득하고 아득하여   逆旅茫茫詎有涯 [6]

어찌 끝이 있었으리?

    생각해 보니 젊었을 때와 어렸을 때는 조용히 몸을 숨길 수 있는 숲과 샘 같은 자연경관에 좋은 감정을 품었는데, 그만 중도에 이르러 벼슬길을 찾아나섬으로써 원래의 마음을 쓰고자 하였던 뜻이 크게 어그러지고야 말았다. 그래도 다행스러운 것은 만약에 주자 같은 전대의 위대한 성인을 만나 길을 잘못 든 나의 수레를 되돌릴 수가 없었다면 어찌되었을까? 아마 아직까지 길을 잘못 든 채 여관을 전전하며 나그네로 멀고 아득한 길을 끝없이 헤매고 있었으리라.

3 영화 탐냄 심히 부끄러우니   貪榮深愧老無聞 [7]

    늙어서도 남이 알아주지 아니하고,

---

6 역려(逆旅): '역'은 나아가 맞는다는 뜻으로, '영(迎)'과 의미가 같음. 역려는 나그네를 맞는 곳, 곧 여관, 객사(客舍)를 말함. 당나라 이백(李白)의 「봄날 밤 복숭아와 오얏꽃이 핀 뜰에서 잔치를 벌이고 지은 시의 서문(春夜宴桃李園序)」에 "대체로 천지라는 것은 만물이 쉬어가는 여관이며, 시간이라는 것은 백 세대나 거쳐가는 나그네이다(夫天地者萬物之逆旅, 光陰者百代之過客)"라는 말이 있다.

7 노무문(老無聞): '무문'은 이름이 알려지지 않은 것, 남이 알아주지 않는 것을 말함. 『논어』 「선생님은 드물게(子罕)」 "뒤에 나오는 선비들이 두려우리니, 어찌 단정하겠는가? 뒤에 나오는 사람들이 지금 사람들보다도 더 못하리라는 것을! 마흔이나 쉰이 되도록 이름이 들리지 않으면 이 또한 두려워할 만한 것이 없느니라(後生可畏, 焉知來者之不如今也, 四十五十而無聞焉, 斯亦不足畏也已)." 지금 퇴계의 나이가 59세나 되었는데도 아직 성취한 것이 아무것도 없다는 겸사의 표현임.

온갖 병으로 돌아오니 百病歸來性命存 [8]
　　하늘로 받은 성품 보존하네.

비로소 깨달았네, 옛 시인의 始覺詩人言有味
　　말에 참맛 있음을,

온 강 비추는 맑은 달 一江明月亦君恩 [9]
　　또한 임금의 은혜라네.

　명예나 영화를 탐내는 것은 실로 매우 부끄러운 일이다. 부귀영화로
일가를 이룬 것은 나이가 들어 늙어가도 남들이 전혀 알아주지 않는다.
비로소 온갖 병이 들어 영화를 추구함으로부터 돌아오게 되었으니 그나
마 하늘로부터 원래 부여받은 성품을 보존할 수 있어서 매우 다행이라
하겠다. 비로소 옛 시인의 말에 참된 맛이 있음을 깨닫게 되었으니, 온
강을 비추는 밝은 달 또한 임금님께서 내려주신 은혜인 것이다.

8　성명(性命): 생명, 또 본성이라는 뜻도 있으나 여기서는 철학적 의미로 만물의 천부와 품수라
　는 의미로 쓰인 것 같다. 『주역』「건괘(乾卦)」에 "하늘의 도가 변화하여 각각 타고난 물건의 품
　성을 바로 잡으니 큰 온화한 기운을 보존하고 합쳐 이에 이롭고 곧아진다(乾道變化, 各正性命.
　保合大和, 乃利貞)"라는 말이 나오는데, 당나라 공영달(孔穎達)은 "성이라는 것은 하늘에서 타
　고난 바탕으로 굳세고 부드러움, 더디고 빠른 것과 같은 구별이며, 명이란 것은 사람이 품수
　받은 바로 귀하고 천하며 요절하고 장수하는 것과 같은 것이다"라 풀이하였다. 주자도 이 말
　에 대하여 『주역본의(周易本義)』라는 책에서 "사물이 받은 것이 성이고, 하늘이 준 것이 명이
　다(物所受爲性, 天所賦爲命)"라고 풀이하였다.
9　일강명월(一江明月): 주자의 「같은 각운자를 써서 지어 임용중(林用中)과 이별하다(次韻別林擇
　之)」에 "몇 구비 맑은 시내는 보낼 만하나, 하늘 가득 밝은 달 어찌 일찍이 이별하였으리(幾曲
　淸溪足相送, 一天明月豈曾離)"라는 구절이 있다.

217

4 병 많고 능력 없네,

　　흰 머리 늙은이,

한몸 오래도록 함께했네,   一身長伴蠹書蟲 [10]

　　책 속의 좀벌레와.

좀벌레 글자 파먹은들   蠹魚食字那知味

　　어찌 그맛 알리오?

하늘이 뭇 경서 내리셨으니   天賦羣書樂在中 [11]

　　즐거움 그 속에 있다네.

병이 많고 능력도 없는 머리 하얗게 센 늙은이가, 이 한 몸에 책 파먹

[10] 일신장반두서충(一身長伴蠹書蟲): '두서충'은 책 속의 좀벌레를 말하며 독서에 몰두하는 사람
　　을 비유하는데, 책 속의 옛것을 읽어도 소화해내지 못한다는 뜻을 내포하기도 함. 당나라 한
　　유의 「아무렇게나 지은 시(雜詩)」에 "옛날의 역사 좌우로 흩어져 있고, 『시경』과 『서경』은 앞
　　뒤로 놓여져 있네. 어찌 책 속의 좀벌레와 다르리오? 삶과 죽음이 문자 사이에 있네(古史散左
　　右, 詩書置前後, 豈殊蠹書蟲, 生死文字間)"라 읊은 구절이 있다. '두어'는 '백어'라고도 하며 옷이
　　나 책 속에 있는 좀을 말한다. 두서충이나 같은 의미이다. 송나라 황정견(黃庭堅)은 "책을 읽
　　다가 기복에게 드림(讀書呈幾復)"에서 "몸 여러 경서에 들어가 좀벌레 되어, 해진 책, 떨어진
　　책 짝하여 한가히 거처하네(身入羣經作蠹魚, 斷編殘簡伴閑居)"라 읊었고, 송나라 양억(楊億)의
　　「책의 좀벌레를 읊음(蠹書魚辭)」이라는 글에서 좀벌레에 가탁하여 "나는 늘 문자 사이에서
　　노는데 문자에 없어져 빠진 곳이 있으면 사람들은 말하길 우리 좀 때문이라 하며, 나를 보고
　　책 좀벌레라 한다(蠹書魚曰, 吾常遊於文字間, 文字有所殘缺者, 人則曰吾蠹之故. 目予曰, 蠹書魚)"
　　라 표현하기도 하였다.
[11] 두어~낙재중(蠹魚~樂在中): 이 두 구절은 좀벌레를 가지고 비유하여 말한 것이다. 좀벌레는
　　책을 먹고 살지만 그 맛을 모르는 것과 같으며, 천부의 성격상 그 즐거움이 그 가운데 있음을
　　말한 것이다.

는 좀벌레와 오래도록 함께 짝하고 살아왔다. 책 속의 좀벌레가 글자 있는 부분을 파먹은들 어찌 문자의 참된 의미를 알기나 할까? 다만 좀벌레가 문자의 의미는 모르고 책 파먹기만 좋아하는 것처럼, 나에게도 하늘이 문자의 뜻은 몰라도 책을 좋아하게 하였으니 책더미 속에 파묻혀 지내는 데 즐거움이 있을 뿐이다.

5 닭 울자 일어나   雞鳴而起各孳孳
　　각기 부지런을 떨면서,

　　손 닿는 것 모두가   觸手無非善利幾 [12]
　　　선행과 이익의 기밀 아닌 것 없네.

　　다만 사람 공격하면서   莫只攻人忘自責
　　　스스로 자책함 잊지 말게나,

　　잠시라도 경계하지 않으면   斯須不戒小人歸 [13]
　　　소인으로 귀착되고 말리니.

---

12 계명이기~선리기(雞鳴而起~善利幾):『맹자』「마음을 다함(盡心) 상」에 "맹자께서 말씀하셨다. "닭이 울자 일어나서 빠릿빠릿하게 착한 일을 행하는 사람은 순임금의 무리요, 닭이 울자 일어나서 빠릿빠릿하게 이익되는 일을 행하는 자는 도척(盜蹠)의 무리이니 순임금과 도척의 차이를 알고자 한다면 다름이 아니라 이익을 추구하느냐 착함을 추구하느냐의 차이인 것이다(孟子曰, 雞鳴而起, 孳孳爲善者, 舜之徒也. 雞鳴而起, 孳孳爲利者, 蹠之徒也. 欲知舜與蹠之分, 無他, 利與善之間也)"라는 말이 있다.
'幾'는 '機'와 같으며 기밀이라는 뜻임.『주역』「계사의 풀이(繫辭傳)」에 "기밀이라는 것은 움직임이 미묘한 것으로 길조가 먼저 나타나는 것이다. 군자는 기밀을 보고 일을 하되 하루 종일 기다리지 않는다(幾者, 動之微, 吉之先見者也. 君子見幾而作, 不俟終日)"라는 말이 있다.

새벽 닭이 울자마자 잠자리에서 일어나 각자 빠릿빠릿 부지런히 움직이면서 일을 한다. 손을 대는 것마다 모두 맹자가 말한 순임금의 무리들이 행하는 선함이나 도척의 무리들이 행하는 이익의 기밀이 아닌 것이 없다. 다만 명심해야 할 것은 다른 사람을 공격할 때는 그 못지않게 자신을 책망함도 결코 잊지 않는 것이다. 잠시라도 이러한 사실을 경계하지 않는다면 자칫 소인배로 귀착되기가 쉬울 것이다.

6 옛사람들 무슨 일로 깊은 못에 임한 듯   古人何事惕淵冰 [14]
    얇은 얼음 밟는듯 두려워 했던가?

  선을 좇기란 산을 오르는 것 같고   從善如登惡似崩 [15]
    악을 좇는 것은 흙이 무너지는 듯하네

13 막지~소인귀(莫只~小人歸): 『논어』 「안연(顏淵)」편에 보면 번지가 간특함에 대하여 묻자 공자가 "악한 것을 공격하고 사람의 악함 공격하지 않는 것이 간특함을 닦는 것이 아니겠는가?(攻其惡, 無攻人之惡, 非修慝與)"라 대답해 준 것이 있다. 한유의 「다섯 가지 잠언·놀에 대한 잠언(五箴·游箴)」에서 "내가 젊었을 때는 다재다능한 것을 구하고자 하여 새벽부터 밤까지 부지런했는데 내 지금은 이미 배가 불러 즐거이 노느라 새벽부터 밤까지 아무것도 하지 않는다. 오호라, 나 같은 사람이여! 어찌 알지 못하는가? 군자를 버리고 소인으로 귀착되었음을(君子之棄, 而小人之歸乎)"이라 말했다. 송나라 육구연(陸龜淵)의 「선행과 이익에 대하여(善利說)」라는 글에도 "깊이 이 몸에 대해 생각을 하여 소인으로 귀착되지 않도록 해야 한다(深思是身, 不可使之爲小人之歸)"는 말이 있다.
14 연빙(淵氷): 『시경』의 「소아·높은 하늘(小雅·小旻)」에서 나온 말. "두려워하듯 조심하듯 하기를 깊은 못가에 임한 듯, 엷은 얼음판을 밟는듯해야 하네(戰戰兢兢, 如臨深淵, 如履薄氷)." 위험한 경지에 처한 듯 조심해야 한다는 말임.

훌륭한 바탕을 가지고도 오히려 어렵네,   美質尚難無悔吝 [16]

   뉘우침과 화 없이 하기란,

내 지금 어찌하여   吾今安得不兢兢

   조심하고 조심하지 않겠는가?

  옛날의 현인들은 무슨 이유로 깊은 못앞에 서서 혹시 떨어지지나 않을까, 살얼음을 밟으며 혹시 깨어지지나 않을까, 하여 조심하며 두려워하였던가? 선을 좇기는 마치 산을 오르는 것과 같이 추구하기가 어렵기만 하고 악을 좇는 것은 쌓아 놓은 흙이 일순간에 무너지는 것처럼 쉽기만 하다는 것을 알았기 때문일 것이다. 아무리 훌륭한 바탕을 가진 사람이라고 하더라도 뉘우침과 화가 없이 살기는 정말로 어려울 것이다. 그러니 나 같은 하찮은 사람이야말로 정녕코 벼랑 끝에 선 듯 살얼음을 밟듯 조심조심해야 하지 않겠는가?

15 성종선여등악사붕(從善如登惡似崩): 좌구명(左丘明)이 지었다는 『국어』「주어(周語) 하」에 "선행을 좇기란 (산을) 오르는 것과 같고, 악을 따르기는 무너지는 것과 같다 했다(從善如登, 從惡如崩)"라는 말이 있다. 『소학』「가언(小學·嘉言)」편에도 이런 말이 나오는데 송나라 서산(西山) 진덕수(眞德秀)는 "선을 좇기가 산을 오르는 것과 같다는 것은 선으로 나아가기가 어렵다는 것이며, 악을 따르는 것이 무너지는 것과 같다는 것은 악에 빠지기가 쉽다는 것이다"라 풀이하였다.

16 회린(悔吝): 회한(悔恨)이란 뜻과 재화(災禍)라는 뜻이 있는데, 후자의 뜻이 강한 복합적 의미로 쓰인 것 같다. 『주역』「계사(繫辭) 상」"회린이란 것은 근심하고 조심하는 상이다(悔吝者, 憂虞之象也)."

7 온 벽에는 그림이며 책 꽂혀 있는데,　　　　　　滿壁圖書一炷香 [17]

　　한 가닥 향 올라가고,

　새벽창의 눈보라　　　　　　　　　　　　　　曉窓風雪隔燈光

　　밝은 등잔불 너머로 보이네.

　잔 글자 어두운 눈에　　　　　　　　　　　　極知細字妨昏眼

　　거리낌을 잘 알고 있으나,

　멍청하게 앉아서　　　　　　　　　　　　　　癡坐心存夜氣章 [18]

　　『맹자』의 「야기」장 마음에 새겨보네.

　사방의 온 벽에는 각종 그림과 책이 꽂혀 있다. 그 사이에 향불을 피워 놓으니 한 가닥 연기가 하늘로 피어오른다. 새벽이 되어 창 밖을 보니 눈보라가 치는 것이 방을 밝히는 등잔불 너머로 보인다. 이제 노안이 되어 가는 글자가 흐려진 눈에 거리껴짐을 너무나도 날 아는지라, 멍청하

---

17 만벽도서(滿壁圖書):「가을 회포-8」주 49)를 보라.

　주향(炷香): '주'는 가느다랗게 이어져 있는 빛이나 연기의 흐름 따위를 세는데 쓰이는 단위사임. 가닥으로 풀어 보았다. 전촉(前蜀) 위장(韋莊)의 사(詞: 기존의 악곡에 가사를 써넣어 읊은 운문)「긴 하늘에 응답함(應天長)」에 "그림 주렴 내려지고 금빛 봉황 춤추는데, 적막한 자수병풍엔 한 가닥 향연기(畵簾垂, 金鳳舞, 寂寞繡屛香一炷)"라는 표현이 있다.

18 야기장(夜氣章):『맹자』「고자(告子) 상」에 나오는 편장 "그 밤낮으로 길러지는 것과 새벽의 기운은 그 좋아하고 싫어함이 사람과 서로 근접하는 것은 거의 차이가 없다. 그런즉 대낮에 행하는 것이 이것들을 어지럽히고 없애버린다. 이를 어지럽히는 것이 반복되면 밤에 길러지는 기운은 존재할 수 없다. 밤에 길러지는 기운이 존재할 수 없다면 그 어긋남이 금수와 멀지 않을 것이다(其日夜之所息, 平旦之氣, 其好惡與人相近也者幾希, 則其旦晝之所爲, 有牿之之矣, 牿之反覆, 則其夜氣不足以存, 則其違禽獸不遠矣)."

게 앉아서 마음 속으로 『맹자』에 나오는 '밤에 길러지는 기운'이 나오는
구절을 가만히 새겨본다.

8 쇠 두드려 침 만들어   打鐵成針欲作醫 [19]
       의원 되고자 하는데,

   의원 되고자 하면서 어찌 다시   作醫那復問黃歧 [20]
       황제와 기백에게 묻는가?

   모든 침 놓는 법   十分針法從康節
       소강절을 따른다면,

   사람들 마음에 침놓아   刺得人心百疾夷
       갖은 질병 고쳐서 없애리.

   쇠를 잘 두드려 이것을 가지고 침을 만들어 의원이 되려는 마음을 가
졌다. 의원이 되고자 하면서 어찌하여 다시 중국의 의원의 비조로 일컬
어지는 황제와 기백에게 의원이 되는 법을 물으려 하는가? 모든 침을 놓
는 방법을 일반 의원이 아닌 송나라 때의 소옹을 믿고 따른다면, 외상

---

19 타철성침(打鐵成針) 「가을 회포-5」 주 28) 소옹의 「상심하여 부르는 노래(傷心行)」를 보라.
20 황기(黃歧): 중국 의가(醫家)의 시조라 일컬어지는 황제와 기백을 말함. 『사기』 「다섯 황제에
    대한 기록(五帝本紀)」에 의하면 황제 때 누에치기, 배와 수레, 궁실, 문자 등의 제도와 함께 의
    약도 이때 시작되었다고 하며, 기백은 황제의 신하로 고대의 명의라 하는데 황제가 일찍이 그
    와 함께 의학을 논한 적이 있다고 하며 이때 논한 것이 『황제내경(黃帝內經)』에 실려 있는 것이
    라 함.

에 침을 놓는 것이 아니라 마음의 병이 든 사람들에게 침을 놓아 모든 마음의 병을 다스리게 될 것이다.

9 향리의 여러 군자   鄕里諸君不乏賢 [21]
     어진 이 끊이지 않으니,

   한때는 연이은 벽옥   一時聯璧映山川 [22]
     산과 내를 비쳤다네.

   요즘 들어 모르겠구나,   近來消息知何似
     형편이 어떠한지,

   한번씩 생각이 일면   一度興懷一悵然
     그때마다 슬퍼지네.

   살펴보니 내가 사는 이곳 향리에서는 여러 명의 군자가 나와 어진 이

---

[21] 향리제군불핍현(鄕里諸君不乏賢): 두보의 「위씨네 종형제의 항열 중 일곱째인 찬선에게 드림(贈韋七贊善)」이라는 시의 "마을 안의 선비들을 둘러보니 어진 이 적지 않고, 두릉땅의 위곡 마을은 미앙전 앞에 있네(鄕里衣冠不乏賢, 杜陵韋曲未央前)"라는 구절에서 따왔음.

[22] 연벽(聯璧): '연옥(聯玉)'이라고도 하며 나란히 놓인 미옥을 말함. 『장자』 「열어구(列御寇)」편에 "나는 하늘과 땅을 널과 관으로 삼고, 해와 달을 나란한 벽옥(聯璧)으로 생각하며, 별들을 구슬로 생각한다"는 말이 있다. 남조 양나라 유협(劉勰)이 지은 문학 평론서인 『문심조룡』 「절기의 순서(文心雕龍·時序)」에 "반악(潘岳)과 하후담(夏侯湛)은 나란한 벽옥의 화려함으로 빛을 발했고 육기(陸機)와 육운은 두 준걸로 문채를 드날렸다"는 말이 나오고, 『진나라의 역사』 「하후담의 전기(夏侯湛傳)」에도 이들을 '나란한 벽옥'이라 하였다는 말이 있다. 쌍벽(雙璧)과도 뜻이 통함.

가 끊이지 않았으며, 한때는 걸출한 인재가 한꺼번에 두 분이 나서 마치 나란히 이어 놓은 벽옥처럼 이곳의 산하를 환하게 비추기도 하였다. 요즘은 그분들이 모두 이미 돌아가시고 없어 이 고을의 형편이 어떻게 되어가고 있는지 나 자신도 잘 알 수가 없구나. 한번씩 그분들 생각이 나면 번번이 슬픈 마음을 억누를 길이 없다.

10 해 추워지니 산골짜기에　　　　　　　　　歲寒山谷雪霜深
　　　눈과 서리 깊어지고,

　시냇가의 매화꽃은　　　　　　　　　　　　溪上梅花尙閟心
　　　아직 속 열지 않았네.

　옛 친구 천리 밖에　　　　　　　　　　　　叵耐故人千里外
　　　있으니 어찌하리,

　그리워하여도 그윽한　　　　　　　　　　　相似難與共幽襟 [23]

---

[23] 파내~유금(叵耐~幽襟): '파내'는 또 '頗奈', '叵奈'라고도 하며 '무내(無奈)'와 같은 뜻으로 보통 "어찌 ~하리"로 풀이한다.

이 두 구는 송기수(宋麒壽: 1507~1581, 자는 台叟, 호는 楸波)를 그리워하며 읊은 시구임. 『속집』「송태수의 편지에 답함(續集・答宋太叟書)」에 "간략한 편지 한 통을 이중량(李仲樑) 편에 부쳐 주시어, 저 또한 간략하게 답하여 이중량이 돌아가는 길에 부탁하였습니다. 아울러 보잘것없는 절구 두 수를 드린 것 같습니다. 금년 정월에는 또 동짓달에 지은 보약까지 은혜롭게 받았는데, 그 편지에는 안부만 적었을 따름이지 전에 두 차례의 답장에서 보았던 뜻은 볼 수가 없었습니다 …… 보잘것없는 시의 끝구에서 '옛 친구 천리 밖에 있으니 어찌 하리, 그리워하여도 그윽한 마음 함께하기 힘드네(叵内故人千里外, 相似難與共幽襟)'라 읊은 것이 그것입니다"라는 해설의 말이 있다.

마음 함께하기 힘드네.

한 해도 다 저물어 세밑에 이르러 날씨가 추워진다. 산 골짜기에 내리는 눈과 서리가 점점 깊어지는데, 응당 피었으려니 생각했던 냇가의 매화는 아직도 꽃봉오리를 열지 않은 채 꽃술을 닫고 있다. 옛 친구 천리 밖에 있으니 아무리 마음 속으로 그리워한들 결국 함께하기 어려우니 어찌하겠는가?

매화

梅花 [1]

냇가에 또렷하고 왕성하게
　두 그루 매화 서 있는데,

溪邊粲粲立雙株 [2]

향기는 앞의 숲까지 건너고
　빛은 다리까지 비치네.

香度前林色映橋

추위 이끌어 서리 쉽게 엷은
　걱정되지 않으나,

未怕惹寒霜易凍

다만 근심스럽네, 따뜻함 맞아
　구슬 같은 눈 녹아버릴까봐.

只愁迎暖玉成消

퇴계의 시냇가에 한 쌍의 매화나무가 찬란하고도 또렷하게 서 있다.

향기가 얼마나 진하게 풍기는지 냇물 건너 저 숲에까지 풍기고 찬란한

---

1 이 시는 내집에 퇴계가 60세 되던 해인 경신년(庚申年: 1560년)에 지은 것으로 정리되어 있음.
2 찬찬(粲粲): 선명한 모양을 나타내는 의태어임. 『시경』 「소아·대동(大東)」에 "서쪽 땅의 사람
　들 의복 또렷하고 또렷하네(西人之子, 粲粲衣服)"라는 구절이 있는데, 주자는 '찬찬'을 "선명하
　고 한창때인 모습(鮮盛貌)"이라 하였다.

빛은 다리까지 환하게 비친다. 매화야 원래 추위 속에 피는 꽃이니, 추위를 끌어당겨 서리가 앉아 쉽게 얼어붙는 것은 전혀 걱정이 되지 않는다. 다만 봄이 되어 따뜻한 기온을 맞아 가지에 엉겨붙은 구슬 같은 눈이 녹지나 않을까 괜히 근심스럽다.

숲에서 거처하며, 네 수를 읊다

林居, 四詠 [1]

1 섣달에 빚은 술 봄빛 받아
     눈에 새롭게 비치고,   臘酒春光照眼新 [2]

   따뜻한 봄볕 몸과 정신에
     알맞음 비로소 느껴지네.   陽和初覺適形神 [3]

   개인 처마에서 새 울어대니
     나를 부르는 듯하고,   晴簷鳥咮如呼我 [4]

---

1 회재(晦齋) 이언적(李彦迪: 1491~1553. 자는 復古, 호는 희재 외에도 紫溪翁, 玉山이라고도 하였음)이
   지은 「숲에서 거처하며 15수를 읊다(林居十五詠)」의 각운자를 그대로 따서 지은 시임. 『문집』
   에는 15수 모두가 수록되어 있으나 『퇴계잡영』에는 4수만 뽑아서 필사하여 두었음.
2 납주(臘酒): 새해에 쓰려고 섣달에 빚어 놓은 술을 말함. '납'은 섣달이라는 뜻인데, 원래는 옛
   날 농경사회에서 한해의 마지막 달(臘月)에 지내는 제사를 가리키는 말이었다. 이 제사의 제
   수품으로 날짐승과 길짐승을 잡아서 올렸다는 의미로 '렵(獵)'자와도 통하며, 한 해가 다하고
   다음해로 이어진다는 의미에서 '접(接)'자의 뜻으로도 쓰인다.
3 양화~형신(陽和~形身): '양화'는 봄날의 따스한 기운을 말함.
   형신은 육신(形骸)과 정신을 말함. 『사기』「태사공 자신이 쓴 서문(太史公自序)」에 "대체로 사
   람이 살아가는 것을 정신(神)이라 하고, 기탁하고 있는 것을 형체(形)라 한다. 정신을 크게 쓰
   면 고갈되어 버리고, 형체를 크게 수고롭히면 피폐하게 되며 형체와 정신이 떨어지면 죽는다"
   라는 말이 있다.

눈 덮인 시내의 찬 매화는   雪磵梅寒似隱眞
　　마치 신선이 은거하는 듯.

　　　　　　── 초봄(早春)

　새해가 되면 마시려고 지난해 섣달에 빚어놓은 술이 봄이 되어 햇빛
을 받아 눈에 새롭게 비친다. 이에 따뜻하고 온화한 봄볕이 육체와 정신
에 알맞음을 비로소 느끼게 된다. 여태까지 눈이 온 뒤에 흐리다가 막
개인 처마를 쳐다보니 새가 지저귀고 있는데 그 소리가 마치 나를 부
르는 듯하다. 아직까지 눈이 덮여 있는 시냇가에 있는 추위 속에 활
짝 핀 매화는 흡사 신선이 세상을 떠나 은거하는 듯한 모습을 띠고 있
다.── 초봄

2　농가에선 서로 치하하네,   田家相賀麥秋天 5
　　보릿가을 철이라고,

　닭과 개 뽕과 삼은 모두가   雞犬桑麻任自然
　　자연에 맡겨 두었네.

4　조농(鳥哢): 진나라 도잠(陶潛)의 「계묘년이 시작되어 봄에 밭가의 집을 돌이켜 생각하다(癸
　卯歲始懷古田舍)」에 "새 울어대며 새 계절을 기뻐하고, 맑은 바람은 남은 추위를 보내네(鳥哢
　歡新節, 泠風送餘善)"라는 구절이 있다.
5　맥추(麥秋): 보리를 수확하는 철인 음력 4월을 말함. 「도연명집에서 음주시 화답하다-12」주
　50)을 보라.

아무리 근년 들어 　　　　　　　　　　　縱使年來窮到骨 [6]

　궁벽함이 뼈까지 스민다 해도,

우물가의 굼벵이가 파먹은 오얏 따러 　　　免敎匍匐井螬邊 [7]

　기어가는 것은 면하겠네.

　　　— 초여름(初夏)

　초여름인 음력 4월이 되니 농가에서는 서로 보리를 수확하는 계절이
다. 농가에서는 이때를 '보릿가을'이라고 치하한다. 보리를 수확하느라
바빠서 가축인 닭과 개, 그리고 집 주위에 심어놓은 뽕과 삼은 일일이
손을 보지 못하고 그냥 되는 대로 자연에 맡겨 놓았다. 보리를 수확하는
것을 보고 있자니 지난 몇 년 동안 흉년이 들어 궁벽함이 뼛속 깊은 곳
까지 스며들었다는 생각이 새삼 든다. 아무리 그렇다고 하더라도, 며칠
씩이나 굶어서 우물가에 있는 굼벵이가 반이 넘게 파먹은 오얏을 따먹으

6　종사(縱使): 조건을 나타내는 부사어로 보통 "설사 ~할지라도"로 풀이하며, 이 조건문 뒤에
　는 통상 부정적인 내용이 온다. 예를 든다면 두보가 시에 대해서 논한 시인 「장난삼아 여섯 절
　구를 짓다(戱爲六絶句)」 중 셋째 시의 "아무리 노조린과 왕발이 글을 잘 짓는다 하더라도, 한
　나라와 위나라의 글이 『시경』과 「슬픔을 만나다」에 가까움만 못하네(縱使盧王操翰墨, 劣於漢
　魏近風騷)"라 한 구절이 있다.

7　포복정조(匍匐井螬): 『맹자』 「등문공(滕文公) 하」에 나오는 진중자장(陳仲子章)을 말함. "(제
　나라의) 광장이 말했다. '진중자는 어찌 실로 청렴한 선비가 아니겠습니까? 오릉에서 살 때 3
　일 동안이나 먹지 못하여 귀는 들리지 않고 눈은 보이지 않게 되었습니다. 우물가에 오얏이
　있었는데 굼벵이가 열매를 반이 넘게 파먹었습니다. 기어가서 그것을 먹는데 세 번을 삼킨 뒤
　에야 귀는 들리고 눈은 보이게 되었습니다(匡章曰, 陳仲子豈不誠廉哉? 居於陵, 三日不食, 耳無
　聞, 目無見也. 井上有李, 螬食實者過半矣, 匍匐往將食之, 三咽, 然後耳有聞, 目有見).'"

231

러 기어가는 지경에까지는 이르지 않을 것으로 보인다.— 초여름

3 가을벌레 간절히 우는 소리　　　　　　　　切切陰蟲聽到明 [8]
　　날이 새도록 들려오는데,

　무슨 일에 불평이 많아　　　　　　　　　　不平何事訴聲聲
　　웅웅거리며 하소연하는가?

　나뭇잎 흔들리며 떨어져도　　　　　　　　極知搖落來無奈 [9]
　　어찌할 수 없음 너무나 잘 아니,

　빽빽이 난 저 대나무　　　　　　　　　　　深爲叢筠護節莖
　　마디 줄기 잘 감싸주네.

　　　　　　　— 초가을(早秋)

　　가을 벌레가 찌르륵찌르륵 하면서 간절하게 우는 소리가 날이 새서
바깥이 환해질 때까지 들려온다. 무슨 일에 그렇게 불평이 많아 웅웅거
리며 온갖 소리로 하소연을 해대는지 모르겠다. 나뭇잎이 말라 원을 그
리며 빙글빙글 떨어져도 아무것도 어떻게 해줄 수 없다. 그것을 너무나
도 잘 아는지라, 겨울에도 잎이 지지 않는 빽빽이 난 저 대나무 줄기나
추위를 타지 않게 잘 감싸주는 수밖에 없다.— 초가을

8 음충(陰蟲): 절기상 가을 이후에 우는 벌레로 귀뚜라미 따위가 있음.
9 요락(搖落): 나뭇잎 따위가 바람 등에 흔들려 떨어짐, 말라서 쇠락해짐을 말함.

4 일 수레 쉬니　　　　　　　　　　　役車休了靜門庭 [10]

　　문이며 뜰이 고요하고,

해 다하니 「빈나라의 민요」에서　　卒歲豳風事爾馨 [11]

　　읊은 일 꼭 이러하네.

약골이라 방 바닥　　　　　　　　　贏骨土牀宜煖熨

　　따뜻하게 데워야 하는데,

오히려 아침 저녁으로　　　　　　　却須朝夕問樵靑 [12]

　　안종 불러 물어야 하네.

　　　　　　　　— 초겨울(初冬)

---

[10] 역거(役車): 백성들이 일을 할 때 쓰는 수레를 말함.『시경』「당나라의 민요·귀뚜라미(唐風·蟋蟀)」에 "귀뚜라미 집안에 있으니, 일하는 수레 모두 쉬네(蟋蟀在堂, 役車其休)"라는 구절이 있다. 원래 '역거'는 네모난 상자로 쓰는 기물을 실을 수 있어서 일을 할 수 있는 것이다.

[11] 졸세빈풍(卒歲豳風): '빈풍'은『시경』「각 나라의 민요(國風)」의 한 편명이며 특별히 빈나라 농민들의 세시풍속과 농가의 정경을 읊은 「7월(七月)」 편을 말한다. 거기에 묘사된 초겨울, 즉 음력 10월과 관련된 표현으로는 '낙엽이 짐(隕蘀)', '귀뚜라미가 나의 침상 아래로 들어옴(蟋蟀入我牀下)', '벼를 벰(穫稻)', '곡식을 거둠(納禾稼)', '(타작을 끝내고) 마당을 치움(滌場)' 등이 있다.

이형(爾馨): 위·진(魏·晋)대의 구어로 '영형(寧馨)', '여형(如馨)'이라고도 하며 "이와 같음(如此)"이란 뜻이다. 남조 송 유의경(劉義慶)의『세설신어』「문학(文學)」에 보면 "은호(殷浩)가 일찍이 유담(劉惔)에게 간 적이 있는데 청담을 오래도록 나누다가 은호의 논리는 조금씩 없어지더니 말하는 것이 걷잡을 수가 없게 되었고, 유담 역시 더 이상 답을 하지 않았다. 은호가 간 뒤에야 이렇게 말했다. '촌놈이 남들이 이런 말하는 것은 억지로 배워 가지고!(田舍兒强學人作爾馨語)'"라 하는 이야기가 나온다.

[12] 초청(樵靑): 당나라 안진경(顔眞卿)의 「낭적선생 현진자 장지화의 묘비(浪迹先生玄眞子張志和碑)」에서 나온 말. 그 글에 "숙종(肅宗)이 일찍이 남자종과 여자종을 각각 하나씩 내렸는데, 현진자가 (이들을) 부부로 짝지어주어 남편은 어동(漁童)이라 이름을 지어 불렀고 처는 초청(樵靑)이라 하였다." 이로부터 '초청'은 여자종, 안종을 가리키게 되었다.

봄부터 가을까지 농사철에 열심히 일하던 수레가 겨울이 되어 비로소 쉬게 되니 문과 뜰이 온통 고요하다. 한 해도 겨울이 되어 다 저물어가니 『시경』의 「빈나라의 민요·7월(七月)」에서 읊은 내용과 짜 맞춘 듯이 똑같다. 나는 타고난 체질이 약골이라 겨울이면 불을 때어 방바닥을 따끈하게 데워야 견딜 수 있다. 그런데 이것마저 오히려 스스로 하지 못하여 아침 저녁으로 계집종을 불러서 어떻게 되었는지 물어보아야 한다.— 초겨울

[부기] 이언적의 원운시

숲에서 거처하며 열 다섯 수로 읊다 을미년(1535년)

林居, 十五詠 乙未

초봄   早春

봄이 숲에 드니   春入雲林景物新
　　경치 새로워지고,

시내가의 봉숭아와 살구는   澗邊桃杏摠精神
　　정신을 가다듬게 하네.

짚신 신고 대지팡이 짚고서   芒鞋竹杖從今始
　　지금부터나마,

물에 임하고 산에 오른다면   臨水登山興更眞

함께 더욱 참되어지리라.

초여름

또 내와 산에
    사월의 하늘 되니,

한해 농사 지을 일
    벌써부터 아득하구나.

들가에 홀로 서서
    공연히 슬퍼하다가,

고개 돌려 구름낀 봉우리 보니
    하늘가에 어렴풋하네.

가을 소리

달빛은 오늘 밤
    유난히 더 밝은데,

난간에 기대어 고요히 들어보니
    이미 가을 소리라네.

구슬픈 노래 한 곡조도
    아는 이 없으나,

귀밑머리 서릿발

初夏

又是溪山四月天

一年春事已茫然

郊頭獨立空惆悵

回首雲峯縹緲邊

秋聲

月色今宵分外明

憑欄靜聽已秋聲

商音一曲無人會

鬢上霜毛四五莖

너댓 줄기 나왔네.

초겨울   冬初

붉은 잎 어지러이   紅葉紛紛已滿庭
  이미 뜰을 채웠는데,

섬돌 앞의 시든 국화는   階前殘菊尙含馨
  아직도 향기 머금고 있네.

산 속의 온갖 사물   山中百物渾衰謝
  온통 사그러져 지고,

아끼는 찬 솔만이   獨愛寒松歲暮靑
  해 저무는데 푸르르네.

계상

溪上

낚싯대 잡고 한가로이 읊조리며
    물가의 바위 위에 앉아 있노라니,

把釣閑吟坐石磯 [1]

숲의 곁에 비낀 해
    걸린 줄 모르겠네.

不知林表掛斜暉

방 안으로 돌아오니
    맑기는 물 같은데,

歸來一室淸如水

몸에는 아직도 반쯤
    젖은 옷 보이네.

身上猶看半濕衣

낚싯대를 손에 잡고 한가로이 싯구나 읊조리며 물가에 솟아 있는 바
위 위에 앉아 있다 보니, 어느새 숲 한쪽 가에 서쪽으로 비스듬히 기울

---

[1] 석기(石磯): 물가에 돌출하여 있는 큰 바위를 말함. 당나라 한유의 「우책(區冊)을 송별하며 짓
다(送區冊序)」 "그와 함께 아름다운 숲에 숨어 큰 바위 위에 앉아서(坐石磯) 낚싯대를 던지며
고기를 잡으면 흔연히 즐거워져 명리는 밖으로 내던지고 빈천에 싫증이 나지 않게 할 수 있을
것 같다."

어 비낀 해가 걸려 있는 줄도 모르겠다. 이윽고 해가 저물어 낚시를 그만두고 방 안으로 돌아온다. 방안의 기운은 맑기가 물과 같은데, 온 몸을 살펴보니 낚시하느라 반쯤 젖은 옷이 여전히 눈에 띈다.

동재의 달밤

東齋月夜

한 여름비 막 그치니 　밤 기운 맑고,	暑雨初收夜氣淸
하늘 한복판의 외로운 달이 　온 창에 가득하네.	天心孤月滿窓櫺
은자 안석에 깊숙이 기대어 　조용히 말 없으니,	幽人隱几寂無語 [1]
생각은 주자의 　「존덕성명」에 있다네,	念在先生尊性命 [2]

무더운 여름에 내리던 비가 막 그치니 밤의 기운은 더없이 맑기만 하다. 더욱 외로워 보이는 채 하늘 한복판에 덩그러니 뜬 달은 내 방의 격

---

[1] 은궤(隱几): '隱'은 '倚', '依', '憑'과 같은 뜻으로, 모두 "기대다"라는 뜻이다. 『맹자』 「공손추(公孫丑) 하」 "맹자가 제나라를 떠나 주 땅에서 하룻밤을 묵었는데 (제나라의) 왕을 위해 떠남을 만류하고자 하는 사람이 앉아서 말을 했으나 아무 대답도 않고 안석에 기대어 누워 있었다 (孟子去齊, 宿於晝. 有欲爲王留行者, 坐而言, 不應, 隱几而臥)."

자 창문에 달빛을 가득 비추고 있다. 이때를 당하여 나같이 그윽한 곳에 숨어사는 은자는 다만 안석에 몸을 깊게 누이고 조용하게 아무 말도 하지 않는다. 다만 생각은 오직 주자께서 제자의 서재인 존덕성재에 지어준 좌우명을 생각하며 이를 실천함에 있을 뿐이다.

2 선생존성명(先生尊性命): 주자의 제자로 무원(婺原) 사람인 정순(程洵: 자는 允夫, 또는 欽國)이 서재를 짓고 도문학(道問學)이라 이름짓자 주자가 존덕성(尊德性)이라 고쳐주고 아울러 정순의 명문을 지어달라는 청을 받아들여 지어준 「존덕성재명(尊德性齋銘)」을 말한다. 이 글은 주자의 시문을 모두 모아 놓은 『주자대전(朱子大全)』 85권에 수록되어 있고, 명나라 때 정민정(程敏政)의 『심경에 주석을 닮(心經附註)』에는 4권에 수록되어 있는데, 다음에 그 내용을 소개하면 다음과 같다. "하늘이 이 백성(下民)에게 내려와 무엇을 주었던가? 바로 의와 인이다. 오직 의와 인이 하늘의 법칙이니 이를 흠모하고 이를 받들기를 오히려 두려워하고 이기지 못하는 것처럼 해야 하거늘, 누구는 혼미하고 미쳐서 구차하게 여기고 천시하며 더럽히고 비하하고 음탕하게 보고 솔깃하여 들으며, 그 사지를 게을리하여 하늘의 명철함을 더럽히고 사람의 법도를 없신여기며 하류를 달갑게 여기니 모든 악이 다 모여든다. 내가 이것을 거울삼아 그 마음을 공경하면서도 두려워한다. 그 방이 어두워도 그 임함은 밝구나. 옥을 잡아 가득 채워 받들었다가도 눈깜짝할 사이에 엎질러 쏟아진다. 군자의 책임은 무겁고 갈 길은 머니 감히 조금이라도 게을리 할 수 있겠는가?"

여름에 숲속에서 거처하면서 있었던 일을 그대로 읊다

夏日林居卽事

1 사립문은 좁디 좁고　　　　　　　　　窄窄柴門短短籬 [1]
　　울타리는 짧디 짧은데,

　뜰의 풀과 섬돌의 이끼는　　　　　　　草庭苔砌雨新滋
　　새 비에 더욱 자랐구나.

　은거하여 사는 이 맛　　　　　　　　　幽居一味無人共
　　함께할 이 없어서,

　똑바로 앉아서 초연히　　　　　　　　　端坐翛然只自怡 [2]
　　나만 홀로 즐긴다네.

---

1 착착시문(窄窄柴門): 두보의 「가을날 기부에서 마음 속을 읊어 비서소감으로 있는 정심과 태자빈객으로 있는 이지방(李之芳)에게 100운으로 받들어 부치다(秋日夔府詠懷, 奉寄鄭監審李賓客一百韻)」에서 따다 쓴 말. "섶불나무 엮어서 문 만드니 좁디좁고, 대나무 통하여 물 졸졸 흘러가네(縛柴門窄窄, 通竹溜涓涓)."
2 숙연(翛然): 세상 일에 얽매이지 않고 초탈한 모양을 말함. 곧 어떤 일에 집착하지 않는 태도를 말한다. 『장자』「큰 스승(大宗師)」에 "초연히 (자연을 따라) 가고 초연히 따라올 뿐이다(翛然而往, 翛然而來而已矣)"라는 말이 있다.

덤불나무를 엮어 짠 허름한 사립문은 좁디좁고 울타리는 너무나 짧아 집을 다 가려주지도 못한다. 뜰에서 자라는 풀과 섬돌에 낀 이끼만이 이번에 새로 내린 비로 더욱 많이 자라났다. 혼자서 그윽하게 은거하여 사는 이 참맛을 함께 즐길 만한 사람이 없어서, 단정하게 똑바로 앉아서 초연하게 나만 홀로 즐길 따름이다.

2 　얇은 구름 짙은 해는　　　　　　　　薄雲濃日晩悠悠
　　　저녁되니 한가롭기 그지없고,

　시냇가의 해바라기와 석류　　　　　　開遍川葵與海榴[3]
　　　모두 활짝 피었네.

　비로소 알았네, 먼 산에　　　　　　　始覺遠山添夜雨
　　　밤비 더 내려서,

　앞 개울 돌 여울　　　　　　　　　　前溪石瀨響淙流
　　　졸졸 흐르는 소리 울려냄을.

얇게 낀 구름 사이로 비치는 짙은 색을 띤 해는 저녁이 되어 바라보니 정말로 한가롭기 그지없어 보인다. 시냇가를 둘러보니 해바라기와 석류가 두루 활짝 피어 있다. 이에 비로소 이곳에는 벌써 비가 그쳤지만, 먼

3　해류(海榴): 곧 석류를 말하며 해석류(海石榴)라고도 한다. 중국의 입장에서 보면 석류가 해외에서 전래된 것이므로 이렇게 부른다.

산에는 밤에도 더 많은 비가 내려서 집 앞으로 흐르는 돌이 가득 찬 여울에 물이 불어 졸졸 하는 소리가 더욱 커졌음을 알겠다.

퇴계 남쪽의 띠로 이은 서재

溪南茅齋 [1]

금군이 이은 띠 서재,	琴生結茅齋 [2]
내가 사는 시내 남쪽 구비에 있네.	在我南溪曲
창문에 흔들리는 숲 그림자 차갑고,	搖窓林影寒
자리 비추는 이내의 빛은 푸르네.	照席嵐光綠 [3]

1   계남서재(溪南書齋)를 말하며, 보통 계재(溪齋)라고 한다. 퇴계의 9세손인 이야순의 연보보
    유에 의하면 1556년 병진년(丙辰年) 9월에 세웠다고 하였다. 또한 "계재는 옛날에 퇴계의 화
    암 가에 있었다. 실은 제자들이 각기 물자와 노력을 출연하여 지은 것이다"라고 하였다. 한편
    『퇴계시대전』에서는 "금응훈(琴應壎)이 선생의 일용처사를 배우기 위하여 한서암(寒捿庵)
    곁에 지은 모옥(茅屋)"이라고 주석을 달았다. 이 두 주석을 종합해보면 제자들이 퇴계의 일용
    처사를 배우기 위한 목적으로 지어진 것은 맞는 것 같지만 금응훈 혼자서 지은 것은 아님을
    알 수 있다.
2   금생결모재(琴生結茅齋): 이 구절은 아마 이때 금응훈이 마침 홀로 계재에 있는 것이 보였으
    므로 특별히 그렇게 읊은 것 같다.
    금생(琴生): 면진재(勉進齋) 금응훈(琴應壎: 1540~1616, 자는 壎之)으로 본관은 봉화(奉化), 일
    휴당(日休堂) 금응협(琴應夾)의 아우이다. 30세에 사마시에 합격하여 진사가 된 후 현감을 지
    냈다. 서애(西厓) 유성룡(柳成龍) 및 월천(月川) 조목(趙穆) 등과 교유하였고 퇴계의 문집 간행
    에 실무자로 참여하였다.
3   남광(嵐光): '남'은 해질녘에 멀리 보이는 푸르스름하고 흐릿한 기운을 말하며, 우리말로는
    '이내'라고 함. '남광'은 산간에 안개 따위가 햇빛을 투과하면서 내는 빛을 말함.

요즈음 찾아올 사람 없어 적막하고,	邇來闃無人 4
쑥대는 뜰의 국화를 가려버렸네.	蓬蒿翳庭菊
아이 불러 정성껏 쓸고 물뿌리게 하여,	呼兒痛掃溉 5
하루 종일 그윽이 홀로 앉아 있네.	終日坐幽獨 6
손에는 책 한 권을 들고,	手中一卷書
마음 내키는 대로 뒤적이다가 읽기도 하네.	隨意繙且讀
이치 있음은 예나 지금이나 똑같으며,	有理古猶今 7
맛은 기름지기가 잔치 음식 같네.	有美飫餘沃
슬픈 가을이라 절로 감회 멀리 이니,	悲秋自懷遠
고반의 감미로운 맛 아무에게도 알리지 않네.	考槃甘弗告 8

---

4 격무인(闃無人):『주역』「풍괘(豊卦)」 "그 문을 들여다보니 고요하여 사람이 없다(窺其戶, 闃其無人)."

5 통소개(痛掃溉): '통'은 부사로 쓰이면 "정성껏", "힘껏"의 뜻으로 쓰인다. '소개'는 '소쇄(掃灑)'와 같은 뜻이다. 한유의 「남전현승의 청사벽에 적음(藍田縣丞廳壁記)」 "최사립은 힘껏 쓸고 물을 뿌린(斯立痛掃溉) 다음 맞은편에 소나무 두 그루를 심어 놓고 매일같이 그 사이에서 시를 읊조렸다."

6 유독(幽獨): 조용히 앉아 있는 것, 또 그런 사람을 가리키는 말임.

7 유리고유금(有理古猶今): 열어구(列禦寇)가 지었다는『열자』「양주(楊朱)」편에 보면 맹손양(孟孫陽)과 양주의 다음과 같은 대화가 있다. "'오래 살기를 바란다면 옳겠습니까?' 대답 '이치상 오래 살지 못한다 …… 또 오래 살면 무엇하느냐? 다섯 가지 정리와 좋아하고 싫어함은 예나 지금이나 똑같으며 4지와 육신의 편안함과 위태로움도 예나 지금이나 똑같다. 세상사의 괴로움과 즐거움도 예나 지금이나 똑같고 치세나 난세가 변하고 바뀜도 예나 지금이나 똑같다.'"

8 고반감불고(考槃甘弗告): '고반'은『시경』의 한 편명으로 이의 풀이에는 두 가지 뜻이 있다. 하나는 '고'를 이룸(成)으로 '반'은 "머뭇거리다" 또는 "서성대다(盤桓)"의 뜻으로 "은거하는 집을 지어 이룸"으로 보며, 다른 하나는 '고'를 "두드리다"로 '반'은 그릇으로 이것을 두드리며

아 하고 길게 한숨 내쉬니,　　　　　　　　　喟然長太息

높은 바람 산의 나무 흔드네.　　　　　　　高風振山木

　　　── 금응훈(琴應壎) 琴壎之

　　금군이 띠풀을 잘라 지붕을 이어 지은 서재는 내가 살고 있는 퇴계의
남쪽 구비에 자리잡고 있다. 서재가 숲 가까운 곳에 있어서 창문으로는
숲의 나무 그림자가 흔들리는 것이 비치니 차갑게 느껴지고, 집밖에 펴
놓은 자리에는 이내 기운이 푸른 빛을 내며 비추고 있다. 요즘 들어 이
곳을 찾는 사람들의 발길이 끊어져 적막하기만 하다. 뜰에는 어느새 잡
초인 쑥대가 길게 자라 사군자의 하나인 국화마저 가려버렸다. 이런 집
전후의 사정에도 아랑곳하지 않고 금군은 아이를 불러 마당을 깨끗하게
쓸고 먼지가 일지 않게 물을 뿌리도록 한 후 하루 종일 그윽하게 앉아서
홀로 조용히 지내고 있다. 손에는 책 한 권을 들고 그냥 마음 내키는대
로 이곳저곳을 뒤적이기도 하고 또 마음에 드는 곳이 있으면 그곳을 읽
기도 한다. 책에 담긴 이치는 옛날 사람들이 쓸 때나 지금 그것을 읽을
때나 마찬가지로 똑 같은데, 그것을 음식으로 비유하자면 잔치에 차려진

노랫가락을 맞추는 것이라는 풀이다. 여기서는 복합적인 의미로 쓰인 것 같다. 『시경』「위
나라의 민요·고반(衛風·考槃)」"은거하며 물에서 악기를 두드리니, 대인의 마음 탁월하네. 홀
로 잠자고 홀로 깨고, 홀로 묵으며 영원히 맹세하네, 이 즐거움 남에게 이야기해 주지 말자고
(考槃在陸, 碩人之軸, 獨寐寤宿, 永矢弗告)." 은거의 즐거움을 혼자서 간직하는 내용을 읊
은 것이다.

기름진 음식과 꼭 같다고 할 것이다. 지금의 절기는 슬픈 계절인 가을이다. 감회가 저절로 먼 곳을 생각하게 되는데, 은거하여 살며 홀로 악기를 두드리는 달가운 맛을 아무에게도 알리지 않고 그냥 혼자 즐기며 산다. 이따금씩 아아! 하고 감탄의 소리를 길게 내뿜으니 높은 바람을 타고 산의 나무를 흔드는 것 같다.— 금응훈(琴應壎)

계상에서 가을의 흥취가 일다

溪上秋興

비 걷히고 구름 돌아가니
　　저녁 하늘 푸르고,

雨捲雲歸暮天碧 ¹

가을바람 숲에 드니
　　쇄아쇄아 울리네.

西風入林鳴策策 ²

시내의 새들 잔꾀 잊고
　　많이들 서 있다가,

溪禽忘機立多時 ³

별안간 힘껏 날아올라
　　자취없이 가버렸네.

忽然決起飛無迹 ⁴

1　우권운귀모천벽(雨捲雲歸暮天碧): 당나라 왕발(王勃)의 「등왕의 누각(滕王閣)」시에 "채색한 기둥에는 남포의 구름이 날고, 구슬 장식 발은 저녁에 서산의 비를 말아올리네(畵棟朝飛南浦雲, 珠簾暮捲西山雨)"라는 구절이 있다.
2　명책책(鳴策策): '책책'은 바람이 부는 소리를 나타내는 의성어임. 한유의 「가을 회포(秋懷)」 첫째 시 "가을 바람 한번 스쳐부니, 쇄아쇄아 나부끼는 소리 그치지 않네(秋風一披拂, 策策鳴 不已)."
3　망기(忘機): 잔꾀, 즉 기교를 잊은 마음을 말함. 담백한 마음으로 세상과 다투지 않음을 비 유함.

비가 구슬 발을 걷어올리듯 걷히고 비를 머금은 구름도 원래 있던 곳으로 돌아가고 나니 저녁 하늘은 한없이 푸르기만 하다. 오행 중 방위로 가을을 나타내는 서풍이 일어 숲속으로 불어와 쏴쏴하는 소리를 울린다. 시냇가에서는 새들이 사람들에게 잡히면 어쩌나 하는 잔꾀마저 잊은 채 있는대로 몰려와 빽빽하게 서 있는 것 같더니, 어느 순간 갑자기 힘껏 하늘로 날아올라 자취 하나 남기지 않고 모두 가버렸다.

---

4 결기비(決起飛): '결'에 대해서는 "빠른 모양(疾貌)" 또는 "떨쳐(奮)", "있는 힘을 다하여(盡力)" 등의 많은 뜻이 있다. 곧 조금도 힘을 남기지 않고(不遺餘力) 날아오르는 모양을 말한다. 『장자』「유유히 노닒(逍遙遊)」편에 "우리는 있는 힘을 다하여 날아올라도(我決起而飛) 다목나무나 느릅나무가지에 머물 뿐이며, 때로는 거기에도 이르지 못하여 땅바닥에 내팽개쳐질 따름이다"라는 말이 있다.

정유일(鄭惟一)의 「한가로이 거처하다」라는 시 스무 수에 화답하다

和鄭子中閑居二十詠 [1]

1 유행에 동화되어 덕을 어지럽히는 同流亂德勢侵淫 [2]
세력 침습하여 넘치니,

---

1 정유일(鄭惟一): 1533~1576. 자는 자중(子中)이며 호는 문봉(文峯), 본관은 동래(東萊)임. 어려서는 충재(冲齋) 권벌(權橃)의 문하에서 수학하다가 성장하여 도산으로 와 퇴계의 문하에서 가르침을 받았다. 명종 7년인 1552년에 생원이 되고 1558년에는 문과에 병과로 급제하여 진보·예안의 현감을 거쳐 영천군수 등을 지냈다. 그 뒤로 관직이 대사간에까지 이르러 조정의 질서를 바로잡는데 앞장섰다. 퇴계 사후에는 시호를 내리도록 임금에게 간곡히 진언하였으며 문인들을 대표하여 「언행통술(言行通述)」을 지어 남겼다. 시문에 뛰어나 『한중록(閑中錄)』·『관동록(關東錄)』·『송조명현록(宋朝名賢錄)』을 지었다 하나 임진왜란 때 소실되었으며, 『문봉집(文峯集)』이 전한다. 이 「한거(閑居)」시는 대체로 정유일이 예안현감으로 와 있을 때 지은 것으로 보이며 『문봉집』에는 원운시가 전하지 않는다.

2 동류난덕세침음(同流亂德勢侵淫): '侵淫'은 '浸淫'의 가차어. 그 줄기의 결을 따라 점차 잠기어 물든다는 뜻이다. 『맹자』 「마음을 다함(盡心) 하」 "만장이 말했다. '한 지방이 모두 원인(위선자)이라고 이른다면 가는 곳마다 원인이 되지 않음이 없거늘 공자께서 '덕을 훔치는 도적이다'라 하심은 어째서입니까?」" 맹자가 말씀하였다. "…… 세속의 유행과 동화하며 더러운 세상에 영합하여 거처할 때는 충성스럽고 믿음이 있는 것 같고 실천할 때는 청렴결백한 것 같아서 여러 사람이 모두가 좋아하거늘 스스로 옳게 여기되 요와 순의 도에 들어갈 수 없다. 그러므로 덕을 훔치는 도적이라 하신 것이다." 공자께서 말씀하셨다. "비슷한 것 같지만 아닌 것을 미워하노니 …… 향원을 미워함은 덕을 어지럽힐까 두려워해서이다(萬章曰, 一鄕, 皆稱原人焉, 無所往而不爲原人, 孔子以爲德之賊, 何哉? 曰, …… 同乎流俗, 合乎汚世, 居之似廉潔, 衆皆悅之, 自以爲是而不可與入堯舜之道, 故曰德之賊也. 孔子曰, 惡似而非者…… 惡鄕原, 恐其亂德也)."

흐릿하게 쇠락해버린   墜緖茫茫不易尋 [3]
    유업 찾기가 쉽지 않네.

오로지 불변의 인륜만을 지향하여   只向彝倫明盡道 [4]
    도 환하게 밝히고,

다시 이로 인하여 성정을   更因情性得存心
    마음 속에 보존할 수 있네.

모름지기 찌꺼기가 묘함을   須知糟粕能傳妙 [5]
    전할 수 있음을 알아야만,

비로소 곰발바닥과 고기가   始識熊魚孰味深 [6]
    어느 것이 맛이 깊은지 이해한다네.

---

3 추서(墜緖): 원래는 곧 절멸할 왕업(王業)을 가리키는 말임. 『서경』 「하서·다섯 동생의 노래」
   "석으로 도량형을 삼아 통용시켜 고르게 하니 임금의 창고가 꽉 찼는데, 그 분의 유업을 함부
   로 떨어뜨려 종실을 뒤집고 후사를 끊어놓았다(關石和鈞, 王府則有, 荒墜闕緖, 覆宗絶祀)"는 바
   로 그런 뜻으로 쓰였으며, 나중에는 곧 끊어지려는 쇠퇴한 학문이나 학설을 비유하는데 쓰였
   다. 한유의 「배움에 나아감을 비방함을 해명함(進學解)」의 "희미하게 쇠퇴한 유업을 찾아 홀
   로 널리 이어 멀리 이었습니다(尋墜緖之茫茫, 獨旁搜而遠紹)"가 바로 그런 뜻이다.
4 이륜(彝倫): 인간으로서 지켜야 할 떳떳한 상도(常道), 곧 일정불변의 도리를 말함. 『서경』 「주
   서·큰 규범(周書·洪範)」에 "오오 기자여! 하늘은 몰래 백성들을 정하여 그들의 삶을 돕고 화
   합되게 하나 나는 그 불변의 도리[彝倫]가 베풀어짐을 모르오"라는 말이 있다.
5 조박(糟粕): 술지게미 또는 찌끼를 말함. 『회남자』 「도의 감응에 대한 가르침(道應訓)」에 나오
   는 이야기 "제환공(齊桓公)이 대청 위에서 책을 읽고 있는데, (수레바퀴를 깎는) 윤편(輪扁)이
   대청 아래서 수레를 다듬고 있었다. 그 몽치와 끌을 풀고 환공에게 묻기를 '임금님이 읽는
   것은 어떤 책입니까?'라 하였다. 환공은 '성인의 책이라네'라 했다. 윤편. '그 사람들은 어
   디 있습니까?' 환공. '이미 죽었지.' 윤편. '그렇다면 이는 곧 성인의 찌끼[聖人之糟粕]일 따
   름입니다.'"

오히려 한스럽네, 산 언저리에　　　　　　　　却恨山樊阻麗澤 [7]
　　함께 수학할 친구들 길 막혀,

서재에 종일토록 거처하며　　　　　　　　　齋居終日獨欽欽 [8]
　　홀로 조심조심한다네.

　　　　　　— 학문을 강론함(講學)

　유행에 휩쓸려 덕행을 어지럽히는 세력이 사뭇 침습하여 흘러 넘친다. 희미하게 쇠락해져 버린 전대의 성인들이 남긴 유업(遺業)을 아무리 찾으려고 하여도 찾기가 쉽지 않다. 오로지 영원토록 변치 않을 인륜을 지향하여 도를 있는 대로 다 환하게 밝혀야 할 것이며, 이렇게 하면 다

6　웅어(熊魚): 모두 맛난 요리를 말하는데, 생선[魚]은 삶, '웅'은 곰발바닥[熊掌]으로 의(義)의 비유로 쓰였음. 『맹자』「고자(告子) 상」의 「(맹자가) 생선도 내가 바라는 것이며 곰발바닥도 내가 바라는 것이지만, 두 가지를 모두 얻을 수 없다면 생선을 버리고 곰발바닥을 가지겠다. 삶도 내가 바라는 것이며 의 또한 내가 바라는 것이지만 두 가지를 모두 얻을 수 없다면 삶을 버리고 의를 가지겠다"라 한 말에서 나왔음.

7　산번리택(山樊麗澤): '번'에 대해서는 '곁, 또한 우거진 숲', '그늘' 등 여러 가지 뜻이 있는데, 여기서는 복합적으로 쓰인 것 같아 대체로 산 언저리의 숲이 많은 그늘을 가리키는 것 같다. '麗'는 '驪'와 같으며 "이어졌다(連)"는 뜻이다. 『주역』「태괘(兌卦)」 "못이 연이어 있는 것이 태괘이다. 군자는 그것으로 친구들과 강습한다(麗澤, 兌, 君子以朋友講習)." 친구들끼리 모여서 강습하며 절차탁마하는 것을 비유하는 말이다.

8　종일독흠흠(終日獨欽欽): '흠흠'은 원래 마음을 써서 근심스레 생각하여 잊지 못하는 모습임. 『시경』「진나라의 민요·새매(秦風·晨風)」에 "그대를 뵙지 못하니 시름하여 마음 조마조마 잊지 못하네(未見君子, 憂心欽欽)"라는 말이 있는데, 여기서는 삼가하여 경계하는 모양으로 쓰였음. 『삼국지』「오나라의 역사·주연의 전기(吳志·朱然傳)」에 "종일토록 조심조심하는 것이 항상 전쟁터에 있는 듯이 하였다(終日欽欽, 常在戰場)"라는 말이 나온다.

시 거기서 얻은 성정을 마음 속에 깊이 보존할 수 있을 것이다. 오로지 도가들이 성인들이 남긴 찌꺼기라고 한 책만이 묘함을 전할 수 있다는 것을 알아야 한다. 그래야 비로소 곰 발바닥과 생선 같은 별미들 가운데서 어느 것이 더 깊은 맛이 있는지 알 수 있을 것이다. 그렇지만 이곳에 거처하자니 산 언저리의 숲이 함께 학문을 나눌 친구들이 올 길을 막음이 한스럽다. 다만 하루 종일 서재에서 조용하게 지내면서 오로지 홀로 있을 때를 조심하고 또 조심하면서 보내고 있다.— 학문을 강론함

2 숨은 뜻은 다름이 아니라   隱志非他達所由 9
     행하는 이유를 이루어서,

   하늘이 낸 백성의 덕과 공업을   天民德業尙須求 10
     모름지기 찾고자 함이네.

   현인되기를 바람은 실로   希賢正屬吾儕事 11
     우리네 일이니,

---

9 소유(所由): 『논어』「정치를 함에(爲政)」에 "그 가까이 하는 친구를 보며, 그것을 행하는 이유를 보며, 그 편안히 여기는 바를 살핀다면 사람들이 어떻게 자신을 숨길 수 있겠는가?(視其所以, 觀其所由, 察其所安, 人焉瘦哉)"라는 말이 있다.

10 천민(天民): 하늘의 이치(天理)에 밝고 천성(天性)에 적합한 현자를 가리킴. 『맹자』「마음을 다함(盡心) 상」에서는 "천하에 행할 수 있는 것을 이룬 후에 실천하는 사람"이라 하였고, 『장자』「경상초(庚桑楚)」에서는 "천성이 태연하고 조용한 사람은 하늘의 광채를 내뿜는다. 하늘의 광채를 내뿜는 자는 그 자신을 나타낸다. 도를 닦은 자는 항상성을 갖고 있으며 항상성을 갖고 있는 사람은 사람들이 그에게 머물게 되고 하늘이 그를 돕는다. 사람이 와서 머무는 것을 하늘의 백성이라 한다"라 하였다.

도를 지키는 데 어찌 이날이라고　　　　　　　守道寧忘此日憂
　　근심을 잊으리오?

쇳물 크게 잘못 부으면　　　　　　　　　　大錯鑄來容改範 [12]
　　그 모양 바꾸어야 하고,

길 잘못 들었음 깨달은 곳에서는　　　　　迷塗覺處急回輈 [13]
　　빨리 수레 돌려야 하네.

11　희현(希賢): 송나라 주돈이(周敦頤)의 『통서(通書)』 「학문에 뜻을 둠(志學)」에 "성인은 하늘이
　　되기를 바라며, 현자는 성인이 되기를 바라고, 선비는 현자가 되기를 바란다(聖希天, 賢希聖,
　　士希賢)"라는 말이 있다.

12　대착~용개범(大錯~容改範): 대착은 돌이킬 수 없을 정도의 매우 큰 잘못, 착오를 말함. 범은
　　쇳물을 붓는 거푸집이라는 뜻이다. 송나라 손광헌(孫光憲)의 『북몽쇄언(北夢瑣言)』이란 책
　　에 담긴 일화 "당나라 위박(魏博) 절도사인 임회왕(臨淮王) 나굉신(羅宏信)이 죽자 아들인 나
　　소위(羅紹威)가 그것을 이어받았는데, 후량(後梁)의 태조(주전충)와 서로 좋아하여 친분을 맺
　　어 정분이 매우 지극했다. 이에 앞서 본부에 아병(牙兵: 대장군 밑에 있는 군사) 8천이 있었는데,
　　그 선친 때보다 더 교만해지니 나소위는 불평을 하면서 잘라 없앨 뜻이 있었으며, 이로 인하
　　여 후량 사람들과 함께 계략을 모아 갑옷을 두르고 창을 지니고서 아병을 공격하여 모두 죽
　　여 없애버렸다. 비록 본디 품은 마음을 이루기는 하였지만 기강이 없어져 점차 태조에게 모욕
　　과 제재를 당하게 되자 이에 친한 관리에게 말했다. '여섯 고을 43개 현의 쇠를 모아 (그에게 줄)
　　단 하나의 큰 착(錯)을 만들고자 해도 안 될 것이다!'" 소식의 「철도인에게 드리다(贈鐵道人)」
　　라는 시에 "몇 고을의 쇠인지는 모르겠으나, 이것 주조하면서 한번 큰 잘못 저질렀네(不知幾
　　州鐵, 鑄此一大錯)"라 읊은 구절이 있다.
　　　이 시구의 의미는 쇳물을 부어 만드는 데 작은 잘못은 있어도 상관이 없겠지만, 손해와 이익
　　이 전체에 큰 착오를 끼친다면 그 모양을 바꾸지 않을 수 없다는 뜻이다.

13　미도(迷塗): 이 구절과 관련된 말이 『퇴계집』 권25 「정유일(鄭惟一)에게 답함(答鄭子中)」에 보
　　이는데 소개하면 다음과 같다. "나[滉]와 같은 사람은 잘못 든 길이 이미 멀어져 비로소 머리
　　를 돌려 만년의 공부를 하여 지난 허물을 깁고자 하는데, 병든 몸을 겨우 거두자마자 비난하
　　는 말들이 산과 같습니다(如滉迷塗旣遠, 方始回頭, 庶做晚功, 追補往愆, 而病蹤纔斂, 誇議如山)."

다만 안자의 누추한 골목 좇아   祗從顔巷勤收執 [14]

　부지런히 잡으니,

부귀는 하늘의 구름처럼   貴富空雲一點浮 [15]

　한 개의 뜬 점일세.

　　　　　　　― 뜻을 구함(求志)[16]

　내가 세상을 떠나 이렇게 숨어서 은거하는 뜻은 다른 데 있는 것이
아니다. 평소에 내가 행하고자 하는 이유를 이루어서, 하늘의 이치에 부
합하는 백성의 덕성과 공업을 모름지기 추구하여 얻고자 함이다. 현명
한 선비가 되기를 바라는 것은 실로 우리 같은 학문에 종사하는 사람의
일이니, 도를 지키는 데 있어서 어찌 오늘날의 근심을 잊겠는가? 쇳물을
부어 기물을 만드는 데 돌이킬 수 없을 정도로 크게 잘못 부으면 결국은
그 틀을 바꾸어야 한다. 그렇듯이 길을 가다가 잘못 들었구나, 하는 것
을 깨달은 곳에서는 지체없이 그 즉시 수레를 돌려 원래 가던 곳으로 되
돌아와야 한다. 내가 추구하는 것은 가난하더라도 도를 추구하는데 온
힘을 다 바쳤던 안자의 태도이다. 그가 살던 누추한 골목을 좇아 부지런

---

14 안항근유집(顔巷勤收執): 주자의 「백록동을 읊음(白鹿洞賦)」에 "기꺼이 족두리풀 쥔 마음 품
　고, 삼가 안자의 골목 잡아두고 있네(允莘摯之所懷, 謹巷顔之收執)"라는 구절이 있다.
15 귀부~일점부(貴富~一點浮): 「가을 회포-4」 주20)을 보라.
16 구지(求志): 은거하면서 자신이 뜻하는 바를 구하여 이를 간직한다는 뜻임. 『논어』 「계씨(季
　氏)」의 "숨어 살면서 그뜻을 구하고 의를 실천하면서 그 도를 이룬다(隱居以求其志, 行義以達
　其道)"라는 구절에서 나왔음.

히 마음 속에 잡아두고 있으니, 떳떳하지 않게 이룬 부유함과 고귀한 신
분은 나에게 있어서는 다만 한 점의 구름과 같을 뿐이다.— 뜻을 구함

3 글자를 쓰는 법은 예로부터   字法從來心法餘
    마음을 쓰는 법의 남음이니,

글씨를 익히는 것은   習書非是要名書
    명필이 되고자 함은 아니라네.

창힐과 복희씨가 만든 것   蒼羲製作自神妙 [17]
    절로 신묘하니,

위진시대의 풍류라고   魏晉風流寧放踈 [18]
    어찌 방탕하고 소흘하리.

오흥 사람 걸음걸이 배우려다   學步吳興憂失故 [19]
    옛것마저 잃을까 근심스럽고,

동해 사람 따라 얼굴 찡그리다가   效顰東海恐成虛 [20]

[17] 창희제작(蒼羲製作): 창힐(蒼頡)과 복희씨(伏羲氏)가 중국의 문자인 한자를 만든 것을 말함. 창힐은 황제(黃帝)의 사관(史官)으로 새의 발자욱을 보고 문자로 만들었다 하고, 복희씨는 서체의 하나인 용서(龍書)를 처음 만들었다고 함.

[18] 위진풍류(魏晉風流): '위'는 위 문제(文帝) 때의 서예가인 종요(鍾繇: 151~230, 자는 元常)를 말하는데 그는 모든 서체에 두루 뛰어났으나 특히 정자체(正字體)와 예서(隷書)에 뛰어났다. '진'은 왕희지(王羲之: 303~361)를 말하는데, 그는 초서, 행서, 예서, 정자체에 뛰어났으며, 당나라 태종이 그와 그의 아들인 왕헌지(王獻之)의 서체를 몹시 좋아하게 되어 일시에 그의 서체가 유행하게 되었다.

텅 비게 될까 걱정되네.

다만 점과 획 모두   但令點畫皆存一 21

　하나에 있도록 하여,

인간세상에 함부로   不係人間浪毀譽

　명예 훼손되지 않도록 하게나.

---

19 학보오흥(學步吳興): 오흥은 원나라 때의 서예가 조맹부(趙孟頫: 1254~1322)를 말함. 조맹부
　는 자가 자앙(子昂)이며 오흥 사람으로 송 태조의 아들인 진왕(秦王) 덕방(德方)의 후예이다.
　원나라 때 한족으로서 벼슬길에 나아가서 관직이 한림학사승지(翰林學士承旨)에까지 이르렀
　으며 시서화에 모두 능해 서예로는 조체가 있고, 그림으로는 원대의 화풍을 열었다. 시호는
　문민(文敏).
　'학보'는 곧 '한단지보(邯鄲之步)'를 말하며 자신의 본분을 잊어버리고 타인의 행위를 흉내내
　려다가 두 가지를 모두 잃는 것을 말함『장자』「가을 강(秋水)」에 나오는 고사. "또한 그대는
　수릉의 젊은이가 (趙나라의 서울인) 한단(邯鄲)으로 가서 걸음걸이를 배웠던 이야기를 들어보
　지도 못했소? 한단의 걸음걸이를 배우기도 전에 그는 그의 옛 걸음걸이마저 잊어버리고는 곧
　엉금엉금 기어서 돌아왔단 말이오."

20 효빈동해(效顰東海): '顰'은 곧 '矉'과 같으며 얼굴 따위를 찡그리다, 찌푸리다의 뜻이다. '효
　빈'은 모방을 잘하지 못하거나 겉모양만 흉내내는 것에 대한 비유임.『장자』「하늘의 운행(天
　運)」에 나오는 서시(西施)와 관련된 이야기. "서시가 가슴앓이를 해서 이맛살을 찡그리고 있
　었더니 그 마을의 못생긴 여자가 이를 아름답게 보고서 돌아와서는 역시 가슴에 손을 얹고
　이맛살을 찌푸렸다. 마을의 부자들은 그것을 보고 문을 굳게 잠근 채 밖에 나가지 않게 되
　고 가난한 사람들은 그것을 보고 처자를 이끌고 달아나 버렸다. 그 여자는 찡그린 것이 아름
　다운 줄은 알았으나 찌푸리면 아름답게 되는 까닭을 몰랐다."
　동해는 명대의 장필(張弼)을 말함. 장필은 자를 여필(汝弼)이라 하였고 송강(松江) 화정(華亭)
　사람으로 스스로 호를 동해(東海)라 했다. 시와 문장에 능했으며 초서에 뛰어났다. 명대의 저
　명한 문인인 이동양(李東陽)과 교유했다.

21 점획존일(點畫存一): 주자의「글자를 쓰는 좌우명(書字銘)」에 "붓을 들고 먹을 찍으며 종이를
　펴고 먹을 가는 것은 하나같이 그 안에 있다. 점을 찍고 획을 그을 때마다 뜻을 방일하게 한다
　면 거칠어지고, 고운 것을 취하게 되면 의혹이 생기니 반드시 그 속에 사정이 있고 신명이 그
　덕을 밝힌다(握管濡毫伸紙行墨, 一在其中, 點點畫畫放意則荒, 取娟則惑, 必有事焉, 神明厥德)"라
　는 말이 있다.

— 서예를 익힘(習書)[22]

글자를 쓰는 법도는 옛날부터 마음을 쓰는 법도를 익히고 남은 시간에 하는 것이니, 글씨 쓰는 것을 익히는 일은 서예로 이름을 날리고자 함이 결코 아니다. 옛날 창힐과 복희씨가 만들어낸 한자는 정말 절로 신묘한 것인데, 세월이 흘러 위나라의 종요와 진나라의 왕희지에 이르기까지도 글자를 쓰는 풍류가 방탕하고 소홀해진 적이 없다. 원나라에 이르러 조맹부 같은 사람은 혹 한단 사람이 걸음걸이를 배우다가 자기의 본래 걸음걸이마저 잃어버린 것같이 되지 않을까 근심했고, 명나라의 장필 같은 사람은 겉모양만 흉내내다가 텅 비게 되지나 않을까 걱정을 하였다. 다만 글씨를 씀에 한 점 한 획을 쓸 때도 그 마음을 한결같이 하도록 하여 인간세상에서 함부로 명예가 훼손되는 일이 없도록 해야 할 것이다.— 서예를 익힘

4 시가 사람을 그르치는 것이 아니라   詩不誤人人自誤
      사람이 스스로 그르치는 것이니,

  흥이 오고 정이 가면   興來情適已難禁
      이미 견디기 힘들다네.

---

[22] 이 시는 『퇴계문집』 「내집」 3권에 수록되어 있는데 퇴계 자신이 "근세에 조맹부와 장필의 필체가 매우 유행되기는 하지만 모두 후학을 그르침을 면치 못하였다"라 주석을 달고 있다..

바람 불고 구름 움직이는 곳에는　　　　　　風雲動處有神助 [23]

　　신의 도움 있으니,

매운 맛과 비린내 없어질 때　　　　　　　　葷血消時絶俗音 [24]

　　속세의 소리 끊어지네.

율리의 도연명은 다 지으면　　　　　　　　栗里賦成眞樂志 [25]

　　실로 뜻 즐거웠고,

초당의 두보는 다 고치고 나면　　　　　　　草堂改罷自長吟 [26]

　　스스로 길게 읊조렸다네.

그가 밝디 밝게　　　　　　　　　　　　　　緣他未着明明眼

---

23 풍운동처(風雲動處): 초당의 왕발(王勃)이 아버지를 보러가던 중에 마당산(馬當山)을 지나다 가 신의 도움으로 바람을 얻어 등왕각(滕王閣)에 가 유명한 「등왕각서」와 시를 지었다는 고 사가 있음. 당시 남창(南昌)의 도독인 염백서(閻伯嶼)는 등왕각을 중수하고 백일장을 열었는 데, 이때 왕발은 아버지를 뵈러 가는 중에 마당산에 머무르고 있었는데 남창과는 700여 리나 떨어져 있었다. 물의 신이 그 까닭을 일러주고 아울러 바람으로 도와주어 새벽에는 연회에 다 달아 참석할 수 있었다는 이야기다.

24 훈혈(葷血): '훈'은 마늘, 파 등과 같은 매운 맛이 나는 양념으로 쓰는 음식을 말하며, '혈'은 비 린내가 나는 어육류를 말한다. 주자의 '공풍(鞏豐)'에게 답함(答鞏仲至)」에 "모름지기 예와 지 금의 시체 및 우아하고 속됨과 좇아야 하고 등져야 할 것을 알 수 있어야 하고, 더욱이 모든 창 자와 위 사이의 예전에 생긴 양념의 매운 맛과 어육의 비린내, 갖은 기름기를 완전히 씻어낼 수 있어야 한다"라는 말이 있다.

25 율리(栗里): 도연명이 살던 곳으로, 곧 도연명을 가리킴.

26 초당(草堂): 두보가 성도(成都)의 완화리(浣花里)의 시냇가에 지은 초당을 말하며, 곧 두보를 가리킨다. 두보는 성격상 훌륭한 시구를 탐하여 시를 지을 때마다 몇 차례나 고쳐쓰고는 했 는데 다 고쳐서 훌륭한 구절을 얻으면 이를 길게 읊조렸다 한다. 그래서 그의 「근심을 풀다 (解悶)」 열두 수 중 일곱째 시에는 "성령을 도야하는 데는 어떤 것이 있는가 하니, 새 시 다 고치고 나면 스스로 길게 읊어 보는 것이라네(陶冶性靈存底物, 新詩改罷自長吟)" 같은 구절 이 있다.

착안을 못해서이지,

내 번쩍번쩍 빛나는 마음   不是吾緘耿耿心 [27]
봉하지 않았다네.

　　　— 시를 읊조림(吟詩)

　사람들은 시를 짓는 것이 사람을 그르친다고 하나 실상은 시 자체가
사람을 그르치는 것은 아니다. 시를 짓는 사람이 스스로를 그르치는 것
인데 시를 지으면서 서로간에 감흥이 오기도 하고 시정이 가기도 하면
그때는 이미 스스로 통제하여 마음속으로 금하기가 어렵게 되는 까닭
이다. 바람이 일고 구름이 움직이는 것 같은 격조가 뛰어난 시에는 실
로 신의 도움이 있을 것이다. 마음 속에 자리잡은 예전의 매운 맛과 비
린내 같은 수식이라는 양념의 기운을 완전히 없앨 때라야 비로소 속세
의 소리와 완전히 단절될 수 있는 것이다. 율리에 살던 도연명은 시를 다
짓고나면 거기에 감정을 완전히 실어 실로 뜻을 이룸을 즐거워했다. 초
가집에서 시를 짓던 당나라 때의 시인인 두보도 시를 다 고치고 난 후에
는 잘 고쳐졌는지 스스로 소리내어 길게 읊조려 보았다. 시가 잘 지어지
지 못한 것은 다만 그 사람이 밝게 착안을 하지 못한데 그 원인이 있는

27　연타~경경심(緣他~耿耿心):『퇴계집』권 25「정자중에게 답함」에 이와 관련된 말이 나오는
　데 다음에 옮겨 본다. "한거라는 좋은 시편을 망령되이 평론한 바 있어, 뒤따라 생각해 보니
　땀이 흐르고 몸이 움츠려집니다(閒居盛什妄有評賞, 追思汗縮)." 이는 대체로 퇴계가 문봉 정유
　일의 시에 대한 평론에 미진하여 다 갖추지 못한 것이 있어서 그러는 것 같다.

것이지, 내가 번쩍번쩍 밝디 밝은 마음을 봉해서 그런 것은 아닌 것이다.— 시를 읊조림

5 숲 사이의 띠집   林間茅屋石間泉
　　바위 사이의 샘,

　한가롭고 사랑스런 가을바람   閑愛秋風灑靜便 28
　　고요하고 편안하게 부네.

　『역경』으로 복희씨와 문왕의   易玩羲文一兩卦 29
　　한두 괘 즐기고,

　시로는 도연명과 소강절의   詩吟陶邵五三篇
　　세 다섯편 읊조리네,

　동산에서 조용히 쉬는 들사슴은   園容野鹿栖雲宿
　　구름에 깃들어 묵고 있고,

　창문 맞은 편의 물새는   窓對沙禽向日眠 30
　　해를 향하여 자고 있네.

　몸만 단지 한가로울 뿐 아니라   不獨身閑心亦泰

---

28 한애추풍쇄정편(閑愛秋風灑靜便):두보의「가을날 기부에서 속마음을 읊어 받들어 정심과 태자 빈객으로 있는 이지방(李之芳)에게 일백운을 써서 부치다(秋日夔府詠懷, 奉鄭監審李賓客之芳一百韻)」의 "약과 음식만 헛되이 어질러져 있고, 가을바람은 조용하고 편안하게 불어오네(藥餌虛狼籍, 秋風灑靜便)"라 읊은 둘째 구절을 온전히 취하여 쓴 것이다.
29 희문(羲文):8괘를 그린 복희씨(伏羲氏)와 괘사를 지은 주문왕(周文王)을 함께 이르는 말임.
30 사금(沙禽):모래톱이나 모래 여울에 사는 물새를 말함.

마음 또한 너그러우니,

병 많은 것 남보다 앞섬　　　　　　　任從多病在人先

아무렇지도 않네.

　　　― 한가로움을 사랑함(愛閑)

숲 사이의 띠풀로 지붕을 엮어 이은 집과 바위 사이로 샘물이 졸졸 흐른다. 샘물로 한가하고도 사랑스럽게 느껴지는 가을바람이 고요하고도 편안하게 끼얹기라도 하는 듯 불어온다. 『주역』을 보면서 옛날 중국의 복희씨와 주나라의 문왕이 만들었다고 전해지는 괘사 가운데 한두 개를 뽑아 완미하여 본다. 시는 진나라의 도연명과 북송시대의 소옹이라는 걸출한 시인들의 작품을 세 편 내지 다섯 편 정도를 내키는 대로 뽑아 읊조려본다. 동산의 한쪽 구석을 보니 들판의 사슴이 조용히 구름이 깃든 가운데 묵으면서 쉬고 있고, 창문과 마주한 곳에서는 모래톱의 물새가 해를 향하여 앉은 채 자고 있다. 이런 광경을 두루 즐기자니 몸만 한가로운 것이 아니라 마음까지 태연해진다. 그래서 다른 것은 몰라도 몸이 병약하여 아픈 것이 남보다 월등히 많은 사실조차 전혀 아무렇지도 않다.― 한가로움을 사랑함

6 말하지 말게, 산과 숲　　　　　　　休道山林已辦安

　　이미 편안함 갖추었음을,

마음의 근원 이해하지 못하면

오히려 저촉됨 많다네.

心源未了尙多干 [31]

눈 속이 깨끗함은

늘 편안함 키우기 때문이니,

眼中麗若常恬養 [32]

일 지나면 초연히

당겨 잡아두지 말게나.

事過超然莫控搏 [33]

구년 세월 하늘 봄은

면벽수도 아니요,

九歲觀空非面壁 [34]

삼년 동안 기 복용함은

연단 달여 놓은 것과는 다르다네.

三年服氣異燒丹 [35]

성현께서 말씀하신 고요함

해와 같이 밝으니,

聖賢說靜明如日

깊이 경계하였네,

深戒毫釐錯做看

---

[31] 심원미료상다간(心源未了尙多干): 본래 근원이 맑고 깨끗하지 못하면 밖에서 연루되어 저촉되는 것이 많음을 이른 것이다.

[32] 염양(恬養): 고요히 성정(性情)을 함양하는 것을 말함. 『장자』 「본성을 닦음(繕性)」에 "옛날의 도를 다스린 사람은 고요함으로 지혜를 키웠다. 그것이 생겨도 지혜로 하는 것이 없는 것, 그것을 일러 지혜로 고요함을 키운다고 한다"는 말이 있다.

[33] 사과초연막공단(事過超然莫控搏): '공(控)'은 "당기다[引]"의 뜻이며, '단'은 손으로 얼싸안는 것이다. 애석해하여 주무르는 것을 말한다. 이 시구의 전체적인 뜻은 한 번 일이 지나갔으면 머물러 지체시키지 말라는 것이다.

[34] 면벽(面壁): 달마조사가 소림사에 이르러 벽을 보고 좌선한지 9년이 지나서야 돈오하여 성불한 것을 말한다.

조그만 터럭만큼이라도 잘못 볼까.

— 고요함을 기름(養靜)

    산과 숲이 사람이 살기에 편안함을 이미 모두 갖추고 있음을 아무에게도 말하지 말게나. 마음의 근원이 깨끗하다는 것을 이해하지 못한다면 외적인 요소는 오히려 그로 인해 저촉됨이 많은 법이다. 사물을 보는 사람이 눈 속이 깨끗한 것은 늘 그렇게 볼 수 있도록 편안함을 키워 왔기 때문이니, 어떤 일이 한번 지나갔으면 초연하게 더 이상 거기에 머물러 지체하면서 연연해하지 말 것이다. 9년이란 긴 세월을 하늘을 자세히 살피고 관찰하는 것은 불가에서 말하는 벽을 보고 앉아 좌선하여 도를 터득하는 일이 아니다. 3년에 걸쳐 기를 복용하는 것도 도가에서 말하는 단약을 달여 복용하는 것과는 다르다. 전대의 성인과 현자들이 말씀하신 고요함은 마치 하늘 높이 떠 있는 해와 같이 밝으니, 조그만한 터럭 같은 사소한 잘못도 그 밝은 해 아래서 잘못 보게 되지나 않을까 깊

---

35 삼년복기(三年服氣): 진나라 갈홍(葛洪)의 『포박자』 「속세에서(對俗)」에 나오는 이야기 "장광정(張廣定)이란 사람이 난리에 피난을 하였는데, 네 살 먹은 딸은 광주리에 담아서 줄을 늘어뜨려 무덤 속으로 내려 보낸 뒤 몇 달 먹을 마른 음식 및 물 등을 내려주고는 버리고 떠났다. 난리가 평정되었을 때는 삼년이라는 세월이 흘렀으며 장광정은 이에 고향으로 돌아갈 수 있었고, 무덤 속에 버린 딸의 유골이나 거두어서 안장시키려고 했다. 장광정이 들어가 보니 딸은 옛날 그대로 무덤 속에 앉아 있었으며, 식량이 갓 떨어졌을 때는 매우 배가 고팠는데 무덤 모서리에 무엇이 있어 목을 늘여 기를 흡입하기에 따라서 해보았더니 다시는 배가 고프지 않게 되더라고 했다. 장광정이 이에 딸이 말한 것을 찾아 보니 바로 큰 거북 한 마리였다." 한편 진(晉)나라의 허매(許邁)라는 사람은 한 번 기를 복용하면 천여 차례나 숨을 쉬었다고 한다.

264

이 경계하며 살아왔다.— 고요함을 기름

7 향 태우는 것은 참선하는   焚香非是學禪僧
　　중 배우기 위함이 아닌데,

　　먼지 한 점 없는 곳에 느긋하게 앉으니   清坐無塵思若凝 36
　　생각이 엉기는 듯하네.

　　이미 가슴속 혼령   已遣襟靈渾洗滌
　　완전히 씻어내게 하였고,

　　따라서 심지도 차가운 연못과 얼음에   從敎心地凜淵冰 37
　　임한 듯하게 했네.

　　축사와 무당 빌고 바라는 것   史巫祈祝惟增怪 38
　　괴이함만 더할 뿐이고,

　　비단 옷 좋은 냄새는   羅綺薰濃只長矜
　　자랑만 길게 늘어놓게 하네.

　　누가 침향의 재료에   誰與沉材除此厄 39

---

36 청좌(清坐): 한가하고 조용하게 앉아 있는 것을 말함
　 무진(無塵): 먼지가 붙어 있지 않은 곳으로, 세속을 초탈한 곳을 비유하는 말로 쓰임.
37 연빙(淵氷): 「동재에서의 일을 느끼다-6」 주 14)를 보라.
38 사무(史巫): 옛날 제사를 주관하고 귀신을 섬기는 일을 했던 축사(祝史)와 무격(巫覡)을 말함.
39 수여침재제차액(誰與沉材除此厄): '여'는 '위(爲)'와 같다. '침향'은 아열대 지방에서 나는 상록
　 교목으로 속은 향료로 쓰이며 향의 재료로도 많이 쓰인다. 축사와 무당, 비단옷 등이 침향의
　 액화(厄禍)가 되는데 누가 향을 피워서 없애겠는가라는 뜻이다.

이 액화 없애어,

경건하게 한 줌 판향   敬拈一瓣爲顔曾 [40]

집에서 안회와 증점 위해 태우리.

— 향을 사름(焚香)

내가 향불을 피우는 것은 향을 사르며 참선의 수양을 하는 중을 배우려 함이 아니다. 티끌 하나 없이 깨끗하게 정리 정돈을 한 뒤 한가하고 조용하게 앉아서 향불 연기에 이 마음을 하나로 엉기게 하여 집중하려 함이다. 이렇게 하니 이미 가슴 속 깊숙한 곳에 자리잡은 혼령이 완전히 깨끗하게 씻겨지게 한 것 같고, 이에 따라 심지도 또한 깊은 못 앞에 선 듯 살얼음을 밟듯 항상 두렵고 조심스런 마음을 갖게끔 한다. 옛날 제사를 주관하던 축사(祝史)나 굿을 하던 무당이 향불을 피워 놓고 빌고 바라는 것을 보니 나의 향을 태우는 목적과는 너무 달랐다. 그 모습이 실로 괴이한 생각만 늘게 했다. 그처럼 수양은 하지 않으며 옷에

---

40 일판(一瓣): '일판'은 곧 '일판향'을 말하는데 "한 줄기 향연기"라는 뜻이다. 불교 선종의 장로가 법당을 열고 도를 강의 할 때 세번째 향을 태우면서 "이 향은 삼가 도법을 전수하신 아무개 법사께 바칩니다"라고 한 데서 유래되었다. 이로 인하여 나중에는 스승으로 받들거나 아니면 어떤 사람을 추앙하는 의미로 쓰이게 되었다. 예를 들면 송나라 진사도(陳師道)의 「연문충공 댁에 있는 육일당의 도서를 보고(觀亮文忠公六一堂圖書)」 같은 시에는 이런 구절이 있다. "여태까지 한줄기 향을, 경건하게 남풍 증공 스승 위해 바치네(向來一瓣香, 敬爲曾南豊)." 남풍은 진사도의 스승인 증공(曾鞏)을 일컫는 말이다. 여기서는 공자의 훌륭한 제자인 증자와 안자를 위해 분향을 하겠다는 뜻으로 곧 공자의 뒤를 이은 두 수제자를 본받겠다는 의미로 쓰였음.

좋은 향기를 배게 하려는 목적으로만 향을 태우는 신분이 높은 사람들은 그저 옷에서 나는 향불의 향기에만 자랑을 길게 늘어놓을 뿐이다. 누가 실로 침향의 재료에 이 수양을 위한 목적 외에 쓰는 향불로 보면 액화에 해당하는 행위를 없애어, 경건하게 안회와 증점 같은 유교의 스승을 위해 한 줌 향연기를 태워 피어오르게 할 수 있겠는가?— 향을 사름

8 겹겹이 병이 쌓여　　　　　　　　　　　重重積病等丘陵
　　작은 산 언덕과 같은데,

　약에도 임금과 신하가 있는지　　　　　　藥裏君臣有減增 [41]
　　더하고 덜함이 있네.

　경험 말하는 것은 신과 같아　　　　　　道驗若神難對證
　　증험 대하기 어려운데,

　처방 내어 어쩌다 맞으면　　　　　　　　試方偶中已稱能
　　이미 잘한다 일컫네.

　서툰 솜씨로 잘못 진단하면　　　　　　　庸工失診輕生誤
　　아차하다 생명 그르치고,

---

41 약리군신유감증(藥裏君臣有減增): 임금과 신하[君臣]는 한약의 처방에 있어서 주된 약과 보조되는 약을 비유한 것이다. 『소문·지진요대론(素問·至眞要大論)』이라는 책에 처방을 하는데 임금과 신하라는 것은 무엇을 이릅니까라 묻자 기백(歧伯)이 "병을 다스리는 것을 일러 임금이라하고 임금을 돕는 것을 일러 신하라 한다"라 대답하는 말이 나온다.

좋은 약은 해 없으니   良劑無傷久見徵
 오래 되면 징험 나타난다네.

다만 부지런히 복용하여   但得服勤差少病
 병 절제할 수만 있으면,

무엇이 거리끼리오, 야윈 몸   何妨瘦骨似枯藤
 말라 빠진 등나무처럼 된다 한들.

   — 약을 복용함(服藥)

 내 몸 구석구석에는 병이 겹겹이 쌓이고 쌓여 비유하자면 산의 언덕과 같다. 복용하는 약을 자세히 살펴보니 약에도 임금처럼 주된 약과 신하 같이 보조되는 약이 있다. 그래서 병세에 따라 어떤 약은 덜 쓰기도 하고 어떤 약은 또 많이 쓰기도 한다. 병세에 대한 경험을 말하는 것은 마치 신과 같아서 약효에 대한 효과를 맞추기가 매우 어려운데도, 처방을 내어보고 그 처방이 우연히 맞아떨어지면 이미 유능하고 용한 의원이라 칭찬들을 한다. 그러나 의술이라고 하는 것은 서툰 솜씨를 가지고 진단을 잘못 내렸다가는 아차하는 순간에 한 사람의 생명을 그르치게 하며, 좋은 약은 그 효과가 몸에 당장 드러나지는 않고 해를 끼치지 않다가 오랜 시간이 지난 뒤에야 비로소 그 징험을 드러내는 것이다. 원컨대 약한 체질을 타고난 내가 부지런히 약을 복용하여 몸을 잘 조절하여 몸에 병이 거의 생기지 않게 할 수만 있다면 참 좋겠다. 겉으로 드러나 보

이는 외모야 말라빠진 등나무처럼 비쩍 말라 야윈들, 그것쯤이야 무슨
상관이 있겠는가?— 약을 복용함

9 선왕께서 지으신 음악이라   先王作樂意尤深 [42]
    뜻 더욱 깊어,

  하늘과 땅의 중화가   天地中和發自心
    내 마음에 피어나네.

  봉황 내려오니 남풍의 노래   鳳下南薰元盡美 [43]
    으뜸이라 지극히 아름답고,

  학이 동쪽나라로 오니   鶴來東國別成音 [44]
    따로이 소리 이루었네.

  평생토록 내 온전하게   平生我未專師學

---

[42] 중국의 전설상의 왕인 복희(伏羲)씨가 처음으로 거문고를 만들었으며, 신농(神農)씨에 이르
러 비로소 오동나무를 깎아 거문고를 만들었는데, 길이가 세 자 여섯 치 여섯 푼에 위에는 오
현을 두어 궁(宮)·상(商)·각(角)·치(徵)·우(羽)의 다섯 음을 낼 수 있었다고 한다. 나중에 또
문왕(文王)과 무왕(武王)이 두 현을 더하였는데 소궁(小宮), 소상(小商)이라 한다.

[43] 봉하남훈(鳳下南薰):『서괘』「익과 직(益稷)」에 보면 순임금의 음악인 소소(簫韶)를 아홉 번 연
주하니 봉황이 날아와 법도에 맞게 춤을 추었다는 기록이 있다.
'남훈'은 '南薰'이라고도 하며 곧 「남풍가(南風歌)」를 말함. 전하는 바에 의하면 순임금이 지
은 음악이라고 한다.
원진미(元盡美):『논어』「여덟 행렬의 춤을(八佾)」에 공자가 순임금의 음악인 소(韶)에 대해
"지극히 아름답고 또 지극히 좋다(盡美矣, 又盡善矣)"고 평론하고, 또 무 임금의 음악인 무(武)
를 듣고는 "지극히 아름답지만, 지극히 좋지는 못하도다(盡美矣, 未盡善也)"라 평론한 말이
있다.

스승에게 배우지 못했거늘,

오늘 그대는 옛 악보를 　　　　　　　　此日君能古譜尋
찾을 수 있다네.

내년 산에 달 뜨는 　　　　　　　　　　好待明年山月夜
밤 되기만 하면,

줄 없는 거문고로 줄 있는 거문고에 　　無絃琴和有絃琴 [45]
화답하고자 하네.

— 거문고를 탐(彈琴)

　　복희씨와 신농씨 같은 중국의 전설적인 선왕들이 음악을 만들어낸 뜻은 우리가 생각하는 것보다 그 뜻이 더욱 깊다는 것을 알 수 있다. 하늘과 땅의 조화가 음악을 통하여 딱 맞아떨어져 내 마음에서 피어나

---

[44] 학래동국별성음(鶴來東國別成音): '음'은 원래 가락을 넣어 만든 음악을 말함. 『예기』 「악기」편에 "사물에 감응하여 움직이면 소리로 나는데, 소리가 서로 작용하기 때문에 변화가 생기며 변화에 일정한 법칙이 생기는 것을 음이라 한다. 음을 배열하여 연주하여 방패와 도끼, 깃털과 깃발을 가지고 춤출 정도에 이르면 악이라 한다"라는 말이 있다. 한의 경학자 정현은 "궁·상·각·치·우의 5음을 섞어서 배열한 것을 음이라 하고, 홀로 나오는 것을 성이라 한다"고 보충 설명을 하였다. 이로써 성은 한 가지의 단순한 소리이고, 음은 곡조를 섞은 것, 악은 춤을 출 정도의 음악임을 알 수 있다. 따라서 이곳의 음은 우리나라에 곡조를 내는 악기가 전래된 뒤의 음악을 말함을 알 수 있다.

[45] 무현금화유현금(無絃琴和有絃琴): 무현금은 줄 없는 거문고로 소금(素琴)이라고도 함. 도연명은 음악을 잘 연주하지는 못하였지만 줄 없는 거문고를 가지고 술만 취했다 하면 곧 그것을 타면서 자신의 뜻을 기탁하였다 한다. 여기서는 음악을 제대로 이해하지 못하는 사람이 가지고 있는 거문고를 말하며, 곧 퇴계 자신은 음악을 모르지만 문봉(文峯) 정유일(鄭惟一)은 음악을 잘 이해한다는 뜻으로 스스로를 낮추어서 쓴 표현임.

게 하기 때문이다. 중국에서는 순임금 같은 성인이 「남풍가」 같은 음악을 작곡하여 연주하였더니 봉황이 하늘에서 날아내려와 춤을 출 정도로 곡조가 으뜸이라 매우 아름다웠다고 한다. 봉황이 춤출 정도까지는 아니지만 학이 춤출 정도의 훌륭한 음악이 우리 동쪽 나라로 전래되어서는 우리나라 나름대로 별도의 음악이 이루어졌다. 음악에 대해서 말하자면 내 일평생 스승을 두고 체계적이며 전문적으로 배우지를 못하였다. 한데 그대는 음악에 소질이 있어서 이날 옛날의 악보를 찾아서 그것을 보고 이해를 할 수가 있을 정도의 경지에 이르렀다. 내년 이맘때쯤에는 산에서 달이 떠올라 음악을 연주하기에 좋은 밤이 되기를 기다려야겠다. 소질은 없으나 현이 없는 거문고를 가지고 내 나름대로, 음악에 능한 그대가 현이 있는 거문고를 가지고 연주하는 음악의 리듬에 맞추어 협연을 하였으면 한다.— 거문고를 탐

10 예와 악의 유래는 禮樂從來和與嚴
　　화합하고 공경하는 것인데,

　화살 던져 넣는 이 재주 投壺一藝已能兼 [46]
　　이미 이것 뛰어나다네.

　주인과 손이 무리를 지어도 主賓有黨儀無傲 [47]
　　거동에 오만함이 없고,

　산가치 세어 벌주 고르게 주지 않아도 筭爵非均意各厭 [48]

271

뜻은 각기 만족해 하네.

활쏘기와 같이 남자들은　　　　　　　　　比射男兒因肄習
이를 연습하는데,

그 다투는 게 군자라　　　　　　　　　　其爭君子可觀瞻 [49]
실로 볼 만하네.

마음은 평안하고 몸은 단정하니　　　　　　心平體正何容飾
어찌 용모를 꾸밀 것인가?

---

[46] 투호(投壺): 유가에는 예로부터 몸을 수양하는 여섯 가지 법도, 곧 예(禮)·악(樂)·사(射)·어(御)·서(書)·수(數)의 육예(六藝)라는 것이 있었다. 이 가운데 사(射)라는 것은 곧 활쏘기로 공자도 "예의가 있는 다툼"이라 하여 중시했고, 또 "반드시 과녁을 뚫어야 되는 것은 아니다"라고 하였다. 이는 각 개인의 힘을 다투기보다는 정신집중을 하는 수양의 방법으로 더 중시하였기 때문이다. 이렇게 유가에서 활쏘기를 중시하기는 하였지만 항상 활을 쏘는 예절을 다할 수 없어서 그 본뜻에 위배되지 않는 한도 내에서 그 절차만 행하게 된 것이 바로 투호이다. 호라는 것은 원래 술을 좌석 사이에 술을 담아 두는 기물인데, 잔치를 하거나 술을 마시는 도중에는 실제로 활을 쏘지 못하는 불편함이 있었기 때문에 좌석 사이에 있는 이 호에다 활을 쏘는 절차를 행하였고, 이것이 투호가 생겨난 유래가 되었다. 송 사마광(司馬光)의 「투호 격식의 서문(投壺格序)」에서 투호의 규칙을 보다 세밀하게 설명하고 있는데 "호는 가운데 지름이 세 치이고 귀의 지름은 한 치, 높이는 한 자로 소두 한 말이 들어간다. 자리에서 화살의 2개 반 거리만큼 떨어져 있다. 화살은 12개로 길이는 세 자 네 치이다. 호에 모두 넣어 하나도 잃지 않은 사람이 제일 나은 것이다. 다 넣을 수 없다면 누계를 하여 먼저 백 개 중에 20개를 넣는 사람이 이기며 나중에 하는 자는 지고, 모두 찼으면 남은 화살이 많은 사람이 이기고 적은 사람은 지게 된다"라 하였다.

[47] 주빈유당의무오(主賓有黨儀無傲): 『예기』 「투호」편에 보면 "손님은 오른쪽 편에 들고, 주인은 왼쪽 편에 든다. 깔보지 말고 오만하지 말며 등지고 서지 말며 멀리서 말하지 않는다. …… 투호를 주관하는 사람, 예의를 감찰하는 사정(司正) 및 관례를 마친 자로 서서 구경하는 자는 모두 손님의 편에 들고, 음악을 연주하는 사람과 심부름꾼 및 동자는 모두 주인의 편에 든다"는 말이 있다.

한 가지가 그 가운데 있으니   一在中間自警潛 [50]

스스로 길이 경계하네.

— 항아리에 화살 던져 넣기(投壺)

예절을 차리고 음악을 연주하는 것의 유래는 원래 서로 화합하고 공경하자는 취지에서 생겨난 것이다. 항아리에 화살을 던져넣는 이 재주도 이미 이 두 가지 취지를 겸할 수 있는 것이라 하겠다. 투호의 예를 행하기 위해서는 주인과 손님이 서로 각기 달리 편을 갈라 무리를 지어야 하는데, 다른 성격의 모임과는 달리 이렇게 해도 그 행동에 오만함이 보이지 않는다. 또한 쌍방간에 겨루기를 하여 이를 산가지로 계산을 한다. 그것에 합당하게 벌주를 주게 되니 벌주가 고르지 않아도 이에 대해 불

---

48 산작비균의각염(筭爵非均意各厭): 산은 계산할 때 쓰는 화살을 말한다. 『예기』 「투호」에 나오는 투호가 끝난 후 점수를 계산하는 절차에 관한 부분 "던지기가 끝나면 투호를 관장하는 사람이 산가지를 집고 말하길 '좌편 우편이 던지기를 끝냈으니 세어 보겠습니다. 산가지 2개를 순(純)으로 하고, 1순씩 집어서 세고 한 개만 남는 것(奇)으로 하겠습니다' 한다. 마침내 동수의 순을 상쇄하고 남은 산가지를 가지고 알리기를 '아무개가 아무개보다 많기를 몇 순이요'라 하는데 기수일 때는 남는다 하고 같을 때는 좌우가 같다고 말한다. 술 따르는 사람에게 말하기를 '술잔에 따르십시오'라 하면 따르는 자는 '예' 한다. (벌주를) 마셔야 되는 사람은 모두 꿇어 앉아 술잔을 받들고 말하기를 '받들어 마시겠습니다'라 하며 이긴 자는 '존체를 보존하십시오'라 한다."

49 기쟁군자(其爭君子): 『논어』 「여덟 행렬의 춤을(八佾)」 "공자께서 말씀하셨다. '군자는 다툼이 없으나 반드시 활쏘기를 한다. 읍을 하고 양보하며 올라갔다가 내려와 마시니 그 다툼이 군자다우니라(子曰, 君子無所爭, 必也射乎, 揖讓以升, 下而飮).'"

50 일재중간(一在中間): 일은 공경(敬)을 말하며, 항상 공경하는 마음으로 깊이 경계한다는 뜻임.

만을 제기하는 사람이 하나도 없이 모두가 흡족해 한다. 학당에 활터를 갖추지 않은 곳에서는 남자들이 활쏘기에 비견될 만큼 이 투호를 연습하는데, 그것을 겨루는 것이 모두 시정잡배나 소인배들이 아닌 군자들인 만큼 실로 볼 만한 것이 많다. 투호를 행할 때는 마음이 편안하고 몸은 단정하니 어찌 겉으로 드러나는 용모를 꾸밀 수 있겠는가? 군자들이 공경하는 한 가지 일이 그 가운데 있으니 이를 행하면서 모두가 스스로 길이 이를 경계하여 조심한다. ― 항아리에 화살 던져넣기

11 한 차례 꽃이 피니   一番花發一番新 [51]
    한 차례 새로워지는데,

다음 차례엔 하느님 내 가난한 것   次第天將慰我貧
    위로하려 하시네.

조화옹 무심결에   造化無心還露面
    또한 얼굴 드러내니,

하늘과 땅 말 없어도   乾坤不語自含春
    스스로 봄을 머금었네.

시름 달래고자 술 부르니   澆愁喚酒禽相勸 [52]

---

51 일번화발일번신(一番花發一番新): 소한(小寒)에서 곡우(穀雨)까지 닷새마다 새로운 꽃이 핀다는 24번 화신풍에 의하여 한 차례씩 새로운 꽃이 피는 것을 말한 것임.
52 요수(澆愁): 술로 시름을 달램을 말함.

새들이 서로 권하고,

뜻대로 시 지으니 　　　　　　　　　　　　得意題詩筆有神
　　붓이 신들린 듯하네.

저울질하여 가리는 일의 직권 　　　　　　　銓擇事權都在手 [53]
　　모두 이 손에 있으니,

그로부터 벌과 나비 　　　　　　　　　　　任他蜂蝶謾紛繽 [54]
　　아득히 어지러이 노는구나.

　　　　　　　— 꽃을 감상함(賞花)

꽃바람이 한번씩 불어 꽃소식에 맞는 꽃이 필 때마다 봄이 또 새로운 모습을 보여주고 있다. 그 모습이 다음번에는 하늘이 나의 가난함을 보고 나를 위로하기 위하여 꽃을 피우려는 것 같다. 이에 자연을 주재하는 조물주가 무심결에 꽃을 통하여 봄에 자기의 얼굴을 또한 드러내니, 하늘과 땅이 아무 말 없이 묵묵히 제철에 자신의 할 일을 하고 어느새 절로 봄을 머금고 있다. 시름을 달래고자 하여 술을 가져오라 하니, 마침 새들이 지저귀는 것이 마치 나에게 술을 권하는 것 같다. 뜻대로 되어 만족하여 이를 시로 읊어내니 붓에는 신이 들린 듯하다. 이에 모든 일이

---

53 전택사권(銓擇事權): '전택'은 일을 처리하는데 전권을 위임함을 말함. '사권'은 '직권'과 같은 뜻임.

54 분빈(紛繽): 원래 '빈분'이라 하며 매우 많은 모양, 또는 어지러운 모양을 말함. 여기서는 두 가지 뜻이 복합적으로 쓰인 것 같으며, 운자를 맞추기 위해 '분빈'으로 쓴 것 같음.

마치 마음 먹은 대로 되는 것 같아, 일을 잘 저울질하여 가려 정하는 직권이 모두 나의 손에 있는 것 같은데, 이로부터 자세히 살펴보니 벌과 나비가 꽃을 사이에 두고 마음 내키는 대로 어지러이 놀고 있다.— 꽃을 감상함

12 태평성세에 병이 많아   清時多病早投閑 [55]
　　　　일찍이 한가한 데 던져지니,

　　세상 온갖일 낚시로 고기나 낚으며   萬事漁竿本不干 [56]
　　　　애당초 간섭하지 않네.

　　작은 배 젓다 두고   小艇弄殘依月宿
　　　　달빛에 잠도 자고,

　　차가운 낚싯줄 거두어 두고   寒絲收罷任風餐
　　　　바람 앞에 밥도 먹는다네.

　　억새꽃 단풍잎   荻花楓葉深秋岸 [57]

---

55 청시(淸時): 청평지시(淸平之時), 곧 세상이 잘 다스려지는 태평성세를 말함.
　　투한(投閑): 당나라 한유의 「학문을 비방하는데 대한 해명(進學解)」이란 글에 "움직였다 하면 비방을 듣고 불명예 또한 따르니, 한직에 던져두고 산직에 놓아 주는 것(投閑置散)이 곧 분수에 알맞다"라는 말이 나오는데, '치한(置閑)'이라고도 함.
56 만사어간본불간(萬事漁竿本不干): 세상 만사 온갖 상념이 낚싯대 앞에서는 아무것도 없다는 것을 말함.
57 적화풍엽심추안(荻花楓葉深秋岸): 당나라 백거이(白居易)의 「비파인(琵琶引)」이라는 시의 "심양의 강가에서 밤에 나그네 보내려니, 단풍잎이며 억새꽃에 가을 쓸쓸하기만 하네(潯陽江頭夜送客, 楓葉荻花秋索索)"라는 구절에서 차용(借用)한 듯함.

가을 언덕 깊어가고,

대 삿갓 도롱이 쓰고 있으니   篛笠蓑衣細雨灘 [58]
가랑비 여울에 내리네.

우습구나, 예전에 어쩌다   可笑從前閑失脚
발 잘못 디뎌,

연하고 붉은 흙 먼지 속에   軟紅塵土沒烏冠 [59]
검은 갓 빠뜨렸으니.

— 고기를 낚음(釣魚)

맑고 태평하여 잘 다스려지는 때에 병이 많아 일찍이 나는 그다지 할
일이 없는 한직에 임명되어져 국록만 받아먹고 있는 상태이다. 그러나
낚싯대를 드리우고 고기나 낚으면서 세월을 보내니 세상만사 모든 상념
이 애시당초 나와는 아무런 상관이 없는 것처럼 느껴진다. 좀더 좋은 곳

---

58 약립(篛笠): '약'은 '箬'이라고도 하며, 대를 엮어 만든 삿갓을 말함. 당나라 장지화(張志和)의
「어부의 노래(漁父歌)」에 "파란 대삿갓에 푸른 도롱이 걸치고, 비낀 바람 가랑비에 돌아가려
하지 않네(靑箬笠, 綠蓑衣, 斜風細雨不須歸)"라 읊은 구절이 있음.

59 연홍(軟紅): 번화하고 시끌벅적한 것을 비유하는 말임. 소식의 「전협권(錢勰權)과 장지기(蔣
之奇)가 경령궁으로 임금님을 수행하여 지은 시의 각운자를 써서 짓다(次韻蔣穎叔錢穆父從駕
景靈宮)」 시 두 수 중 첫째 시에 "반백의 머리칼 목까지 늘어뜨린 것 부끄럽지 않으나, 연붉은
빛 수레 먼지 따르는 것 오히려 그립네(半白不羞垂領髮, 軟紅猶戀屬車塵)"라는 구절이 있는데
소식 자신이 주석을 달고 "선배들의 우스갯소리에 '서호의 풍월이 관리들이 드나드는 동화문
에 있는 연한 붉고 향그러운 흙먼지보다 못하다(西湖風月不如東華軟紅香土)'라는 것이 있다"
라 하였다.
'오관'은 관복에 맞춰 쓰는 검은 모자를 말함. 중국에서는 '오사모(烏紗帽)'라 하였음.

을 찾아 낚시를 하려고 작은 배를 저어 가다가 달빛 비칠 때 깜빡 잠이 들기도 하였고, 깊은 밤 차가운 날씨 속에 늦게까지 고기를 낚다가 낚싯줄을 걷고 바람을 맞아가며 밥을 먹은 적도 있었다. 이제 낚시를 하며 사방을 둘러보니 물억새가 꽃을 피우고 단풍이 져서 언덕은 가을빛이 깊어져만 가는데, 가랑비 내리는 가운데 낚시를 한다고 대나무 삿갓에 도롱이를 쓰고 여울을 지키고 있다. 이렇게 조용할 때 시간을 내어 한가로이 낚시를 하면서 생각을 해본다. 예전에 원하지도 않았던 벼슬길에 발을 잘못 내디뎌, 이렇게 좋은 곳을 떠나 서울의 번화한 거리에서 사람들과 뒤섞여, 연하나 붉은 먼지나 뒤집어쓰고, 검은색 관모를 흙먼지 속에 빠뜨린 것만 같았던 나 자신의 모습이 우습게만 느껴진다.— 고기를 낚음

13 옛날에 책과 그림   古稱書畫損梅黃 [60]
    매화 누런 때 상한다 했는데,

  동산과 숲에 하루 해 비쳐   一日園林喜得陽
    기쁘게 볕 쬐네.

  책 펴놓자 좀벌레들   散帙白魚驚不定 [61]

---

[60] 매황(梅黃): 매황우(梅黃雨) 곧 음력 4, 5월 경 매화가 누렇게 익을 무렵 내리는 장맛비를 말함. 보통 하지를 전후하여 내리는데 황매우(黃梅雨) 또는 그냥 매우(梅雨)라고도 하며, 옷이 젖게 되면 모두 검푸르게 곰팡이가 피어 썩는다고 한다.

놀라서 가만히 있지를 못하고,

뜰 지키는 맨다리의 계집종은
     護庭赤脚倦思僵 [62]
 지쳐서 넘어지려 하네.

부끄럽네 쬐일 만한 것 없이
     愧無可曬惟空腹 [63]
 배만 텅 비었지만,

한가로움이 낫네. 남 따라하다
     閑勝隨人或倒裳 [64]
 더러 옷 거꾸로 입는 것보다는.

탄식하지 말게나, 오래되어 먼지 낀 책
   莫嘆塵編寥落甚 [65]
 너무 너절하다고,

---

61 산질(散帙): 책을 펴는 것을 말함. 또 펴서 책을 읽는 것을 뜻하기도 하나 여기서는 원래의 의미로 쓰였음.
 백어(白魚): 책을 파먹고 사는 좀벌레를 말함. 두어충(蠹魚蟲)이라고도 함. 「동재에서의 일을 느끼다-4」 주 10)을 보라.

62 적각(赤脚): 아무것도 신지 않아 맨다리를 드러낸 계집종을 말함. 한유의 「노동에게 부침(寄盧仝)」에 "한 종놈은 수염이 길다란데다 머리는 싸매지 않았고, 한 계집종은 맨다리에 늙어 이빨도 없네(一奴長鬚不裹頭, 一婢赤脚老無齒)"라는 구절이 있다.

63 쇄복(曬腹): 배를 햇빛에 쬐다. 남조 송나라 유의경(劉義慶)의 『세설신어』에 학륭(郝隆: 자는 孝先)이 7월 7일 햇빛 있는 곳으로 나와서 하늘을 보고 누워 있자, 사람들이 그 까닭을 물으니 "나는 지금 책을 말리고 있는 중이오"라 대답했다는 일화가 있다.

64 도상(倒裳): 전도의상(顛倒衣裳), 곧 윗도리[衣]를 밑에 아랫도리[裳]를 위에다 허둥지둥 입는 것을 말하며, 조회에 황급히 불려 허둥대는 모습으로 관직 생활에 쫓기는 것을 비유함. 『시경』 「제나라의 민요·동녘이 밝지도 않았는데(齊風·東方未明)」에 "동녘이 아직 밝지도 않았는데, 허둥지둥 옷을 아래 위로 바꿔 입네(東方未明, 顚倒衣裳)"라는 구절이 있다.

65 진편(塵編): 「가을 회포-8」 주 55)를 보라. '요락'은 쇠락하여 너절한 모양을 말함.

궤짝 속에 구슬 있으니

가장 잊기 어렵다네.　　　　　　　　　　櫝中珠在最難忘 [66]

— 책을 볕에 쬐어 말림(曬書)[67]

옛날부터 말하기를 책이며 도화 같은 것들은 지금처럼 매화가 누렇게 익기 시작할 무렵에 내리기 시작하는 계절에 많이 손상된다고 하였다. 이는 다름 아닌 바로 장마철의 습기 때문이다. 그런 장마 기간 중에 하루라도 내가 사는 이곳 숲과 동산에도 해가 비쳐 볕을 쬘 수 있음이 무척이나 기쁘다. 이에 책을 말리려고 펼쳐 놓으니 책을 갉아먹던 하얀 좀벌레들이 놀란 나머지 한 곳에 자리를 잡고 가만히 있지를 못한다. 아무것도 신지 않은 채 맨다리를 그대로 드러낸 계집종은 하루 온종일 말리려고 뜰에 펼쳐 놓은 책을 지키느라 지친 나머지 금방이라도 엎어질 것 같은 모습이다. 나는 학식이 낮다. 그래서 책을 많이 읽어 학식이 풍부했던 학륭처럼, 내놓고 책을 말리듯 볕을 쬐일 만한 것이 없을 만큼 속이

---

[66] 독중주(櫝中珠): 책 속에 들어 있는 참된 맛을 말함. 『한비자』 「외저설·좌상설일(外儲說·左上說一)」편에 "한 초나라 사람이 그의 구슬을 정나라 사람에게 팔았는데 목란으로 상자를 만들고 계수나무와 산초나무의 향기를 더하여 이를 구슬을 꿰어 연결한 후 장미로 장식하고 푸른 깃털을 모아 꾸몄는데 정나라 사람은 그 궤짝만 사고 구슬은 돌려주었다"라는 우화가 있음. 형식이 실질을 능가한다는 뜻으로 쓰였음.

[67] 쇄책(曬冊): 책을 말리는 것을 말함. 습하고 더워지는 장마철에는 책에 좀벌레가 생기는데, 옛날에는 보통 장마가 끝난 음력 5월부터 가을이 되기 전인 7월 이전에 날이 맑은 날을 잡아 통풍이 잘되는 곳에서 햇볕이 내리쬘 때 책을 말렸다. 서원 등에서도 습하여 벌레가 든 책을 말리는 일이 큰 연례행사 중의 하나였다.

텅빈 것이 부끄럽게 느껴지기는 한다. 그래도 내 생각에는 허둥지둥 남이 하는 것만 따라하다가 아랫도리를 거꾸로 입는 것보다는, 한가로움을 만끽하는 것이 훨씬 나을 것 같다. 책은 먼지가 끼거나 너절한 것보다는 그 안에 담겨 있는 내용이 훨씬 중요하다. 그러니 책이 낡았다고 불평하며 탄식하지 말도록 하자. 정녕 가치가 있는 실질적인 옥구슬은 겉을 감싸고 있는 궤짝이 아니다. 그보다는 궤짝의 안쪽에 있는 것이다. 책도 겉모양보다는 그 내용이 중요한 것임이야말로 가장 잊어서는 안 될 것이라 하겠다.— 책을 볕에 쬐어 말림

14 본래 종적 거두어　　　　　　　　　　本收蹤跡入深林
　　깊은 숲으로 들어 왔으니,

　어찌 생각하겠는가 친한 벗　　　　　　何意親朋或遠尋
　　이따금 멀리 찾는 것을.

　혀 깨물고 다른 일은　　　　　　　　　酢舌未須談別事 [68]
　　이야기할 것도 없고,

　얼굴 펴고 성심껏　　　　　　　　　　開顔正好款同心 [69]
　　마음 함께함 정말 좋다네.

---

[68] 색설(酢舌): '색'은 '咋', 또는 '齰'이라고도 하며 "깨물다(齧)"의 뜻이다. '색설'은 부끄러움을 견디지 못하여 혀를 깨무는 것을 말함.
[69] 개안(開顔): 기뻐서 얼굴이 활짝 펴지는 것을 말함.

시내의 구름 뭉게 뭉게 피어　　　　　　　　溪雲婉婉低相酌
　　술자리에 낮게 깔리고,

산새들은 지지배배　　　　　　　　　　　山鳥嚶嚶和共吟 70
　　화락하게 함께 우네.

훗날 그대 생각나　　　　　　　　　　　他日思君獨坐處
　　홀로 앉아 있는 곳에,

밝은 달 견딜 수 없으리,　　　　　　　　不堪明月盡情臨
　　정겹게 마주하면.

　　　　— 손님을 마주하다(對客)

　나는 본래 살던 곳의 자취를 스스로 거두어서 숲 속 깊은 속까지 들어와 이렇게 살게 되었다. 그러니 친한 벗들이 이따금 멀리서 산 속 깊은 곳까지 나를 찾아줌을 어찌 바라겠는가? 이곳에서는 다른 얘기 하다가 차마 부끄러움을 견디지 못하여 혀를 깨물 필요는 전혀 없을 것이다. 다만 얼굴을 활짝 펴고 성심껏 마음을 꺼내 보이며 함께하는 일은 정말 좋을 것이다. 시냇가에 술자리를 차려놓고 환담을 하다 보면 구름이 뭉게뭉게 피어올라 술자리 주변에 낮게 깔릴 것이다. 산새들이 함께

70 앵앵(嚶嚶): 새가 화락하게 우는 모양을 나타내는 의태어로『시경』「소아·나무를 벰(伐木)」 "나무 쩌렁쩌렁 베는데, 새들 지지배배 우네(伐木丁丁, 鳥鳴嚶嚶)"라는 구절이 있다. 한나라 정현(鄭玄)은 "새 두 마리가 우는 소리"라 풀이했다. 나중에는 친구와 동기간에 서로 뜻이 맞아 학문과 덕행을 닦는 일의 비유로 쓰이게 되었다.

지지배배 화락하게 지저귀는 것도 마치 술자리의 사람들과 함께 대화라도 하는 것 같아 보인다. 먼 훗날 혹시라도 그대 생각이라도 일어 우두커니 홀로 앉아 있는 곳에, 때마침 밝은 달이라도 둥실둥실 떠오르면 좋겠다. 그대도 저 달을 보고 있을 것이라 생각하며 마주보고서 있는 정을 다 쏟아내게 된다면, 그때는 더 이상 그대를 향한 감정을 견딜 수가 없을 것이다.— 손님을 마주하다

15 봄 바람 솔솔 불어
　　답청일 지나가니.
東風習習踏靑過 71

　봄산에서 나는 좋은 음식
　　병마 일으키지 않네.
美食春山不作魔

　새벽에 나뭇꾼따라 캐러 가니
　　구름은 등짐을 누르고,
晨採趂樵雲壓擔

　저녁되어 시냇물 길어 삶으니
　　눈이 구기에 날리네.
晩烹汲澗雪飜和 72

71　습습(習習): 따뜻한 미풍이 온화하게 부는 모양.『시경』「패나라의 민요·동풍(邶風·谷風)」"솔솔부는 동풍에, 흐리기도 하고 비내리기도 하네(習習谷風, 以陰以雨)."

72　설번화(雪飜和): 두보의「초겨울(孟冬)」에 "홍귤 쪼개니 서리 손톱에 떨어지고, 햅쌀 맛보니 숟가락에는 눈 날리네(破甘霜落爪, 嘗稻雪飜匙)"라는 구절이 있다. '화'는 순우(錞于)를 말한다. 그냥 순(錞)이라고도 하며 종을 거꾸로 매단 모양의 고대의 군대 악기로 북에 맞추어 치는 것이다. 그 꺼꾸로 매단 작은 종모양이 국자와 비슷하게 생겼으므로 이런 표현을 한 것 같다. 우리말로는 '구기'라 하는데, 국자보다 좀 작은 기구로 술이나 기름 등을 풀 때 쓴다.

수양산의 노래 격해지니　　　　　　　　首陽歌激人爭慕 73

　　사람들 다투어 흠모하고,

동파 노인의 조롱에 부끄러움　　　　　坡老嘲懃我已多 74

　　내 이미 많다네.

배 두드려 보고서야　　　　　　　　　扣腹儘知書籍穩 75

　　서적 온건함 충분히 알겠는데,

허황하구나! 어쩌면 날로　　　　　　　荒哉日食萬錢麼 76

73　수양가(首陽歌): 고죽군(孤竹君)의 두 아들인 백이와 숙제(叔齊)가 주 무왕(周武王)이 은(殷)나라를 정벌하는 것이 불의라고 간하다가 무왕이 들어주지 않자 수양산에 들어가 고사리를 캐먹으며 지어 불렀다는 노래. 『사기』「백이의 전기(伯夷列傳)」에 수록되어 있으며, 그 내용은 다음과 같음. "저 서쪽 수양산에 오름이여, 그 산의 고사리를 캐네. 포악함으로 포악함으로 바꾸었음이여, 그 잘못됨을 알지 못하였다네. 신농씨와 순임금·우임금 홀연히 사라졌음이여, 내 어디로 가서 귀의할 것인가? 아아! 가야 하겠네, 운명 다하였으니(登彼西山兮, 采其薇矣. 以暴易暴兮, 不知其非矣. 神農虞夏忽焉沒兮, 我安適歸矣. 于嗟徂兮, 命之衰矣)."

74　파로조(坡老嘲): 소식이 「나물을 캠(擷菜)」에서 "가을 되니 서리와 이슬 동쪽 동산에 가득한데, 무는 아들 놓고 겨자는 손자 생겼네, 나나 하증이나 한번 포식하기는 마찬가지인데, 무엇 때문에 굳이 닭이며 돼지 먹어야 하는지 모르겠네(秋來霜露滿東園, 蘆服生兒芥有孫. 我與何曾同一胞, 不知何苦食雞豚)"라 하여 육식(肉食)의 필요성을 못 느낀다고 읊은 구절을 말함.

75　구복진지서적온(扣腹儘知書籍穩): 당나라 노동(盧仝)의 「맹씨 간의대부께서 새 나물을 부치심에 감사하다(謝孟諫議寄新菜)」 "세 사발에 마른 창자 더듬어 보니, 오로지 문자 5천 권만 들어 있을 뿐이라네(三椀搜苦腸, 惟有文字五千卷)"라는 구절이 있고, 소식의 「시험장에서 차를 끓이다(試院煎茶)」에는 "배가 터지도록 배불리 문자 5천 권 먹을 것 없이, 다만 원한다네, 한 사발 쪽 들이켜고 해 높이 떠오를 때까지 푹 자기를(不用撑腸拄腹文字五千卷, 但願一甌睡足日高時)"이라는 구절이 있다.

76　일식만전(日食萬錢): 진(晉)나라의 하증(何曾)은 성질이 호사로워서 화려하고, 사치로운 데 온 힘을 쏟았다. 연회를 할 때는 태관이 차려 놓은 것을 먹지 않아 임금이 걸핏하면 그 음식을 먹으라 하명했다. 또한 하루 만금어치를 먹어도 오히려 젓가락 댈 곳이 없다고 하였다고 한다.

만금어치를 먹을까.

― 고사리를 삶다(煮蕨)

봄이 되어 동풍이 살랑살랑 불고 이미 푸릇푸릇한 새싹을 밟는 절기인 답청절이 지나갔다. 봄날 산에서 나는 훌륭한 음식 재료들은 몸에도 좋아 먹으면 결코 나쁜 병을 일으키지 않는다. 나도 산나물이나 캐러 갈까 하여 이른 새벽에 나무꾼을 따라 나서니 구름이 피어 마치 등에 진 짐을 누르는 것 같다. 저녁이 되어 산에서 뜯어온 나물을 시냇물을 길어다 삶으니 솥에서 하얀 김이 솟아올라 마치 눈을 날리는 것 같다. 절개를 지키다 수양산에서 고사리를 캐어 먹고 연명하다가 죽은 백이와 숙제를 생각한다. 그들이 지은 「채미가」의 노래가 격해지니 사람들이 다투어 이들을 흠모하고, 송나라의 소식이 닭이나 돼지고기처럼 육식하는 사람을 놀리는 글을 읽어본다. 그리고 나를 둘러보니 부끄러운 점이 실로 많음을 알겠다. 그들은 배를 두드려보고서야 기름진 음식을 먹지 않아 마른 뱃속에 든 것이 모두 서적임을 알았다는데, 부귀한 사람들은 하루에 만금어치를 먹으면서도 오히려 먹을 것이 없다고 불평만 해대니 실로 허황하기 짝이 없는 것 같다.― 고사리를 삶다

16 어지럽고 어두운 곳으로 도피해감   逃入昏冥我不求 [77]
　　바라지 않으니,

다만 도연명을 스승 삼음은
　　근심을 잊자는 것이라네.

但師陶令爲忘憂 ⁷⁸

해 흉년 들어
　　독에 먼지 날까 걱정되어도,

年荒可怕塵生甕 ⁷⁹

손 찾아오면 칡두건에 술 거르는 것
　　무엇 거리끼리오!

客至何妨葛喚篘 ⁸⁰

달 하늘 한가운데 이르니
　　아리땁기 그지없고,

月到天心應婉孌

바람 꽃 흔드는 일
　　일부러 오래도록 하네.

風將花事故遲留

---

77 도입혼명(逃入昏明): 한유의 「수재인 왕함(王含)을 전송하다(送王秀才序)」라는 글에 "내가 젊
었을 적에 (王績의) 「취향기」를 읽고 아울러 완적과 도잠의 시를 읽었는데 이에 기탁하여 그
곳으로 도피한 것이다. 만약 안자가 표주박과 대밥그릇을 들고 증삼의 노랫소리가 쇠나 돌에
서 나오는 것처럼 하였다면 일찍이 어찌 누룩 따위에 기탁하여 어지럽고 어두운 곳으로 도피
하여 갔겠는가?(吾少時讀醉鄕記及讀阮籍陶潛詩, 於是有託而逃焉者也. 若顏氏子操瓢與簞, 曾參
歌聲若出金石, 尙何麴蘖之託而昏冥之逃也)"라는 말이 나온다.

78 도령위망우(陶令爲忘憂): 『논어』 「전술하시되(述而)」에 섭공(葉公)이 자로에게 공자에 대해 물
은 적이 있는데, 이를 듣고 공자가 "그 사람됨이 분발하면 먹는 것도 잊고, 즐거워하면 근심도
잊는다고 말하지 않았느냐?(其爲人也發憤忘食, 樂以忘憂)"라 말한 대목이 있다. 도연명의 「술
을 마시다(飮酒)」 스무 수 중 일곱째 시에 "이를 근심 잊게 하는 술에 띄워, 세속을 버린 마음
더욱 멀리하네(汎此忘憂物, 遠我遺世情)"라는 구절이 나온다. '망우물'은 곧 술이란 뜻임.

79 진생옹(塵生甕): 앞에 나왔음, 증생진(甑生塵)과 같음. 「청송부사인 이중량에게 답하다」 주
3)을 보라.

80 갈환추(葛喚篘): '추'는 원래 술을 거르는 기구를 뜻하나 술을 거르는 것, 또는 그 기구에 의해
걸러진 술을 말하기도 함. 도연명은 군수가 방문하려고 할 즈음 마침 술이 다 익자 머리에 쓰
고 있던 갈포 두건으로 술을 걸렀는데, 다 거르고는 이를 다시 그대로 머리에 썼다고 한다.

가련토다, 이백은   可憐李白踈狂甚

　호방함이 너무 지나쳐,

마구 자랑하였다네, 함께 마시던   枉詫同杯憶五侯 [81]

　다섯 왕후 생각난다고.

— 술을 마심(飮酒)

　근심을 잊고자 하여 현실 도피 수단으로 어지럽고 어두운 곳으로 도망쳐 감은 내가 바라는 것이 아니고, 현령을 지냈던 도연명을 스승으로 삼은 까닭은 술로 근심을 잊기 위해서이다. 해가 흉년이 들어 쌀독에 오래도록 쌀을 담아두지 못하여 다만 먼지만 겹겹이 쌓여 풀풀 날릴까 걱정이 되어도, 손님이 우리 집을 찾아오면 도연명처럼 머리에 쓰고 있던 칡올을 짜서 만든 두건을 풀어 술을 거르는 것쯤이야 무엇을 거리끼겠는가? 한참 술을 마시다 보니 마침 달이 하늘 한복판에 이르러 아리땁기가 말로 표현하지 못할 정도이다. 바람이 불어 꽃이 흔들리는 일조차 일부러 의도적으로 두고두고 오래 그러는 것같이 느껴진다. 생각해 보니

---

81 이백~억오후(李白~憶五侯): '소광'은 '踈狂', '疏狂'이라고도 하며 호방하여 남의 구속을 받지 않는 것을 말함. '오후'는 한 성제 때 함께 봉후(封侯)를 받은 평아후(平阿侯) 왕담(王譚)·성도후(成都侯) 왕상(王商)·홍양후(紅陽侯) 왕립(王立)·곡양후(曲陽侯) 왕근(王根)·고평후(高平侯) 왕봉시(王逢時)를 말함. 일반적으로 권문세가를 지칭하는 비유로 많이 쓰임. 이백이 「야랑현에 유배되어 신판관께 드림(流夜郞贈辛判官)」에서 "지난날 장안에 있을 때는 꽃과 버들 아래서 취하였고, 다섯 왕후 일곱 귀족과 함께 술잔 들었다네(昔在長安醉花柳, 五侯七貴同杯酒)"라고 다소 과장되게 읊은 것을 가리켜 말한 것임.

술을 잘 마셨던 당나라의 시인 이백은 호방하여 남의 구속을 받는 일이
전혀 없었는데, 술만 마셨다 하면 제후에 봉해진 다섯 사람과 함께 마셨
다고 호기롭게 자랑을 하던 일이 가련하게만 느껴진다.— 술을 마심

17 십 푼 둥글어   　　　　　　十分圓未一分偏 [82]
　　　한 푼도 치우침 없는데다,

　　하물며 게다가 깊은 병   　　　　　　況復沉痾近少痊 [83]
　　　근래에 조금씩 나아가네.

　　술잔 잡고 이태백은   　　　　　　把酒李生吟且問 [84]
　　　읊조리다 또 물었으며.

　　상심했을 때 두보는   　　　　　　傷時老杜坐無眠 [85]
　　　앉아서 잠도 자지 않았다네.

　　계수나무 찍어내면   　　　　　　斫來桂樹應多白 [86]

[82] 십분원미일분편(十分圓未一分偏): 송나라 매요신(梅堯臣)의 「월식(月蝕)」 시에 "때 마침 완전
　　히 둥글어져, 다만 한 치 밝음만 보인다네(時當十分圓, 只見一寸明)"라는 구절이 있음.
[83] 침아근소전(沉痾近少痊): '침아'는 '沈痾'라고도 쓰며 깊은 병, 또는 지병을 말함.
[84] 파주이생문(把酒李生問): 이백이 「술잔을 잡고 달에 묻다(把酒問月)」라는 시를 지어 "푸른 하
　　늘에 떠 있는 달 몇 번이나 나왔던가? 내 지금 술잔 멈추고 한 번 물어본다네(靑天有月來幾時,
　　我今停杯一問之)"라고 읊은 것을 말함.
[85] 노두무면(老杜無眠): 두보는 「강가의 누각에서 묵다(宿江邊閣)」에서 "엷은 구름 바위 가에서
　　묵나니, 외로운 달 물결 속에서 희번득거리네. 황새와 학은 뒤쫓으며 조용히 나나, 승냥이와
　　이리는 먹을 것 얻어 시끄럽네. 잠 못 이루고 전쟁을 걱정하나, 천지를 바로잡을 힘 없구나(薄
　　雲巖際宿, 孤月浪中翻, 鸛鶴追飛靜, 豺狼得食喧. 不眠憂戰伐, 無力正乾坤)"라 읊었다.

응당 더 흴 것인데,

항아 살고 있으니
　고운들 무엇하리?

棲得姮娥底用妍 [87]

진중하여라 덕 지극한 사람이여,
　심지 오묘하니,

珍重至人心地妙 [88]

일반인들 깨끗이 속세를 벗어남
또한 모름지기 전해야 하리.

一般灑落又須傳 [89]

— 달을 구경함(翫月)

86 작래계수응다백(斫來桂樹應多白): 당나라 단성식(段成式)의 『유양잡조』라는 책에 나오는 이
　야기. "달에 있는 계수나무는 높이가 5백 길이나 되는데, 그 아래에서는 한 사람이 언제나 그
　나무를 찍고 있다. 나무는 쪼개졌다가는 금방 다시 합쳐진다. 그 나무를 패고 있는 사람은 오
　강(吳剛)이라고 하는데, 서하(西河) 사람이다. 신선술을 배웠는데 잘못을 지어 귀양가 나무
　를 치게 되었다." 두보의「한식날 밤에 달을 보다(一百五日夜對月)」에는 "달 속의 계수나무 찍
　어내버리면, 맑은 빛 응당 더욱 많아지리(斫却月中桂, 淸光應更多)"라는 구절이 있다.

87 항아저용연(姮娥底用妍): 항아는「계당에서, 7월 13일 밤 달이 뜨다」주 4)를 보라.
　'저'는 원래 "어떠어떠한 물건(何等物)"이라는 뜻인데, 나중에는 그냥 '하'라 하였고, 또 '저'라
　하게 되었다. 두보의「애석함(可惜)」이라는 시에서 "꽃 날림 어찌나 빠른지, 늙어가며 봄 더디
　가길 원하네(花飛有底急, 老去願春遲)"라 한 것이 바로 그러한 뜻으로 쓰인 것이다.
　이 시의 의미는 이미 항아 같은 선녀가 살고 있으니 고운들 무슨 소용이 있겠는가라는 말이
　며, 밝고 고운데 더 이상 아무런 보탬이 되지 않음을 말한다.

88 진중지인(珍重至人): 송명이학(宋明理學)의 비조라 할 수 있는 염계(濂溪) 주돈이를 가리킴. 주
　자의「서재에 거처하다 보니 감흥이 일다(齋居感興)」스무 수 중 첫째 시 "진중하도다, 무극의
　늙은이여, 나를 위해 손바닥 손가락으로 누르는 듯하네(珍重無極人, 爲我重指掌)."

89 쇄락(灑落): '灑樂'이라고도 하며 맑고 깨끗하게 세속을 초탈하여 구속되지 않음을 말함. 송
　나라 황정견(黃庭堅)이 주돈이를 흠모하여「염계 주돈이의 시집 서문(濂溪詩序)」을 쓰고 "주
　무숙(周茂叔: 주돈이의 자)은 마음 속이 깨끗하고 맑아 세속을 초탈하기가 비가 개인 후의 달과
　구름 같았다(胸中灑樂, 如光風霽月)"라고 칭찬하였다.

마침 보름이라 달이 찰 대로 차서 조금도 이지러짐이 없다. 몸 속 깊이 파고들었던 병마저 근래에 조금씩 좋아지고 있는 터이니 달을 구경하기에 아주 알맞은 것 같다. 달을 좋아하기로 유명했던 당나라의 시인 이백은 술을 마시며 달을 감상하다가 "달이 몇 번이나 나왔는가?"하고 물었다. 역시 당나라의 걸출한 시인이었던 두보도 누대에 올라 달을 보며 시사를 근심하느라 잠을 이루지 못했다. 달의 그림자 부분인 계수나무처럼 보이는 어두운 곳을 도끼를 가지고 찍어내면 훨씬 더 밝을 같다. 항아가 남편인 후예를 버리고 혼자 승천하다가 하느님의 노여움을 사서 그곳에 살고 있다. 그러니 항아가 아무리 고운들 무슨 소용 있겠는가? 덕이 지극했던 송나라의 주돈이 같은 사람은 심지가 오묘하니 얼마나 진중한가? 비가 개인 후의 바람과 달같이 깨끗한 그의 모습을 모름지기 후세의 사람들에게 전해야 할 것이다.— 달을 구경함

18 추위와 더위 서로 밀어　　　　　　　　　　　　寒暑相推酷與嚴
　　　혹독한 듯 준엄한데,

　　사람의 정리란 극한에 처하면　　　　　　　　　人情當劇每難淹 [90]
　　　그때마다 견뎌내기 어렵네.

[90] 인정당극매난엄(人情當劇每難淹): 혹서와 엄동설한 같은 것은 저절로 서로 미루어 오는 것이 이치이지만, 인간의 정리는 꼭 그렇지 않아 그 극심한 데에 맞닥뜨리면 그때마다 오래 견디기가 어려움을 말한 것이다.

구름 봉우리까지 열기 곧장 솟으니   雲峯蠡熱如團戶 [91]

    지게문을 감쌀 듯하고,

불 우산 하늘에 펼치니   火傘張空欲透簾 [92]

    발이 뚫릴 듯하네.

커다란 집 처마 깊으니   大厦深簷渠自得

    그네들은 스스로 만족한 듯하고,

우거진 숲 시내 맑으니   茂林泠澗我還添

    나 오히려 거기 들어가네.

옥 곳간서 얼음 나누어 주시던 일   冰頒玉井渾如夢 [93]

    도무지 꿈 같은데,

고마우셔라, 여기 내리신 시원한 그늘   感此淸陰豈病嫌 [94]

    어찌 병이라고 꺼리리까?

— 시원함을 받아들임(納凉)

---

[91] 운봉여단호(雲峯如團戶): 구름이 지게문까지 둥그렇게 몰려 오는 것이 마치 봉우리에 일산을 씌운 듯하다는 말이다.

[92] 화산장공(火傘張空): 한유의 「청룡사에서 노닐면서 대보궐로 있는 최군(崔羣)에게 드림(游靑龍寺, 贈崔大補闕)」, "밝은 빛 번쩍하고 벽에 비치니 귀신을 본 듯하고, 화끈화끈 더위 관장하는 축융이 불우산을 편 것 같네(光華閃壁見鬼神, 赫赫炎官張火傘)."

[93] 빙반옥정(冰頒玉井): '빙반'은 임금이 복날에 대신들에게 얼음을 하사하는 일을 말함. 주나라의 관직 제도에 의하면 능인(凌人)이 이 일을 관장하였다고 한다. '옥정'은 얼음을 저장하여두는 곳간이다.

조선에서도 임금이 복날에 대신들에게 얼음을 나누어주는 법제가 있었는데, 『경국대전(經國大典)』에 의하면 매년 여름 마지막 달에 각 관청과 임금의 집안 사람, 문무당상관, 내시부 당상관, 맡은 직무는 없으나 70살 이상이 된 당상관들에게 얼음을 나누어주었다고 되어 있다.

추위와 더위가 계절의 바뀜에 따라 서로 미루어 차례로 옴이 혹독한 듯하기도 하고 준엄하기도 한데, 사람이 간직한 정리라는 것이 극한 상황에 처하게 되면 그때마다 매번 견뎌내기가 어렵게 된다. 구름이 봉우리를 이룬 듯한 형상을 하고 있는 곳까지 여름철의 열기가 그대로 솟아 전달된다. 그 열기는 내가 살고 있는 산 속 집의 초라한 지게문을 감쌀 것 같다. 뜨거운 열기가 마치 하늘에 우산을 펼친 듯한 기세라 조금이라도 더위를 막아줄까 싶어서 쳐 놓은 발마저 뚫고 들어올 것 같다. 커다란 집을 지어놓고 사는 사람들은 처마가 깊어 깊숙한 그늘을 만들어주니 그곳에서 만족한 것 같다. 나 같이 큰 집을 지을 수 없는 처지에 있는 사람은 오히려 집을 떠나 우거진 숲의 시내가 맑은 곳을 찾아 그곳으로 더위를 식히러 들어간다. 너무나 더워 옛날 궁궐에서 근무할 때 옥 같은 얼음을 저장해 놓은 창고에서 한여름에도 그것을 꺼내어 나누어주던 일이 지금 와서 생각난다. 그러자니 도무지 꿈만 같다. 그나마 이곳에 시원하고 맑은 그늘이 있음을 생각해 보니 이 몸이 병약하다 하여 그곳에 가서 더위를 식히는 일을 어찌 꺼리겠는가? — 시원함을 받아들임

---

94 감차청음기병혐(感此淸陰豈病嫌): '청음'은 원래 시원한 나무 그늘을 말하나 여기서는 임금님의 은택이란 뜻으로 쓰였음. 소식의 「장난 삼아 문종(文宗)과 유권공께서 몇 구씩 이어 쓴 시에 보태다(戲足柳公權聯句)」라는 시에 "바라기는 이것 고루 베푸시어, 시원한 그늘 사방으로 나누어 주시옵소서(願言均此施, 淸陰分四方)"라는 구절이 있는데, 바로 이런 뜻으로 쓰인 것이다.

19 편협한 성격이라 숨어 살며
　　간편한 것 좋아하여,

褊性幽棲嗜簡便 [95]

　능숙한 채마지기 수고롭히지 않아도
　　또한 앞장서 할 수 있네.

不煩老圃也能先 [96]

　구슬 같은 싹 반들반들
　　구름 흙에 북돋우고,

瓊苗沃沃培雲壤 [97]

　흰 옥은 싱싱한데
　　냇가 샘물에서 씻네.

玉本鮮鮮洗潤泉 [98]

　일 끝나 호미 던지고
　　한가로이 지팡이 끌고,

理罷抛鋤閑曳杖

　따 와서 손님 맞으니
　　돈 걱정할 것 없네.

摘來迎客不憂錢

---

[95] 편성유서(褊性幽棲): 두보의 「남들을 꺼리다(畏人)」의 "남들 꺼려 작은 집 쌓았는데, 성품이 편협하니 숨어 살기 알맞네(畏人成小築, 褊性合幽棲)"라는 구절에서 따다 썼음.

[96] 노포(老圃): 노포는 「가을 회포-1」 주 2)를 보라. 한가하고 그윽하게 거처하며 간편한 것을 좋아하여 자기 힘으로 채마밭을 가꾸니 구태여 늙은 채마지기를 번거롭게 할 것도 없다는 농사의 즐거움을 읊은 것이다.

[97] 옥옥(沃沃): 풍성하게 광택이 나는 모양을 말함. 『시경』 「회나라의 민요·진펄에 보리수나무 있으니(檜風·隰有萇楚)」에 "어린 것이 반들반들하니, 너의 알지 못함을 즐거워하네(夭之沃沃, 樂子之無知)"라는 구절이 있는데 주자는 "옥옥은 광택이 나는 모양"이라고 풀이.
　운양(雲壤): 메말라 척박하지 않은 땅.

[98] 옥본(玉本): 송나라 진여의(陳與義)의 「새벽에 일어나다(早起)」에 "하느님께서 풍년 내리시어, 나물이며 뿌리 흰 옥 같네(皇天賜豐年, 菜本如白玉)"라는 구절이 있고, 주자의 「무(蘿蔔)」에도 "어수선하게 널린 푸른 떨기 잘라내고, 물기 많은 옥 같은 뿌리 뽑네(紛敷前翠叢, 津潤擢玉本)"라는 구절이 있다.

293

가을 깊어지니 더욱 사랑스럽네,
　　누런 금빛 국화,

온 땅 가득 바람 서리 날려도
　　여전히 빼어나네.

　　　　　― 채마전을 가꾸다(治圃)

秋深更愛黃金菊

滿地風霜尙傑然

　성격이 대범하지 못하고 편협하기만 한 나는 사람들과 섞여서 어울려 살지를 못하고 깊숙이 숨어 살며 일도 간단하고 편한 것만 좋아한다. 그리고 농사를 짓는 데도 그런대로 소질이 있어 노련한 채마지기를 불러다 수고시킬 것도 없이 내 스스로 밭에서 앞장서 나물을 가꿀 수가 있다. 금방 싹이 돋아 마치 옥구슬같이 반들반들 윤이 나는 새싹을 구름같이 부드러운 흙으로 북돋워주고, 금방 캐낸 나물의 뿌리는 옥같이 생생하고 미끈한데 냇가의 샘물로 가져가서 깨끗이 씻는다. 김 매는 일이 끝이 나자 호미를 던져버리고 한가로이 되는 대로 지팡이를 짚고 이곳저곳 찾아다닌다. 그러다가 식사 때 내놓을 나물을 직접 따와서 손님을 맞이하여 차려내니 시장에 갈 돈을 걱정하지 않아도 된다. 가을이 깊어지니 황금 같이 샛노란 빛으로 변해가는 채마밭 주위의 국화가 더욱 사랑스럽게 보인다. 사군자 중 서리가 내려도 꽃을 피워 온 천지에 서리 기운이 서린 바람이 불어도 그 모습이 여전히 빼어나기만 하다.― 채마전을 가꾸다

20 재 위에서 푸릇 푸릇   嶺上蒼蒼盡對楹

    모두 기둥과 맞섰는데,

뿌리 옮겨 무슨 일로   移根何事下崢嶸

    가파른 데서 내려 왔나?

산의 싹 헛되이   山苗枉使校長短 ⁹⁹

    길고 짧음 헤아리게 하여,

뜰의 대와 어이하여   院竹何如作弟兄 ¹⁰⁰

    아우 형님 맺게하나?

비바람이 언덕을 흔들어도   風雨震凌根不動

    뿌리는 꼼짝도 않으며,

눈 서리에 얼고 터져도   雪霜凍裂氣逾淸

    기세는 더욱 맑네.

누가 알리오, 모산의 은사   誰知喜聽茅山隱

    그 소리 듣기 좋아하여,

언덕 위의 구름과   隴上和雲有宿盟 ¹⁰¹

    오랜 맹약하였음을.

---

99 산묘왕사교장단(山苗枉使校長短): 서진(西晉) 좌사(左思)의 「역사를 읊음(詠史詩)」에 "빽빽한 산골짝 바닥의 소나무, 축 처진 산 위의 묘목들, 저 한 치짜리 지름의 줄기로, 이백 자짜리 나뭇가지에 그늘 드리우네(鬱鬱澗底松, 離離山上苗, 以彼徑寸莖, 蔭此百尺條)"라는 구절이 나온다.

100 원죽여하작제형(院竹何如作弟兄): 당나라 현종(玄宗)이 "형과 아우는 서로 친하기가 이 대나무와 같아야 한다"라 한 말이 있다. 여기서 말한 형제가 된다는 말은 대체로 그 절개가 백중을 헤아릴 수 없음, 곧 난형난제(難兄難弟)임을 말한 것이다.

295

— 솔을 심다(種松)

　소나무는 원래 재 위에서 푸릇푸릇하게 잘 자란다. 모두들 기둥과 마주 보고 서서 있었는데, 무슨 일이 있어서 뿌리를 캐어 옮겨, 삐쭉삐쭉 가파른 산을 떠나 이곳으로 내려오게 되었는가? 산 꼭대기에 있으면 비록 어린 싹이지만 항상 높은 곳에서 낮은 곳을 내려다보고 있을 텐데 헛되이 길고 짧음을 재게 해서 캐어 와, 어찌하여 뜰에다 심어 먼저 심어 놓은 대나무와 한 형제가 되도록 하였던가? 비바람이 쳐들어와 흔들어대도 뿌리가 얼마나 굳은지 꼼짝도 하지 않으며, 눈이 내리고 서리가 끼어 얼어붙고 갈라져도 그 기세는 갈수록 맑아지기만 한다. 모산에서 은거하던 모씨네 삼 형제는 소나무 잎이 바람에 흔들리어 서로 부딪히는 소리를 얼마나 듣기 좋아하였는지, 소나무를 보며 언덕 위에 머무는 구름과 오래도록 함께 하겠노라는 맹세까지 하였을 줄이야 어떻게 알았겠는가?— 솔을 심다

101 모산은~유숙맹(茅山隱~有宿盟): 모산(茅山)은 구용현(句容縣)과 금단현(金壇縣)의 경계에 속해 있으며 원래의 명칭은 산의 형태가 '구(句)'자를 닮았다 하여 구곡산(句曲山: 句자에도 '굽다'라는 뜻이 있음)이라 하였다. 한나라 때 모영(茅盈)·모고(茅固)·모충(茅衷) 3형제가 모두 이곳에서 득도(得道)하여 도사가 되었으므로 이 이래로 모산이라고 이름을 고쳤다. 양나라 때의 은사인 도홍경(陶弘景)이 이곳에서 은거하였다.
　'농상화운'은 「가을 회포-4」 주 18)을 보라.

김취려(金就礪)와 이국필(李國弼)에게 보이다

섣달 보름날 김·이 두군과 아들 준이 도산에 가서 놀다가 돌아 오면서 눈이 개어 경치가 아름답다고 했다. 이날 밤에 눈과 달이 매우 맑아 서재에서 새벽에 일어나 앉았다가 우연히 절구 두 수를 짓게 되었다

示金而精李棐卿 [1]
臘望二君與寯兒, 往游陶山回, 言雪霽佳景. 是夜雪月淸甚, 齋中曉起, 偶成二絶云

1 뭇 산에 눈 가득 쌓이고   雪滿羣山凍一江 [2]

    한 줄기 강은 얼어붙었다고,

돌아오며 자랑하는 말이   歸來誇說興難雙 [3]

    그 흥 견주기 어렵다 하네.

더욱 어여뻐라, 아득한 밤   更憐遙夜淸無寐

    맑아 잠 못 이루는데,

---

1 김이정(金而精): 김취려(金就礪: 1526~?)의 자임. 호는 잠재(潛齋), 또는 정암(整庵)이라 하였고 본관은 경주(慶州)이다. 안산에 살았으나 책상자를 지고 천리 길을 유학(游學)하여 왕래하는 것을 수고로이 여기지 않았다 함. 퇴계의 상고 때는 이국필과 함께 심의(深衣: 아래위가 붙은 상복)를 입고 산소 쓰는 일을 감독하고 뫼구덩이에 꼿꼿이 앉아 있기를 한 달이 넘도록 했다 한다. 벼슬은 시정(寺正)까지 올랐음.
　이비경(李棐卿): 이국필(李國弼)을 말하며 또한 자를 비언(棐彦)이라고도 하였음. (『문집』에는 棐彦으로 되어 있음) 서울서 거처하다가 선생의 문하에 들었으며 『도산서당에 입문한 여러 제자들의 기록(陶山及門諸賢錄)』에 의하면 이 시의 둘째 수는 퇴계가 그에게 지어 준 것으로 되어 있음. 벼슬은 현감(縣監)을 지냄.
2 설만군산(雪滿羣山): 남조 송나라 포조(鮑照)의 「춤추는 학을 읊음(舞鶴賦)」에 "얼음은 긴 내를 막고 있고, 눈은 뭇산에 가득하네(冰塞長河, 雪滿羣山)"라는 구절이 있다.
3 난쌍(難雙): 쌍벽을 이루기가 힘들다는 말로 비교의 대상이 없다는 말임.

옥 시내 구슬 숲에 　　　　　　　　　　　　玉澗瓊林鎖月窓 [4]
　　달도 창에 잠겨 있네.

　김군과 이군이 도산에 가서 놀다오는 길에 본 경치 이야기를 하였다.
산마다 모두 눈이 쌓여 있는데다 한 줄기 강은 얼어붙어 있더라는 자랑
을 늘어놓으면서 하는 말이 그 흥취는 무엇과도 나란히 견줄 수가 없다
고 말을 한다. 그 광경을 상상해 보며 잠을 청하여 보았다. 그러나 겨울
의 아련히 긴긴 밤이 얼마나 맑고 사랑스러운지 종내 잠을 이룰 수가 없
었다. 끝내 일어나 앉아 밖을 내다보니 눈이 쌓여 구슬처럼 빛을 내는
시내며 숲뿐만 아니라, 달빛마저 창문에 얼어붙은 듯 광채를 뿜어내고
있다.

2 추워 겁내어 거북처럼 웅크린 　　　　　　怯寒藏六老陶翁 [5]
　　도산의 늙은이,

눈 구경도 그대들 맡겨두니 　　　　　　　　觀雪從君自作雄 [6]
　　절로 씩씩함 일어나네.

다만 푸른 창에 　　　　　　　　　　　　　　唯有碧窓寒夜月
　　차가운 밤의 달 있으니,

4　옥간경림(玉澗瓊林): 눈에 덮인 시내와 숲을 말함. 눈을 옥이 부서진 가루로 보고 쓰는 표현으
　　로 시어에서 상용적으로 쓰이는 말이며, 퇴계의 시에도 이런 표현이 많이 보임.

정과 멋은 매일반이라   一般情味兩齋同 [7]
두 서재가 같으리.

　추위를 겁내서 머리와 꼬리는 물론 네 발까지 쏙 집어넣은 거북처럼
몸을 잔뜩 웅크린 도산의 주인 늙은이는, 눈 구경마저 제군들에게 맡겨
두고 직접 가보지 못하였다. 그럼에도 제군들이 갔다와서 자랑하는 말
만 들어도 씩씩한 기운이 절로 가슴 속에서 일어나는 것 같다. 다만 겨
울 밤의 짙푸른 기운 속에 창에는 차가운 빛을 발하는 달이 떠 있으니,
이 달을 보는 마음은 다를 것이 없다. 하여 직접 가서 보지는 못하였어

5　장륙(藏六): 거북을 가리키는 말임. 거북은 머리와 꼬리 및 네 다리를 모두 합하면 여섯이 되
　　는데, 이를 몸통 속으로 움츠릴 수 있기 때문에 이르는 말이다.
　　육(六)은 불교에서 말하는 사람을 미혹 시키는 여섯 가지의 근원인 눈[目]·귀[耳]·코[鼻]·혀
　　[舌]·몸[身]·뜻[意]의 5근과 의근(意根)의 여섯 뿌리[六根]를 나타내기도 하고, 또 6이란 숫
　　자는 눈[雪]을 나타내기도 하는데, 그 형태가 6각형이기 대문이다. 눈을 내리게 하는 신인 등
　　륙(滕六)이라는 이름도 여기서 유래하였다. 퇴계의 「겨울날 비가 많이 내리다가 이윽고 큰 눈
　　이 내렸다. 즐거워서 짓는다(冬日甚雨, 已而大雪, 喜而有作)」에 "새벽부터 날씨 홀연히 벌써 변
　　하더니, 등륙이 큰 힘 내어 남 몰래 농간을 부리네(曉來風色忽已變, 滕六贔屭陰機挑)"라는 구절
　　이 있음. 이렇게 보면 이 시구에는 여러 가지의 복합적인 의미가 내포되어 있음을 알 수 있는
　　데, 곧 눈이 내려 그 추위 때문에 거북처럼 몸을 웅크리고 있다는 의미도 되고, 또 여섯 가지
　　유혹의 근원을 피해 그 몸을 숨기고 있다는 의미로 볼 수 있을 것이다.
6　관설종군자작웅(觀雪從君自作雄): '종'은 "맡겨두다"라는 뜻. 직접 눈을 보지 못하여 그
　　흥취를 그대들에게 맡겨두나 절로 씩씩하고 호쾌한 기운이 일어난다는 것이다.
7　일반정미량재동(一般情味兩齋同): 두 서재[兩齋]란 도산과 퇴계의 서재를 말하는 것 같다. 김
　　취려와 이국필, 그리고 아들인 준이 도산에 놀러 갔다가 아름다운 설경을 보았지만 자기는 퇴
　　계에 있느라 보지 못했는데, 눈 구경한 이야기를 들으니 보는 것과 진배없다고 스스로를 위안
　　하는 듯한 표현인 듯하다.

도 이곳 한서암에서 보는 것이나 그곳 도산의 서재에서 보는 것이나, 다름없이 마찬가지로 똑 같을 것이라며 직접 가보지 못한 아쉬움을 달랠 뿐이다.

봄날 계상에서

春日溪上 [1]

1 눈 녹고 얼음 풀리니　　　　　　　　　　雪消冰泮渌生溪 [2]
　　맑은 빛 시내에 생겨나고,

　살랑살랑 따뜻한 봄바람　　　　　　　　　澹澹和風滿柳堤
　　버드나무 제방에 가득 부네.

　병 털고 일어나 와보니　　　　　　　　　病起來看幽興足 [3]
　　그윽한 흥취 흡족한데,

　더욱 어여쁘기는 꽃다운 풀　　　　　　　更憐芳草欲生荑 [4]
　　새로 돋아 나려는 것이라네.

---

1 이 시는 퇴계가 61세 되던 신유년(辛酉年: 1561)에 지은 시임.
2 설소빙반(雪消冰泮): '빙반'은 날이 풀려 얼음이 녹는 것을 말함. 당나라 백거이(白居易)의 「서
　쪽 연못의 이른 봄에 감회가 있어(西池早春有懷)」에 "서쪽 해에 눈 다 녹고, 봄 바람에 얼음 모
　두 풀렸네(西日雪全銷, 東風冰盡泮)"라는 구절이 있다. 아울러 얼음이 녹기 시작하는 음력 2월
　을 가리키기도 함.『시경·패나라의 민요·박에는 마른 잎 달렸고(邶風·匏有苦葉)』에 "총각 아
　내 맞으려면, 얼음 다 녹기 전에 할진대(士如歸妻, 迨冰未泮)"라는 구절이 있는데, 이는 곧 농번
　기가 되기 전인 2월 이전에 결혼을 하라는 말이다.
3 유흥(幽興): 그윽하고 고상한 흥취를 말함.

바야흐로 봄이 되어 겨우내 쌓였던 눈이 다 녹고 얼음도 다 풀렸다. 이곳 퇴계의 냇가에도 맑은 빛이 생겨나고, 살랑살랑하는 봄바람이 버드나무가 잔뜩 늘어서 있는 냇가의 제방에 한가득 불어와 버들가지가 한들거리며 흔들리고 있다. 마침 그간 앓고 있던 병도 다 털어내고 일어나서 시냇가로 나와보니 그윽하고 고상한 흥취가 이미 마음 속 가득 흡족하게 느껴지고, 향기로운 풀이 부드러운 싹을 막 새로 틔우려는 것을 보니 더더욱 어여쁘게 보인다.

2 버드나무 끼고 시내를 찾아   傍柳尋溪坐白沙
      흰 모래에 앉았더니,

어린 아이는 새옷 입고   小童新試從婆娑 5
      너풀너풀 따르네.

누가 알리오, 얼굴 가득   誰知滿面東風裏
      동녘 봄바람 속에서,

천 가지 향초와 만 송이 꽃   繡出千芳與萬葩

---

4 생제(生荑): '제(荑)'는 띠풀의 갓 나온 부드러운 싹을 말함.『시경』「위나라의 민요·크신 님(衛風·碩人)」에 "손은 부드러운 띠 싹 같고, 살갗은 엉긴 기름 같네(手如柔荑, 膚如凝脂)"라는 구절이 있는데 정현(鄭玄)은 '제'를 "띠 싹이 새로 난 것"이라 풀이 했다.

5 파사(婆娑): 그림자나 빛 따위가 춤추듯이 너울거리는 모양, 또는 옷자락 등이 바람 따위에 의해 너풀거리는 모양을 말함. 보통 그 자태가 좋고 아름다움을 형용하는 데 쓰이며, 여기서는 봄날 새옷을 입은 아이들의 옷자락이 백사장에 나풀거리는 것을 나타내는 것 같다. 「계당에서, 7월 13일 밤 달이 뜨다」 주 6)을 참조하라.

수놓은 것을.

제방으로 쭉 늘어선 버드나무를 곁에 끼고 퇴계의 시내를 찾았다. 냇가의 깨끗하고 흰 백사장에 자리를 잡고 앉았더니, 봄이 되어 겨우내 입고 있던 두터운 겨울옷 대신 가벼운 새 봄옷을 차려입은 어린 아이가 봄바람에 얇은 옷깃을 나폴나폴 날리며 나를 따른다. 이렇게 봄을 찾아 나처럼 나와보지 않은 사람은 얼굴 한가득 불어오는 봄바람 속에서, 자연이 온 사방 천지에 갖은 향기로운 풀과 온갖 꽃을 아름답게 수놓은 것을 전혀 알지 못할 것이다.

네 철 그윽히 은거함이 좋아서 읊는다

四時幽居好吟 [1]

1　봄날 그윽이 거처하니 좋을시고,　　　　　　春日幽居好

수레바퀴며 말발굽소리 문에서 멀리 떨어졌네.　　輪蹄逈絶門 [2]

동산의 꽃은 참된 성정 드러내고,　　　　　　園花露情性

뜰의 초목은 건곤의 이치 오묘하네.　　　　　庭草妙乾坤

아득하고 아득하게 하명동에 깃들어,　　　　漠漠棲霞洞

까마득히 물 곁의 마을에 있네.　　　　　　迢迢傍水村 [3]

돌아오며 읊는 즐거움 모름지기 알 것이니,　須知詠歸樂

기수에서의 목욕 기다리지 않으리.　　　　不待浴沂存 [4]

1　이 시는 퇴계가 62세 되던 해인 임술년(壬戌年: 1562년)에 지은 시임.
　　유거(幽居): 벼슬을 하지 않고 깊숙히 은거하는 것을 말함. 『예기』 「선비의 행실(儒行)」에 "선
　　비는 널리 배워 끝이 없고, 독실히 행하여 싫증을 내지 않으며 벼슬을 않고 홀로 지내더라도
　　도를 지나치는 일이 없어(幽居而不淫), 위로 통달하면서도 궁핍함이 없다"라는 말이 있는데,
　　당나라 공영달(孔穎達)은 "벼슬을 하지 않고 홀로 거처하는 것(未仕獨處也)"이라 풀이하였다.
2　윤제(輪蹄): 수레바퀴와 말발굽을 말하며, 일반적으로 거마(車馬)를 가리키는 데 쓰인다.
3　막막~방수촌(漠漠~傍水村): '하동'은 하명동(霞明洞)을 말하며, 물곁의 마을[傍水村]이란 천
　　사촌(川沙村)을 가리키는 것 같다.

봄날 그윽하게 은거하여 사니 좋은 것이 있다. 수레가 덜커덩거리며 지나가는 소리랑 말이 지나가며 내는 발굽 소리가 내가 사는 집의 문에서 아주 멀리 떨어져 끊겼다는 점 때문이다. 동산에 핀 꽃은 인위적인 모습이라고는 없이 자연 그대로의 참된 성정을 드러내고 있고, 뜰에 군데군데 난 풀은 건곤의 이치를 오묘하게 담고 있는 듯하다. 사람들이 모여 사는 곳과는 까마득하게 동떨어진 하명동에 깃들어 사는데, 이곳은 가물가물한 시내를 끼고 있는 물 곁의 마을에 있다. 이곳만 해도 봄날을 맞아 목욕을 하고 시를 읊으며 돌아오는 즐거움을 충분히 알 수 있을 것이니. 구태여 공자와 제자들이 기수에서 목욕을 하고 바람을 맞으며 돌아오던 즐거움을 기다리지 않아도 될 것이다.

2 여름날 그윽이 거처하니 좋을시고,　　　　　　夏日幽居好

　　찌는 듯한 불볕더위 짙푸른 시내에 씻기네.　　炎蒸洗碧溪

　　석류 꽃은 한창 피고,　　　　　　　　　　　海榴花正發 5

　　상강의 반죽 새순은 이제 막 가지런하네.　　湘竹笋初齊 6

　　옛 집에선 구름 섬돌에서 나고,　　　　　　古屋雲生砌

---

4 영귀~욕기(詠歸~浴沂):『논어』「선배들이(先進)」편에 공자가 제자들에게 각기 품은 뜻을 말해보라고 하자 증점(曾點)이 "늦은 봄에 봄옷이 이미 다 되었거든 관을 쓴 어른 5,6명과 아이녀석 6, 7명과 함께 기수에서 목욕하고 서낭당에서 바람을 맞으며 노래하며 돌아오겠습니다 (莫春者, 春服旣成, 冠者五六人, 童子六七人, 浴乎沂, 風乎舞雩, 詠而歸)"라 대답한 대목이 나온다. 기쁘게 처세하는 고상한 정조를 말함.『별집』에 「욕기교(浴沂橋)」라는 시가 한 수 있음.

5 해류(海榴):「여름에 숲속에서 거처하면서 있었던 일을 그대로 읊다-2」주 3)을 보라.

깊은 숲에선 사슴이 새끼 기르네.　　　　　　　深林鹿養麑

예로부터 몸 가리우고 재계하였으니,　　　　　從來掩身戒 ⁷

부드러운 도 걸려 이끌리지 말라는 것이라네.　柔道莫牽連 ⁸

　　— '련'자는 『내집』에 '미'자로 되어 있다(連內集作迷) ⁹

여름날 그윽이 은거하니 좋다. 찌는 듯한 불볕더위가 가까이 흐르고
있는 짙푸른 맑은 시냇물에 싹 씻겨나가기 때문이다. 이때가 되면 석류
는 바야흐로 한창 꽃을 피우고, 줄기에 반점이 있는 상죽도 새 죽순이
막 가지런하게 함께 싹을 틔워 올라온다. 오래된 집의 섬돌에서 피어오

6　상죽(湘竹): 반죽(斑竹). 줄기에 검은 반점이 있는 대나무를 말하며, 상강죽(湘江竹) 또는 상비
　죽(湘妃竹)이라고도 한다. 전설에 따르면 순임금의 두 비인 아황(娥皇)과 여영(女英)이 순임금
　이 죽었을 때 흘린 눈물이 대나무를 물들여 얼룩이 생겼는데 두 비가 죽어서 상수(湘水)의 신
　이 되었으므로 이렇게 부른다 함.

7　엄신계(掩身戒): 『예기』 「월별 행사(月令)」 5월에 "군자는 재계하여 거처할 때는 반드시 몸을
　가려 드러나지 않게 한다(仲夏之月, 君子齋戒, 必處掩身)"는 기록이 있다. 주자의 「서재에 거처
　하자니 느낌이 일다(齋居感興)」 스무 수 중 여덟째 시 "몸을 가리우고 재계를 일로 삼아, 이때
　에 이르러 (음기가) 일어나기 전에 막네(掩身事齋戒, 及此防未然)."

8　유도견(柔道牽): 『주역』 「구(姤)괘」에 "구리 수레 멈춤대에 매여 있다 하였으니 부드러운 도에
　끌리는 것이다(繫于金柅, 柔道牽也)"라는 말이 있는데, 온화하고 겸양하게 처세하는 도를 말
　한다. 역시 주자의 위와 같은 시 "관문을 닫아걸고 행상을 멈추게 하여, 저 부드러운 도에 걸
　리는 것을 자르네(閉關息商旅, 絶彼柔道牽)."

9　연내집작미(連內集作迷): '연'은 하평성(下平聲) 선운(先韻)에 속한 운자이고, '미'는 상평성(上
　平聲) 제운(齊韻)에 속한 운자인데, 이 시의 운자 '溪', '齊', '麑'는 모두 제운에 속한 운자들이
　므로 '연'도 같은 운의 '미(迷)'로 보아야 한다는 주석이 옳은 것 같다. 이 주석은 『퇴계잡영』
　이 『문집』보다 늦게 간행되었음을 보여주는 증거가 될 수 있는데, 『내집』과는 교감적인 측면
　에서 다소간의 글자의 이동(異同)이 있는데도 주석을 달아 밝혀 놓은 것은 이것밖에 없다.

른 기운이 하늘로 올라 어느덧 구름이 되고, 깊은 숲속을 쳐다보니 사슴이 새끼를 낳아 기르고 있다. 예로부터 여름인 음력 5월에는 군자들이 재계하여 몸을 가려 드러나지 않게 하였다. 이렇게 하는 목적은 부드러운 도에 걸려 이끌리지 말라는 것을 나타내는 것이다.

3 가을날 그윽이 거처하니 좋을시고,　　　　　　　　　秋日幽居好

　　서늘한 가을 바람 불어오니 마음 속 절로 상쾌하네.　凉飇自爽襟 [10]

　　낭떠러지의 단풍은 붉은 비단처럼 곱고,　　　　　　崖楓爛紅錦

　　울타리에 핀 국화는 황금처럼 빛나네.　　　　　　　籬菊粲黃金 [11]

　　벼 익으니 다시 밥짓고 술 빚으며,　　　　　　　　稻熟更炊釀

　　닭 살찌니 가끔씩 삶아 먹네.　　　　　　　　　　雞肥間煮燖

　　서리 오면 얼음 언다는 것 예로부터 경계하던 것인데,　霜冰古所戒 [12]

---

10 양시(凉飇): 양(凉)은 가을을 나타내는 말이다. 가을 또는 가을 하늘을 양천(凉天)이라 하며 가을의 달을 양월(凉月)이라 한다. '양시'는 가을에 부는 시원한 바람 또는 가을 바람처럼 시원함을 말하며 '양풍(凉風)'이라고도 한다. 『예기』「월별 행사(月令)」7월에 "서늘한 가을 바람이 이르고 맑은 이슬이 내리며 쓰르라미가 운다(凉風至, 白露降, 寒蟬鳴)"는 말이 있다.

11 이국찬황금(籬菊粲黃金): 이 구절은 당나라 백거이(白居易)의 「정도를 실천하며 새로이 거처하다(履道新居)」에 나오는 "울타리 아래 국화는 황금에 어울리고, 창가의 대는 푸른 옥처럼 빽빽하네(籬菊黃金合, 窓筠綠玉稠)"라는 말에서 나온 것 같다.

12 상빙(霜冰):『주역』「곤괘(坤卦)」에 "서리를 밟으면 얼마 안되어 굳은 얼음을 밟게 된다(履霜堅冰至)"는 말이 나오며, 그 괘를 풀이한 말인 괘상(卦象)에서는 "'서리를 밟으면 곧 굳은 얼음'이라는 것은 음기가 비로소 응결되는 것이다. 그 도를 지극히 하여 이르게 되면 굳은 일에 이르게 된다"라고 하였다. 이는 어떤 일은 점차 발전하여 마침내는 엄중한 결과가 오게 되므로 이를 대비하라는 경계로 삼는다는 뜻이다. 곤괘(坤卦)는 가을 음력 8월에 해당하므로 미리 대비를 하라는 말임.

해 저물어 가니 마음 어떻게 가져야 하는가.　　歲晚若爲心

　가을날 그윽이 은거하니 좋다. 시원하고 서늘한 가을 바람이 불어와 마음속이 절로 상쾌해져서이다. 낭떠러지 끝에 곱게 물들어 있는 단풍나무는 마치 붉은 비단을 펼쳐놓은 듯 아름답다. 울타리 아래에 꽃을 피운 국화도 그 빛깔이 샛노란 것이 마치 황금처럼 찬란한 빛을 발하고 있다. 이 계절은 풍요의 계절이다. 벼가 익으니 집집마다 다시 햇곡식으로 밥을 지어먹기도 하며 술을 빚기도 한다. 또 날씨가 좋아 닭이 토실토실 살지니 이따금씩 닭을 잡아서 삶아먹기도 한다. 비로소 서리가 내려 예로부터 전해 내려온 경계의 말에서 "서리를 밟게 되면 곧 단단한 얼음을 밟는 날이 오게 된다"는 말이 생각난다. 한 해도 다 저물었음을 어느덧 깨닫게 되는데 지난 한 해를 돌아보니 내 마음을 어떻게 가져야 할지 모르겠다.

4　겨울날 그윽이 거처하니 좋을시고,　　　　冬日幽居好
　　농가의 일 또한 쉰다네.　　　　　　　　田家事亦休
　　마당 다지고 거두어 쌓는 것 보며,　　　　築場看斂積 [13]
　　외나무다리 가로 놓아 흐르는 시내 건너네.　橫杓過溪流 [14]
　　병든 몸 덥히는 데는 나무꾼 아이 의지하고,　熨病樵兒仗
　　추위 물리치는 것은 베짜는 아낙이 하네.　　排寒織婦謀 [15]

깊은 샘에서 양기의 덕 자라나니,　　　　　　窮泉陽德長 [16]

이로부터 갖은 근심 없어지네.　　　　　　　　從此百無憂

　　겨울에 그윽이 은거하니 좋은데, 농가에서도 한 해의 농사를 모두 마치고 비로소 일손을 놓고 쉬는 철이다. 가을에 수확한 것을 타작하기 위해 마당을 다진 다음 들판에 쌓아놓았던 곡식을 마당으로 옮겨 쌓는 것을 살펴보기도 하고, 또 시간이 나면 겨울이 되어 물이 줄어 든 시냇물 위에 가로놓인 외나무다리를 건너가서 산책을 하기도 한다. 날씨가 추워져서 병이 든 이 몸을 따뜻하게 덥히는 데는 나무꾼 아이가 해 온 나무

<hr>

13　축장(築場): 마당을 다지는 것을 말함. 빈나라의 월령(月令)에 해당되는 『시경』「빈나라의 민요·7월(豳風·七月)」에 "9월에는 채마밭 일구었던 마당을 다지고, 시월에는 곡식을 거두어 들이네(九月築場圃, 十月納禾稼)"라는 말이 나오는데, 올 여름 내내 채소를 일구었던 마당을 타작을 하기 위해 단단하게 다지는 것을 말함.

　　염적(斂積): '斂積'과 같으며, 거두어서 쌓아두는 것을 말함. 이 구절은 두보의 「역에서 와 초당에 머무르다 다시 동쪽 언덕의 띠집에 이르다(從驛次草堂, 後至東屯茅屋)」의 "마당 다져 거두어 쌓는 것 보고서, 한번 배우더니 초나라 사람 그렇게 하네(築場看斂積, 一學楚人爲)"의 구절을 그대로 썼다.

14　작(礿): 「봄날 한가로이 거처하면서 두보가 지은 여섯 절구의 각 운자에 맞추어 짓다-4」 주 6)을 보라.

15　배한(排寒): 추위를 물리치는 것을 말함.

16　궁천양덕장(窮泉陽德長): '궁천'은 깊고 어두운 땅 속을 말함. 양의 기운은 양에서 생겨나는 것이 아니라 음기를 간직하고 있는 땅 속 깊은 곳에서 자라남을 이르는 말로, 추위가 위세를 드러낼 때 따뜻한 양의 기운이 이미 땅 속에서 자라고 있음을 가리킴. 주자가 『주역』「복괘(復卦)」를 설명하여 읊은 「서재에 거처하다 느낌이 일어(齋居感興)」 스무 수 중 여덟째 시 "추위의 위세 8방의 중앙인 구야에 갇히고, 양기의 덕 땅 깊은 곳에서 이미 밝았네(寒威閉九野, 陽德昭窮泉)."

를 때는 것에 의지하고, 추위를 물리치기 위해서 아낙들이 짠 베로 지은 옷을 걸쳐 입는다. 음기가 극에 달한 것 같지만 저 깊은 샘 속에서 이미 양기의 덕이 자라고 있음을 알고 있다. 이것 생각하면 마음 속 깊이 자리잡고 있던 모든 근심이 한꺼번에 다 사라지는 것 같다.

가물던 끝에 큰 비가 내려 시내에 물이 불었는데, 물이 다 빠진 뒤에
나가보니 샘과 바위는 깨끗이 씻기고 구멍과 웅덩이는 싹 바뀌어 고
기들은 뜻을 얻어 멀리 가 그 즐거움을 알 만하다

旱餘大雨, 溪漲曁水落而出, 泉石洗淸, 科坎變遷, 魚之得意, 遠去. 其樂可知 [1]

큰 비에 물 넘쳐흘러 찧고 간 듯   漲潦春磨激洗餘 [2]
　　격렬히 씻어낸 터라,

바위 깨끗하고 모래는 희며   石淸沙白渚瓊如 [3]
　　모래섬은 옥과 같네.

여태까지 한 말 물에서   向來斗水喁喁族 [4]
　　벌름벌름하던 고기떼들,

---

[1] 『내집』에는 바로 뒤에 나오는 「초가을 16일에 계상의 서재에서 거처하는데……(初秋旣望, 溪
上齋居……)」 시의 뒤에 수록되어 있음. 두 시 모두 퇴계가 64세 되던 갑자년(甲子年: 1564)에 지
은 것으로 『내집』에는 정리되어 있음.

[2] 창료용마(漲潦春磨): '창료'는 비 따위가 내려 물이 흘러 넘치는 것을 말함. '용마'는 곡식 등을
찧어 빻고 가는 것을 말함. 여기서는 물의 기세가 사나와서 대지를 갈고 닦은 듯 휩쓸고 지나
간 것을 말함.

[3] 저(渚): 물가(濱)라는 뜻으로 많이 쓰이나, 원래는 모래섬(沙洲)이라는 뜻이었음. 한나라 허신
(許愼)이 지은 최초의 부수(部首) 배열 사전인 『설문해자(說文解字)』에는 '작은 모래섬(小洲)'
이라 하였다. 『시경·소남·장강은 갈라지고(召南·江有汜)』의 "장강에는 작은 모래섬 있는데,
아가씨 시집가 나와 함께하지 않네(江有渚, 之子歸, 不我與)"라 한 것과 두보의 「높이 오르다(登
高)」에서 "바람 빠르고 하늘은 높은데 원숭이 울음소리 구슬프고, 모래섬은 맑고 모래는 흰
데 새들은 빙빙 돌며 나르네(風急天高猿嘯哀, 渚淸沙白鳥飛廻)"라 읊은 등은 모두 원래의 뜻으
로 쓰였다.

어디로 갔는고,

　강호 만리에.

何去江湖萬里歟

　큰 비가 한 차례 내리더니 시냇물이 갑자기 확 불었다. 물이 빠진 다음에 보니 마치 타작이라도 한 듯하다. 풀의 이삭을 싹 다 훑고 시내 바닥은 세차게 휩쓸고 간 뒤라, 바위는 깨끗하게 씻겨 맑은 모습을 드러내었다. 모래도 하얀 것만 남아 있는 것이 물가가 마치 옥같이 영롱한 모습을 띠고 있다. 그동안 오래도록 가뭄이 들어 시냇물이 바닥을 드러냈던 곳이다. 물이 부족하여 겨우 한 말 정도 되는 냇물 바닥에서 주둥이를 물 밖으로 내놓고 아가미를 벌름벌름하던 물고기 떼들이, 이번 비로 강호 만리 어디까지 자유로이 헤엄쳐 갔는지 전혀 알 길이 없다.

4　두수(斗水): 필요한 최소량의 물을 말함. 『장자』 「외물(外物)」편에 "(붕어가) 나는 한 말이나 한 되의 물만 있다면 살 수 있소. 그대가 이렇게 말하니 아예 일찍이 나를 건어포 가게에서 찾느니만 못하오(吾得斗升之水然活矣. 君乃言此, 曾不如早索我於枯魚之肆)"라는 말이 있다.
　웅웅(喁喁): 물고기가 수면 위로 입을 내밀고 벌름벌름하는 모양을 나타내는 의태어임. 한유의 「남산시(南山詩)」 "벌름벌름 고기는 마름풀 사이로 주둥이 내민 것 같기도 하고, 성글게 큰 달이 별자리 사이로 지나가는 듯도 하네(喁喁魚闖萍, 落落月經宿)."

초가을(7월) 16일에 계상의 서재에서 거처하는데 연일 밤마다 달빛이 매우 맑아 사람을 잠 못 이루게 했다. 오늘 우연히 자하산에 나갔는데 조목(趙穆)이 찾아와 스스로 하는 말이 그가 사는 다래의 밤 경치가 마침 뜻에 맞아 기뻤다고 하였다. 그러나 또 생각해 보니 옛 사람들이 이른바 '비갠 뒤의 바람과 달'이란 것이 이것을 말하는 것 같지는 않은 듯했다. 감탄하며 돌아오던 중 절구 한 수가 되었기에 조목에게 부친다

初秋旣望, 溪上齋居, 連夜月色淸甚, 令人無寐. 今日偶出霞山, 士敬來訪, 自言其月川夜景, 適與意會, 欣然也. 然而又念昔人所謂光霽者, 殆不謂此. 感歎而歸, 得一絶, 以寄士敬云 [1]

계당에 달 밝으니   溪堂月白川堂白
    월천의 집도 밝은데,

오늘 밤 바람 맑고   今夜風淸昨夜淸
    어제도 맑았다네.

---

1 사경(士敬)은 월천(月川) 조목(趙穆: 1524~1606)의 자이다. 본관은 횡성(橫城)이며 퇴계와 동향인 예안에서 나 성장하였고, 15세에 퇴계의 문하에 들어 29세에 생원시에 합격하였다. 대과는 포기하고 평생을 관직보다는 학문에 큰 뜻을 두고 매진하여 수차 여러 관직에 제수되었으나 부임하지 않았다. 퇴계를 가장 가까이 모신 여덟 수제자[八高弟]의 한 사람으로, 퇴계가 죽자 문집의 편간, 사원(祠院)의 건립 및 봉안에 전력을 다하여 마침내 도산서원 상덕사(尚德祠)에 배향되는 유일한 제자가 되었다.
월천(月川): 부용봉(芙蓉峯) 아래에 있는 내인데, 조목이 호로 삼았다.

온화한 바람 맑은 달은   別有一般光霽處 [2]
　　다른 곳에 있으니,

우리네 어찌하면   吾儕安得驗明誠
　　밝은 정성 징험할까?

　퇴계 가의 서당에 달이 휘영청 밝으니 바로 이웃의 다래에 있는 조목
의 집도 틀림없이 달이 밝을 것이다. 오늘 밤에만 바람이 아무것도 걸리
는 것이 없이 맑았을 뿐만 아니라 어젯밤에도 맑기가 오늘같이 그지없었
다. 그러나 주돈이 같은 명유를 묘사할 만한 비가 개고 난 뒤의 온화한
바람과 맑은 달은 결국 우리네가 눈으로 볼 수 있는 이곳과는 다른 곳에
있다. 그러니 월천 조목이나 나 같은 무리들은 과연 어떻게 하면 그런 경
지에까지 이를 수가 있을까?

[참고] 조목의 차운시

퇴계 선생님의 시의 각운자에 맞추어

次退溪先生

2　광제(光霽): 비가 개인 뒤의 온화한 바람과 맑은 달이란 뜻으로 '광풍제월(光風霽月)'의 준말.
『송사』「주돈이의 전기(周敦頤傳)」에서 나온 말. 「정유일(鄭惟一)의 「한가로이 거처하다라는
시 스무 수에 화답하다-17」 주 89) '쇄락(灑落)'을 보라.

부용봉의 푸르름은 접하였네,　　　　　　　　芙蓉翠接陶峯翠
　　도산봉의 푸르름에,

풍월담의 맑음 잇닿았네,　　　　　　　　　　風月淸連退水淸
　　퇴계수의 맑음에.

정말 좋구나! 진리의 근원을 찾아　　　　　　正好探源進步地
　　발걸음 내딛는 곳에,

부끄럼 없어라! 마음 맞는 이 있어　　　　　　愧無心契議明誠
　　밝음과 정성을 의논하게 되니.

.

김성일(金誠一)이 지은 시의 각운자에 맞추어 지어 주다

나는 그때 퇴계에서 기거하고 있었는데 김성일은 도산으로부터 왕래하면서도 무더위조차 아랑곳하지 않았다

次韻贈金上舍士純 [1]
余時溪居, 士純自陶山往來不避暑溽

젊어서는 하늘이 트여
　　한 생각 밝았었는데,

少日天開一念明

[1] 이하 세 수는 모두 『속집(續集)』 권 2에 수록되어 있다. 『속집』에는 을축년(乙丑: 1565년)에 정리하여 수록하고 있다. 제목으로 보면 이 시는 김성일의 시를 차운하고 아울러 그에게 준 것으로 되어 있다. 이때 김성일은 28세 되는 해인데 그의 문집인 『학봉집(鶴峯集)』(1851년 臨川書院 木板 重刊本)을 보면 그의 시는 모두 기사년(己巳: 1569년) 이후의 것만 수록되어 있고, 퇴계의 시에 차운한 시도 몇 수 있지만 역시 마찬가지여서 그의 원시는 실전된 것으로 보인다.
　김상사사순(金上舍士純): 상사는 진사, 또는 생원을 가리키는 말임. 사순은 학봉(鶴峯) 김성일(金誠一: 1538~1593)의 자이며, 본관은 의성(義城)이다. 안동 임하현(臨河縣) 천전(川前)에서 출생하여 19세 때 퇴계의 문하에 들었다. 27세 때 향시에 합격하여 진사가 되고, 31세 때인 선조 원년(1568년)에는 문과에 급제하여 승문원(承文院) 부정자(副正字)를 제수받아 벼슬길〔宦路〕에 나섰다. 선조 22년인 1589년에는 일본통신부사(日本通信副使)로 일본에 갔다 왔는데 정사(正使)였던 황윤길(黃允吉)과 복명(復命) 내용에 큰 차이가 있어 논란이 일기도 했지만 사신으로의 눈부신 활약은 높은 평가를 받고 있다. 임란(王亂) 초기에 진주(晉州)를 중심으로 남해안 지방에서 큰 공훈을 세워 그가 서거한 후에는 선무원종공신(宣武原從功臣) 일등의 훈록을 받았으며 숙종 때에는 이조판서(吏曹判書)에 추증되었다. 시호는 문충(文忠)이다. 일찍이 퇴계가 손수 도학연원의 정맥(正脈)을 서술한 병명(屏銘)을 내리기도 하였으며, 퇴계의 문집과 유저서(遺著書) 간행에 크게 기여하였고 특히 언행록(言行錄)의 발간에 특히 뛰어난 공헌을 하였다.

중간에서 병 많았던데다가　　　　　　中間多病久迷行
　　오래도록 길 헤매었다네.

헤맬 때는 길 험하다　　　　　　　　迷時堪嘆途道險
　　탄식할 만했었는데,

깨달은 후에는 초헌과 면류관도　　　悟後不知軒冕榮 [2]
　　영광스러운 줄 모르겠네.

온 머리에 백발 가득한데　　　　　　白髮滿頭身始放
　　몸 비로소 풀려났지만,

푸른 산 지게문에 버티어 있으니　　　靑山當戶事無營
　　할 만한 일 없다네.

그대 오가면서　　　　　　　　　　感君來往談名理
　　명분과 이치 담론함 감사하니,

더위 시원하게 하는 얼음과 서리　　清暑冰霜句句生
　　구절구절 생겨나네.

젊은 시절에는 하늘이 탁 트이어 오로지 생각이 밝았는데, 살아오는
도중에 몸에 병이 많았을 뿐만 아니라 또 길을 잘못 들어 한참 동안이

2　헌면(軒冕): 옛날 높은 벼슬아치들이 타고 다니던 가운데 외바퀴가 달려 있으며 넷이서 끌고
　다니던 수레인 초헌(軺軒)과 지체 높은 귀족들이 쓰던 면류관(冕旒冠)을 말함. 곧 고관대작을
　일컫는 말임.

나 헤매다가 겨우 이곳 퇴계로 돌아올 수 있었다. 길을 잘못 들어 헤맬 때는 세상을 살아가는 것이 험난하기만 하다고 크게 탄식만 하였다. 그런데 비로소 그것이 잘못되었음을 깨닫고 이곳으로 돌아온 후에는 높은 벼슬아치들이 타고 다니는 초헌과 그들이 쓰는 면류관도 영광스러운 일인지 전혀 깨닫지를 못하겠다. 이제 온 머리에 백발이 성성해져서야 겨우 나를 얽어매어 구속하고 있던 벼슬에서 몸이 풀려났다. 그렇지만 막상 이곳으로 돌아와 푸른 산을 바라보며 보잘것없는 외짝 지게문에 버티어 서고 보니 당장 무슨 일을 해야 할지 모르겠다. 이에 마침 학봉 그대가 나를 찾아 이곳을 왕래해주어 명분과 이치에 대하여 서로 담론함에 감사한다. 그대 담론함이 얼마나 시원시원한지 오가는 말 마디마디다 마치 더위를 식혀주어 시원하게 해주는 얼음과 서리같이 느껴진다.

계상에서 김부의·김부륜(金富倫)·김성일·금응훈·우성전(禹性傳)과 함께『역학계몽』을 읽고 절구 두 수를 지어 뜻을 보이고 아울러 손자인 안도에게도 보이다

溪上與金愼仲惇叙·金士純·琴壎之·禹景善, 同讀啓蒙二絶示意, 兼示安道孫兒 [1]

1　소강절 건곤 열어　　　　　　　　　　　　邵關乾坤傳我朱 [2]
　　　우리 주자에게 전하니,

　『주역』속의 깊은 정수　　　　　　　　　　易中心髓洞妙書 [3]
　　　이 책에서 통찰하였네.

---

[1]　이 시는 퇴계의 시를 지은 연대별로 정리하여 간단한 주석을 달아 놓은 권오봉 교수의『퇴계시대전』에 의하면 1555년에 지은 것으로 정리되어 있다. 그러나 연보 을축년 8월을 보면 "제생들과『역학계몽』을 강의하였다"라 하였고, 역시 을축년에 안도에게 보낸 편지에서도 "정사성(鄭士誠)이 이곳을 찾아주어 그 편에 편지를 받고 모든 것을 다 알았다. 그 중에 특히 김성일·우성전이 지금『계몽』을 읽으려 한다는데 네가 벌써『주역』을 읽고 있지만『계몽』또한 읽지 않을 수 없으니 이때를 놓쳐서는 안 될 것이다"라 하였으니, 바로 이 시의 제목과 내용이 완전히 일치하고 있다. 이로 볼 때 이 시 또한 이때 지어졌음을 명확히 알 수 있다.
　김신중(金愼仲): 김부의(金富儀: 1525~1582)를 말함.「한적하게 살며 김부의(金富義)와 이명홍(李命弘) 두 사람에게 보이다」주 1)을 보라.
　돈서(金惇叙): 돈서는 김부륜(金富倫: 1531~1598)의 자이다. 호는 설월당(雪月堂)이며 본관은 광산(光山), 병마사(兵馬使)를 지낸 산남(山南) 김부신(金富信)의 아우이다. 막 동자가 되었을 때 형을 따라 퇴계의 문하에서 학업을 받았는데 오로지 학업에만 전념하고 옳은 것을 추구하여 퇴계의 칭찬을 받았다. 일찍이 시마시에 합격하여 진사가 되었으나 학문에만 뜻을 두어 관직에는 나아가지 않다가 50세가 넘어서야 유일(遺逸)로 천거되어 동복현감(同福縣監)이 되었다.
　김사순(金士純): 학봉 김성일의 자.「김성일(金誠一)이 지은 시의 각운자에 맞추어 지어 주다」를 보라.

몇 번이나 거듭 연마하고 찾고　　　　　　　幾加硏索兼咨訪

　　아울러 물으러 찾아다녔던가?

늙어서도 오히려 혐오스럽네,　　　　　　　到老猶嫌術業踈

　　학술 아직도 엉성함이.

북송시대의 강절 소옹이 비로소 『주역』에 담긴 건과 곤의 이치를 열어

금훈지(琴壎之): 면진재(勉進齋) 금응훈(琴應壎)을 말함. 「퇴계 남쪽의 띠로 이은 서재」를
보라.

우경선(禹景善): 우성전(禹性傳: 1542~1593)을 말하며, 경선은 그의 자. 호는 추연(秋淵)이며 본
관은 단양(丹陽)이다. 역학(易學)과 예학(禮學)에 조예가 깊었으며, 선조 즉위 초에 문과에 급
제하여 삼사(三司)의 여러 관직을 거쳐 응교(應敎), 성균관 대사성(大司成)까지 올랐다. 퇴계
의 『언행록』을 남겼으며, 시호는 문강공(文康公)이다.

계몽(啓蒙): 곧 주자의 『역학계몽(易學啓蒙)』을 말함. 『역학계몽』은 모두 3권으로 상수(象數)
로 『주역』을 해설하였는데 강절(康節) 소옹(邵雍)이 지은 『선천도(先天圖)』의 뜻을 많이 끌어
다 썼다. 역시 주자의 『주역본의(周易本義)』 12권과는 체와 용〔體用〕의 관계에 있으며 송대 이
후의 역학자들에게 많은 영향을 끼쳤다.

안도(安道: 1541~1584): 퇴계의 장손으로 퇴계의 아들인 이준(李寯)의 아들임. 아명은 몽(蒙)
이었으며 자는 봉원(逢原)이고 호는 몽재(蒙齋)임. 퇴계에게서 학문을 배웠으며 퇴계 문하의
명유들과 폭넓게 교유를 하였다. 명종 16년인 1561년 생원시에 합격하였으며, 퇴계의 적손이
라 하여 음서(蔭叙)로 관직 생활을 하다가 부친상을 당하여 귀향한 이듬해 죽었다. 퇴계가 서
거하자 여러 문인들과 함께 퇴계의 문집초록과 연보를 편집 발간하였으며, 예안의 동계서원
(東溪書院)에 제향되었다.

2 소벽건곤전아주(邵闢乾坤傳我朱): '소'는 북송의 도학자인 강절(康節) 소옹(邵雍: 1011~1077)을
말함. 자는 요부(堯夫)임. 소옹은 공성(共城) 사람으로 안락선생(安樂先生)이라 불렸고 『주
역』에 뛰어났음. 도교의 「태극도」와 유가의 『주역』이 결합하여 정·주이학의 우주생성이론
으로 변화·발전하게 된 것은 「대보름날 밤 계당에서 달을 마주하다」 주 5)를 참고하라. 「건
곤」은 주역의 이치를 풀이하는 데 쓰는 괘의 이름인데 『주역』을 대표하여 말하는 것 같음. 이
구절은 곧 소옹이 주역의 새로운 경지를 열어서 이를 주자에게까지 전수해주었다는 것을
말함.

서 이것을 주자에게 전수하여 주었다. 그 속에 담긴 깊은 정수가 우리가 함께 읽는 이 『역학계몽』 안에서 깊이 통찰하고 있다. 내가 이 이치를 터득하고자 몇 번씩이나 거듭하여 『주역』에 통달한 사람들을 찾아다니며 연마하고 묻고 하였다. 그런데도 이렇게 늙은 지금까지 제군들과 이 책을 읽으면서 느끼는 점이라고는 아직까지 학술이 엉성하기만 하여 이 이치에 통달하지 못한 내 자신이 혐오스러울 뿐이다.

2 짝할 것 없다느니 바깥이 없다는 것은   無倫無外縱難言 [4]
    함부로 말하기 어렵지만,

  그래도 흡족하네, 그윽이 거처하며   尙慊幽居玩化原 [5]
    변화의 근원 즐기는 것.

  오늘은 하물며   此日況同諸子讀
    여러 제자들과 읽으며,

  고리 속의 마음쓰는 법   環中心法妙尋論 [6]

---

3 심수(心髓): 마음 깊숙한 곳을 말함.
4 무륜무외(無倫無外): '무륜'은 필적할 만한 것이 없다는 뜻이다. '륜'은 짝이라는 뜻으로 '필(匹)'과 같다.
   『장자』「칙양(則陽)」편에 용성씨(容成氏)가 "날[하루]을 없애버리면 해[일년]란 있을 수 없고, 안이란 것이 없으면 바깥이란 것도 없다(除日無歲, 無內無外)"라고 한 말이 나옴.
5 화원(化原): 여기서 '화'는 조화의 뜻으로도 볼 수 있겠으나, 이 시가 『주역』의 변화에 대하여 제자들과 담론하는 내용을 담고 있으므로 변화로 풀어 보았다. 실제로 『주역』의 '역'이라는 글자는 통상적으로 '쉽다(易)', '변하다(變)', '불변하다(不變)'의 세 가지 의미로 해석을 하고 있다.

오묘한 곳 찾아서 토론하네.

이 책을 가지고 이 방면의 책으로는 필적할 만한 것이 없다고 한다거나 『주역』의 모든 이치를 다 수록하여 이 범위를 벗어나는 것이 없다고 말하기는 어렵다. 그렇지만 그래도 그윽한 곳에 은거하며 이 책을 가지고 변화의 근원을 즐기는 것 자체가 마음에 흡족하다. 하물며 오늘은 여러 제자들과 함께 이 책을 읽어가며, 문지방의 지도리가 고리 속에 처해 있는 것과 같이 마음을 쓰는 법을 오묘한 부분을 찾아가며 토론한다.

---

6 환중(環中): 고리의 한가운데를 말함. 『장자』 「제물론(齊物論)」에 "저와 이를 맞설 수 없게 한 것을 일러 '도의 지도리(道樞)'라고 한다. 지도리를 비로소 그 고리 가운데 있을 수 있게 함으로써(樞始得其環中) 끝없는 데(변화)에 대응하는 것이다. 옳은 것도 끝이 없고 옳지 않은 것도 끝이 없다"라는 말이 나오는데, 지도리의 가운데는 비어 있어서 그 가운데 옳고 그름을 처하게 하면 곧 변화가 무궁하여 옳고 그른 것이 없어지게 된다는 뜻이다.